T0277215

La revelación

A. M. Homes

La revelación

Traducción de Mauricio Bach

EDITORIAL ANAGRAMA
BARCELONA

Título de la edición original:
The Unfolding
Viking
Nueva York, 2022

Ilustración: Nathan Cowley / Pexels, gpointstudio / Freepik.
Fotomontaje de © Núria Garuz / Duró

Primera edición: *mayo 2024*

Diseño de la colección: Julio Vivas y Estudio A

© De la traducción, Mauricio Bach, 2024

© A. M. Homes, 2022

© EDITORIAL ANAGRAMA, S. A., 2024
Pau Claris, 172
08037 Barcelona

ISBN: 978-84-339-2641-8
Depósito legal: B. 3301-2024

Printed in Spain

Liberdúplex, S. L. U., ctra. BV 2249, km 7,4 - Polígono Torrentfondo
08791 Sant Llorenç d'Hortons

Para Jr.:
el futuro es tuyo

Creo que estamos perdidos aquí en América, pero creo que nos encontraremos. Y esta creencia, que ahora se convierte en catarsis de conocimiento y convicción, es para mí –y creo que para todos nosotros– no solo nuestra única esperanza, sino el sueño eterno y vivo de América.

THOMAS WOLFE,
No puedes volver a casa

Tal vez uno no desee tanto que lo quieran como que lo comprendan.

GEORGE ORWELL,
1984

Miércoles, 5 de noviembre de 2008
Hotel Biltmore, bar de la segunda planta
Phoenix, Arizona
1.00 h

Esto no puede pasar aquí.

Lleva noventa minutos en el bar; han entrado y salido una docena de hombres que, tras ahogar sus penas y cerrar algún negocio, se van directos a la cama.

Tiene cuatro vasos de whisky delante: todos diferentes, ninguno vacío.

En una esquina hay un televisor encendido, sin sonido, el busto parlante encargado de hacer el análisis *a posteriori* estará en pantalla toda la noche. En la otra esquina, junto a la ventana, una pareja se morrea como si no hubiera un mañana. Y en mitad de la barra hay un chiflado que no para de mover con el pulgar la ruedecita de un Zippo, provocando chispas con el pedernal. «A prueba de viento», dice cada vez que prende la gasolina. «A prueba de viento.»

—Soy tan responsable como el que más —le comenta el Pez Gordo al barman—. Aunque sea por humildad, un hombre tiene que asumir la responsabilidad de sus fracasos.

—Suena como un acusado declarándose culpable —le dice el barman.

—Soy culpable.

—Nadie es profeta en su tierra, ningún médico atiende a sus propios familiares.

—¿De verdad va a jugar esa carta?

—Los sábados por la noche trabajo en los casinos, el Desert

Diamond, el Talking Stick. He visto a hombres palmándola delante de mis narices e, incluso en ese trance, se los ve extáticos. «Machácame. Machácame otra vez.»

El Pez Gordo menea la cabeza.

–Todo el mundo comete errores, pero cometer el mismo dos veces deja de ser un error para convertirse en una pauta. Esta noche es como si se hubieran unido las bombas Fat Man y Little Boy y las hubieran lanzado juntas en medio de Phoenix. Y, sin embargo, estamos rodeados de tíos que no tienen ni la más remota idea de la que les acaba de caer encima. Ni idea.

Un tipo toma asiento en el taburete vacío junto al Pez Gordo, mira los cuatro vasos de whisky y le hace un gesto al barman.

–Póngame uno de estos.

–¿Cuál de ellos?

–El del medio.

–Hay dos en medio –le apunta el barman.

–El Highland Park.

El Pez Gordo levanta la vista.

–¿Es usted capaz de distinguirlo a pelo?

–Salud –dice el tipo, bebiéndose de un trago el whisky.

–No será uno de ellos, ¿verdad?

–¿Uno de quiénes?

–Tiene el pelo mojado, lo cual me lleva a pensar que es uno de los gilipollas que hace un par de horas se han chorreado con champán y han bailado la danza de la victoria.

–Va a ser que no –responde el tipo–. Soy más bien un tío que ha bajado a la piscina un rato para despejarse.

–Eso explica el olor –dice el Pez Gordo–. Huele a cloro.

El tipo da unos golpecitos en el vaso para llamar la atención del barman.

–Otro.

–¿Estaba usted arriba, en su habitación?

–Sí.

–¿Y qué ha visto? –pregunta el Pez Gordo.

–Un terremoto generacional que ha abierto una grieta en tierra firme. –El Pez Gordo resopla–. Lo describiría como una

12

canción heavy metal de Led Zeppelin, una adusta sacudida de la cabeza, una paralizante y previsible inmersión en la decepción, mujeres sagaces conscientes de que van a tener que desayunarse con egos masculinos pisoteados. El rostro apagado de la derrota. Han apostado por el caballo equivocado porque no disponían de otra opción mejor, sabiendo que, en realidad, no se trataba siquiera de una carrera de caballos, sino de una mera carrera de locos.

—Por favor, dígame que no es periodista.

—Historiador, a veces profesor, escritor ocasional, pero esta noche no ejerzo.

—Si no ejerce, ¿para qué ha venido?

—¿Para dar fe de lo sucedido? —sugiere el tipo—. ¿Como compañero de viaje?

El Pez Gordo le hace un gesto al barman.

—Póngame un Ardbeg. Es uno de mis favoritos. Lo llamo las Garras de Santa Claus, sabe como recién salido de la chimenea. Ahumado.

El tipo a su lado se ríe.

—Como el Lagavulin.

—Parecido. Le diré lo que no me gusta: el whisky de sabor afrutado. No quiero nada con pasas, cerezas o aroma a galletitas de higo. Eso es lo que llamo un ablandacacas. —El Pez Gordo eructa—. Perdón —se disculpa—. Estoy un poco más tocado de lo que pensaba.

—Deberían hacerlo arder —dice el chiflado del Zippo: colocando el encendedor en posición de disparo, deja que la llama suba bien alto y después lo cierra con un movimiento brusco.

El barman se le acerca y le pide al chiflado que abone la consumición.

—Ha sido una noche muy larga para todos —dice—. Ya es hora de marcharse a casa.

—Hogar, dulce hogar —dice el del Zippo mientras se pone de pie—. En casa, todos los leones se transforman en gatitos. —Saca un billete de veinte de un grueso fajo, apura el trago y deja el dinero debajo del vaso vacío.

13

Mientras Zippo sale dando tumbos, el Pez Gordo da un golpecito al vaso y pide:

—Otro Ardbeg para mí y mi amigo.

El barman les sirve.

—¿Quiere saber qué estaba escribiendo? —pregunta el Pez Gordo.

—Sí —responde el tipo.

—Mis recuerdos del sueño.

—¿El sueño?

El Pez Gordo asiente.

—El 2 de septiembre de 1945, mi introducción al mundo.

—¿El Día de la Victoria?

—Nací justo ese día. Acabó la guerra y floreció el sueño americano con mi nombre escrito en él. ¿Sabe qué he estado diciendo toda la noche? «Esto no puede suceder aquí.» Pero resulta que ha sucedido. Y no es la primera vez. También pasó hace ocho años, pero aquella vez pudimos recular. En cambio, ahora no hay ningún plan de rescate. —Los dos beben un trago—. ¿Cómo le llama a esto? —pregunta el Pez Gordo, señalando con un gesto de la cabeza a la pareja de la esquina.

—Lamerse las heridas —dice el tipo.

—No ha habido ningún progreso. Llevan así dos horas.

—Están casados, pero no entre ellos —sentencia el tipo—. Pueden salir airosos de lo que están haciendo aquí, llamémoslo «terapia mutua»; pero, si suben a una habitación, el asunto pasa a ser otra cosa.

—¿Usted está casado?

—No, diría que estoy casado con mi trabajo, pero eso tampoco sería cierto.

—¿Ya había estado aquí? —pregunta el Pez Gordo.

—¿Se refiere a este bar en concreto?

—Sí.

—Pues sí —responde el tipo—. Vine de niño con mi padre. En aquella época había que llamar a la puerta golpeando de un modo especial, o al menos eso es lo que me contaba mi padre.

—Por aquel entonces tenían el alcohol en una falsa biblioteca –explica el Pez Gordo–. ¿Ve esa claraboya de ahí arriba? Si se avecinaban problemas, encendían una luz colocada encima del techo y todo el mundo se largaba pitando. No estoy muy seguro de que el señor Wright la hubiera colocado allí con esa intención cuando diseñó el edificio.

–Pensaba que era de Wrigley, como los chicles.

–Lo diseñó Frank Lloyd Wright. Wrigley lo compró en 1930 y añadió la piscina. La gente venía a bañarse en temporada. Abajo había una oficina de la Bolsa de Nueva York. Esto era el salón de fumadores. Lo cierto es que la historia me vuelve loco –dice el Pez Gordo–. Para entrar había que decir una contraseña.

–¿Cuál era la contraseña?

–La cambiaban con frecuencia.

–¿Era algo como «Está lloviendo en Mount Weather»?

El Pez Gordo se queda mirándolo. Mount Weather no es un nombre común y corriente que a uno se le pasa por la cabeza y suelta en una conversación.

–Oh, Shenandoah –replica el Pez Gordo.

–Punto álgido –responde el tipo, con otro santo y seña.

–La ardilla ha conseguido su nuez –suelta el Pez Gordo.

–Me he dejado la maleta en el tren –replica el otro.

–¿Se están recitando versos? –pregunta el barman.

–No, estamos cantando la misma canción –responde el tipo.

–Nos estamos olisqueando para comprobar si somos miembros del mismo club –dice el Pez Gordo–. He olvidado su nombre.

–No se lo he dicho. –Se produce una pausa–. ¿Qué esperaba de esta noche?

–Más –dice el Pez Gordo–. Me esperaba más.

–Esperanza –dice su interlocutor–. Eso es lo que les ha ofrecido y ellos se lo han comprado. La Esperanza ha vencido al Más.

Los dos hombres guardan silencio un rato mientras beben un trago.

—Le diré algo —suelta el Pez Gordo, mirando a su alrededor como asegurándose de que no hay oídos indiscretos, porque va a contar un secreto—. En este país hay dos ciclos políticos: uno es de dieciocho meses y el otro de cuatro años. Hablamos de «la siguiente vuelta» como si comprásemos entradas para subirnos a una atracción de un parque temático. La democracia como montaña rusa. Sube cincuenta metros y cae a ciento cincuenta kilómetros por hora, ¿y qué es lo que hace la gente? Hace cola para volver a subirse. Una y otra vez. Arriba y abajo, se les revuelven las tripas cada vez, no se puede escapar de la biología; sienten el vértigo cada vez. Dieciocho meses. Cuatro años. Otros países planifican a cien años vista. Los nativos americanos hablan de cómo serán las cosas dentro de siete generaciones, dentro de ciento cincuenta años. ¿De qué hablamos nosotros? De la devolución de impuestos. Le damos a la gente trescientos pavos para que se los gasten y creemos que con eso cerramos el trato.

—Continuidad —dice el tipo.

—El plan garantiza que nuestro gobierno, tal como lo conocemos, siga en pie.

—Exacto. Requiere visión.

—La última gran visión fue el sueño.

—*Bye, bye, Miss American Pie* —dice el tipo.

—Ya es hora de poner en marcha el programa. El programa es el plan. ¿Sabe de qué le hablo?

—Deme otra pista —pide el tipo.

—Circunstancias extraordinarias —apunta el Pez Gordo—. Llega un momento en que hay que estar dispuesto a pasar a la acción. No puedes confiar en otros. Es una de esas historias que después les puedes contar a tus hijos; va del día en que despertaste, te diste cuenta de que las cosas no eran lo que parecían y decidiste hacer algo para cambiarlas.

—¿Y qué vamos a hacer? —pregunta su interlocutor.

—Algo grande —dice el Pez Gordo y le muestra la pila de servilletas en las que ha estado tomando notas—. Una corrección forzada. —El hombre se acaba la bebida—. Deme su número de teléfono. –El Pez Gordo desliza una servilleta limpia hacia su interlocutor–. Sigamos en contacto. Vale la pena tener cerca a tipos como usted, y sospecho que tenemos una o dos cosas en común.

–No nos hemos conocido nunca –dice el tipo, preparándose para marcharse–. Pero estaré encantado de que volvamos a vernos.

–¿En estos momentos está trabajando en algo en concreto? –pregunta el Pez Gordo.

El tipo se encoge de hombros.

–Un libro. Es una breve historia del siglo XXI que se va a titular *Hasta ahora*.

–Entonces es usted historiador, pero en realidad es más bien un escriba.

–Hasta pronto –dice el tipo, y deja el dinero de la consumición sobre la barra.

–Vaya tío –le comenta el Pez Gordo al barman–. Se sabe todas las canciones. –Un breve silencio–. ¿Por casualidad no estará abierta la cocina todavía?

–¿Qué quiere?

–¿Unos huevos pasados por agua con unas barritas de pan tostado?

–Voy a ver si se lo puedo conseguir.

–Y páseme unas cuantas servilletas más; tengo que anotarlo todo. –El Pez Gordo garabatea con bolígrafo azul–. Un plan patriótico para mantener el orden. Y un helado con cerezas encima. –Dibuja lo que parece el esquema de un partido de fútbol americano; dos hileras de jugadores que parecen cerezas en formación de U protegiendo la Campana de la Libertad.

Uno a uno, el Pez Gordo se acaba el contenido de los vasos que tiene delante. Son las dos de la madrugada pasadas cuando aparece el servicio de habitaciones con un plato cubierto con una campana. *Voilà*. El barman levanta la campana.

–Vaya par de tetas –comenta el Pez Gordo al ver aparecer los dos huevos pasados por agua.

El barman se ríe.

—Es usted más gracioso de lo que parece.

—Cuando llevo unas copas de más —dice el Pez Gordo—. Y llevo unas copas de más.

Golpea con la cuchara uno de los huevos; acaba golpeando la huevera de plata, que produce un tintineo. Sigue dando golpecitos, como si enviara el mensaje en morse «Ya no estamos a salvo». Hasta que la cáscara se rompe.

El día anterior
Martes, 4 de noviembre de 2008
Laramie County, Wyoming
6.08 h

La tierra y el cielo se abren hasta el infinito. A medida que aumenta la luz, el cielo se llena de tonalidades rosáceas y rojizas, a medio camino entre la creación y el apocalipsis.

Sale para estar sola. El aire tiene esa limpieza propia del invierno inminente. Piensa en el cielo, la distancia hasta el río, las montañas y la gran extensión de tierra. Incluso cuando no se tienen grandes creencias religiosas, su enormidad proporciona una experiencia espiritual. Le recuerda que ha de mantener la fascinación mientras avanza contra el viento. El suelo, cubierto de una capa helada blanquecina, cruje bajo sus pies. Oye a sus padres detrás de ella, saliendo de casa.

–Mientras seas feliz –dice su madre.

–Entusiasmado –dice su padre–. Estoy absolutamente entusiasmado. Seremos de los primeros.

Sonny, el peón del rancho, está al volante y por la ventanilla rota del vehículo sale el aroma del cigarrillo matutino.

Los bisontes están junto a la valla, con sus ojos enormes como negras esferas de historia, de memoria; por las grandes fosas nasales expulsan aire como chimeneas de vapor. A ella le parecen animales arcaicos, en algún punto entre el toro y el minotauro.

Los neumáticos se deslizan sobre los guardaganados, cataclán, cataclán, una frontera entre su hogar y el resto del mundo. Mira el retrovisor por encima del hombro de su padre mientras el rancho se va desvaneciendo.

19

Resulta muy raro: ayer estaba en clase, en Virginia, entregando un trabajo sobre las tres brujas de *Macbeth*. Al terminar, tomó un taxi al aeropuerto y se subió a un avión que aterrizó anoche ya muy tarde. Ahora está aquí, en un coche, con sus padres, en la otra punta del país. Hay muchas Américas; puede que el idioma y la marca del zumo de naranja sean idénticos, pero son lugares muy distintos.

–Recuerdo la primera vez –dice su padre–. Me llevó mi padre.

–Eso fue hace siglos –dice riéndose la madre.

–¿Te parece gracioso? –pregunta el padre.

–¿Fuisteis en coche de caballos? –pregunta ella.

–De hecho, fuimos caminando –responde el padre.

–Me estoy dando cuenta de que ni siquiera me registré hasta después de haberme casado contigo. Me pregunto por qué no participaba por aquel entonces.

Pasa un instante. Se produce un silencio.

–¿Qué tal has dormido? –le pregunta su padre.

–Como un tronco. –Había subido a su cuarto y abierto la ventana para permitir que entrara el aire nocturno como la emanación de la botella de un genio. El aire frío, un poco de humo de la chimenea, el olor al estiércol de los animales de la granja... Respiró hondo un par de veces y se quedó frita–. En cuanto llego aquí, me siento como anestesiada. –Se calla y se da cuenta de que su padre está esperando un cumplido–. Y la leche caliente me sentó de maravilla, gracias.

–Aire frío y leche fresca, no necesitas mucho más.

–Galletas –dice ella–. Las galletas de antes de dormir.

–Yo, sin ellas, no logro dormir bien –dice el padre.

Se quedan en silencio mientras el vehículo avanza por el pueblo.

–¿Siempre es en martes? –pregunta ella cuando el silencio se vuelve incómodo.

–Sí –responde la madre.

–¿Por algún motivo?

–Porque siempre se ha hecho en martes –dice el padre.

–Estoy segura de que los hombres que eligieron el día tenían en mente algo más que la idea de que doscientos años después la gente dijera que siempre se ha hecho así —ironiza la madre.

—Bueno, pues averigua el motivo —dice el padre.

—¿Va a estar muy lleno?

—Hay sitios en los que la gente se pasa horas haciendo cola —explica el padre.

—Pero aquí no —apostilla la madre—. Aquí, tres personas forman una cola, cinco son una multitud, y una docena, el público de un concierto de rock.

El coche entra en el aparcamiento de la iglesia.

—¿Es en una iglesia? —pregunta ella sorprendida. Adora la iglesia en secreto: el ritual, la música, la desconexión mientras se «leen» las historias en las vidrieras.

—Eso mismo me pregunto yo —dice el padre.

—Ya hemos estado aquí antes —les recuerda a ambos la madre—. Cuando el funeral del chico de los Mason.

—Fue horrible —dice el padre—. No sé cómo se puede recuperar uno de algo así.

—Desde luego que no se puede —dice la madre.

Bajan por la escalera hasta el sótano.

Ella se percata de que sus padres son las únicas personas que se han vestido para la ocasión. Su padre lleva un abrigo de piel de camello encima del traje. No se ha puesto corbata, pero está segura de que la lleva en el bolsillo por si las moscas. Siempre lleva una corbata en el bolsillo. Últimamente, después de un incidente con un bombón, la lleva en una bolsita de plástico hermética. Su madre lleva un abrigo rojo encima de un elegante pantalón de vestir. Así lo llama ella, «pantalón de vestir»; siempre lleva «pantalón de vestir» a menos que vaya a montar, entonces usa «pantalones de montar». Ninguno de los dos lleva ropa de abrigo por si acaso han de esperar fuera. El resto de los presentes van vestidos de calle: sombreros, guantes, parkas encima de pantalones gruesos. La chaqueta que lleva ella tiene el logo de una exclusiva marca en el brazo. Hace un rato la ha tapado con un trozo de cinta aislante negra con la esperanza de que nadie se percate.

–Hoy es el día –dice alguien.

Se siente como una niña pequeña en su primer día de colegio.

–Ha llegado el momento –añade otro.

–¿Todavía no has escogido el pavo de Acción de Gracias? –le pregunta su padre a uno de los hombres presentes. Ella se da cuenta de que su padre mantiene la conversación alejada de lo que está sucediendo y la deriva hacia asuntos genéricos de temporada.

–No, señor –responde el tipo–. Este año voy a ir a casa de mi hermano, cerca de Seattle.

–Eres un buen hermano.

Resulta encantador ver a su padre tan contento por estar rodeado de hombres y mujeres. Está radiante, su entusiasmo es palpable. Le da la mano a todo el que tiene a su alcance. «Tienes que tocar a la gente; tienes que mirarlos a los ojos y escuchar lo que te cuentan», le había explicado en el pasado. «Sé que no te gusta, pero tienes que hacerlo. Teníamos una palabra para definirlo: *decencia*.»

–Un gran día –le dice su padre a otro hombre, que se limita a asentir.

–Encantada de verte –saluda su madre a una de las mujeres.

Mientras recorren la sala, tanto su madre como su padre van saludando a desconocidos como si los conocieran de toda la vida.

–Qué bien que hayáis venido –les dice un hombre.

Cuando ella era una niña, ir a sitios con sus padres la hacía sentir especial, la gente le prestaba más atención de la habitual; se imaginaba que era una princesa. Cuando ahora se pone a pensar en ello, se siente avergonzada.

–Hola, señora Hitchens.

–Hola, Jane; hola, Meg –responde su madre. Las otras mujeres llaman a su madre señora Hitchens, pero ella se dirige a las mujeres por su nombre de pila–. ¿Tu hija ya ha tenido el bebé? –Su madre está siempre preguntando por bebés y niños pequeños.

–Ya le falta muy poco –responde la mujer.

También ella intenta entablar conversación.

–Qué jersey más bonito –le comenta a una de las mujeres.

Su madre sonríe y le susurra:

—Buena chica.

Fue su madre la que le metió en la cabeza la idea de que cuando las mujeres hablan entre ellas comentan sobre lo que han creado: hijos, ropa o comida; sobre lo que han visto: en viajes o en el teatro; y, si están en el grupo adecuado, sobre lo que han leído: libros.

—Gracias —responde la mujer.

—Los colores son preciosos —alaba su madre.

Su padre se mueve como pavoneándose, ocupando el espacio de tal modo que podría parecer que él es el candidato. Pero no lo es; él es la máquina que lo pone en marcha: el dinero.

«Como un elefante en una cacharrería», dijo su madre en una ocasión en que se enojó con él y, cuando Meghan la miró descolocada, se puso a la defensiva: «Bueno, no te haces millonario siendo Míster Simpatía», añadió y lo dejó ahí.

—Van a venir —oye que dice alguien—. Justo antes de comer, y otra vez al final de la jornada.

—Seguro que la gente va a aparecer; es lo que hacen cuando tienen algo que decir.

—Hay quien considera que ya lo han dicho —apostilla otro.

—En cualquier caso, no debería ser opcional —comenta uno de los hombres—. Debería ser obligatorio por ley; si ya tienes la edad, debes hacerlo. Eso opino yo, pero a nadie le importa un pimiento lo que yo opine.

—A la gente no le gusta que le digan lo que tiene que hacer.

—Lo lógico es que tuvieran interés en que participara cuanta más gente mejor —apunta otro.

—Eso es un poco ingenuo —susurra su padre—. Siempre resulta interesante comprobar cómo lo ve la gente común y corriente.

—¿Por qué dices «gente común y corriente»? —pregunta ella.

Él la mira desconcertado.

—¿Qué debería decir?

—¿«Gente» a secas? —propone ella—. Cuando dices «gente común y corriente» suena como si te vieras distinto a todos los demás.

—Soy distinto –dice él–. Soy rico y estoy orgulloso de serlo. La gente común y corriente debería estar encantada de verme y ponerse muy contenta cuando compro sus productos y como en sus restaurantes; es un signo de aprobación.

—¿La aprobación de quién?

—Mi aprobación.

—¿Y por el hecho de ser rico tu aprobación vale más que la de cualquier otro?

—Si estuvieras estudiando para un examen, ¿pedirías consejo a un alumno de matrícula o a uno de aprobado? –pregunta él.

—¿Acaso esto es un examen?

—Es la vida –responde él.

—Hace que la gente se sienta mal, como si fueran inferiores –dice ella.

—No es mi trabajo hacer que la gente se sienta al mismo nivel que yo.

—¿Los profesores son menos importantes que los médicos? Tienen sueldos más bajos, pero sin profesores no tendríamos médicos –reflexiona ella.

—Cuando oigo la palabra *común*, oigo la «Fanfarria para el hombre común», de Aaron Copland –interviene la madre–. La escuché en un concierto en Nueva York cuando solo eras un bebé. –La madre hace una pausa–. Lo bonito de un sitio como este es que la gente es amable, siempre está dispuesta a echar una mano.

—Son los mismos tipos los que lo organizan todo, desde los desfiles a los almuerzos de vecinos. Son los que muestran espíritu emprendedor –dice su padre mientras se acercan a la mesa para registrarse–. ¿Sabías que con dieciséis años ya puedes participar en una mesa electoral? Lo único que hace falta es ser residente legal en el condado, mentalmente competente y participar en un cursillo de cuatro días antes del acto. Un pipiolo que no sabe todavía ni atarse los cordones de los zapatos puede hacer el recuento de votos. Y encima les pagan; en un pueblo donde no sobran los empleos para los jóvenes, no está nada mal.

Les llega el turno. Sus padres dan un paso al frente y firman en el libro. Se pueden ver sus firmas donde firmaron la última vez; a ella le parece curioso que la firma de una persona no varíe a lo largo de los años.

—Meghan, ¿es tu primera vez? —le pregunta la mujer de la mesa mientras ella anota su nombre en el libro.

—Sí.

—¿Sabes cómo funciona?

—En teoría sí —dice ella—. Pero tengo una pregunta.

La mujer asiente.

—¿Sabe por qué siempre se celebra en martes?

La mujer sonríe.

—Anoche le hice la misma pregunta a mi marido. Él no tenía ni idea, así que lo consulté. Resulta que los padres fundadores tenían una idea en mente: en noviembre, la cosecha del otoño ya se había recogido, pero el tiempo todavía era lo bastante bueno para viajar. Y como algunos tenían que desplazarse para participar, no podían hacerlo en lunes, porque la gente no iba a viajar en *sabbat*, y tampoco podía ser el 1 de noviembre, porque es Todos los Santos, y hay quienes lo celebran, y así hasta llegar a esto. —Deja de hablar. Se ha formado cola detrás de Meghan—. En cualquier caso, eso es lo que leí. ¿Sabes qué tienes que hacer ahora?

—La verdad es que no.

La mujer le tiende a Meghan un formulario.

—Toma esto y ve a aquellas cabinas; marcas tus opciones, pliegas la hoja, la traes de vuelta y la depositas en la urna. Chupado.

Las cabinas son unos estrechos cubículos con paredes de cartón como los separadores que se ponen en los pupitres para que los niños no copien en el examen o para evitar que la gente espíe por encima del hombro de su vecino.

—¿Tan sencillo como eso? —pregunta Meghan.

—Así es como lo hacemos —dice la mujer.

—¿Cómo sabrán quién ha ganado?

—Esta noche, después de cerrar el local, algunos de nosotros nos quedamos aquí, abrimos las urnas y contamos los votos.

«¿En esto consiste lo que te puede tocar hacer con dieciséis años?», se pregunta Meghan.

–¿Y después qué?

–Llamamos por teléfono y comunicamos el resultado; cuando mi abuelo era niño, se enviaba el resultado por telégrafo, como una llamada de socorro al capitolio del estado.

A Meghan le sorprende lo rudimentario que parece todo, nada sofisticado. No tiene muy claro qué se había imaginado, pero desde luego algo más sólido, profesional y moderno, tal vez una gran máquina con luces, campanitas y pitidos, el tipo de cosas que se ven en los salones recreativos. Se imaginaba que una conectaría la fotografía de la persona a la que le va a dar apoyo con su nombre, pulsaría el botón, se iluminarían un montón de lucecitas y quedaría todo registrado en una enorme tarjeta de resultados en el cielo. ¡Punto para el equipo rojo!

Esto –la hoja con el formulario, los separadores de cartón– es penoso. ¿La gente hace lo mismo por todo el país? ¿Y esta noche ya entrada la madrugada habrá un nuevo orden en esta tierra? Se parece demasiado a la elección de un nuevo delegado de clase en el colegio.

Echa un vistazo y ve a sus padres metiendo con sumo cuidado los formularios en la urna sellada.

Su padre le sonríe; está pasando el testigo. El profundo placer que ella vislumbra en su padre le hace pensar en las conversaciones que han mantenido a lo largo de los años, en todas las vacaciones y en los viajes en coche dedicados a visitar lugares históricos. Esa es la pasión que él comparte. Nunca habla de sí mismo o de su infancia. Habla de figuras históricas, batallas, guerras, tratados, y de los tres brazos del gobierno. Ella ha vuelto a casa para votar, para vivir esta jornada electoral como una suerte de adoctrinamiento.

Se mete en la cabina, rellena el formulario, lo pliega como le han dicho, se acerca sin perder un segundo a la urna y mete la papeleta.

Al salir, hay una enorme mesa con una cafetera de tamaño industrial, botellas de leche de cristal y una caja de dónuts recién glaseados, que todavía relucen mientras el azúcar se acaba de secar.

Coge un dónut. Cuando su madre ve lo que hace, se muestra horrorizada. Resulta difícil saber si es por las calorías, por la idea de desayunar un dónut o por el hecho de que, al estar ahí expuesto, lo puede haber toqueteado más gente. Se queda inmóvil, con el dónut agarrado entre el pulgar y el corazón. El glaseado empieza a derretirse. Lo aprieta, aplastando la masa. Mientras sostiene el dónut, sin saber qué hacer, su padre se inclina y le da un mordisco.

–El mejor dónut que he comido en mi vida –dice–. Seguro que no hace ni una hora que lo han sacado del horno. Lo noto, la levadura todavía está subiendo.

Su madre se acerca, le quita a Meghan el dónut de entre los dedos y lo tira a una papelera. La expresión en su rostro es de enorme satisfacción, como si acabara de apagar un incendio. A Meghan se le quedan los dedos pringosos: se mete la mano en el bolsillo y se pregunta cuándo se los podrá chupar.

–Bueno, visto para sentencia –dice Sonny, mientras regresan al coche.

–Misión cumplida –dice su padre.

Van directos desde la iglesia al aeropuerto. Sonny fuma con la ventanilla abierta; el humo choca contra el aire del exterior y acaba en el asiento trasero. Meghan ve que su madre respira hondo.

En cuanto se sientan en el avión, su padre se vuelve hacia ella y le pregunta:

–Y bien, ¿qué tal la experiencia?

No le puede decir a su padre lo que de verdad piensa: que le recuerda a otra primera vez, cuando perdió la virginidad, lo cual también resultó ser menos espectacular de lo que se esperaba.

No puede decirle que todo le parece tan simple que le produce un nuevo tipo de ansiedad, el profundo dolor existencial de que nada es como se imaginaba: nada resulta ser tan maravilloso como se lo habían vendido. No le puede contar nada de todo esto, porque sabe que le rompería el corazón.

Por suerte, antes de que ella pueda decir gran cosa, él continúa:

–Cuando vivíamos en Connecticut, votábamos en un aparato que era gris plomizo. Entrabas, cerrabas una cortinilla a tu alrededor como si estuvieras en un fotomatón y pulsabas el botón de arriba o de abajo en función de a qué candidato querías votar. Una vez hecho, tirabas de una palanca con un mango negro para registrar tu voto. Cada vez que tiraba de esa palanca hacia la derecha, tenía la sensación de estar haciendo algo importante, como poner en funcionamiento una máquina del tiempo o lanzar una bomba atómica. –Hace una pausa–. Estoy muy orgulloso de ti. Que hayas venido hasta aquí para votar con nosotros significa mucho para mí.

–Gracias –dice Meghan–. Para mí también. Estamos haciendo historia en directo. He votado en honor a todos mis antepasados y con la vista puesta en quienes vendrán en el futuro.

–¿Es un verso de un poema? –pregunta su madre.

–No, me lo acabo de inventar. ¿Qué vamos a hacer cuando lleguemos? –pregunta.

–Supongo que comeremos –dice su madre–. Y después me echaré una siesta.

–Tengo que hacer algunas llamadas y después hay un cóctel –dice su padre.

–Vaya manera de haraganear –comenta la madre.

–Va a ser una reunión de los fieles –dice el padre.

–La noche se presenta tensa –afirma la madre.

–Como pierda, va a ser una fiesta de mierda, perdón por la expresión –dice el padre.

–¿Va a venir Tony? –pregunta Meghan. Tony es su padrino, el mejor amigo de su padre de la universidad.

–No, está en Washington, no puede salir de casa en una noche como esta.

Con *casa*, su padre se refiere a la Casa Blanca, donde Tony trabaja como asesor especial del presidente.

–Es un trabajo de campanillas –dice la madre–. Lástima que se le acabe.

–No es tanto un trabajo como una vocación –dice el padre–. Es como ordenarse sacerdote; una vez que estás en el ajo, sabes cosas que los simples mortales no sabrán jamás. Vale la pena tenerlo cerca.

–¿Crees que se casará algún día? –pregunta ella.

–No –responde el padre con rotundidad.

–Espero que no se sienta solo.

–Tony es un hombre muy ocupado –comenta la madre–. No tiene tiempo para sentirse solo. Es lo que llamamos un soltero empedernido.

–Tiene amigos –dice el padre–. Montones de amigos, amigos en todas partes.

En el avión, su madre se toma una copa.

–¿Tan temprano? –pregunta el padre.

–Ya sabes que detesto volar. ¿Lo hemos metido todo en el equipaje?

–Sí –dice el padre–. Y de no ser así, para eso están las tiendas.

–¿Te has traído un vestido? –le pregunta la madre a Meghan.

–Sí.

–Tienes mucha suerte de ser alta; no necesitas tacones. Las chicas jóvenes no deberían llevar nunca tacones, pero a algunas no les queda otro remedio. –Hace una pausa–. Unas buenas zancas te abren muchas puertas.

–Recuérdame qué son zancas.

–Piernas, unas piernas bien torneadas.

–Oh –dice ella. Y ni siquiera quiere preguntar a qué se refiere su madre.

–Unos buenos tobillos también suponen una ventaja –dice la madre–. Déjame verte los tobillos.

Meghan se levanta un poco el pantalón: tiene los tobillos cubiertos por unos gruesos calcetines, de manera que no hay mucho que ver.

–Por lo que sé, tengo buenos tobillos.

Su madre suelta un bufido y vuelve a concentrarse en su crucigrama. Su padre lee los periódicos, todos. Y Meghan mira por la ventanilla y piensa en los acontecimientos del día.

El avión aterriza en Phoenix y, mientras bajan, ella le pregunta a su madre:

–¿Ya habéis estado aquí alguna vez?

–No tengo ni idea. ¿Hemos estado? –le pregunta la madre al padre.

–Te acordarías –le responde el padre y, volviéndose hacia Meghan, añade–: Si fuera más joven, te propondría que hiciéramos un viaje atravesando el país de costa a costa. Cogeríamos el viejo Cadillac y en eso consistiría nuestro verano. Nos lo pasamos en grande cuando fuimos a Dallas, ¿a que sí? ¿Te gustó la sopa? Son famosos por su sopa.

–Entre otras cosas –añade la madre.

El año pasado, durante las vacaciones de primavera, Meghan fue a Dallas acompañando a su padre en un viaje de negocios. Mientras él mantenía sus reuniones, el chófer ruso la llevó a ver el lugar en el que dispararon a Kennedy.

–Ya estamos cerca –dijo el chófer, mientras se acercaban a la loma cubierta de césped–. Ya hemos llegado –añadió mientras el coche se deslizaba por el paso subterráneo–. Es justo ahí.

–¿En serio? –preguntó ella–. ¿En ese montículo? ¿Fue allí?

–Sí –respondió el chófer–. ¿Quieres que volvamos a pasar por delante?

–Sí, por favor.

De modo que dieron la vuelta y volvieron a pasar, una y otra vez. Después de la cuarta, el chófer le preguntó:

–¿Ya tienes bastante? –No era tanto una pregunta como una afirmación.

La loma cubierta de césped es un ejemplo de la decepción que había sufrido ese día Meghan. ¿La loma cubierta de césped es menos que una colina o un montículo, y más que una protuberancia, o a estas alturas es una mera elevación del terreno? ¿Es así o es que ha cambiado la escala de las cosas? Con el paso del tiempo, ¿un lugar se puede compactar y empequeñecer? ¿La historia se encoge? Recuerda que muchos de sus amigos no saben el nombre de ningún presidente de antes de que nacieran.

Se desplazan en un coche negro desde el aeropuerto a la

ciudad. Los asientos son de cuero mullido con la textura de gigantescos malvaviscos. Cuanto más rápido van, más callado se queda todo el mundo, como si fueran absorbidos por la velocidad, como si cada vez les resultase más difícil hablar y moverse, como si una fuerza invisible los empujara hacia atrás; el espejismo del desierto, del aire, del día atrapado entre el verano y el invierno. Ella mira a su madre, que tiene los ojos cerrados, y a su padre, sentado en el asiento delantero trabajando con dos aparatos a la vez. El chófer le lanza una mirada.

–¿Quiere que suba el aire acondicionado?

–Estoy bien –responde ella. Le encanta estar en movimiento, suspendida entre los lugares–. Esta carretera suena diferente, tiene una sonoridad distinta.

–Es cierto –dice el chófer.

Más tarde, ella descubrirá que hay una explicación: la han repavimentado con una mezcla de materiales que incluye neumáticos reciclados para reducir el ruido, y se sentirá orgullosa de haberse percatado.

Cuando el coche se detiene delante del hotel, se abren las puertas y se rompe el efecto de la cámara estanca. Se produce un inmediato cambio de presión y temperatura.

El conserje del hotel los acompaña a su habitación: una enorme suite con dos dormitorios conectados. Sobre una mesa hay una cesta con fruta envuelta en celofán, un plato de quesos y varias botellas de vino. En el dormitorio hay una gran cama de matrimonio y una cuna con un osito de peluche con un albornoz y ropa de bebé a juego. Alguien lo tomó al pie de la letra cuando dijeron que viajaban con «su niña».

–Ahora mismo llamo a las camareras de piso para que retiren la cuna y traigan un albornoz más grande –dice el conserje.

–La verdad es que es perfecto –dice Meghan, cogiendo el osito. Siempre se siente más pequeña cuando está con sus padres, colapsada, con la capacidad del habla y el razonamiento reducidos. En el lavabo hay champú para bebé y una pastilla de jabón con forma de elefantito.

La familia al completo baja al comedor para almorzar porque la madre detesta el servicio de habitaciones o, más concretamente, detesta cualquier habitación que huela a comida horas después de haber comido.

Durante el almuerzo, varios hombres y mujeres se detienen junto a la mesa para saludar a su padre. Él los ve acercarse y susurra: «Atención, que viene». Algunos se disculpan por interrumpir; el padre teatraliza el gesto de dejar sobre el mantel el tenedor y el cuchillo para estrecharles la mano. Le dan la mano, en ocasiones reteniéndola demasiado tiempo y dándole las gracias por su generosidad. Su padre se sonroja cada vez.

—Créeme —dice—, no se trata solo de ti; defiendo mis intereses.

Se empeñan en saludar a su madre, que les responde con un leve movimiento de cabeza, dejándoles claro que no va a entrar al trapo.

Meghan se siente propulsada hacia el pasado, como una niña que tiene que sentarse encima de un listín telefónico para llegar a la altura de la mesa. Al final del almuerzo llega una sorpresa, un *banana split*, confirmación de su estatus infantil.

—Obsequio de la casa —anuncia el camarero.

Su madre hace una mueca, pero prueba una cucharada.

—¿Por qué está tan bueno el helado?

El padre le unta la nariz a Meghan con un poco de salsa de chocolate y ella les muestra a sus padres que ha aprendido a hacer un nudo en el rabillo de una cereza sirviéndose tan solo de la lengua.

—Vaya guarrada —sentencia la madre.

—Perdón —dice ella y lo escupe.

—Eso es todavía peor —protesta la madre—. Utiliza una servilleta o mejor te lo tragas. —La escuela de élite de su madre no es apta para los débiles de espíritu.

Si alguien le preguntara a Meghan: «¿Qué tal es la relación con tu madre?», ella respondería que es buena. Admira a su madre, la quiere con locura, pero su relación está llena de obligaciones. Ella es consciente de lo severa que puede llegar a ser su madre. El desdén con el que contempla el mundo se ha acrecentado con el tiempo, pero a ella no le afecta; ella está exonerada o es inmune.

Recuerda la carta que le escribió hace años para agradecerle que fuera al colegio a hacer una visita a la clase. «Apreciada señora Hitchens», escribió, copiando lo que ponía en la pizarra para que lo escribieran los treinta alumnos. Nadie le sugirió que cambiara el saludo inicial por un «Querida mamá». La madre se refería a esa carta como un clásico y la hizo enmarcar.

De vuelta en la suite, su padre se instala en la sala de estar. Tiene dos televisores encendidos, además del ordenador y otros dispositivos. A Meghan le parece fantástico que se maneje tan bien con la tecnología pese a su edad y al grosor de sus dedos, que golpean el teclado como si fueran tizas rígidas.

Aunque es media tarde, la madre pide al servicio del hotel que le cierren las cortinas y se echa en la cama a oscuras, con su almohada de viaje, su manta de viaje y su antifaz. Su madre tiene dos versiones alternativas sobre este asunto: que es capaz de quedarse dormida al instante en cualquier sitio o que no pega ojo. Por primera vez a Meghan le da por pensar que tal vez ambas sean ciertas.

Se sienta con su padre un rato, pero, al verlo cada vez más abstraído en lo suyo, le anuncia que se baja a la piscina.

–¿Necesitas dinero?

–No.

–Coge una llave de la habitación para no despertar a tu madre cuando vuelvas.

Se da una vuelta por el hotel. Hay policías con perros patrullando el perímetro. Se detiene en la entrada un autobús y se apean una veintena de hombres trajeados. En un primer momento, imagina que forman parte de alguna delegación, pero entonces se percata de que todos llevan el mismo pin en la solapa y auriculares transparentes con un cable que se desliza por debajo de sus americanas: son del servicio secreto. Meghan les sonríe; ellos no le devuelven la sonrisa. Las unidades móviles de la CNN, la ABC y la NBC están probando sus satélites y tiran kilómetros de gruesos cables en todas direcciones.

Acaba en un restaurante junto a la piscina llamado El Club, y se pone a trabajar en el borrador de un trabajo que tiene que entregar en un par de días.

–Tienes una expresión tan seria que estás a un paso de que te coloquen en el monte Rushmore. –Un hombre con el cabello demasiado greñudo para su edad la está mirando–. ¿Sobre qué escribes?

–Sobre termitas.

–¿En serio? –le pregunta.

Ella asiente.

–¿Y usted?

–Sobre los acontecimientos que harán historia –le dice, señalando con la mano a su alrededor.

–Es como nochevieja, todo el mundo esperando a que baje la bola –dice ella.

–Algo parecido.

Meghan lo mira. El tipo es demasiado viejo para estar ligando con ella. Cae en la cuenta de que, por el mero hecho de estar ahí, la gente debe de pensar que es mayor de lo que es en realidad; hay muy poca gente joven en Phoenix alojada en ese hotel justo ese día.

–¿Dónde vives cuando no estás en la piscina? –le pregunta él.

–En Virginia.

–¿En Washington D. C.?

Ella se encoge de hombros.

–Algo parecido. ¿Sus padres no le han enseñado a no hablar con desconocidos?

–No –responde él–. De hecho, es así como me gano la vida. –Le tiende la mano–. Soy Mark Eisner.

–¿Su padre es el jefe de Disney?

–Compartimos apellido, pero somos de distinta familia.

–Qué pena –dice ella, reacomodándose en la silla–. ¿Qué le trae por Phoenix en este cálido día?

–Un impulso. –Ella espera a que le dé más detalles–. La verdad es que estoy escribiendo un libro o, más bien, tomando notas con la esperanza de que, por arte de magia, se conviertan en un libro.

–¿Ha escrito ya alguno? –pregunta ella.

–Sí. El último se titulaba *Cada cuatro años vuelta a empezar*. No creo que lo hayas leído. Soy historiador social.

–¿Quiere decir que va por ahí hablando con desconocidos en fiestas?

–A veces.

–Para el libro en el que está trabajando ahora, ¿tiene alguna hipótesis? –Pese a parecer mayor, es una alumna de bachillerato de dieciocho años; todo debe tener una hipótesis.

–Estoy estudiando la evolución de los discursos políticos.

¿Qué se responde a eso?

La buena noticia es que no tiene que decir nada, porque Eisner sigue hablando:

–Mi padre escribía discursos; imagino que soñaba con ser presidente.

–Tengo entendido que es un mundo muy competitivo –dice Meghan.

–Yo soy la oveja negra.

Meghan se percata de que la gente que pasa cerca de ellos está toda cortada por el mismo patrón: se les nota demasiado el esfuerzo por aparentar. No logra definirlo de una forma más concreta, más allá de esa sensación de que están ahí esperando a que alguien se fije en ellos.

–¿Por qué están aquí? Me gustaría saberlo –dice, señalándoselos a Eisner–. ¿Es porque han comprado una suerte de boleto electoral y, si él gana, ellos ganan? ¿Consiguen trabajo, un traslado gratis a Washington y un nuevo comienzo en la vida? Se los ve fervorosos. Es la palabra que utiliza mi madre para describir a la gente que está en la onda, que es la expresión que usa mi padre. Yo los llamo tronados. Pero, sean lo que sean, todos los que andan por aquí actúan como si estuvieran un poco tronados, como si sufrieran síntomas prematuros de beatlemanía. Y, por cierto, ¿quién es el Beatle? Porque este tío es un político de setenta y un años, con lo que algunos llamarían un historial escabroso.

—Esta es buena –dice Eisner–. «¿Quién es el Beatle?» ¿Puedo utilizarla?

Ella se encoge de hombros.

—Es suya si me ofrece algo sobre termitas.

Él se lo piensa un momento.

—Una termita entra en un restaurante y pregunta: «¿Tenéis mesa?».

—Inténtelo otra vez.

—Pinocho va a la consulta del médico y dice: «Creo que se me ha inflamado la próstata. Tengo pérdidas.» El médico niega con la cabeza. «Su próstata está bien, pero tiene termitas.»

—Es vulgar, pero no está mal. –Meghan lo anota–. No lo puedo meter en el trabajo y no estoy segura de que se lo pueda contar a la profesora para que me suba un punto. Es probable que la palabra *próstata* esté prohibida en el colegio. Próstata, vaya tela. –Se ríe de sí misma–. Voy a un colegio femenino.

El historiador también se ríe.

—Bueno, quizá nos veamos más tarde.

Ni siquiera le pregunta cómo se llama.

No hay cena, solo un refrigerio muy generoso que suben a la habitación a las seis. Su madre, que nunca come en los cócteles, toma una sopa y un panecillo, con la excusa de que habrá bebidas alcohólicas en abundancia, y, aunque ella nunca toma carbohidratos, a veces «son necesarios». Su padre ha pedido un cóctel de gambas porque recuerda que una vez, hace muchos años, tomó gambas en este hotel y eran enormes, del tamaño de los viejos discos de 45. Meghan no tiene muy claro qué significa eso, pero él parece entusiasmado con el recuerdo hasta que llegan las gambas y de pronto recuerda que las detesta. Ella ha pedido una hamburguesa, mejor ir sobre seguro.

Sus padres se visten como si la velada en ciernes fuera un gran evento, como una boda. Ponen mucho empeño: ducha, colonia, perfume, joyería, etc. Cuando su madre se lava la cara nunca utiliza agua, sino el líquido de una botella sin etiqueta con el que empapa un disco de algodón. «El agua del grifo es demasiado fuerte», opina. De espaldas, tiene un aire a Nancy

Reagan. Está delgada, pero no esquelética. Hace un montón de ejercicio porque de niña tuvo escoliosis y se pasó un año con el torso escayolado.

«¿Te imaginas a una niña de cinco años sepultada durante un año entero?», le cuenta a quien quiera escucharla. «Creo que todavía no he superado ese trauma.» Cuando Meghan le preguntó a su madre si en el colegio hacía deporte, ella le respondió: «No hacíamos deporte, solo montábamos a caballo». Su madre provenía de una familia de petroleros texanos. Los padres de Meghan se conocieron a través del padre de ella, Papa Willard. «No fue exactamente un matrimonio concertado», dice la madre. «Pero sin duda sí se me animó a dar el paso.» «Se te estaba pasando el arroz», dice el padre riendo. «No es que me hubieran faltado pretendientes», replica la madre. «Rechacé a todos los chicos. Quería vivir a mi aire, pero eso en mi familia resultaba inaudito. De modo que me resistí hasta que apareció tu padre. Me pareció que era el hombre adecuado.»

Mientras sus padres se preparan para la velada, Meghan se pone el vestido, se peina y se sienta en el borde de la cama para ver las primeras conexiones.

–¿Crees que va a ganar? –pregunta.

–No quiero pensar en eso –dice la madre–. Los profesionales no son optimistas, pero tenemos que ser positivos.

–¿Siempre es así?

–¿Así cómo? –quiere saber su madre.

–Tan importante.

–Sí –responde el padre–. Es muy importante. El presidente maneja el timón del barco. Ten bien presente que no solo nos afecta a nosotros, afecta a todo el país. ¿Recuerdas la cena a la que acudimos en Washington en honor de John y Cindy?

–Me llevaste como tu acompañante.

–¿A que nos lo pasamos bien? –Su padre sonríe.

–Pero ¿cuál era la finalidad de esa cena? Había un montón de gente haciéndote la pelota o intentándolo.

–Exactamente –interviene la madre.

–Tienes que atraerlos –explica su padre–, y mantenerlos cerca de ti. –Se vuelve hacia ellas, con el rostro sonrosado y el cabello blanco peinado hacia atrás.

–Estás muy elegante.

–Gracias. ¿Estáis listas? –pregunta.

–¿Sabes?, no me importaría ahorrármelo –dice la madre.

–Todo el mundo fuera. Salgamos de la habitación. –El padre las acompaña a la puerta sin perder tiempo, antes de que la madre decida no ir. No sería la primera vez que se deja dominar por la ansiedad ante un evento social y tiene que echarse en la cama.

Suben dos plantas en el ascensor. Su padre tiene un programa de fiestas. Es como lo de pedir caramelos por las casas en Halloween: vas de una fiesta a otra y te vas encontrando con algunas personas de la anterior en la siguiente, pero, a medida que avanza la noche, los bocaditos son más sofisticados, el número de invitados se reduce, los salones son más elegantes y los arreglos florales se multiplican.

En cada nueva parada, en cuanto cruzan la puerta, el padre se lanza. «Vaya, ¿qué tal estás?» Estrecha manos, da palmadas en el hombro, recorre la sala saludando.

Y en cada parada, la madre se va directa a la barra.

–Un vodka con un chorrito de soda y hielo.

–¿Con una rodaja de limón?

–De lima, gracias.

–Para mí un zumo de arándanos con soda, por favor –pide Meghan.

–¿Recuerdas lo que te dije sobre beber en las fiestas?

–Nunca vuelvas a coger una bebida una vez que la has dejado, siempre pide una nueva. Y mejor aún, lleva tu propia botella de agua. Me has enseñado muy bien. –Su madre frunce el ceño–. ¿Sabías que hay gente trabajando en crear un palito que se introduce en la bebida para comprobar si le han echado alguna droga?

–Cuando tenía tu edad –dice la madre–, los chicos intentaban emborracharnos. Chicos de tu edad intentando dejarte inconsciente. Nunca te ha pasado algo así, ¿verdad? Si te hubiera pasado, ¿me lo habrías contado?

—Mamá, voy a un colegio femenino. Lo único que ha pasado es que dos chicas han sido objeto de burla por hacer como que se liaban. Para mí que son homosexuales.

—Bueno, pues mantente alejada de ellas.

Meghan y su madre se quedan allí plantadas, mirando al resto de los invitados.

Ella le explica a su madre lo que ha aprendido sobre las termitas.

—Me alegro de que no te parezcas a mí —dice la madre—. Se te ve como pez en el agua. Después de tantos años y tantas fiestas, yo sigo sin lograrlo. Más bien al contrario, cada vez se me hace más cuesta arriba.

—¿Lo del *gerrymandering* viene de alguien que debería conocer, de algún personaje histórico? —le pregunta Meghan a su madre.

—Ni idea. —Su madre coge un apio de una bandeja con crudités dispuestas escultóricamente—. Cógete uno de estos, te mantendrá entretenida y alejada de...

—Los frutos secos con meados —completa Meghan.

Su madre sonríe. Frutos secos con meados. Así es como denomina ella los boles con frutos secos variados. Hay cosas que se le deben enseñar a una chica: nunca te comas los frutos secos con meados. Los hombres no se lavan las manos después de ir al lavabo. Meten sus zarpas en los frutos secos mientras esperan a que les sirvan la bebida. Si tienes que comer algo, opta por alguna cosa que esté colocada en vertical de forma individualizada, como una rama de apio, un palito de queso o una zanahoria, pero, por el amor de Dios, jamás lo untes en nada; ese es otro punto débil: las salsas.

En la siguiente fiesta hay un portero a la entrada con una lista de invitados y pequeñas fotos de todos ellos.

—Aquí no se cuela ningún gorrón —susurra el padre.

—Bienvenidos, estamos encantados de veros por aquí —los saluda una mujer en cuanto entran en la sala.

–El plural hace referencia a una rica familia con solera de Arizona –aclara el padre.

Muchas de las invitadas y algunos de los invitados tienen pinta de haber pasado por chapa y pintura; así es como lo llama su madre, «chapa y pintura».

–¿Ves a ese hombre allí al fondo? –dice su padre, señalando con un movimiento de la cabeza a un tipo de aspecto distinguido que acapara toda la atención en una esquina–. Estaría muy bien que conocieras a su hijo. Algún día será el dueño de la mayoría de los centros comerciales de este país.

–¿Estás intentando concertarme un matrimonio? –pregunta Meghan.

–No, me limito a plantear algunas opciones. Él sería un pretendiente digno de considerar.

–Y tus hijos no se quedarían calvos –añade la madre–. No hay muchos hombres de esa edad con una cabellera tan densa.

–Uf –resopla Meghan.

–John ya está aquí –dice alguien.

–¿En la fiesta?

–No, arriba. Acaba de llegar al hotel.

–He oído a alguna gente hablar del lío Keating. Me da pena Cindy –le susurra una mujer a otra.

–No era de ese tipo de líos –le responde la otra en voz baja.

–¡Oh!

–Era un tema de corrupción.

–No sé si te sigo.

–Fueron condenados varios hombres, no había nada romántico por medio.

–Aun así, lo siento por Cindy –comenta la mujer–. Es duro ser la esposa.

–La Joya del Desierto –Meghan le oye decir a su padre–. Este es el hotel en el que se casaron John y Cindy, el 17 de mayo de 1980. Aquí son felices.

–Dios lo quiera –dice alguien.

Un anciano se atraganta con un bocadito de salchicha envuelta en beicon y la sala se queda en silencio, salvo por el televisor. Alguien pregunta: «¿Hay algún médico?», mientras otros le dan golpes en la espalda y se preparan para hacerle la maniobra de Heimlich. Justo en el momento en que un tipo fornido se coloca detrás de él y se prepara para estrujarlo, el anciano logra escupir el pedazo de comida por sí solo. Un trozo de mini perrito caliente le sale disparado de la boca y aterriza como un pequeño zurullo en la moqueta.

–Ven conmigo. –Su madre la coge de la mano y tira de ella hasta el lavabo. Cierra la puerta a toda prisa, pasa el pestillo, se vuelve, deja el vaso que tiene en la mano, levanta la tapa del inodoro y vomita bilis amarillenta. Dos veces–. Ya no tengo estómago para aguantar esto.

–Tranquila, mamá –dice Meghan, dándole palmaditas en la espalda.

La madre se mira en el espejo, se lava las manos, coge un poco de agua con la palma y se enjuaga la boca.

–Esto que quede entre nosotras –dice, y no es necesario añadir nada más.

–Palabra de honor –dice Meghan. Y vuelven a la sala.

En la cuarta y última parada, Meghan ve a gente que ya ha visto antes, amigos de su padre, tal vez *conocidos* sea una palabra más adecuada; son hombres con los que él se siente cómodo.

En esta fiesta hay más televisores, un mínimo de dos en cada habitación. En uno de los dormitorios, un tipo habla por el móvil mientras les indica a otros con un gesto de la mano que no le interrumpan.

–Estoy en comunicación con el comité –susurra.

–Todos sabemos qué rumbo está tomando esto.

–Es como contemplar un accidente.

–¿Estáis seguros?

–Algo va rematadamente mal.

–Muchas cosas van mal, muy mal.

–La culpa es nuestra, nos hemos despistado.

–Es por ella. No debería haberla elegido. Esa mujer es idiota.

–¿No crees que habrá hablado con ella antes de elegirla?

–Bueno, si no lo hizo, el idiota es él.

–Seguro que alguien habló con ella, pero se olvidaron de hacerle las preguntas importantes, como «¿La ropa que llevas es tuya?», «¿Qué se ve a través de la ventana de tu cocina?».

–Desde aquí puedo ver Rusia –dice alguien.

–¿Recuerdas cuando Cindy tuvo aquel problema con las drogas?

–Lo manejó con suma elegancia.

–He oído decir que a John le gusta el juego.

–Es un tipo supersticioso, un amigo mío lo conoció en la Marina, y llevaba siempre encima una piedra talismán.

–Salió vivo.

–He oído que era una brújula; llevaba encima una brújula.

–Es una pluma –corrige otro–. Lleva encima una pluma. Volvió loco a su equipo cuando la perdió en un desplazamiento de campaña.

–¿En serio perdió su pluma de la suerte? ¿La encontraron?

–No tengo ni idea.

Su padre sustituye el vodka con soda de su madre por soda con un chorrito de vodka. Le ofrece el vaso a la madre. Ella esboza una sonrisa y da un sorbo. Meghan no tiene claro si su madre se ha dado cuenta del cambiazo. Lo único que tiene claro es que su madre está más tranquila. Eso es lo que sucede cuando bebe; se va sosegando hasta que decide irse a dormir.

Están a la espera de noticias. Es como si estuvieran todos en el hospital, esperando a que aparezca el cirujano para contarles cómo ha ido. El suspense va en aumento, el ambiente está cargado de una ansiedad contagiosa.

–John se va a pasar un momento a saludar –anuncia alguien–. Una visita rápida.

El padrino de Meghan, Tony, llama a su padre. El padre habla con Tony y después le pasa el teléfono a Meghan.

–¿Qué te parece la experiencia? –quiere saber Tony.

–Rara –responde ella–. Todo se me hace raro. Durante la votación me he sentido como si fuera un personaje del cuento «La lotería». Buscan tu nombre en un libro enorme que parece el que podría tener Santa Claus en el Polo Norte, después te deslizas detrás de una cortina y marcas con una X una hoja de papel. Eso lo haces a las siete de la mañana y, al final de la jornada, todas las X se han contabilizado y vamos a saber quién es el presidente. ¿Es cosa mía o es todo muy raro?

Tony se queda unos instantes en silencio.

—Es el procedimiento que se sigue desde hace como mínimo doscientos años.

—Es a eso a lo que me refiero.

—¿Qué tal lo lleva tu madre?

—No le gustan las fiestas.

—Una mujer lista. A mí tampoco —dice Tony.

—¿Dónde estás?

—En casa. Soy demasiado viejo para aguantar toda esa mierda.

—Si no me equivoco, eres más joven que mi padre.

—He envejecido prematuramente. Y prefiero digerir las malas noticias a solas.

Mientras habla con Tony, Meghan divisa a Eisner, el historiador, en la otra punta de la sala. Él la ve a ella. Hace un gesto como diciéndole: «Echa un vistazo a la sala», y con los labios deletrea la palabra *termitas*.

—¿Alguna vez has pensado que la gente es muy rara? —le pregunta Meghan a Tony.

—Todos los días.

—¿Y que la mayoría no piensan por sí mismos?

—Es el efecto del mirón —dice Tony—. Cuando te hagas mayor, asegúrate de representar un papel activo.

—Eso díselo a mi padre.

—¿Qué quieres decir?

—Mamá y yo somos mirones. Ella conoce tan bien a papá que es capaz de leer su lenguaje corporal e intuir qué va a suceder a continuación. «Vamos a comer algo. Vamos al lavabo.» Tenemos entre nosotras un chiste privado, le hemos puesto el mote de Vamos. —Tony se ríe—. Pero, hablando en serio, ahora mismo a Vamos se le ve preocupado. Así que mamá también está preocupada. Lo sé con solo mirarlos a los dos. ¿De verdad el desastre es definitivo? –Antes de que Tony pueda responder-le, se produce un revuelo en la sala–. Tengo que dejarte –dice Meghan–. Están entrando los McCain.

–Hablamos luego –se despide Tony.

Se produce una palpable oleada de entusiasmo. Meghan observa que los hombres recuperan la compostura y se recolocan los pantalones alrededor del estómago, mientras que las mujeres comprueban sus peinados y pintalabios. El esfuerzo por causar buena impresión es tan obvio que casi –solo casi– resulta gracioso.

Y a continuación se produce una incómoda pausa, todos esperan y esperan, mucho más tiempo del que cabría imaginar. En la otra punta de la sala, el redactor de discursos simula tocar una trompeta, como si anunciara la entrada del rey. Del pasillo llega ruido de radios y los dos hombres plantados junto a la puerta están atentos, con el cable en espiral de los auriculares transparentes ascendiendo desde la parte posterior del cuello al oído.

Se desliza en la sala una nube de agentes del servicio secreto y su mero volumen corporal desplaza a la multitud contra la pared.

Cuando entran John y Cindy, la multitud rompe a aplaudir y se produce un movimiento hacia delante, producto de la avidez de contacto físico.

Alguien le ofrece a John un micrófono; él lo rechaza.

–Me alegra veros a todos aquí –dice John McCain. Más aplausos–. Cindy y yo tan solo queríamos pasar un momento a daros las gracias por el trabajo que habéis hecho para dar empuje a esta campaña y por haber permanecido a mi lado en los inesperados altibajos de los últimos meses.

Se produce un breve silencio.

–¿Qué tal pinta? –pregunta alguien a gritos.

McCain niega con la cabeza.

–Bueno, ahora mismo querría no ser yo. –Esboza una sonrisa amarga–. Pero, en serio, todos hemos trabajado duro y por eso quería pasarme por aquí para agradecéroslo.

Alguien sisea, como el rumor de una serpiente de cascabel. El siseo aumenta de volumen; proviene de más de una persona.

44

Meghan está desconcertada. Entonces el siseo es silenciado por abucheos y ella no tiene claro si están abucheando a McCain o a la gente que siseaba.

–No seas marica –dice en voz alta un hombre que tiene al lado. La mujer le da una bofetada.

–Cállate, estás borracho.

–John, te queremos –grita alguien–. No tires la toalla.

–Todavía queda un rato hasta que dispongamos de datos oficiales –dice McCain.

Sin nada más que añadir, John McCain alza el brazo todo lo que puede y hace un gesto a medio camino entre el saludo y la despedida, le da a Cindy un ligero codazo, y ambos abandonan la sala a toda prisa, rodeados por los miembros del servicio secreto.

–Con un poco de suerte, nadie se va a acordar de ti –dice la mujer del borracho.

–Soy el menor de sus problemas –replica el tipo.

–Me sorprende que pueda entrar aquí y comportarse con normalidad.

–¿Y qué quieres que haga, ponerse a llorar? Ha tenido que poner buena cara al mal tiempo. Quién sabe lo que estará haciendo ahora ahí arriba.

–Destrozando cosas, eso es lo que debe de estar haciendo. Seguro que está lanzando el puto sofá por la ventana.

–Suficiente –dice la mujer del borracho–. Ya te lo había advertido. Nos vamos ahora mismo. Dales las buenas noches a tus amigos.

–En el momento más oportuno –dice, mientras abandona la sala arrastrando los pies–. Está a punto de armarse la gorda.

A Meghan le sorprende comprobar lo enojada que está la gente, como malos perdedores al final de un partido.

–¿Qué pasa si no ganamos? –pregunta.

–Que habremos perdido el control –le explica su padre, negando con la cabeza.

Algunas mujeres han roto a llorar; una lo hace de forma desconsolada.

–Es como cuando estalló el *Challenger*; nos quedamos todos plantados ante los televisores, sin saber qué hacer –comenta uno.

–Ojalá anuncien ya los resultados –dice una mujer–. Así se acabará el sufrimiento de una vez por todas.

–Es muy temprano. No lo anuncian mientras queden colegios electorales abiertos.

Continúan los murmullos.

La madre pide otra copa y Meghan se ofrece a traérsela. De camino hacia la barra busca con la mirada al historiador, pero no lo localiza. Pide la bebida para su madre y lo mismo para ella. Es la primera vez que pide una copa para sí misma.

Mientras atraviesa la sala en dirección a sus padres, alguien exclama:

–Oh, Dios mío. –Se hace un silencio y todas las miradas se concentran en el televisor–. Un hombre negro acaba de ser elegido presidente de los Estados Unidos. Oh, me cago en Dios.

–¿En serio?

–¿Ya está?

–¿Se ha terminado?

–¿Quién lo ha anunciado?

–Oigo a mis padres revolviéndose en sus tumbas.

–Uau –dice su madre cuando Meghan llega hasta ella con las bebidas.

–¿Es cierto? –les pregunta a sus padres. Su padre está lívido. Mueve los ojos de un lado a otro–. ¿Papá?

La noticia ha golpeado la sala como un mazazo. Los camareros han dejado de servir. Los hombres parecen encontrarse mal de forma repentina y tiran de sus esposas hacia la puerta.

En las pantallas de televisión se ve a reporteros hablando:

–Un momento verdaderamente histórico. Barak Hussein Obama será el próximo presidente de Estados Unidos; es el primer afroamericano elegido para el más alto cargo del país.

Los que no han abandonado la fiesta permanecen boquiabiertos ante las pantallas.

La cadena da paso a otro reportero:

—La gente está saliendo a las calles por todo el país; se abrazan, bailan, lanzan fuegos artificiales. Estamos en una residencia de ancianos con Clarice Jones, una de las norteamericanas de más edad que han votado hoy. Tiene ciento un años. Clarice, ¿cómo te sientes esta noche?

—Estupendamente —responde Clarice—. Esta mañana he ido a depositar mi voto. Y ahora mira lo que tenemos, nuestro primer presidente negro. Siempre me han gobernado hombres blancos y mira ahora. ¿Quién iba a decirme que esto sucedería estando yo todavía en vida? Es increíble y nos recuerda que debemos mantener vivos los sueños en la noche oscura.

—Gracias, Clarice; esto es todo desde aquí, Tom —dice el reportero.

—Vamos abajo —dice el padre.

Mientras salen, Meghan oye a un hombre que dice:

—Tan solo imagínate que, el día de la investidura, ese tío se va a follar a su mujer en la Casa Blanca.

—No seas vulgar —le regaña su esposa.

—Me limito a describir lo que va a suceder —se defiende el tipo.

—Vámonos —repite su padre—. Tu madre tiene que acostarse.

De vuelta en la habitación, Meghan comprende por qué los del hotel pensaban que necesitaban una cuna. Su padre ha contratado a una niñera para su madre. Le presenta a la madre a la señora Stevens, que le hará compañía mientras el resto de la familia regresa al combate.

De fondo, la televisión emite su sonsonete: «Poco después de las once de la noche en la Costa Este, las nueve en Phoenix, el senador John McCain ha llamado al presidente Obama...».

—¿Mamá está borracha? —pregunta Meghan mientras bajan en el ascensor para escuchar el discurso de McCain.

—Es solo que no me gusta dejarla sola —le explica su padre.

Disponen de pases especiales que les permiten colocarse muy cerca. Hay un cantante sobre el escenario y miles de personas en la zona que Meghan vio cómo preparaban. La multitud parece cansada, desconcertada por lo que ya saben, pero todavía no han acabado de digerir. Pasados unos minutos, el cantante se despide del público y empieza a sonar música grabada. Los tramoyistas van de un lado para otro, moviendo cosas.

La música sube de volumen; la multitud reconoce la canción «Raisin' McCain», de John Rich, y empieza a vitorear. Por las esquinas del escenario aparecen Sarah y Todd Palin, y Cindy y John McCain. La multitud aplaude enfervorecida.

–¡Perfora, nene, perfora!

–Vamos, rebelde.

–¡El Mac ha vuelto!

Meghan nota que se le desbordan las lágrimas.

McCain alza la mano para pedir a los congregados silencio.

–Los americanos han hablado y lo han hecho con claridad –dice. La multitud abuchea. Él continúa–: He tenido el honor de telefonear al senador Barack Obama para felicitarle por haber sido elegido el próximo presidente de este país que ambos amamos.

Mientras habla McCain, a Meghan la abruma la sensación de que acaba de suceder algo de enormes proporciones. Está siendo testigo de la historia.

–Insto a los americanos que me han votado a que se unan a mí no solo en felicitar a nuestro próximo presidente, sino en tenderle la mano y ofrecerle nuestro más sincero esfuerzo..., para salvar nuestras diferencias..., defender nuestra seguridad en un mundo peligroso y dejar a nuestros hijos y nuestros nietos un país más fuerte y mejor que el que hemos heredado.

–Vaya montón de mierda –dice alguien.

McCain continúa:

–Es natural que esta noche nos sintamos decepcionados, pero mañana deberemos mirar hacia delante y trabajar juntos para volver a poner en marcha nuestro país. Hemos luchado, hemos luchado con todas nuestras fuerzas. Y aunque no hemos logrado el objetivo, el fracaso es mío, no vuestro..., el camino era complicado desde el principio. Ya sabéis que las campañas a menudo son más duras para la familia del candidato que para el candidato mismo, y esto ha sido así en este caso. Tengo mucha suerte de tener una familia maravillosa. ¡Gracias de todo corazón a Cindy! –Aplausos y otro silencio–. Todos los candidatos comenten errores y estoy seguro de que yo he cometido los míos. Pero no voy a perder ni un segundo del futuro lamentando lo que no ha podido ser.

Un hombre cerca de Meghan recoge del suelo un gorrito de la campaña McCain-Palin y le pregunta a un amigo:

–¿Esto tiene algún valor?

El colega coge el gorro, lo tira al suelo y lo pisotea.

–Así es como me siento esta noche, jodidamente pisoteado, jodidamente jodido –dice el tipo.

McCain continúa con su discurso:

–Hago un llamamiento a todos los americanos, como he hecho a menudo durante esta campaña, a que no desfallezcan ante las presentes dificultades, sino que crean siempre en las promesas y la grandeza de América, porque no hay nada inevitable. Los americanos jamás tiran la toalla. Nosotros jamás nos rendimos. Jamás nos escondemos de la historia. Nosotros forjamos la historia. –Y con esto termina. Saluda a la multitud–. Gracias y que Dios os bendiga y bendiga a América.

–Me voy al bar –le dice su padre a Meghan.

–Creo que yo voy a dar un paseo –dice ella.

–Te sentará bien un poco de aire fresco –responde el padre–. ¿Necesitas dinero?

–No tengo que comprar nada. El aire es gratis.

–No te creas. El helio cuesta cinco dólares el litro, ha subido un cincuenta por ciento con respecto al año pasado.

–Cómo no vas a saberlo –dice Meghan. Es una broma familiar, dado que una de las empresas de su padre produce helio a partir del gas natural–. Eres el mayor suministrador mundial.

–Estaré en el bar.

En el exterior, a pesar de que hay montones de policías, hay gente fumando porros. El olor impregna el aire. Una mujer mayor vestida de gala está vomitando junto a un coche mientras un hombre le sostiene el pelo hacia atrás para que no se manche.

–Te digo que ha sido el cangrejo –se queja, y vuelve a vomitar.

Hay varias personas a su alrededor que ni se inmutan, mientras que otras se ponen a conversar entre ellas. La sensación es de misión fallida, un lanzamiento de cohete que no se ha podido llevar a cabo.

Meghan sigue caminando y llega a la piscina. Está todo en calma. Las luces subacuáticas están encendidas. El agua azulada transparente parece un cielo matutino. Las sombrillas están cerradas y las tumbonas, plegadas. Todo recogido.

Meghan se sienta y piensa sin saber muy bien en qué está pensando. No sigue un hilo claro, ningún orden lógico. Pasa el tiempo. No sabe cuánto. Está ensimismada en sus pensamientos, como si estos fueran el espacio exterior.

–¿Qué tal estás?

Eisner está plantado frente a ella.

–Ni idea. ¿Y tú?

–Yo estoy bien –dice él–. Yo no me jugaba nada. Siendo *juego* la palabra clave.

–Un juego a lo grande, la vedad. Nunca había visto a gente comportándose de una forma tan rara. Tengo la sensación de haberme perdido algo. ¿De verdad es el fin del mundo? ¿El apocalipsis llega a Phoenix?

–La cosa es gorda. Pero ¿se acaba el mundo? Depende de lo que sea tu mundo. Para alguna gente, el mundo acaba de empezar. –Se quita los zapatos y los calcetines, y avanza hasta el borde de la piscina–. Mete un pie –dice, y lo hace con el suyo–. Está caliente.

Meghan se ríe.

–¿Estás hablando metafóricamente?

–No –responde él–. Estoy tratando de entretenerte; pareces triste.

–Las caras de toda esa gente me han horrorizado; nunca había visto así a mi padre. Desmoronado.

Ambos guardan silencio.

Meghan se acerca al borde la piscina, se quita los zapatos y desciende los dos primeros escalones, salpicando agua.

–¿Lo ves? También sé divertirme.

–Tienes la ventaja de llevar vestido –dice él, mientras se remanga los pantalones y se une a ella en los escalones–. ¿Lo hacemos? –pregunta.

–¿El qué?

–¿Nos damos un baño? –pregunta, mientras empieza a desabotonarse la camisa–. El agua está caliente. No hay nadie. Y es la piscina en la que se bañó Marilyn Monroe. –Se baja la cremallera de los pantalones y se los quita.

–Muy conveniente que lleves puesto un bañador –dice ella.

Lleva unos bóxers negros de algodón y tiene buen cuerpo para un hombre de su edad. Se sumerge en la piscina y empieza a nadar.

–En esta piscina debe de quedar alguna molécula de Marilyn Monroe –dice, cuando reemerge en la otra punta.

Meghan se quita el vestido y se lanza. Nunca ha hecho una locura como esta; bueno, tal vez sí, con sus amigas, pero no con un desconocido en un lugar desconocido, después de un día tan desconcertante como ese.

Nada varias veces de un lado a otro, haciendo un viraje al final y completando varios largos antes de ir al encuentro del hombre en la parte más honda.

–¿Ya estás más animada? –pregunta él.

–Sí.

A Meghan le encanta nadar. Le encanta notar el agua sobre la piel; a pesar de lo raro que ha sido hoy todo, le encanta volver a sentir su cuerpo y sentirse cómoda en él. Son como dos sirenas en el agua, solo que uno es un sireno.

Las luces azules convierten la piscina en una laguna, en un ensueño.

Él se llena la boca de agua y se la echa a ella encima.

–Te bautizo con las aguas de Marilyn Monroe.

Meghan se ríe. Después de un día tan raro, esto es mágico. Se ve a sí misma como la protagonista femenina de una película extranjera.

–Mírate –dice él, señalando su reflejo en una jardinera situada cerca de la piscina. Tiene el cabello mojado y echado hacia atrás, el rostro iluminado desde abajo por las luces subacuáticas–. Hay esperanza, posibilidades, un futuro. Mírame a mí –dice él–. Tengo veinticinco años más que tú, esto son cinco elecciones más. Acuérdate de este momento. Has perdido tu virginidad política. Ya has recibido tu bautizo.

–Un momento, ¿qué edad tienes?

–Cuarenta y tres.

Él está muy pegado a ella y flota en el aire la sensación de que algo puede suceder, pero entonces ella se sumerge y da unas volteretas bajo el agua. Reaparece más lejos, en mitad de la piscina.

–Por las volteretas –dice; da varios giros bajo el agua y reaparece de nuevo–. Estoy saturada. Ha sido el día más largo de mi vida.

Al cabo de un rato, salen de la piscina, cogen unas toallas de la pila que hay junto a la casceta, se secan y se visten. Meghan se saca el sujetador empapado y lo deja en la jardinera. Regresan al hotel y se meten en el ascensor, con la piel de gallina y olor a cloro.

–Te invito a...

–Mañana tengo que madrugar –dice Meghan cortándole. No está segura de si intenta seducirla y no quiere averiguarlo–. Tengo que coger el avión de vuelta a casa.

–Bueno, pues, entonces, hasta la próxima –dice él.

Meghan recorre el pasillo hasta la habitación, con la cabeza alta y envuelta en la toalla en forma de turbante. El tipo le cae bien porque la ha dejado marchar sin ponerse pesado.

Abre la puerta, entra con sigilo, echa un vistazo al dormitorio de sus padres. Su madre duerme como un tronco, estirada en la cama completamente vestida, con los zapatos alineados en el suelo y las luces rojas, blancas y azules de la repetición de las noticias en el televisor rebotando en las paredes.

Deduce que su padre sigue en el bar. Tapa a su madre con la colcha y se va a dormir a la otra habitación.

Miércoles, 5 de noviembre de 2008
Hotel Biltmore
Phoenix, Arizona
4.30 h

Su padre la despierta antes de que amanezca.

–¿Quieres desayunar algo antes de salir? Tienen servicio de habitaciones las veinticuatro horas.

–Todavía estoy llena de lo que comí anoche –dice Meghan.

Ha soñado que recorría varios pueblos nevados en bicicleta, preguntando a la gente que se encontraba a su paso si el próximo pueblo iba a ser «el verdadero».

–Apuesto a que estás agotada –le dice él–. Ha sido tu bautismo de fuego. No hemos ganado, pero es que ha habido un auténtico lavado de cerebro. –Guarda silencio unos instantes–. Estoy muy orgulloso de haber ido a votar contigo. Pero lo más importante es que no quiero que te preocupes. Seguro que ayer oíste muchos comentarios sobre que el mundo se va a pique. Como le dije anoche al barman: «Todo el mundo comete errores, pero nadie quiere cometer el mismo error dos veces». Quiero que sepas que haré todo lo que esté en mi mano para enderezar las cosas.

–Lo sé.

–Es importante ver cómo funciona el proceso, tal como hiciste ayer. Estoy hablando demasiado; tienes que lavarte la cara y ponerte en marcha. El coche no tardará en llegar.

Ella se levanta y se percata de lo poco que su cuerpo ha alterado la cama. Se cepilla los dientes y hace la maleta, en la que mete el osito de peluche y los productos para bebé del hotel junto con su ropa.

Su padre está en la sala de estar, entre los dos dormitorios; el televisor está encendido, sin sonido.

—¿Superarás la derrota? —le pregunta Meghan.

—Sin duda —responde él. Lleva un albornoz del hotel encima del pijama, de modo que en algún momento de la noche se debe de haber cambiado—. Voy a bajar a desayunar o a la piscina para darme un baño matutino. —Saca un billete de cien dólares del bolsillo del albornoz—. Dinero para el viaje.

—Ya tengo dinero.

—El único dinero que tienes es el que yo te ingreso en la cuenta bancaria. Coge lo que te doy; cómprate algo en el aeropuerto, una revista o una chocolatina. Tu madre está dormida, pero ve a la habitación y dale un beso.

Obediente, entra en el dormitorio de sus padres. Ahora la madre está tapada con la colcha, de modo que no puede saber si en algún momento se ha quitado la ropa que llevaba en la fiesta.

—Adiós, mamá, vuelvo al colegio —dice, mientras se inclina para darle un beso. La cara de su madre es cálida y suave.

—Adiós, grandullona —dice su madre, y se da la vuelta en la cama—. ¿Sabes por dónde anda mi antifaz?

Meghan le tiende un antifaz de satén rosa, que estaba entre las almohadas.

—Aquí lo tienes. Algún día espero tener un antifaz como el tuyo.

—Ya falta poco para Navidades —dice la madre—. Que tengas buen viaje.

Miércoles, 5 de noviembre de 2008
Hotel Biltmore
Phoenix, Arizona
5.30 h

En cuanto Meghan se marcha, su padre cuelga el cartel de «No molestar» en la puerta, se guarda la llave en el bolsillo y se va a dar un baño en la famosa piscina del hotel. Lleva el bañador debajo del albornoz y va descalzo porque considera que las zapatillas del hotel le dan aspecto de ancianita.

Nada en cualquier piscina, en todas las piscinas. Nada en cada pequeña ciudad, en cada metrópolis, en cada país que visita. Considera que se aprenden cosas probando las aguas locales. Era algo que hacía de niño con su padre. En cada sitio que visitaban probaban las aguas locales; su padre también probaba los licores y las mujeres. Si había una ciudad famosa por sus aguas en la que el padre no tenía ningún negocio, montaba uno. Hot Springs, Arkansas, Sharon Springs, Nueva York, que le gustaba en especial porque era donde iban los Vanderbilt. Saratoga Springs era otro de sus lugares favoritos, porque había hipódromo y podía apostar. Sutherland Springs, Hot Wells. Mineral Wells, en Texas, donde un hombre podía «beber hasta recuperar la salud». Y Berkley Springs, Virginia Occidental, el lugar en el que el mismísimo George Washington había tomado las aguas: esos son los lugares que recuerda.

El área de la piscina de Phoenix está impoluta, tranquila y vacía. La perfección absoluta. Se va hasta la zona más honda, curva los pies sobre las palabras «prohibido bucear» y hace una suave inmersión propia de un nadador de competición. Nadar es una liberación. En el agua se transforma en un inventor, un superhéroe, un hombre capaz de cualquier cosa. Hace varios largos, imaginándose como un rescatador de bañistas en peligro en el océano; hace largos e imagina lo que todavía puede conseguir en esta vida. Se le desatan las ideas, la energía aumenta: siente que le viene un torrente de ideas sobre lo que debería suceder a continuación.

Nada hasta que ya no puede más; descansa apoyado en el borde de la piscina y hace una serie de ejercicios acuáticos antes de salir del agua, echándose hacia atrás el poco cabello que le queda. Se pone el grueso albornoz blanco y regresa con paso tranquilo a la habitación.

Su mujer sigue dormida. Está echada boca arriba, con el antifaz rosa de satén, con la cabeza apoyada en la almohada de viaje a juego. Las dimensiones de la almohada y la postura inmóvil le hacen pensar en las personas que ha visto en un ataúd con una minialmohada de satén sosteniéndoles la cabeza. Lo único que evidencia que su esposa sigue viva es la respiración. No ronca, solo resopla. Con cada exhalación, frunce los labios y resopla, como si dijera: «Un peu, un peu» una y otra vez. Cuando tiene los labios secos y tirantes, son como un ano perfectamente fruncido. Él se lo ha comentado alguna vez: lo de que resopla, no lo del ano.

La contempla. Los resoplidos pasan de hablar en francés en sueños al ronroneo de un gato y después al extraño zumbido y golpeteo de un respirador.

Se levanta, sube las persianas y deja que entre la luz. Su mujer no se inmuta. Él se sienta en una silla junto a la ventana y espera, preguntándose si anoche ella bebió y se tomó un somnífero. A las diez, cuando empieza a fastidiarle la perspectiva de perder toda la mañana, se le acerca y la zarandea con suavidad.

–¿Hay alguien en casa?

–Estoy aquí. He estado aquí todo el tiempo.

¿Es consciente de que Meghan se ha marchado a las cinco de la mañana? ¿Quiere que el servicio de habitaciones le suba el desayuno? ¿Quiere darse un baño en la piscina antes de marcharse? Ya es hora de levantarse.

–Solo café.

Él llama para pedir el café. Su mujer sigue echada, contemplando el techo, todavía sin moverse.

–¿Has dormido bien?

–Como un tronco –dice ella.

Miércoles, 5 de noviembre de 2008
Aeropuerto Internacional Sky Harbor
Phoenix, Arizona
6.30 h

En la tienda de regalos del aeropuerto de Phoenix, Meghan se compra un collar de plata con un fénix alzando el vuelo. Anota en su diario: «En el vuelo matutino de regreso a Washington, una se siente como si fuera en el tren funerario de Lincoln. Estoy rodeada de gente desconsolada y desaliñada. Mientras embarcábamos alguien ha dicho: "Esto es como el último vuelo que salió de Saigón". La gente se ha reído, pero yo no he entendido por qué. El tipo que tengo sentado al lado o bien es un periodista, o bien está loco. Tiene una pila de finas libretas de espiral con palabras garabateadas por todos lados; su mesa está desplegada y teclea como un poseso. Uno de los pasajeros llama a la azafata Cindy pese a que en la chapa con su nombre se lee Katherine. "Para mí tú eres Cindy", insiste el tipo. "Te pareces a Cindy McCain, solo que más joven, como si fueras su hija"».

Meghan oye a una mujer hablando:

–Anoche subí; la puerta estaba abierta. «Cierra después de entrar», me dijo él. «Esto no es una jornada de puertas abiertas.» «Es una reunión de Shiva», dije yo. «Déjale al judío lo de hacer chistes.»

–Tengo los pies destrozados por haber llevado zapatos de vestir tantos meses seguidos, lo más probable es que acabe necesitando cirugía. Me han salido juanetes.

El periodista sentado junto a Meghan deja de teclear y se vuelve hacia ella.

–¿Lo estás escribiendo?

Ella lo mira.

–¿Disculpe?

–¿Estás escribiendo lo que están diciendo? Eso es lo que llaman material de interés humano para el *Saturday Night Live.*

–He anotado algunas cosas –responde ella–. Llevo un diario.

–Estupendo –dice él–. Yo estoy escribiendo una crónica. Para cuando aterricemos ya la habré acabado.

Meghan sube la cortinilla, apoya la mejilla contra el frío cristal y mira hacia el infinito.

Miércoles, 5 de noviembre de 2008
Hotel Biltmore
Phoenix, Arizona
10.40 h

—Es una enorme cagada —farfulla el Pez Gordo ante Charlotte mientras hacen el check-out del hotel—. Esta mañana le he enviado un mensaje a John. No es un error suyo únicamente; quienquiera que eligiera a esa tal Palin para ir con él debería acabar en los juzgados. Si quieres conseguir el voto femenino, no elijas a una idiota. Esa elección fue insultante.

—¿Es lo que has dicho en tu mensaje? —pregunta ella.

—Por supuesto que no. Le he dicho que ha sido una competición muy reñida y que vivimos tiempos interesantes. Amable y claro.

Ella asiente.

El recepcionista le entrega una copia de la factura. Él la repasa.

—Hay un error —le comenta al recepcionista—. La comida de ayer no nos costó 137 dólares. Creo que ya sé lo que ha pasado, me han cargado un *banana split* que no pedí, sino que nos obsequiaron.

—Por supuesto —dice el recepcionista—. Un momento. —Teclea y vuelve a imprimir la factura—. He quitado el helado y también las copas de vino, como detalle del hotel. Ha sido un placer tenerlos con nosotros.

—Gracias, chaval —dice él, mientras saca el bolígrafo Montblanc para firmar la factura.

En el borde del camino de acceso al hotel, un hombre vende sombreritos McCain-Palin con una oferta especial, dos por un dólar o cinco por dos. Se ha confeccionado un cartel en el que se lee: «Por favor, ayúdenme. He invertido todo mi sueldo en estos sombreros y solo estamos a miércoles».

–Pobre desgraciado –dice Charlotte.

El Pez Gordo le pide al chófer que detenga el coche. Abre la ventanilla y le da al tipo veinte dólares.

–¿Cuántos quiere? –le pregunta el hombre.

–No quiero ningún sombrero. Cómprese un café.

El avión despega a mediodía. La gente del aeropuerto parece actuar como cualquier otro día. No se percibe ningún cambio, ni desconcierto, ni siquiera signos de euforia, que al menos le proporcionarían un motivo para reaccionar. Él necesita que se note alguna diferencia; necesita que la gente sea consciente de que algo ha cambiado y actúe en consecuencia. Pero todo sigue como siempre. El vuelo de Phoenix a Palm Springs es corto. Charlotte, sin miramientos, se toma una copa durante el vuelo. Él contempla cómo desenrosca el tapón de la botellita de vodka, echa el contenido sobre el hielo y después añade un chorrito de soda. Se lo bebe a toda prisa, como si temiera que se le eche el tiempo encima.

Ya en Palm Springs, al atravesar el aeropuerto, él carga con los pesados abrigos de lana en el brazo: sus pieles de la derrota.

–¿Se te han taponado los oídos en el avión? –pregunta Charlotte.

–No, para nada.

Al llegar a casa, Charlotte espera muy paciente a que él encuentre la llave. Nunca le ha gustado llevar las llaves encima, así que en cada casa guardan la llave debajo de alguna piedra. El problema es que delante de esta casa hay un jardín con centenares de piedras.

–Elige la que parece que tenga algo que ocultar –le propone Charlotte.

–Le he pedido a Craig que lo tuviera todo preparado –dice él, mientras da por fin con la llave y abre la puerta.

Cada casa a la que van cuenta con varios cuidadores y vigilantes que lo encienden y lo apagan todo cuando ellos no están. El Pez Gordo entra, deja las maletas y empieza a desnudarse, se quita los zapatos, los calcetines, la camisa y los pantalones, y deja un rastro de ropa tras de sí de camino a las puertas correderas que dan al campo de golf. Para cuando llega hasta ellas, ya está en pelota picada. Abre la puerta, sale y corre ganando velocidad a medida que se acerca al agua. Salta y se tira a la piscina en bomba. Es su manera de anunciar su llegada.

–Dios bendito –grita cuando emerge. Sale de la piscina como proyectado–. Está congelada. ¿Por qué no es capaz de hacer algo tan sencillo como calentar el agua de la piscina? Casi me da un ataque al corazón. Aquí y ahora podría haber sufrido el definitivo.

–Siempre es mejor meter primero el pie –le dice Charlotte.

–El pie ya lo debería haber metido él. Esa era la finalidad de las llamadas telefónicas. Asegurarme de que ponía en funcionamiento la piscina para que estuviera caliente el domingo cuando llegáramos.

–Quizá se ha estropeado el calentador.

–Quizá esta gente es idiota. ¿Por qué nadie hace bien su puto trabajo?

–Lo que quieres decir es por qué nadie hace su trabajo tal como lo harías tú.

–Es lo que he dicho.

–Ya sabía que iba a pasar esto –dice ella–. Se veía venir desde el otro lado del río como una tormenta.

–¿De qué hablas?

–Ayer estabas de maravilla, pero, en cuanto llegamos a casa, los dos solos, te desmoronas.

–¿Qué insinúas? –pregunta él con tono agresivo.

–Nada –responde ella.

–Yo que tú no seguiría por este camino.

Ella lo mira perpleja.

–¿Y por qué no?

–Porque no es el momento.

–No sé a qué te refieres.

–Te advierto que pares. –Respira hondo–. El mundo se va a la mierda y no estoy muy contento.

–¿Estás indignado con el mundo y al final, no se sabe por qué, es culpa mía?

–No he dicho esto. –Recoge la ropa.

–Pero en estos momentos resulta que soy un factor que contribuye a ello. –Hace una pausa–. No tengo energía para esto.

–¿Por el alcohol o por las pastillas?

–¿Disculpa?

–¿No tienes energía por el alcohol o por las pastillas? –Es la primera vez que le suelta esto.

Ella no responde. Se queda inmóvil, como paralizada. Es una competición de miradas fijas, que pierde él. Derrotado, sale de la habitación.

Recorre el lateral de la casa en calzoncillos, abre el armario en el que está el calentador y, al hacer varios movimientos para subir la temperatura de la piscina, se caen el cortasetos y una pequeña hacha, que aterrizan peligrosamente cerca de sus pies desnudos. «Puto culomierda», dice, y se pregunta qué significará eso. Sube el termostato del calentador; coge las herramientas de jardín, una en cada mano, y se dirige con ellas hacia los arbustos y palmeras. Ataca el jardín con ánimo vengativo, utilizando el cortasetos como si fuera un machete, moviendo el brazo de lado a lado, deseando empuñar una espada, enfrentándose a las plantas como si fueran un gigantesco dragón. Corta como un poseso; los trozos vuelan en todas direcciones.

Cuando termina, el suelo está sembrado de ramas cortadas, que parecen miembros seccionados a hachazos por un asesino. El sudor le produce picores en los cortes que se ha hecho en la piel. Una vecina que pasa con el coche se detiene y le dice:

–Van a tener que hacer algo con todos estos desechos, porque de lo contrario incurrirán en una violación de las normas de la comunidad de propietarios. Y recuerden que el servicio de basuras no recoge las podas de los jardines.

Él está tentado de gritarle: «Métaselos donde le quepan», pero se contiene.

Mete lo que ha podado en bolsas de basura y las apila en el garaje. Ya se apañará con ellas el encargado del mantenimiento de la casa o del jardín o de lo que sea. Pero tiene claro que no quiere sufrir el escarnio público de recibir un escrito de queja de la comunidad de propietarios o que los vecinos se detengan frente al jardín para soltarle una reprimenda.

Empapado en sudor, que ya apesta, vuelve a meterse en la piscina, y esta vez el agua está más caliente. Lleva a cabo su propia versión de la vuelta al ruedo, tomando notas mentales sobre cómo nivelar los setos; algunos tienen pinta de haber sido sometidos a un corte de pelo no muy profesional.

Luego entra en casa y hace la comida. A su mujer le prepara una rebanada de pan blanco cortado muy fino con pavo sobre una capa de mayonesa tan ligera que es una mera película, una pincelada, la esencia de la mayonesa. Coloca el sándwich en un plato con cuatro encurtidos, le llena un vaso de agua y le lleva ambas cosas a la sala de estar, donde está leyendo un libro.

–¿Ya te sientes mejor? –le pregunta Charlotte.

–¿Es una afirmación o una pregunta?

–Una pregunta.

–Hay cosas que tienen que cambiar.

–Algunas cosas ya han cambiado: la gente ha votado por Barack. –Lo llama por su nombre de pila, dando a entender un trato cercano para mosquear a su marido.

Él coge un encurtido del plato y se lo lleva a la boca. Detesta los encurtidos.

–Es como morder una rana amarga. Y, por cierto, es mucho peor. Se trata de mí.

–¿Es que eres más importante que Barack? –pregunta Charlotte enarcando una ceja.

–No he querido decir eso. Lo que intento decir es que hay cosas que tienen que cambiar. Cosas que tienen que ver conmigo. –Él no suele hablar de estos asuntos–. Si me hubiera dado un ataque al corazón en la piscina, que debía de estar a doce grados, tú no habrías podido sacarme. Me habría ahogado y estaría muerto.

–Habría hecho lo necesario. Soy más fuerte de lo que crees.

–Coge un libro grueso y se lo lanza.

–Tiene gracia –dice él–. ¿Soy el único que se da cuenta de que esto es un punto de inflexión?

–Anoche había cientos, si no miles de personas en las calles –dice ella.

–Estaban celebrándolo; no es el punto de inflexión al que me refiero. La pregunta es: ¿qué se espera de mí?

–¿Qué espera quién? –quiere saber ella.

–Mi país.

–Tu país no sabe ni quién eres. Se trata tan solo de lo que tú esperas de ti mismo.

–No puedo vivir con esto –se lamenta él–. No puedo pasarme los próximos treinta años contemplando cómo se desmorona todo. –Niega con la cabeza–. ¿Cómo puedes no estar furiosa?

–No soy como tú. Tengo deseos diferentes. Algún día tal vez te intereses por saber cuáles son.

–Supongo que esto es una indirecta contra mí, algo sobre mi fracaso, sobre el fracaso de nuestro matrimonio.

Charlotte permanece callada.

–Estoy hablando de otra cosa; no se trata de nuestro matrimonio, sino de la nueva América, la idea de quiénes aspiramos a ser, en la línea de lo que discutían los padres fundadores. Anoche me di cuenta de que anida algo en mi interior, una rabia y un dolor profundos por haberme pasado la vida tratando de hacerme rico y no haber hecho algo más interesante con ella, algo que pudiera cambiar el rumbo del mundo.

–¿Y has dado con una respuesta?

–No.

Charlotte saca una libreta y anota algo.

–Sabes que te estoy viendo –dice él.

–Soy consciente de ello.

–¿Qué has anotado?

—He puesto la fecha de hoy y he escrito: «Raro». Normalmente anoto lo que he comido. Lo que tengo ganas de hacer. Lo que echo de menos.

Él guarda silencio.

—¿Sabes lo que escribió Joan Didion?

Él niega con la cabeza.

—Escribió: «Los que llevan diarios secretos están hechos de otra pasta, son reorganizadores de cosas solitarios y resistentes, descontentos ansiosos, niños afectados al parecer desde el nacimiento por el presentimiento de la pérdida».

—¿Tú eres así?

—En parte.

—Suena a que estás muy aburrida.

—Lo estoy.

—Yo también.

Es la conversación más sincera que han mantenido en mucho tiempo.

—¿Eres consciente de que las personas capaces de cambiar el mundo son una minoría? —El comentario de Charlotte pretende consolarlo.

—No estoy de acuerdo. Cada persona cambia el mundo en pequeña medida.

—¿Desde cuándo te has convertido en don Espiritual?

—No lo sé, me sale de las entrañas, son ideas que regurgito. —Hace una pausa—. Como la bilis.

Miércoles, 5 de noviembre de 2008
Aeropuerto Nacional Reagan
Washington D. C.
15.50 h

El taxista que recoge a Meghan en el aeropuerto es el mismo que la trajo aquí desde el colegio la otra noche. Es uno de los conductores habituales de la compañía de taxis local; lleva el retrovisor engalanado con ambientadores, un plátano de cartón, la lengua de los Rolling Stones y el clásico pino de la marca Royal Pine. La mezcla de todos ellos crea una pegajosa mezcla de aromas frutales dulces y ácidos. Es como si el taxista estuviera desesperado por mejorar el ambiente de su vehículo o bien tratase de enmascarar algún innominado horror. Las chicas del colegio lo llaman señor Diente, porque tiene una pésima dentadura. Muchas de las personas que interactúan con las chicas no tienen nombre, sino mote: taxista diente, taxista gordo, taxista peludo, señora del zapatón del centro de salud, cartero al que le falta un dedo.

—¿Parezco mayor? —le pregunta Meghan.

—¿Mayor de lo que eres?

—Mayor que anteayer. ¿He envejecido?

—¿Has tenido un vuelo movidito?

—No. El vuelo ha ido como la seda, pero no querría ser azafata por nada del mundo.

—¿En serio?

—En serio. El piloto se sienta en su cabinita y se dedica a lo suyo. Si le entra hambre, ellas le llevan algo de comer. Si le entran ganas de mear, ellas bloquean el pasillo para que él pueda utilizar el baño sin que nadie lo moleste. Mientras tanto, las azafatas están apelotonadas al fondo de una lata de sardinas, vestidas con un uniforme que es una mezcla de atuendo de gimnasia y disfraz de camarera de coctelería, obligadas a atender las inagotables peticiones de los pasajeros. ¿Quién iba a querer un trabajo así?

–Supongo que lo que estás diciendo es que no quieres viajar por el mundo y conocer gente interesante. Yo sí me presentaría para ese trabajo, pero el uniforme no me sentaría bien. –Se ríe, mostrando la dentadura destrozada.

–La gente se pone grosera con las azafatas y ellas tienen que seguir sonriendo y tragar sapos.

–Tratar con clientes es todo un reto –dice el taxista. Meghan no pilla la ironía–. Años atrás, pillar un trabajo de azafata era un chollo. Era una escapatoria.

–¿Una escapatoria de qué?

–De lo que fuera de lo que esa mujer quisiese huir; entonces no había tantas opciones laborales. Y para muchas no era un medio para huir, sino un medio para conseguir una meta.

Se produce un silencio. Meghan no tiene ni idea de a qué se refiere el taxista.

–Era una manera de viajar gratis y tal vez conocer a un hombre de un estrato social superior, ya sabes, y casarse.

–Eso es asqueroso –opina ella.

–¿Tú crees? Y, por cierto, ¿tú adónde has ido? ¿Has regresado al futuro? ¿Un viaje en el tiempo? ¿Es por eso por lo que me has preguntado si parecías mayor?

–¿Me has recogido porque estoy dentro de tu ruta habitual o porque soy yo?

–Pillo los trabajos que me ofrecen.

–¿No hay nada personal?

–Oh, no, por supuesto que no hay nada personal.

–¿Recuerdas el día que me recogiste y me llevaste al ortodoncista y me esperaste mientras me retocaban los aparatos?

–No recuerdo los detalles, señorita, pero sí sé que nos hemos visto antes.

Avanzan en silencio un rato.

—¿Te criaste aquí? —pregunta ella.

—Cerca.

—He pasado veinticuatro horas con mis padres. Cuando estoy con ellos es como si me evaporara; apenas hablo. Me ven, pero no me oyen. Cada vez que vuelvo a verlos, me resulta más raro. ¿Es culpa suya o mía?

—Lo que te sucede no te pasa solo a ti; se llama hacerse mayor —dice él—. Se han escrito muchos libros sobre el tema.

Ella no responde.

—En esa calle es donde nació mi abuelo; la casa sigue en pie. Sus hermanos combatieron en la guerra civil. Eso es lo que somos en mi familia: soldados, granjeros y taxistas.

—¿En qué bando lucharon?

—Esa es la gran pregunta, ¿verdad? Lucharon en ambos bandos, porque vivían cerca de la línea Mason-Dixon y tenían personalidades complicadas. ¿De dónde proviene tu familia?

—Mi madre es de Texas, y mi padre, de Wilmington, Delaware.

—El hogar de los DuPont, los responsables de productos químicos persistentes y otros problemas como el teflón. Deberías preguntarle a tu padre sobre su vida. Cada familia tiene su propio repertorio de historias, misterios y secretos.

—Tal vez no todas. Tal vez algunas son normales.

El taxista se encoge de hombros.

—Todas las personas que he conocido que de entrada parecían normales han resultado estar chifladas en cuanto rascas un poco la superficie.

—¿Todavía cultivas la tierra?

—Planto judías y melones, pero soy famoso sobre todo por mis tomates.

—Ese es mi sándwich favorito —dice Meghan—. Tomate y sal marina sobre una rebanada de pan.

—¿Con mayonesa?

—Un montón de mayonesa. —Se ríe—. Por lo que me han dicho, también era el sándwich favorito de mi bisabuelo.

—¿Alguna vez has preparado mayonesa casera? —pregunta el taxista.

—La mayonesa casera no existe. Es como el kétchup y la mostaza; siempre es de bote.

—La gente joven es de lo más sorprendente —murmura el taxista para sí mismo—. Actúan como si lo supieran todo.

Pasan varios minutos en silencio.

—He votado —comenta Meghan de pronto.

—Oh, vaya. —El taxista simula sorpresa.

—Es a eso a lo que he ido. Mi padre me ha obligado a coger un avión rumbo al oeste para votar.

—¿Y por quién has votado?

—Por John McCain —cuenta ella, como si fuera obvio—. ¿Y tú por quién has votado? —pregunta dubitativa, consciente de que no se considera de buena educación preguntarlo.

—Eso es como preguntarte en qué bando has combatido, pero te lo voy a decir en un minuto. Primero explícame por qué has votado a McCain.

—Bueno —dice ella—, he votado por McCain porque es el mejor candidato. Defiende lo que defendemos nosotros.

—¿Y qué es eso? ¿Qué es lo que defendéis?

—Que este debería ser un buen país, un país fuerte, y que todos deberíamos trabajar duro para conseguirlo.

—¿Y el otro tipo? ¿Él cree en lo mismo?

Ella no responde.

—Cualquiera que se presente a presidente quiere esas cosas, la verdadera pregunta es cuáles son sus objetivos para el país. Se ve la diferencia entre alguien que se ha metido en esto solo para hacerse un nombre o para salir por la tele, y alguien al que de verdad le importa el país. Muchos políticos son unos mentirosos redomados; incluso van por ahí diciendo que fueron a la guerra por su país y no es verdad.

—John McCain fue a la guerra.

—Sí, él sí.

—Y cayó prisionero. Creo que a McCain sí le importa el país. Lo he conocido en persona y creo en él.

–Es lo primero que dices que te compro. Crees en él. –Hace una pausa–. ¿Y tus padres también le han votado?

–Sí.

El taxista asiente.

–De modo que, en parte, le has votado porque tus padres lo votan.

Meghan se encoge de hombros. Nunca se le ha pasado por la cabeza hacer lo contrario, pero no iba a confesárselo.

–¿Y tú por qué has votado por Barack Obama? –le pregunta al taxista. Están llegando al colegio; Meghan quiere que vaya más despacio, quiere seguir hablando con él.

–No he votado por Obama. He votado por McCain. Es un veterano y un inconformista, y eso me gusta. No siempre estoy de acuerdo con lo que dice, pero lo prefiero a él antes que a un tipo que se limita a hacer lo que dice el partido.

–¿Obama hace lo que le dice su partido?

–No tengo ni idea.

Meghan siente que le debe al señor Diente una explicación por lo desconcertado que está.

–No he estado solo en Wyoming. También he ido a Phoenix. Fui para estar con John McCain cuando celebrase la victoria, pero... –Rompe a llorar–. ¿Podemos dar una vuelta a la manzana? –pregunta–. No quiero entrar con los ojos hinchados. –Su madre le ha enseñado que los ojos hinchados se arreglan colocándose rodajas de pepino, bolsitas de té o una compresa fría, pero no tiene ninguna de las tres cosas a mano.

El señor Diente da varias vueltas de más; el taxímetro sigue subiendo hasta que por fin entra en el camino de acceso al colegio, cruza las columnas de piedra y avanza por el largo camino flanqueado por robles. Entrar en la Academia es como viajar al pasado. El entorno es sosegado, contenido, ordenado y pulcramente cuidado. Aquí hay normas, tradiciones, maneras de hacer las cosas que no han cambiado desde que se fundó la Academia en 1904. No se puede pisar el césped del patio interior; la misa dominical es obligatoria, al igual que la reunión matutina de todo el colegio de los miércoles. Y siempre que se reúnen todas las alumnas, cantan el himno de la institución, «Te miramos en el cielo», que cuenta también con una versión no oficial: «Le pillamos al camello».

El señor Diente detiene el taxi frente al edificio principal. El coste de la carrera se carga a la cuenta escolar de Meghan, pero ella quiere darle propina y se encuentra con que solo lleva encima el billete de cien dólares que le ha dado su padre esa mañana. Se lo ofrece al señor Diente.

–Supongo que querrás que te dé noventa de cambio.

–Quiero que te lo quedes.

–No lo puedo aceptar –dice, y se lo devuelve.

–Espero no haberte ofendido.

–Cuídate, señorita –le dice, mientras ella sale del taxi.

Señorita. A Meghan le gusta. No es una señora, pero tampoco una niña, y le recuerda un poco al apodo de la esposa de Lyndon Johnson, que era amiga de su abuela materna.

Señorita: ya tiene un nuevo apodo para sí misma.

–Te acompaño en el sentimiento –le dice una de las alumnas extranjeras mientras Meghan sube por la escalera de los dormitorios.

–Gracias –responde ella, sin tener muy claro si la chica se refiere a las elecciones o cree que algún familiar de Meghan acaba de fallecer, que es el motivo más habitual por el que las alumnas vuelven a casa en mitad del curso.

–En el país de mi padre, cada vez que cambia el gobierno muere un montón de gente. Por eso nos fuimos de allí; él no quería estar allí para ver morir a la gente. Mi madre cuenta otra historia; según ella no tuvimos otro remedio que marcharnos. Allí no estábamos seguros. De modo que vinimos a América.

Meghan asiente.

–Eso es lo bueno de la democracia –continúa la chica–. No tiene que morir nadie.

Meghan vuelve a asentir y antes de que la chica siga hablando, dice:

–Lo siento, llego tarde. –Se gira y sube el último tramo de la escalera.

72

—Espero que lo superes pronto –le dice la chica mientras ella pasa junto a unos carteles que anuncian la fiesta de anoche para ver en directo las elecciones y una nota que comunica que la hora oficial para acostarse se ha pospuesto hasta la medianoche.

Meghan cierra la puerta de su habitación y se pone la ropa de equitación.

«La guinda del pastel.» Así es como lo llamaba su padre. Cuando estaba en segundo de secundaria, sus padres empezaron a hablar de su educación. Cuando se mudaron a Wyoming consideraron que los colegios de allí no tenían el nivel adecuado para educar a una futura «ciudadana del mundo». Su madre estaba convencida de que las chicas aprendían mejor sin chicos alrededor. Y ninguno de sus progenitores quería volver a Washington, donde ella había nacido, o a Connecticut, donde habían vivido cuando ella era pequeña. De modo que le metieron a Meghan en la cabeza la idea de que lo mejor era un internado. Visitaron los departamentos de admisiones de varios colegios, en los que le preguntaron cómo se veía a sí misma, qué quería ser de mayor y si tenía algún «talento especial». A Meghan, lo del internado le hacía pensar en Harry Potter, así que le confesó al responsable de admisiones: «Me temo que no soy maga». A lo que su madre añadió: «Pero es una excelente amazona». «Bien, pues resulta que tenemos un programa de equitación muy potente», dijo el responsable de admisiones de la Academia. Su padre metió baza: «Si la admitís en vuestro colegio, le compraré un caballo, y eso será la guinda del pastel».

Lo que dicen sobre las chicas y los caballos es un cliché, pero tiene algo de cierto. «Ese es el problema con los estereotipos», comenta su padre. «Se originan a partir de una mínima verdad.»

La guinda del pastel resultó ser un hermoso caballo negro castrado llamado Ranger.

En cuanto pone un pie en el establo, siente que vuelve a ser ella misma. El esfuerzo físico, los pasos rutinarios que hay que seguir para ponerle a Ranger los arreos y el intenso olor a cuero en el establo le devuelven la percepción de su propio cuerpo.

–Aquí estoy –dice, dándole unas palmadas al caballo–. Ayer te eché de menos. –Le ofrece un manojo de albahaca que ha arrancado del jardín. Al animal le encanta la albahaca.

–No bajes la mirada; mira siempre en la dirección hacia la que quieres que vaya el caballo –les grita en el exterior el instructor a las chicas más jóvenes que están aprendiendo.

Meghan le da un suave talonazo a Ranger y este se pone en marcha. Dan la vuelta por el corto camino que rodea el colegio y salen al trote hacia el bosque. Monta a caballo desde los tres años. A la gente siempre le sorprende que su madre se lo permitiera, dado lo hiperprotectora que es, pero olvidan que Charlotte se crió en un rancho en Texas. Hasta hace poco, cuando se le agravaron los problemas de espalda, Meghan y ella solían salir a cabalgar juntas.

Charlotte es de la opinión de que es un deporte ideal para una chica; montar enseña a manejar el control, la buena postura y lo sobreentendido; así es como lo llama: lo sobreentendido. A lo que se refiere es a la comunicación sin palabras. Meghan considera que así es básicamente como Charlotte y ella se comunican, con miradas, asentimientos y suspiros.

En cuanto salen al claro, Meghan se inclina sobre el cuello de Ranger y salen al galope atravesando el frío aire de Virginia. A Meghan le viene un alud de imágenes de las últimas veinticuatro horas. Ve el rostro de John McCain frente a ella. Tiene los ojos un poco demasiado vidriosos, como canicas. En su imaginación, ella se le acerca y él se alegra de verla; asoma un destello de reconocimiento en su mirada. Meghan está reviviendo el momento en que anoche él entró en la sala para estrechar la mano a los presentes. Sin embargo, no estableció en ningún momento contacto visual ni se entretuvo con nadie; era como si no quisiese que nadie pudiera observarlo con excesiva atención. En una ocasión anterior en que Meghan se lo cruzó en Washington, en un acto social para recaudar fondos, McCain la miró fijamente. Le tomó la mano entre las suyas y le dijo que estaba encantado de conocerla por fin. En ese momento, ella sintió algo especial, una conexión, una inspiración. Ahora, mientras cabalga en ese atardecer, vuelve a invadirla esa sensación. Se pregunta si tal vez John McCain se sintió aliviado al no ganar. ¿No resulta extraño ponerse a pensar en cómo se habrá sentido John McCain? Meghan está haciendo otra vez lo que siempre hace: repasar lo que ya ha sucedido.

Se está haciendo tarde y, entre los árboles casi desnudos, el viento es gélido. Hay verdad en la naturaleza que admira Meghan. La naturaleza no finge, no se esconde, se limita a ser. Los árboles son expresivos. Las piedras cuentan historias. Estas conexiones son más fiables que las que se establecen con otros seres humanos, pues algunos de ellos tienen o bien el deseo o bien la habilidad de ocultar sus emociones o de manipular. Una piedra no hace nada para obtener la respuesta que está buscando. Un árbol no muda sus hojas porque esté celoso de otro, pero puede crecer de una forma distinta si lo bloquean o si crece junto a él un árbol diferente. Meghan está pensando en todo esto cuando se da cuenta de que no tiene ni idea de dónde está. ¿Se ha alejado demasiado? Estaba siguiendo un sendero llamado Bosques del Oeste, pero se pregunta si se ha desviado del camino. ¿Cuánto rato lleva divagando? Guiándose por el cielo y los árboles, da con el río Potomac a su derecha. Ranger y ella están en la cresta de una montaña sobre la corriente de agua; la vista es majestuosa y un recordatorio de que el mundo es inmenso y es imposible conocerlo por completo.

El sol empieza a ponerse y el bosque se ensombrece. La luz que se filtra desde arriba no logra penetrar hasta el suelo. En lo alto, la cola en movimiento de un cervatillo llama la atención de Meghan. Ella ralentiza el paso. El cervatillo permanece inmóvil, mirándola. Algo no va bien. Desmonta a Ranger y tira de él hacia el bosque. Hay una cierva desplomada en el suelo. Meghan sostiene las riendas de Ranger y se acerca. La cierva tiene una considerable herida abierta en un costado y respira con dificultad. A Meghan se le acelera el corazón. La cierva resopla, produciendo un sonido entre un «oh» agudo y un silbido. Meghan hace que Ranger recule un poco, saca el móvil y llama al 911. No sucede nada. Apaga el teléfono, lo vuelve a encender y espera que se cargue. Marca otra vez el 911.

–911, ¿cuál es su emergencia?

–Estoy cabalgando por el sendero del bosque con Ranger y me he topado con una cierva gravemente herida.

–¿Es usted una *ranger* del parque?

–No, estoy en el parque con Ranger.

–¿Y cuál es su emergencia?

–Un animal herido –grita Meghan, por si el volumen es parte del problema de entendimiento.

–¿Ha tenido usted un accidente con un animal en su vehículo de motor? ¿Está usted herida?

–No, estaba cabalgando con Ranger y nos hemos topado con el animal herido en el bosque.

–¿Cómo se llama usted, Ranger?

–Me llamo Meghan Hitchens. No soy una *ranger*. Estoy al final del sendero. Hemos dejado atrás el río a la derecha y me dirigía al final, donde me he topado con el animal herido.

–¿Va usted en coche?

–No, voy montada a caballo.

–¿A caballo? –El tono de la mujer es de suspicacia.

–Sí.

–¿Y el animal está herido?

Meghan no logra comprender si el problema es tecnológico, si es por el móvil o porque está en medio de un bosque. La está empezando a sacar de sus casillas.

–¿Pueden enviar ayuda? El animal está sufriendo y yo no sé qué hacer. No sé dónde estoy exactamente ni cómo salir de aquí.

–¿En qué calle está?

–No estoy en una calle. Estoy en el bosque, tal vez frente a Bear Island, tal vez cerca de Matildaville...

Se produce un silencio; alguien, de fondo, parece estar haciéndole una serie de preguntas a la operadora.

–Voy a tener que pedirle que me aclare su situación para que podamos redirigir su llamada. ¿NO está usted involucrada en un accidente automovilístico?

–No, estoy con mi caballo y nos hemos topado con un ANIMAL herido.

–Voy a transferir su llamada al departamento de policía, no cuelgue.

–Policía, ¿cuál es su emergencia?

–Comisaría, tengo una llamada redirigida desde emergencias. Me dicen que la persona que llama está en línea. ¿Está usted ahí, señora?

–Sí, sigo aquí. Se está haciendo de noche.

–¿Sabe de qué sendero se encuentra usted más cerca? –pregunta la operadora de la policía.

–No estoy muy segura; estoy por detrás de Great Falls; de eso estoy bastante segura.

–¿Podría usted encontrarse con el agente en el inicio del sendero?

–No –responde Meghan–. No, me he adentrado mucho en el bosque, donde me he topado con el animal, y llevo un caballo.

–No podemos enviar a un agente al bosque –dice la operadora.

–Si le digo que me he perdido, ¿no va a enviar a nadie a buscarme?

–¿Se ha perdido usted?

–Estoy en medio del bosque.

–¿Cómo se llama usted?

–Me llamo Meghan Grace Hitchens. Si alguien intentara matarme, a estas alturas ya estaría muerta. Pensaba que el 911 era para atender emergencias.

–Debo informarle de que las llamadas se graban y proporcionar información falsa se considera un acto delictivo.

–Llamo para pedir ayuda –grita Meghan; su voz provoca que el cervatillo retroceda un poco hacia las profundidades del bosque.

–Tranquilícese. –Un silencio–. Hemos enviado a un agente –dice la operadora–. ¿Me confirma que su número de móvil es el 307-656-7482? ¿Y de dónde es este código de zona, el 307?

–De Wyoming. Soy de allí.

–¿Y me ha dicho que es alumna de la Academia?

–Correcto –confirma Meghan.

–De acuerdo. Hay un agente en camino. Por favor, no se acerque al animal herido.

–Entendido.

Ata a Ranger a un árbol cercano y trata de aproximarse a la cierva intentando no ahuyentar al cervatillo del todo. Ahora lo oye, más que verlo. La respiración de la cierva se acelera y se vuelve más profunda. Meghan se siente desamparada.

Pasados veinte minutos, vuelve a marcar el 911.

–Aquí está ya muy oscuro y hace mucho frío –le dice a la operadora.

–¿Está usted en peligro inmediato?

–¿De verdad está viniendo alguien?

–Sí, estamos de camino. –Vuelve a confirmar su nombre y número de teléfono.

–No me queda mucha batería. Anoche me olvidé de cargar el móvil.

–Manténgalo encendido mientras pueda.

Cuarenta minutos después de la primera llamada, vislumbra luz entre los árboles, lejana, pero acercándose. Llega un agente en moto.

–La llevo en el maletero. Es mucho más rápido que moverse a pie.

Meghan lo conduce a través del espeso bosque hasta donde está la cierva herida.

–Lo más probable es que la haya atropellado un coche –dice el agente.

–¿Se pondrá bien? Por ahí está su cervatillo. ¿Puede venir a ayudarnos algún veterinario? –Meghan se siente aliviada cuando do el agente saca una linterna y se acerca a la cierva.

–Te voy a pedir que no te acerques –le dice él.

Meghan da un paso atrás para dejar espacio al agente. Mientras este se acerca, la cierva trata de levantar la cabeza. A Meghan le parece una escena enternecedora; la cierva está agradecida por la ayuda. El agente apunta con la linterna a la cara del animal. Antes de que Meghan pueda decir o pensar nada, el policía desenfunda la pistola.

Bang.

Ranger relincha y retrocede, desata las riendas del árbol y huye al galope.

Bang.

Meghan sale corriendo tras Ranger.

—Joder —dice el agente, que sale corriendo tras Meghan.

Ella corre más rápido.

—Aléjate de mí.

—Detente.

—Tengo que recuperar a mi caballo.

Meghan se adentra en el bosque por el punto en que Ranger ha abandonado el sendero. El agente pide refuerzos por radio. Tanto el caballo como la niña han desaparecido y no logra ver a ninguno de los dos.

—¿Me oyes?

Meghan no le hace ni caso.

—Ranger, ¿dónde estás? Vamos, caballito. ¿Recuerdas la promesa que hicimos, no abandonarnos jamás el uno al otro? —Mientras busca al caballo, trata de hacer pactos con él—. Si vuelves, no regresaré a casa por Navidad; me quedaré contigo y saldremos a cabalgar a diario. Quizá te pueda llevar conmigo de viaje. Podríamos volver a ese sitio en Florida, ¿cómo se llama? Wellington. ¿Recuerdas cómo te gustó cuando estuvimos? Caballito, ¿dónde estás?

Se pone a cantar canciones navideñas. «Nos guías hacia Oriente, seguimos avanzando.» Está muy oscuro y se ha perdido. Encuentra a Ranger en un claro entre varios árboles, una silueta oscura en la oscuridad. La silla de montar le cuelga a un lado, como si hubiera estado en una batalla. Meghan se agacha y recoge varias hojas secas y las estruja en la mano. Hacen un ruido muy parecido al del envoltorio de las galletas de mantequilla de cacahuete que compra en la máquina expendedora. Unas galletas que le gustan mucho a Ranger. Meghan nota que el caballo ha reconocido el ruido.

—¿Así que quieres mis galletas? —dice, mientras se le acerca, sin dejar de estrujar las hojas. Lo mira fijamente a través de la oscuridad y no le quita ojo hasta que baja la cabeza. Le rodea el cuello con las manos y coge las riendas–. Me has asustado mucho.

Está en un campo oscuro, acariciando el hocico de Ranger.

–Tengo dieciocho años; ayer voté por primera vez, es allí donde estuve. Pensé que todo iba de maravilla...

Miércoles, 5 de noviembre de 2008
Palm Springs, California
16.47 h

En el preciso momento del ocaso, a las 16.47 h, Charlotte se prepara un cóctel. Una de las ventajas de la casa de Palm Springs es que las paredes son de cristal; así siempre sabe qué hora es. Bourbon, vermut dulce y seco, bíter y una cereza empapada en marrasquino, todo vertido en una copa fría. Tiene copas preparadas en el congelador. La cereza es lo único dulce que se permite.

Se acerca la hora de la cena. Normalmente se quedan en casa. Normalmente, él mete carne en el horno y a veces también un pimiento o un calabacín, y a eso lo llaman una comida. Pero hoy él ha decidido hacer una reserva para cenar fuera. Cree que les irá bien un cambio de rutinas para arreglar la situación.

–Te voy a llevar a cenar –le anuncia.

–Oh. –La expresión de su rostro es de perplejidad.

–He reservado en el Melvyn.

Dado que les preocupa la impresión que causan en los demás, se visten para la ocasión. Se acicalan a conciencia. Cuando se encuentran en el vestíbulo, ambos quedan satisfechos del empeño que han puesto, no solo para complacer al mundo, sino también a ellos mismos.

–Estás fantástico –comenta ella.

–Parezco un huevo de Pascua. –Lleva pantalones amarillos, camisa rosa, suéter azul claro y unos mocasines blancos Gucci–. Hueles a huerta de naranjos –dice él.

81

Salen de casa a las seis menos cuarto. Se han convertido en esa clase de gente que cena a las seis y quieren estar de vuelta en casa a las siete y media. No les gusta tener que conducir de noche y quieren acostarse temprano. Las nueve de la noche es la hora idónea para meterse en la cama, para quedarse a solas, para estar con uno mismo, para dar por concluida la jornada laboral como pareja.

En cuanto se sientan en la mesa del Melvyn, Charlotte pide otro manhattan. Después, un filete a la Diana. Él opta por las vieiras y un whisky solo.

Ella pide una segunda ronda. A él le sorprende que no parezca más ebria. Está delgada como un palillo, pero aguanta de maravilla la bebida. Cuando eran más jóvenes, era algo a lo que todo el mundo aspiraba.

–¿Y si las cosas hubieran ido de un modo diferente? –pregunta él.

–¿Y si...? –repite ella–. Hay millones de «y sí...» y solo un «así ha sido», que es donde estamos ahora mismo.

–Me gusta tu actitud –dice él–. Siempre has sido pragmática.

–Que te llamen pragmática rara vez es un cumplido –replica ella–. Desafiante tiene su punto. Cautivadora es difícil de sostener en el tiempo. Pero al menos no se te ha ocurrido decirme que estoy bien conservada.

–Jamás lo haría. –Hace una pausa–. Somos una especie de milagro, ¿no crees? Hemos vivido.

–¿En serio? No dejo de pensar que mi vida empezará cualquier día de estos.

–No hay ningún momento mejor que el presente –dice él. Y sigue una larga pausa.

Silencio.

–Nunca he pretendido hacerte daño.

Charlotte no responde nada.

–Siempre he querido lo mejor para ti. Sé que no soy ningún chollo.

–¿Un bollo?

–No, sé que no soy de trato fácil.

–No todo gira a tu alrededor.

–Desde luego que no –dice él–. Te veo sufriendo y quería decirte algo. Hay muchas cosas de las que nunca hablamos.

–Parece imposible hacerlo.

–No digo que esté bien o mal. Es doloroso. Sé que lo sabes.

–Pues sí. Algún día saldrá a flote. Se escapará o explotará o será exhalado en un solo suspiro. –Se acaba la copa.

–Para mí es importante que te cuides –dice él.

–Estarás bien.

–No estoy preocupado por mí.

La conversación se tensa y se estrangula. Hay años de vida en común inexplorada. Cada uno tiene su propia versión de los acontecimientos que provocaron la desconexión entre ellos. Se han alejado el uno del otro por puro instinto de autoprotección, en parte por el miedo a lo que pudieran acabar diciendo o el daño que pudiesen acabar haciéndose.

Charlotte le hace una señal al camarero para que le sirva otra ronda. Él le unta los panecillos con mantequilla.

–Siempre te han gustado los bollos –le dice, riéndose.

–Me estás poniendo nerviosa. Ya sabes que no como pan. No te preocupes por mí. ¿Qué más ha dicho Tony sobre lo de anoche?

–La gente está mandando currículums y poniendo sus casas en venta. Ya ha empezado a moverse la corriente, pero no con tanta fuerza como en los viejos tiempos. ¿Sabías que desde el 11-S el número de puestos de trabajo confidenciales se ha multiplicado hasta los cientos de miles? Eso significa cientos de miles de tíos sentados ante un escritorio en alguna oficina entre Bethesda y Alexandria.

Se acerca el camarero con el carrito y se pone a preparar el filete a la Diana delante de ellos. Es el plato favorito de Charlotte. Lo que más le gusta es el olor que desprende.

–Estoy destrozado por lo sucedido –comenta él, mientras el camarero añade ingredientes en la sartén del carrito.

–¿No lo veíais venir?

–Por lo visto no.

El camarero se pone visiblemente tenso y retoca a toda prisa el fuego del hornillo bajo la sartén.

–Nos preocupa el país; no creo que sea egoísta no querer que se vaya a la mierda. –Niega con la cabeza–. No he servido adecuadamente a mi país.

–Bueno, entre tus pies planos y el riñón que te falta, nunca estuviste hecho para la vida militar.

–Cuando nos conocimos, solíamos hablar de qué queríamos llegar a ser.

–Sí. Tú querías ser Andrew Carnegie, pero tenías la sensación de que eso ya no era posible

Él asiente.

–Tampoco te ha ido tan mal –dice ella–. Querías ser rico y poderoso y que cuando hicieras una llamada te pasaran de inmediato.

–Eso no es suficiente.

Guardan silencio mientras el camarero les sirve. Se queda junto a la mesa hasta que empiezan a comer. Ella alza la mirada y le dice:

–Está perfecto. Gracias.

–¿Sabes qué quería ser Tony?

–¿Qué?

–Adivina.

–¿Embajador en Francia? –tantea ella.

Él se ríe.

–No. Te voy a dar una pista. Se ven sobre todo a las cuatro de la tarde o a las once y media de la noche.

Charlotte está desconcertada.

–¿Comentarista deportivo?

–Presentador de un programa de entrevistas. Le fascinaban David Frost y Dick Cavett. Pero ni siquiera lo intentó, le preocupaba demasiado lo que pensaría su familia. El mundo del espectáculo y todas esas cosas. Siempre lo machacaron por considerarlo demasiado blandengue.

–Qué curioso –dice Charlotte–. Cuando eras niña, nadie te preguntaba qué querías ser; lo único que te preguntaban era con qué tipo de hombre te querías casar.

84

Miércoles, 5 de noviembre de 2008
McLean, Virginia
19.43 h

En las profundidades del bosque, restalla a lo lejos el ruido de varios radiotransmisores. Asoman haces de luz de linternas entre los árboles.

–Estoy aquí –grita Meghan, preocupada porque el idiota de la pistola acabe disparándole–. ¿Me oís? ¿Vais armados? ¿Me vais a disparar?

Antes de que se acerquen, los oye hablar por radio.

–La hemos localizado.

Las voces reverberan en el bosque casi como si fueran los árboles los que hablaran.

–Soy la agente Robinson –grita una voz femenina.

–Por favor, no me disparéis.

–Nadie te va a disparar. –La agente Robinson está cada vez más cerca–. Te van a recoger con un *quad* y yo llevaré al caballo de vuelta a casa.

–No pienso abandonar a Ranger.

–No podemos permitir que lo montes a oscuras. Y es un trecho muy largo –dice la agente Robinson.

–No me importa caminar –replica Meghan.

Después de un largo tira y afloja, la agente Robinson le coloca a Ranger unas bandas fluorescentes de color verde en los arreos y hace lo mismo con Meghan.

Cuando llegan al inicio del sendero, los agentes rodean a Meghan. La agente Robinson permanece a su lado, sosteniendo las riendas de Ranger. ¿Por qué la han rodeado?

85

–Te ha estado buscando un montón de gente –le dice uno de los polis, como si Meghan se hubiera metido en un lío.

–Dile eso al idiota de la pistola –responde ella, antes de percatarse de que quien le está hablando es el idiota de la pistola.

–No sabía que no tenías al caballo bien agarrado por las riendas.

–Ranger estaba atado a un árbol. Si lo hubiera tenido agarrado de las riendas, podría haber sido mucho peor. ¡Al retroceder se me podría haber echado encima! Era una cierva, una madre con su hijo. ¿Por qué no la ayudaste?

–Según el protocolo, si nos encontramos con un animal salvaje herido, le aplicamos la eutanasia de la forma más segura y rápida posible.

–No parabas de dispararle.

–¿Cuántas veces disparaste? –le pregunta al agente su jefe.

–Dos –responde el agente antes de que Meghan pueda articular palabra–. Una para quebrarle el cráneo y otra para rematarla. Me coloqué a dos o tres metros para que no me salpicara la sangre.

Al oír eso, Meghan empieza a gimotear.

–Eso no está bien. Yo no estoy bien. Eso no está bien.

–¿Nos puedes explicar por qué te has escapado del colegio? –le pregunta uno de los agentes.

–¿Por qué iba a escaparme?

–Dímelo tú.

–Espera, ¿qué?

–Al volver al colegio por la tarde estabas enfadada; has cogido el caballo y te has escapado.

–Eso no es lo que ha pasado.

–Una de las chicas del colegio te vio y nos ha dicho que parecías enfadada. –El agente apoya una mano en la cadera y con la otra sostiene la pistola.

–Salí a cabalgar con mi caballo porque es lo que más me gusta del mundo. Me perdí y llamé pidiendo ayuda porque pensaba que vuestro deber era proporcionármela. Y entonces ese agente le pega un tiro a la madre de Bambi como si esto

86

fuera una película de terror. ¿Te ha contado que el cervatillo lo vio todo y ahora debe de estar vagando solo por el bosque? ¿Ha mencionado al cervatillo?

—Pareces muy alterada —dice el poli, con un tono más próximo a la reprimenda que a la compasión.

—Estoy alterada —reconoce ella—. Tengo la sensación de estar volviéndome loca. Todo esto es una locura. —Los policías que la rodean se acercan más a ella.

—¿De verdad? —le pregunta el agente—. ¿Has tomado algo?

—¿Algo como qué?

—¿Drogas?

—Ay, por Dios, ¿me lo preguntas en serio? —Permanece inmóvil, negando con la cabeza—. Esto ya es demasiado —murmura para sí misma.

Se aparta del agente que la ha estado interrogando y saca el móvil. Llama a Tony. Llama a Tony porque es lo que harían sus padres. Siempre que se sienten abrumados o desbordados llaman a Tony. Para eso están los amigos. Para eso están los fontaneros, para arreglar las cosas. Tony hace ese trabajo en la Casa Blanca.

Tony responde al primer timbrazo.

—Hola, pequeña, ¿qué pasa?

—No sé cómo explicártelo. Pero algo va mal. Algo va muy mal y necesito tu ayuda.

—¿Dónde estás?

—Estoy junto a un camino con Ranger, rodeada de agentes de policía armados que me están preguntando si he tomado drogas y un millón de cosas raras más.

—Lo que me cuentas no tiene sentido. ¿Estás herida?

—No estoy herida. Aunque me hubieran podido pegar un tiro.

—¿Puedes pasarle el teléfono al agente?

—¿Quién está al mando? —pregunta Meghan, alzando y moviendo el móvil ante el grupo.

—¿Quién quiere saberlo? —pregunta el policía que la estaba interrogando.

–Tony Armstrong, de la Casa Blanca. Asistente especial del presidente. –Normalmente no soltaría de entrada este tipo de información, pero la situación se ha descontrolado demasiado–. Quiere hablar con la persona al mando.

Los polis se miran unos a otros, hasta que la agente Robinson da un paso al frente y responde la llamada.

–Hola, señor Armstrong...

Miércoles, 5 de noviembre de 2008
Palm Springs, California
18.15 h

Avanzadas tres cuartas partes de la comida, suenan los teléfonos de ambos. Él lo tiene en el bolsillo del pantalón; ella, en el bolso. Él ni sabía que ella lo llevaba consigo. Se miran: no pueden ser buenas noticias.

Los otros comensales se giran hacia ellos. Él saca su móvil y lo abre.

—Meghan está bien —informa una voz al otro lado de la línea.

Nota un sudor frío por la cara.

—Soy la señora Hayes, de la Academia...

La voz que penetra en el oído del Pez Gordo, en un primer momento inquietante, adquiere un tono más monótono mientras él se recupera de la lividez provocada por el primer impacto y le vuelve el color a la cara cuando queda claro que las noticias no son funestas.

—¿Todo bien? —le pregunta Charlotte en cuanto cuelga. Le hace una señal al camarero para pedir otra copa.

Él asiente.

—Cuando nos han sonado los dos teléfonos a la vez, he dado por hecho que no podía ser nada bueno. He pensado que se había estrellado el avión. O que lo de ayer había sido demasiado para ella, el viaje, la emoción de ejercer el voto y después el fiasco. Está en esa edad en la que los hijos se pueden torcer, en que puedes perderlos sin motivo alguno.

–Pero ¿no te han dicho que está bien? –comenta Charlotte–. Has hecho un buen trabajo con ella. Te respeta muchísimo.

–Da igual lo bien que lo hagas, puede suceder una desgracia igualmente. Si algo me ha enseñado lo sucedido estos días es justo eso. –Pide con un gesto la cuenta–. Está claro que no os estoy prestando suficiente atención ni a ti, ni a ella, en sea lo que sea lo que os esté pasando.

–Bebe un poco de agua.

El Pez Gordo paga en efectivo y añade una generosa propina.

–Disculpas por el barullo –le dice al camarero–. Nos hemos llevado un buen susto.

–No pasa nada –responde el camarero.

–Todavía estoy alterado –le dice a Charlotte mientras salen del local–. Este es el resumen: todavía estoy alterado.

Miércoles, 5 de noviembre de 2008
McLean, Virginia
21.40 h

La puerta de la directora está entrecerrada, pero Meghan oye gente hablando en el despacho.

–Hay que recordarle que lo de salir a cabalgar por el sendero es un privilegio y lo mejor será que de momento no salga del perímetro –dice alguien; ella no reconoce la voz.

–Hay que seguir las normas; somos una comunidad y, para que todo funcione, debemos atenernos al código de conducta establecido.

Meghan está pegada a la puerta, escuchando, mientras juguetea con el fénix del collar que se ha comprado esta mañana.

–Debe tener claro qué se espera de ella.

Incapaz de seguir soportándolo, Meghan llama a la puerta.

–Adelante.

–No he sido yo la que ha disparado la pistola –suelta de forma abrupta.

–Nadie te está acusando de nada –dice una profesora.

–Entonces ¿por qué me castigáis? –Meghan hace una pausa–. Odio este lugar, lo odio todo, odio toda mi puta vida.

La directora y las demás personas presentes la observan.

–No he hecho nada malo, jamás en mi vida. ¿Y ahora, de repente, resulta que me he metido en un lío porque los demás no saben hacer su trabajo? Me largo. ¿Qué os parece? Me largo, con perdón por la expresión. Así no tendré que pasar por otro día como el de hoy ni me castigarán por ello. Y os recuerdo que no tengo por qué estar aquí, en este colegio. No me podéis obligar a quedarme. Estoy emancipada.

–Si nos disculpáis un momento –les dice la directora a las otras dos mujeres presentes, que parecen perplejas ante el arrebato de Meghan.

–Por supuesto. –Salen de forma apresurada.

–¿Cerramos la puerta? –pregunta una de ellas.

–Sí, por favor.

–Siéntate –le ordena la directora a Meghan, que no quiere hacerlo, pero acaba cediendo.

La directora se sienta tras su escritorio con aire pensativo. No sabe muy bien cómo proceder.

–Es injusto –se queja Meghan–. El día puede empezar en un punto en el que todo parece obvio y terminar en otro en el que ya nada está claro. –Ha desaparecido cualquier atisbo de control, de certidumbre. Este es el brutal despertar que siente en estos momentos.

–¿Quieres beber algo? –le pregunta a Meghan la directora. Sin esperar la respuesta, se dirige al pequeño mueble bar que tiene en el despacho y llena dos vasos, uno corto y otro largo–. Esto no ha sucedido –le dice a Meghan mientras le tiende el vaso–. Las directoras no les sirven bebidas a las alumnas. Y, por mucho que lo intentes, nadie te creerá.

–Nunca ha sucedido –confirma Meghan mientras bebe un sorbo.

–No creo que debas irte; estás justo empezando. Aunque has armado una buena bronca, parece que has encontrado tu propia voz y eres perfectamente capaz de defenderte por ti misma.

Meghan se encoge de hombros.

La directora apura su vaso y se vuelve a servir. Sin embargo, está claro que Meghan no está pensando en un segundo trago.

–Estábamos muy preocupadas por ti.

–Si todo el mundo estaba tan preocupado, ¿por qué la policía ha tardado cuarenta minutos en llegar hasta donde estaba?

–Porque, como te habrás dado cuenta, no todo el mundo

tiene la mente de un genio. –La directora se acaba el trago y se sirve un tercero.

–¿Qué pasa cuando la gente que se supone que debería ayudarte es incapaz de hacerlo? Aparecen y hacen todo lo contrario de lo que esperarías de ellos. En lugar de salvar a un animal, lo matan. No lo entiendo.

–Creo que en realidad sí que lo entiendes –dice la directora–. Y por eso estás tan alterada.

Otra virginidad perdida, piensa Meghan, pero no dice nada.

–A veces las cosas son más complicadas de lo que una cree, no siempre disponemos de toda la información.

–Les dije quién era y dónde estaba.

La directora respira hondo.

–Esta historia acabará sin duda saliendo a la luz, de modo que será mejor que sea yo quien te la cuente. De hecho, es engañosa y hace que todo parezca un cuento de hadas, cuando en realidad es todo lo contrario. Si te cuento esto no es como una explicación o una excusa, sino porque permite ver el cuadro completo; a menudo hay cosas que no sabemos, un trasfondo.

–¿Tiene algo que ver conmigo? –pregunta Meghan.

La directora niega con la cabeza. Y durante los siguientes veinte minutos le cuenta a Meghan la horripilante historia de dos chicas. Una de ellas fue agredida cerca del campus, pero sobrevivió. La que sobrevivió estaba convencida de que su atacante volvería a actuar y no paraba de advertírselo a todo el mundo, pero a nadie parecía preocuparle; borraron esa idea como una forma de reacción traumática. Sin embargo, ese hombre regresó y agredió a una segunda chica que se parecía físicamente a la primera, y la asesinó.

–¿Dónde?

–En el bosque.

–¿En ese bosque?

La directora asiente.

–Sí.

Meghan siente un escalofrío.

–¿La asesinaron en el bosque en el que he estado cabalgando con Ranger? –Todo era perfecto hasta que ha dejado de serlo.

Por primera vez, Meghan siente la amenaza de fuerzas externas. ¿Es a eso a lo que se refería la directora con lo de perder la candidez?

–De repente, nada tiene sentido. Es como si me hubiera cortocircuitado el cerebro.

–A tu cerebro no le pasa nada –le asegura la directora.

Meghan se queda unos instantes sin habla.

–Me he perdido –dice por fin. Y sigue una pausa–. ¿Atraparon al asesino?

–Sí.

–De haberlo sabido, no habría ido al bosque.

–Por supuesto –dice la directora–. Esa es la gran pregunta. ¿Saber te empodera o te inhibe? Las jovencitas son proclives a sufrir ansiedad. Saber lo que ha sucedido puede hacer que se sientan inseguras; disponer de la información las puede bloquear, inhibir.

–Lo sucedido tiene que servir para algo –dice Meghan.

–Eso espero. En ese caso, la policía hizo un pésimo trabajo tratando de localizar a la chica; si hubieran actuado con más rapidez, tal vez hubiese sobrevivido. Y hoy, ¿alguna de las personas con las que has hablado sabía lo que había sucedido? Una quiere creer que existen protocolos para protegernos, pero en realidad dependemos de nosotras mismas mucho más de lo que creemos. –La directora guarda las cosas que tiene encima del escritorio–. Ha sido un día muy largo. ¿Qué te parece si te acompaño hasta el dormitorio?

–Muy bien, pero antes querría darle las buenas noches a Ranger.

La directora asiente.

–¿Cómo se llamaba esa chica? –pregunta Meghan, de camino al establo.

–Shhh –dice la directora–. Ya ha sido suficiente por esta noche.

Miércoles, 5 de noviembre de 2008
Palm Springs, California
20.10 h

De regreso a casa, al Pez Gordo le suena el móvil; se mete en una calle residencial y aparca bajo una farola.

–Hola, palomita –dice, llamando a Meghan por un viejo mote–. ¿Estás bien? ¿Qué demonios ha pasado?

Mientras su hija le cuenta lo sucedido, un coyote atraviesa la calle unos quince metros por delante del vehículo. Él se lo señala a Charlotte. El coyote se mete por el camino de acceso a una casa. Al poco rato se oyen un montón de gruñidos y salen corriendo varios gatos que se suben al árbol que hay junto al camino de acceso. El coyote reaparece en la calle por donde desapareció y se queda mirando. El Pez Gordo pega un largo y sonoro bocinazo.

–¿Estás en un embotellamiento?

–No, cariño. Estoy en el coche con tu madre; hemos cenado fuera y estamos volviendo a casa. Tu madre quiere saber si el caballo está bien.

En una de las casas, alguien enciende una luz y pega la cara a la ventana. El Pez Gordo enciende y apaga los faros, para iluminar un instante al coyote.

–Ranger es increíble –dice Meghan–. La guinda del pastel.

–Tu madre quiere que te diga... Toma, ¿por qué no se lo dices tú misma? –Le pasa el teléfono a Charlotte y sale del coche para echar un vistazo a los gatos que han trepado al árbol.

–Por la mañana comprueba cómo tiene las patas el caballo;

95

asegúrate de que no tiene ningún rasguño –le pide Charlotte–. A veces, cuando te sales de los caminos, pueden producirse rasguños o abrasiones que se pueden infectar si no les aplicas desinfectante. Buena chica. Anda, vete a dormir. –Charlotte saca el móvil por la ventanilla del coche.

–Que duermas bien, cariño, hablamos mañana –se despide el Pez Gordo.

–¿Y ahora qué? –pregunta Charlotte.

–Los gatos se han subido al árbol y el coyote está ahí plantado, acechando.

–¿Y pretendes quedarte en medio de la calle para ver cómo acaba la cosa? ¿Estás seguro de que es un coyote y no un mapache? ¿Vas a encaramarte al árbol?

–Muy graciosa.

El Pez Gordo se dirige a la puerta de la casa de la que cree que han salido los gatos y llama al timbre. No abre nadie. Vuelve a llamar.

–No abro por un buen motivo –informa una voz femenina detrás de la puerta.

–De acuerdo –dice él a través de la puerta–. Solo quería advertirle de que sus gatos se han subido a un árbol y hay un coyote merodeando.

–No será una broma, ¿verdad?

Él nota que la mujer lo está observando por la mirilla.

–¿Tengo pinta de bromista?

Se abre la puerta.

–Sus gatos se han encaramado al árbol –le dice, señalándolo–. Y el coyote está ahí. –El dedo con el que señala se desplaza en dirección a la casa vecina.

La mujer se asoma, se tapa la boca con la mano y lanza un sonoro y agudo silbido.

–Ginger, ven aquí –ordena–. Ahora mismo, ven aquí.

Y el coyote emerge de entre las sombras y avanza hacia la casa. Sobre sus cabezas, los dos gatos gruñen.

–Ginger, explícale a este hombre que no eres un animal salvaje.

96

Ahora que las pupilas se le han ajustado a la luz y el ritmo cardiaco ha vuelto a la normalidad, se percata de que el coyote no es en realidad un coyote ni un mapache, sino un huesudo pastor alemán de orejas puntiagudas y larga cola.

–De acuerdo –dice y empieza a alejarse de la casa–. Que pase una buena noche.

En el coche, Charlotte se carcajea.

–No tiene gracia –dice él al entrar–. No tiene ninguna gracia.

Ella desliza la mano hacia la nuca de él y le hace cosquillas, un gesto cariñoso que hace años que no se daba. Él se estremece.

–Has estado muy bien ahí fuera –comenta ella–. Se te veía firme y con autoridad.

Cuando llegan a casa, él la abraza con un gesto impulsivo y hunde la nariz en su cuello. Flor de azahar. Sin perder un segundo, tira de ella para conducirla hasta la habitación de invitados.

–¿En la habitación de invitados?

–Las cosas tienen que cambiar –dice él.

No es tanto un acto pasional, sino más bien impetuoso, la necesidad de aliviar una cacofonía de sobrecargas químicas acumuladas por la angustia generada por la llamada telefónica y la descarga de adrenalina por el perro, por la ira y todo lo demás que llevaba tiempo callándose. Bang, bang, bang. Es como un ajuste de cuentas de la mafia. Primario, contundente, rápido, como si no hubiera sucedido nada entre ellos durante años. Se acometen mutuamente y después caen rendidos en la cama, desfondados y bebidos.

Sucede como algo independiente de ambos, como si hubieran sido poseídos.

Y un instante después están de nuevo distanciados, como dos desconocidos, aturdidos. Se quedan adormilados durante una hora más o menos, y después él la acompaña al baño y por el pasillo hasta el dormitorio principal.

–Me siento como un condón usado –sentencia ella–. ¿Cómo lo llamaban, una goma?

Una vez en la cama, ella se gira hacia él por propia iniciativa y vuelve a empezar, esta vez de forma más parsimoniosa y cómplice, e incluso se diría que con alegría, pero eso sería exagerar. Ese sería el término de la mediana edad para referirse a la pasión. Hicieron el amor con alegría; qué horror.

Hacen el amor con parsimonia, porque la cosa no da para más. Es la primera ocasión en su vida que lo hacen más de una vez en una ronda. Así es como lo solían llamar, una ronda. Hacen el amor con más lentitud y queda claro que fuera lo que fuese lo que ha sucedido antes no ha sido una casualidad o una rareza. Emerge algo que se podría denominar ternura o afecto, reciprocidad, y que se detiene justo antes del deseo o, Dios no lo quiera, la lujuria.

Y después, de forma inevitable, llegan la incomodidad y el distanciamiento. Ninguno de los dos se atreve a preguntar qué ha significado eso o qué giro puede suponer en la relación. Pero es un triunfo personal para ambos y ninguno de los dos quiere arriesgarse a fastidiarlo.

—Solo quiero que sepas que puedes contar conmigo —le dice él abrazándola.

—Gracias —dice ella.

—¿No te parece irónico que estuviéramos hablando de nuestras cosas y de pronto haya sucedido algo?

—¿Te refieres al sexo? —pregunta ella.

—No. A la llamada de teléfono. Me ha resultado complicada. Nuestra hija está cambiando.

—Se está convirtiendo en una persona hecha y derecha. No va a seguir eternamente prendada de ti; no va a hacer siempre lo que tú quieras.

—Me parece bien.

—Estás mintiendo.

—No de manera intencionada. Espero acostumbrarme. Irme haciendo a la idea. —Se acurruca junto a ella—. Ya sabes que incluso Cindy McCain pasó por desintoxicación; no hay nada de lo que avergonzarse. Seguro que no le importaría explicarte su experiencia.

—No necesito ir a desintoxicación —replica ella tensa.

—Eres muy infeliz.

–Sí.

–¿Sabes por qué?

–Me he olvidado de tener mi propia vida. Llevo un cuarto de siglo viviendo la tuya. La última vez que tuve vida propia tenía unos once años.

–¿Qué hacías?

–Tomaba lecciones de claqué –responde ella de inmediato.

–Pues vuelve a apuntarte.

–Pues quizá –dice ella, girándose y apagando la luz.

Un silencio.

–¿Ya has pasado por el cambio?

–¿Disculpa?

–El cambio, es así como lo llaman.

–¿Por qué me lo preguntas?

–Quería saber si ya te ha sucedido.

–Sí, hace mucho tiempo que no tengo la regla.

A él le viene a la cabeza que Meghan y el caballo se han perdido, y su mujer pregunta si el caballo está bien, pero no se interesa por el estado de Meghan. Si a él se le ocurriera preguntarle al respecto, ella le respondería que ya sabía que Meghan estaba bien, pero los dos son conscientes de que la cosa no es tan sencilla.

–Duérmete –le dice Charlotte.

La oscuridad reluce en los ventanales. Gracias al resplandor de la luz de la mesilla de noche, ve su propio reflejo en el cristal.

La primera vez no la oye, porque está concentrado contemplándose.

–Duérmete –insiste ella.

Jueves, 6 de noviembre de 2008
McLean, Virginia
8.00 h

El día empieza con una prueba de Historia. Algunas chicas saben que ayer pasó algo, porque se corre la voz, pero nadie sabe exactamente qué. Para Meghan, la gran pregunta no es quién sabe lo suyo, sino quién conoce la historia de la chica asesinada.

—¿Estás bien? He oído que anoche te arrestaron.

—No me arrestaron.

—Pues es lo que he oído.

—He oído que la policía te andaba buscando. Me sorprende verte todavía aquí y que no te hayan expulsado.

—Me perdí en el bosque. No te expulsan por perderte en el bosque.

—Hace un par de años, a una chica la expulsaron solo por ir al bosque.

—No la expulsaron por ir al bosque; la expulsaron por vender drogas a otra alumna que también se metió en el bosque.

—Me alegro de que no estés muerta —le dice una de las chicas—. Pensaba que estabas tan destrozada porque McCain ha perdido las elecciones que te habías suicidado.

—¿Por qué iba a suicidarme por unas elecciones?

—No tengo ni idea; ya sabes cómo son las chicas —responde la compañera.

—Tú también eres una chica —interviene otra de las presentes.

—Exacto —dice otra.

—He oído que la señora Webster, de secretaría, estuvo llo-

100

rando desconsoladamente. Decía que tenías un caballo gracias a ella; se sentía responsable de tu desaparición.

–Parecéis todas unas histéricas –dice una.

–Eso es lo que suelen decir de las mujeres –comenta Naomi Wilder. Es la más inteligente del grupo.

–Señoritas, señoritas –dice la señorita Adams al entrar en el aula dando zancadas. La señorita Adams es una recién licenciada en Williams & Mary de veintitrés años, que tiene una doble titulación en Políticas e Historia de las Mujeres. Es la primera persona a la que se le concede la beca Woolrich Capstone, que invita a una recién licenciada a pasar un año en el colegio como profesora visitante, dividiendo su tiempo entre sus investigaciones y las clases impartidas en un seminario avanzado. La señorita Adams pertenece a «la familia Adams», lo cual supone una ventaja, puesto que se ha criado como descendiente de un personaje histórico. Al inicio del semestre se presentó ante sus alumnas como alguien que ya a temprana edad tomó «consciencia de que cada familia tiene una historia. La historia es identidad. Y los que no encajan en esa historia son ovejas negras». El curso que da se llama «Vidas femeninas: ventanas y espejos que miran hacia una nueva historia de América».

–Hoy llegamos al ecuador del semestre y, en lugar de hacer un examen, presentaréis vuestros proyectos de investigación. Naomi, ¿qué te parece si empiezas tú?

Los pupitres están colocados en círculo. La señorita Adams llama a su estilo de enseñanza el método Harkness, un modelo exclusivo del que se benefició como alumna del Phillips Exeter, donde se «preparó» para entrar en la universidad.

–Gracias, señorita Adams –dice Naomi–. Como ya sabe, soy poeta, y para ser poeta hay que estudiar a otros poetas. Me he centrado en Emily Dickinson porque, cuando empecé a escribir poesía, mi madre me regaló un libro de Dickinson, no porque fuera la mejor poeta, sino porque era la única que conocía mi madre que no se hubiera suicidado. De lo que voy a hablar hoy es de lo que Dickinson no dijo y del concepto de memoria de las piedras. El libro *Una cierva herida*, de Wendy K. Perriman, utiliza recientes descubrimientos en la teoría del trauma para plantear la idea de que Dickinson sufrió abusos sexuales.

–Una cierva herida, como tú –le susurra una de las chicas a Meghan.

–No estoy herida –dice Meghan.

Naomi continúa:

–Lo que me ha impulsado a explorar estas zonas de sombra en la vida de Dickinson es una experiencia que tuve. La primavera pasada visité su casa en Amherst y, una vez dentro, noté que me sentía incómoda sin lograr explicarme por qué. Más o menos por aquel entonces había descubierto la idea de la memoria de las piedras o la memoria de los lugares. Es algo controvertido que explicó por primera vez Charles Babbage en 1837 en *The Ninth Bridgewater Treatise*, la idea de que los edificios y los objetos almacenan y pueden traer al presente acontecimientos del pasado. Babbage consideraba que las palabras quedan suspendidas en el aire; aunque ya no las oigamos, siguen ahí. Después de haber releído la obra de Dickinson y de haber visitado su casa, creo que debemos reconsiderar su figura y la posibilidad de que muchas mujeres llevan en su cuerpo una versión del trauma de las piedras que se transmite a futuras generaciones.

Cuando Naomi concluye, las alumnas aplauden.

Meghan oye todo de fondo, pero tiene la cabeza en otra parte. Está repasando los acontecimientos de las últimas cuarenta y ocho horas como si fueran una película. Recuerda la expresión de su padre cuando John McCain perdió. Miedo. Ella lo estaba mirando cuando saltó la noticia y vio cómo le desaparecía el color del rostro y le subía desde el cuello una fría lividez de terror. Su padre paseó la mirada por la sala, observando la reacción de los demás. «Se acabó el partido», dijo alguien, Meghan no recuerda quién. De ahí, su mente salta al trayecto en taxi desde el aeropuerto al colegio y su conversación con el señor Diente. Le contó lo que vio; casi le daba miedo verbalizarlo, pero necesitaba contárselo a alguien. El señor Diente asintió comprensivo. «Como un testigo del apocalipsis», dijo. «He visto esa mirada una sola vez en mi vida, en noviembre de 1963.» «¿Por unas elecciones?», le preguntó ella. «Por un asesinato», respondió él. «Fue cuando mataron al presidente Kennedy. Mi padre volvió a casa en mitad de la jornada laboral y tenía esa misma expresión, estaba lívido de terror. Y no era porque a mi padre le gustase Kennedy, él había votado por Nixon, sino porque este tipo de cosas se suponía que aquí no podían pasar. La realidad y la verdad tal como él las conocía de pronto estaban en duda. Y, si te soy sincero, al ver así al hombre del que dependía la estabilidad de mi existencia, me cagué de miedo, perdón por la expresión, nunca lo olvidaré.»

Meghan está en el aula pensando en el asesinato de Kennedy, en la bala que le revienta el cráneo, y piensa en la cierva del bosque y siente en las entrañas el estallido del primer disparo en forma de una sacudida que le atraviesa el cuerpo, y después el segundo tiro. Cierra los ojos y se dobla de dolor.

–¿Estás bien? –le pregunta una de las chicas.

–¿Qué? –dice Meghan–. Perdón, yo...

–Parece que hayas visto un fantasma.

–Asumid riesgos –está diciendo la señorita Adams–. Enfrentaos a lo que os resulte incómodo. Buscad las palabras más adecuadas para contar vuestras experiencias. Estas fueron las primeras ideas que compartí con vosotras en septiembre, cuando os expliqué lo que esperaba que fuerais capaces de hacer en este curso. Gracias, Naomi, por hacernos reflexionar sobre Emily Dickinson. Ashley, recuérdanos cuál era tu tema.

–Mi tema son las mujeres artistas y la necesidad de un museo para mujeres artistas –dice Ashley–. Cuando era pequeña, visité un montón de museos con mis padres, y al principio no me daba cuenta de que no había en ellos obras de mujeres artistas, hasta que un día empecé a preguntarme por qué.

Nur expone sus ideas sobre el privilegio de ser un ama de casa, los ciclos del feminismo y si hay que odiar a los hombres para apoyar a las mujeres. Haley explica la realidad del colonialismo y la suciedad que se acumula bajo las uñas de una mujer.

Meghan no es capaz de pensar en otra cosa que no sea la noche anterior: la cierva en el bosque, el cervatillo que se quedó huérfano, el estruendo del disparo. Piensa en la chica asesinada.

103

La cabeza le da vueltas; tal vez se deba a que no ha desayunado, tal vez sea el efecto de la resaca de la copita de jerez que le ofreció la directora.

–Meghan, ¿estás aquí? –pregunta la señorita Adams.

–Perdón.

–No te disculpes –dice la señorita Adams–. Las mujeres se pasan la vida disculpándose.

–De acuerdo, perdón –repite Meghan, y respira hondo–. Mi proyecto se titula «Cabalgando a horcajadas»; en él pretendo analizar cómo han cambiado a lo largo de la historia las ideas sobre las mujeres, los caballos y el poder. El tema me ha venido sugerido por mis experiencias como hija única, con una madre muy distante. Admiro mucho a mi madre, pero no es nada cariñosa. El tiempo que pasamos juntas lo dedicamos a cabalgar y así he podido ver cómo desplegaba su forma física y su fortaleza intelectual, unas habilidades que me ha transmitido. Recuerdo a mi madre vigilándome mientras iba a medio galope por el cercado y tener la sensación de que la estaba complaciendo, de que yo buscaba su aprobación, porque la suya no era una mirada masculina. La relación de las mujeres con los caballos ha sido mayormente explorada por hombres que lo ven todo sexualizado. Los hombres creen que una mujer que monta a caballo está dando salida a sus fantasías sexuales, a sus ansiedades hacia los hombres. Pero os aseguro que mi caballo, Ranger, no está pensando en mi culo o mis muslos en términos sexuales. Mi caballo experimenta la comunicación entre mi cuerpo y el suyo; siente mi culo y mis muslos en términos de dominio y control en cuerpo y alma. Cuando monto a mi caballo, me siento empoderada, segura de mí misma y libre.

–Meghan continúa leyendo su hoja–. Los caballos forman parte de los sueños y los cuentos de hadas, pero también tienen su lugar en la narración histórica de las mujeres, desde Sacagawea a Annie Oakley e Inez Milholland. De un olor intenso y almizclado. Sabios y gallardos. Hasta el siglo XIV, las mujeres montaban a horcajadas. Juana de Arco, quemada en la hoguera a los diecinueve años por bruja, fue una chica adelantada a su tiempo. Juana de Arco montaba a horcajadas. De Catalina la Grande, emperatriz de Rusia, se rumoreaba que había fallecido después de mantener relaciones sexuales con su caballo Dudley. Pretender que imagináramos a Catalina teniendo sexo con un caballo tenía como objeto mostrarnos lo «poco natural» que era que gobernara como emperatriz. Su libertad para reinar y tener amantes inquietaba a quienes consideraban su comportamiento propio de un hombre. Catalina la Grande montaba a horcajadas. A Ana de Luxemburgo la enviaron de Praga a Inglaterra para que se casara con el rey Ricardo II, la obligaron a montar a la amazona, ligada al caballo, porque su familia quería asegurarse de que llegaba «intacta». El uso de la silla especial para montar a la amazona tenía como finalidad evitar la ruptura del himen real, que la hubiera convertido en no apta para el matrimonio. A Ana la envolvieron y enviaron como si fuera un paquete. Cuando la reina Isabel montaba en público, a menudo lo hacía a la amazona, como en el desfile del estandarte de 1987, pero se la ve montar a horcajadas mucho más a menudo, como cuando, en 1982, ella y el presidente Reagan montaron juntos en el castillo de Windsor. Los caballos aceleraron el salto de las mujeres hacia el futuro. Inez Milholland, una sufragista, abogada de causas laborales y activista, encabezó el desfile por el sufragio de marzo de 1913, en el que ocho mil mujeres recorrieron la avenida Pensilvania de Washington D. C., montada en su caballo Gray Dawn con una capa blanca. En 1916, Milholland se desplomó mientras daba un discurso y falleció en Los Ángeles, después de dar su vida para que nosotras pudiéramos «avanzar hacia la luz».

Meghan se calla, con los labios temblorosos, y rompe a llorar.

–¿Qué te pasa? ¿Por qué lloras? –pregunta la señorita Adams.

–Por todo. –Meghan se sorbe los mocos–. Lloro por todo. Parece que si una quiere cabalgar a horcajadas, ser fuerte e independiente, tiene que dejar algunas cosas atrás.

–¿Como qué? –pregunta una de las chicas.

–Como tu familia –apunta otra–. Como lo que la gente espera de ti.

–Ser alumna del último curso es duro –dice la señorita Adams–. Estáis en el umbral de muchas cosas.

Las chicas miran a la señorita Adams como preguntándole: ¿es lo mejor que se te ocurre en estas circunstancias?

–Hacemos como que las cosas han cambiado, pero ¿de verdad es así? ¿De verdad? –dice otra chica.

–Llora por la chica muerta –dice Ashley con tono puramente informativo.

–¿Qué chica muerta? –quiere saber la señorita Adams.

–Esa de la que nadie habla –dice Ashley–. La chica del colegio que desapareció y a la que encontraron asesinada en el bosque.

–¿Qué quieres decir con que desapareció?

–¿Sabéis esas bicicletas cutres del colegio con las que bajamos por la colina pero nunca subimos? ¿Las que cargan en el camión para subirlas?

Todas las chicas asienten.

–Un día, al salir de la capilla, esa chica cogió una de las bicis y nadie se dio cuenta de que se había largado hasta la hora de cenar. Al día siguiente encontraron el cadáver en el bosque.

–¿Estás segura de que esa historia es cierta? –pregunta la señorita Adams.

–Mi tía la conocía –asegura Ashley–. Según ella era un encanto de chica, de lo mejorcito que había por aquí.

Naomi le da una palmada a Meghan en la espalda como si quisiera ayudarla a eructar.

Meghan sigue llorando. No puede retroceder en el tiempo para que todo vuelva a ser como antes. Esto no puede continuar así.

–¿Estás llorando por la chica muerta? –pregunta Nur.

–Lloro por todas las chicas –balbucea Meghan–. Lloro por todo el mundo.

–Eso no sucedió aquí –dice Haley.

–Sí que paso aquí –dice Naomi, y Haley rompe a llorar.

–En el bosque hay un cervatillo huérfano –dice Meghan–. Y hay una chica muerta que se ha perdido la clase de Historia.

Jueves, 6 de noviembre de 2008
Palm Springs, California
5.00 h

¿Y ahora qué? Ha garabateado la pregunta en grandes letras a lo largo del protector de escritorio con un rotulador azul Paper Mate Flair. Son sus rotuladores favoritos: azul, negro, rojo y verde. El azul es para las ideas nuevas; el negro, para las notas y las firmas; el rojo es para las correcciones o para emergencias, y el verde, bueno, el verde es para el dinero, para sumarlo. Los Paper Mate Flair los fabricaba al principio Frawley Pen, de Oak Brook, y después Gillette adquirió la marca.

Tiene la pila de servilletas de papel del bar del Biltmore al lado y está tratando de descifrar lo que anotó en ellas; algunas están pegadas entre sí por los restos de yema de huevo.

Garabatea en el papel secante lo que él llama «bosquejos», pero en realidad se trata un mapa, un árbol de ideas. Utiliza un sistema de símbolos de su propia invención, incluido lo que denomina «sujetapapeles mental» y varios signos a medio camino entre las anotaciones matemáticas y las marcas de corrección. Es un código que solo entiende su autor: puntos, rayas, garabatos y unos cuantos signos nuevos más familiares tipo :). Este lo aprendió hace poco de su hija.

—¿Qué te ponía tu profesor en los exámenes cuando eras pequeño? —le había preguntado Meghan, mostrándole su ☺ A+.

—Estrellas doradas —respondió él—. Nos pegaba en el examen unas estrellitas doradas. ¿Y qué era lo que siempre comentábamos? Que la señora Worth les había pasado la lengua para

107

pegarlas, de modo que nuestras hojas estaban impregnadas de su saliva.

—¿De qué época me estás hablando? —preguntó ella—. ¿De los años veinte?

—No —dijo él—. En los años veinte ni había nacido. Esto fue en los cincuenta, en Connecticut.

Utiliza el bolígrafo azul para dibujar un par de ☺ en el grueso papel secante junto a las ideas de las que está particularmente orgulloso, y contempla cómo las líneas se expanden a medida que el papel poroso absorbe la tinta; los ·· de la ☺ se expanden como pupilas dilatándose.

La idea que centra su reflexión es lo que considera el fracaso del Partido Republicano. Inspirándose en la conversación que mantuvo con el tipo del bar, dibuja una sucesión de grandes globos que esquematizan la estructura del gobierno y escribe en su interior: Ejecutivo, Legislativo, Judicial. Añade otra sucesión de globos más pequeños: Ejército, Finanzas, Salud, Medios de comunicación. Colgando de cada uno de los globos, en líneas oscilantes como pequeñas olas o la estela de un barco, garabatea: coro, soldado de infantería, peón, hombre corriente.

Con el mapa ante sus ojos, se gira en la silla, abre el archivador y se pone a rebuscar. Tiene tres armarios de madera, modernizados con cerraduras de seguridad. Tiene tres de esos archivadores en cada una de sus casas, todos con el mismo contenido. Los llama sus cajas fuertes. Todo lo que contienen está ordenado de forma cronológica, lo más antiguo al fondo y lo más reciente delante.

Cuando trata de solventar algo recurre a la caja fuerte. Es como su cubo de Rubik; lo que busca son los ingredientes adecuados, la receta. El ingrediente más común es el dinero, mucho dinero. ¿Qué contiene la caja fuerte? El listado de las reuniones que ha tenido cada año, los negocios que le han ofrecido, los que ha aceptado y los que ha rechazado. Tiene también carpetas sobre sus amigos. «Tu propio FBI», lo llamó Tony en una ocasión.

Para este plan arma un listado de hombres conectados entre sí a través de los negocios, el colegio al que fueron, dónde juegan al golf y sus esposas y familias. Trata de dilucidar qué puede orquestar de modo que los implicados actúen al mismo tiempo de forma sincrónica y asincrónica, sin que lo que hagan quede al descubierto, algo operativo y, sin embargo, lo bastante confuso para que la identidad de los que manejan los hilos sea imposible de rastrear.

Sabe que esta idea no es exclusiva, tiene claro que hay hombres más importantes que él que han elaborado sus propios planes antes, pero ¿dónde están ahora?

En general es mejor no decirle al Pez Gordo lo que no se puede hacer, porque él encontrará un modo de hacerlo; un muro o la palabra *imposible* no son una barrera. Son un estímulo, un reto en una vida que, si no, resultaría demasiado rutinaria.

A estas alturas ya ha sacado carpetas, notas y fajos de tarjetas de visita, y se dedica a conectar los puntos. El proceso le trae el recuerdo de los juguetes de la infancia: juegos de construcción, bloques lisos, pedazos de madera, ladrillos desechados que encontraba en el jardín. Siempre le había gustado construir el mundo que él mismo imaginaba. Sabe que los niños todavía juegan a estas cosas, pero ahora las cajas de Lego vienen con instrucciones y contienen solo las piezas necesarias para construir lo que sale en la tapa. Sabe que los chicos de hoy construyen mundos en sus ordenadores y manejan juegos de guerra virtuales, pero a él, haga lo que haga, le gusta usar las manos, palpar, tocar.

Redes. Esta es la clave de todo el tinglado. Por primera vez en mucho tiempo está abocado por completo a un proyecto a largo plazo, y esa sensación le entusiasma. Es la misma sensación que solía acompañarlo, la de que todo era posible.

Pasa de los archivadores a su herramienta favorita. Agarra la pesada base negra del Rolodex de doble rueda y lo hace girar. El Rolodex es un instrumento de poder y, como con todo, él lo utiliza siguiendo unas estrictas normas. Jamás se retira la ficha de alguien que ha fallecido, simplemente se marca con un rotulador negro y se incorpora la fecha del deceso. Todas las fichas deben contener el nombre, la fecha de nacimiento, la información de contacto, el nombre del secretario personal, la(s) esposa(s), hijos y cualquier otra información pertinente: alérgico a los frutos secos, etc. Repasa las fichas de forma metódica en orden alfabético, empezando por la M (un punto intermedio), porque considera que se corre el peligro de que aparezcan la rutina y la fatiga si siempre se empieza por el principio.

Se pregunta quién podrá ser un activo para su proyecto. ¿Quién dispone de imaginación, perspicacia y dinero para gastar? ¿Quién puede estar en una etapa de su vida en la que no se sienta tan inclinado a actuar siguiendo las normas? ¿Quién, por los motivos que sean, de orden filosófico, moral o cultural, puede estar deseoso de que cambien las reglas del juego? ¿A quién le gustan los retos? ¿En quién se puede confiar?

A las siete de la mañana en la Costa Este, ya está hablando por teléfono con Tony.

–No sé qué pinta tiene desde donde estás tú, pero desde aquí es un apocalipsis en toda regla. Vamos a tener que hacer algo.

–¿Como qué, pedir un recuento? –dice Tony, recordándole al Pez Gordo la llamada que le hicieron la última vez a la secretaria de Estado de Florida, Katherine Harris, cuyo padre, George Harris Jr., era un viejo amigo.

–No, pienso en algo más gordo –replica él–. Algo más a largo plazo. Quiero reunir a un grupo selecto para empezar a hablar del tema. Ahora que todo ha terminado ya, ¿puedes venir?

–¿Adónde?

–Adonde estoy sentado en este preciso momento, tu hogar lejos del hogar, Palm Springs.

–¿Cuándo?

–Este fin de semana.

–¿Tan urgente es?

–Tony, llevas demasiado tiempo en D.C. En el 2000 lo conseguimos por los pelos. ¿Y ahora esto? ¿Cuándo vas a mirar hacia fuera y comprobar de qué color es el cielo?

–En este momento es de un tenue gris neutro –responde Tony.

–Bueno, pues donde estoy yo se están formando nubes de tormenta –replica el Pez Gordo–. ¿Cuándo vas a dejar de situarte en la equidistancia? Llevas haciéndolo desde que dimitió Nixon; no es lo que se esperaría de un hombre de tu talla.

–Trato de remar con la corriente para prosperar –se justifica Tony.

–En algún momento vas a tener que dejar de amoldarte a lo que piensan los demás y reunir el coraje para pensar por tu cuenta.

–Justo ahora que ya somos oficialmente un pato cojo, debo tomar decisiones, mi futuro está en juego.

–A eso me refiero.

–Hablaba medio en broma –dice Tony–. Como dijo Alfred North Whitehead: «El verdadero coraje no es la fuerza bruta de los héroes vulgares, sino la firme decisión de la virtud y la razón».

–Tu educación te ha servido para mantenerte en una buena posición –dice el Pez Gordo–. Tengo varios nombres que me gustaría chequear contigo, un núcleo duro con el que comprobar si mi idea se puede llevar a cabo.

–¿De qué tipo de nombres estamos hablando?

–Hombres a los que confiaría mi vida. –Se produce un silencio–. Yo voy diciendo los nombres y, si pasan tu criba, no hace falta que me respondas.

–Detesto este juego –dice Tony. Él y el Pez Gordo llevan manteniendo estas conversaciones desde que se estrenó *Todos los hombres del presidente*.

El Pez Gordo empieza:

–¿Edwin? ¿Roger? ¿Martin, no el primero que viene a la cabeza, sino el callado? ¿Albert?

Tony le interrumpe.

–Con Edwin estás pescando en aguas turbulentas; está a punto de ser encausado por fraude. Roger es Roger para lo bueno y para lo malo. Y no puedes contactar con Martin, hay rumores de algo turbio en su vida privada.

–¿Quieres añadir algo? –pregunta el Pez Gordo.

111

–Estoy en la oficina. En la pecera. Incluso los peces gordos perciben cuando hay mar de fondo. –Las metáforas piscícolas son la venganza de Tony por tener que someterse a un juego que detesta.

Para cuando terminan, el Pez Gordo tiene una pequeña lista de nombres, la «primera oleada» la llama. Tony ha aceptado tomar el vuelo nocturno el viernes.

–Anthony –dice el Pez Gordo; solo llama Anthony a Tony cuando habla muy en serio; ni siquiera se ha percatado de que acaba de hacerlo–. Anthony, en Phoenix la gente lloraba.

–Comprendo sus lágrimas.

–Hay otro nombre más en el que estoy interesado –dice el Pez Gordo–. Un tipo que estaba allí anoche; parecía tener las ideas muy claras.

–¿Cómo se llama?

–Bueno, por absurdo que parezca, no me quedé con su nombre, pero tengo su número de teléfono: DUpont 7-8354.

Silencio.

–Interesante. DU en 2008. Vieja escuela.

–Exacto. Habló de lluvia en el Mount Weather –dice el Pez Gordo.

–Estoy en la oficina –repite Tony, cortándolo en seco.

–No olvides decirme qué averiguas sobre él y nos vemos el sábado –concluye el Pez Gordo y cuelga.

Después de hablar con Tony, llama a Bo McDonald. El Pez Gordo sería el primero en admitir que no conoce a fondo a Bo McDonald, pese a que se tratan desde hace mucho y conoce su historia. Si hubiera un tipo al que se podría calificar como sensato y de confianza, sería este hombre; su padre fue uno de los fundadores del OSS y el hijo creció embebido en esos valores. William McDonald VII, conocido como el Principito, trabajó «con» Washington hasta que se hartó de la burocracia, regresó a California y fundó una empresa aeroespacial. Howard Hughes, el viejo amigo de su padre, le enseñó a pilotar aviones cuando era todavía un niño. «¿Estás preparado para besar el cielo?», le preguntaba Hughes al chaval, mientras le entregaba

112

una tableta de chocolate con almendras Hershey como si fuera dinero contante y sonante. «Yo adoraba a Howard», solía decir Bo. «Lo quise hasta que no dejó ningún resquicio por el que sentir afecto.» Y si alguien se queja de que Bo tiene muy poca paciencia, el comentario siempre va seguido de la aclaración de que él es así porque no tiene nada que perder ni que ganar. Jamás tuvo ocasión de impresionar al único hombre al que le hubiera gustado impresionar, su padre, William McDonald VI, el Gran Will.

Los McDonald formaban parte de una generación de hombres que escalaban montañas antes del desayuno porque consideraban que eso fortalecía el carácter. Eran de los que se llamaban entre sí «chicos» hasta que sus padres fallecieron. Bo era de los últimos chicos educados para dirigir un imperio y, por anticuado que eso pudiera sonar, le proporcionaba el tipo de perspectiva que el Pez Gordo considera óptima para esta situación. Sabe que Bo le tiene afecto. Y sabe que, después de la ruptura de su tercer matrimonio, Bo vendió lo que aún poseía de la empresa aeroespacial, incluidos los planes para lanzar un equipo que iba a hacer accesibles los viajes turísticos a la Luna. Se había comprado un viñedo cerca de San Francisco. En revistas como *Cigar Aficionado* se referían a él como un hacendado, si acaso ese es el término adecuado para describir a alguien que posee mil acres y desea comprar más tierra.

El Pez Gordo espera a que salga el sol en Sonoma antes de permitir que sus dedos marquen el número de teléfono.

–Bo –saluda con tono entusiasta–. Bo –repite como si se dispusiera a anunciarle la concesión de un premio–. Soy Hitchens. Fue estupendo verte la otra noche.

–¿Sigues en Phoenix sacudiéndotela? –pregunta Bo. Se habían cruzado en el lavabo.

–Estoy en Palm Springs y me preguntaba qué planes tienes para este fin de semana; ¿tal vez podrías venirte a jugar al golf y charlar un poco?

–¿Y qué es lo que estamos haciendo ahora, no estamos charlando? ¿Qué hora es?

–Disculpa por la hora. ¿Te he despertado?

–Qué va –dice Bo–. Hace como mínimo cinco años que no logro dormir más de diez minutos. ¿Qué es eso tan importante de lo que quieres hablar como para obligarme a salir de casa?

–De la libertad –dice el Pez Gordo, casi como sugiriendo que le empiece a preguntar al respecto.

–¿Me vas a pedir dinero para preservar no sé qué santuario de nidos de frailecillos? ¿O para localizar lagos en la Luna, en el Mar de la Tranquilidad?

–Te voy a pedir que me ayudes a pensar cómo salvar el mundo, también conocido como la democracia en Estados Unidos.

–¿Por qué no has empezado por ahí?

–Intentaba ser discreto.

McDonald refunfuña.

–¿Qué tiempo se supone que va a hacer?

–Bueno –responde el Pez Gordo. No tiene ni la más remota idea de qué tiempo va a hacer el fin de semana, pero casi siempre hace buen tiempo.

McDonald es lo bastante educado para no preguntar quién más va a ir. Se limita a pedir la dirección y la hora a la que lo esperan.

–El sábado a las once de la mañana.

–¿Cuál es el aeropuerto más cercano?

–Bermuda Dunes. Dicho lo cual, yo a veces utilizo Thermal, que es mucho más antiguo; era una vieja base militar. Durante un tiempo lo llamaron Desert Resorts y ahora es Jacqueline Cochran.

–Sin duda Thermal. Formaba parte del reino del general Patton –dice McDonald.

Y el Pez Gordo se pregunta si eso será cierto. ¿El general Patton en Palm Springs?

–El sábado a las once –confirma McDonald, y cuelga.

–¿El campo de golf está en condiciones? –quiere saber Henry Proctor Kissick–. ¿Y quién más va a ir? –H. P. Kissick es uno de esos tipos a los que hay que proporcionar un montón de información. No está versado en la jerga de la lluvia, las montañas y los códigos de área exclusivos. ¿Qué quiere de él el Pez Gordo? Quiere contar con Kissick porque no pueden ser todos del mismo círculo. De momento, lo único que tiene el Pez Gordo es dinero y ganas de cambiar las cosas, y es lo bastante listo para saber que, si se utilizan de forma correcta, eso representa autoridad y algo más. Necesita a Kissick porque es excepcionalmente bueno manejando dinero. Era un economista que se convirtió en abogado especializado en impuestos, y en su primer trabajo en un despacho de postín se percató de algo en la manera que tenían allí de llevar la contabilidad, hizo un cambio en el sistema y le ahorró al despacho del orden de ochenta millones de dólares solo el primer año. Después cayó en la cuenta de que, si podía hacer ese tipo de cosas para otros, también podía hacerlas en su propio beneficio. Puso en marcha su propio despacho para asegurar los activos de otros y ganó dinero gracias a la ansiedad, a los qué pasaría si... El Pez Gordo y él habían ganado cientos de millones calmando la ansiedad de la gente. Las compañías de seguros aceptan más primas de las que pueden abonar, pero el verdadero juego consiste en invertir las reservas, el dinero que guardan en previsión de futuras reclamaciones. Y lo más increíble es que, ganando millones gracias a la ansiedad de los demás, Kissick vive en las afueras de Nowhereville, Florida, en una casa modesta, con su esposa y sus cinco hijas, todas chicas.

A las ocho menos cuarto de la mañana, Charlotte todavía duerme. Le deja una nota en su lavabo. «He salido. Un recado.»

A las ocho, el Pez Gordo está en el supermercado. Le podría haber hecho una lista de la compra a Craig, el mayordomo, o a la chica de la limpieza, pero está tan entusiasmado con el plan que quiere hacer algo. A las ocho de la mañana no hay muchos clientes. Uno de los empleados le pregunta qué tal está.

–Estupendamente. Estoy inspirado –dice, mientras carga el carro de bolsas de frutos secos variados, pretzels, pececitos salados, esas latas pequeñas de soda de los hoteles y los aviones.

115

–Tú tramas algo –le dice Charlotte cuando regresa a casa cargado con las bolsas de provisiones. Se le cae al suelo una lata de ginger ale y ambos la miran como si fuera una granada a punto de estallar. Él espera unos instantes y la recoge; se ha abollado, pero no pierde líquido.

–Desde luego que sí –responde él–. He invitado a un par de tíos a dar unos cuantos golpes de golf y hablar de los próximos pasos. Debería haberte consultado antes, pero estabas dormida y no quería perder el ímpetu.

Ella se encoge de hombros.

–¿Qué próximos pasos?

–No bromeaba cuando te dije que no podía vivir así, viendo como todo aquello por lo que he trabajado se desmorona y este país se convierte en una especie de experimento socialista o, peor aún, se debilita y queda a merced de ser arrasado por quién sabe quién, podrían ser rusos o alienígenas de otro planeta.

–Ah. –Ella asiente–. Tu plan para salvar el mundo.

–Es mi responsabilidad tomar las medidas necesarias.

Ella hace una mueca.

–No es nada personal –dice él–. No lo hago por mí, hablo de mi responsabilidad en un sentido amplio. Con «mi», me refiero a hombres como yo, hombres que tienen la capacidad y la voluntad de hacerlo, es de eso de lo que hablo, la voluntad de actuar.

–¿De quién hablas? –pregunta ella–. Aparte de Tony.

–De Bo McDonald –dice él.

Ella se sorprende.

–¿El tipo cuyo padre era un espía y se suicidó porque no lo podía soportar?

–No tengo claro eso último.

–Yo sí. ¿Quién más?

–H. P. Kissick.

–¿Lameculos Kissick? –Es el mote que le ha puesto a Kissick, porque considera que siempre le está haciendo la pelota al Pez Gordo.

–Es muy listo. Haré un par de llamadas más, pero de momento lo voy a mantener en *petit comité*.

–Estás reuniendo a tu grupo de expertos de cabecera. Perfecto –dice ella–. Ya sabes que no me importa. Solo te estoy chinchando.

Él suspira y dice:

–No suelo traer invitados.

–Ya lo sé. Y la buena noticia es que me da igual, porque me marcho.

Él se queda desconcertado.

–¿Lo has olvidado? Tengo cita para una détox.

–¿Me lo habías contado? –No suele olvidar esas cosas.

–La reservé cuando planeaste lo de Phoenix. Pensé que, ganáramos o perdiéramos, comería demasiado queso y necesitaría una buena détox.

–No comiste nada de queso –dice él.

–Ya, pero lo había por todas partes. En todas las salas. Me vendrá bien. Necesito largarme.

–¿Esperarás al menos hasta que llegue Tony?

–Te apañarás bien solo –dice ella–. Si me quedo, me pondré nerviosa y me entrarán tentaciones de comer. Ya estoy pensando en huevos revueltos y tostadas. Tengo fijación.

–Ya te los preparo yo.

–Nuestra actividad nocturna me ha dejado muy hambrienta esta mañana.

–He oído que puede pasar. –Sonríe.

Ella no.

–Quizá debería ir un día antes. Como hoy todavía no es fin de semana, seguro que tienen sitio y puedo adelantarlo un día y ganar tiempo.

–Tienes que comer algo.

–Si como un huevo, solo un huevo, ¿crees que eso arruinará la détox?

–No. Seguro que hay gente que para primero en una hamburguesería y llega allí con el estómago lleno. Apuesto a que les agobia tanto no poder comer nada que antes de entrar se meten una hamburguesa doble entre pecho y espalda.

–Qué desagradable. Y no me puedo creer que me hables de

una hamburguesa doble. Ya sabes que me permito las hamburguesas como otra gente se permite la pasta con trufa: una vez al año, tal vez dos. Una hamburguesa doble, ¡qué no daría yo por comerme una sin tener que pensar en las consecuencias!

–Forma parte de la naturaleza humana. La gente necesita comer para sobrevivir.

Le prepara un huevo. Quiere hacer esto bien. Saca la sartén pequeña, le fríe un huevo, tuesta un trozo de pan, lo coloca en el plato con unas rodajas de tomate y un toque de sal y pimienta, y se lo lleva a la habitación.

Ella no está allí. Las puertas correderas de cristal están abiertas.

La encuentra fuera, en el trampolín, desnuda.

–Quería comprobar qué se siente siendo tú –dice ella, dando saltos sobre el trampolín. Los pechos le bambolean. Él se pregunta si los vecinos podrán verla–. He llamado a Green Valley; pueden admitirme hoy. No tengo que esperarme a mañana. ¿No es estupendo? –Se lanza a la piscina.

Cuando Charlotte se marcha, él se siente abandonado.

Sea lo que sea lo que ha sucedido durante esos dos últimos días, llamémoslo reavivar el fuego del pasado, lo ha dejado aturdido y sorprendido. ¿Ha sucedido de verdad?

La casa está en silencio. Lo sucedido es tan inusual y desconocido que tanto él como la casa lo soportan a duras penas. Todo está desordenado. La sartén del huevo frito sigue en el fregadero, fría y grasienta. La friega. Después hace la cama, limpia el lavabo, recorre la casa y va ordenando lo que ella ha dejado de cualquier manera. Es impropio de Charlotte dejarlo todo tan desordenado, porque vive como un fantasma, uno ni se entera de que ha pasado por ahí. Por un momento a él la situación le parece sexy, una señal de vida, pero no tarda en ponerlo nervioso y siente la necesidad de recolocarlo todo en su sitio.

Le telefonea Tony.

–Con respecto a DUpont 7-8354. Su *patois* viene de que ha pasado por la misma escuela.

–¿Me lo puedes repetir en inglés?

–Es uno de los nuestros.

–Y supongo que preguntar por su nombre será pedir demasiado...

–Nos vemos el sábado. Me ofrecería a llevar pasteles de cangrejo, pero no aguantan bien los viajes.

El Pez Gordo está en la mesa del comedor con un fajo de lo que Charlotte llama tarjetones para apuntar recetas y él llama fichas. Es curioso cómo mujeres y hombres dan nombres diferentes a las mismas cosas.

A él le gusta apuntar cosas: instrucciones de cómo llevar a buen puerto algo, sea un pastel o un nuevo orden mundial. Cada idea tiene su tarjetón correspondiente. Esas fichas contienen auténticos tratados, no simples instrucciones para hacer un pastel de café y crema agria o galletitas de limón.

Escribe su discurso de bienvenida: «Sentaos, poneos cómodos. Servíos algo de beber, coged una loncha de salami».

Después empieza a divagar y acaba recordando a su abuelo, que consideraba que lo más importante en un hombre es su personalidad, no sus posesiones. Aparte de eso, el viejo, Millard Hitchens, adoraba los cacahuetes cocidos y siempre llevaba encima una bolsita de papel llena fuera a donde fuera. El Pez Gordo recuerda que él consideraba que a su abuelo le faltaba un toque de distinción, pero todo el mundo parecía encantado de hablar de él y sus cacahuetes cocidos. Cuando ahora piensa en ello, cae en la cuenta de que los cacahuetes formaban parte del entorno sureño en el que había crecido. En el norte, nadie comía cacahuetes cocidos. Eran un buen modo de iniciar una conversación, de establecer una conexión. Su abuelo se vanagloriaba de que podía hablar de cualquier tema con todo tipo de personas. El Pez Gordo se sentía más unido a su abuelo, que hizo su fortuna extrudiendo metales y después plásticos, que de su padre, que era un zoquete. Su abuelo era un caballero sureño de la vieja escuela, que sentía un gran respeto por los hombres que se ensuciaban las manos trabajando. Hizo su fortuna gracias al trabajo de otros. Su padre, que se mudó al norte a los dieciséis años, ganaba dinero a partir del propio dinero. Los dos hombres no se llevaban bien y, en su juventud, el Pez Gordo se veía a menudo en el papel de árbitro entre los dos. Jamás le perdonó a su padre que aprovechara su boda para hacer un trato con el padre y los tíos de Charlotte que le permitía recuperar helio de los yacimientos de gas de la familia. La familia de Charlotte siempre se había negado a aceptar inversores externos, pero el matrimonio convirtió a su padre en familiar. Después, su progenitor compró una mina de uranio en la misma zona y, para mostrarle su gratitud, le ofreció al Pez Gordo comprar una parte del negocio y sacó tajada de la operación con su propio hijo. En aquel entonces, el Pez Gordo lo odió con toda su alma por esa maniobra, ahora se limita a reírse entre dientes. Sin duda el Pez Gordo aprendió una o dos cosas importantes de cada uno de ellos. Ahora es el propietario único de la empresa de helio, y una de las primeras inversiones que hizo con el dinero que le dejó su abuelo fue adquirir más acciones de Walt Disney. Cuando el Pez Gordo era un niño, su abuelo le regaló un millar de acciones porque consideraba que era importante que los niños entendieran «de dónde viene la diversión». Siguiendo el ejemplo de la manera de hacer negocios de su padre, el Pez Gordo redoblaba sus acciones de Disney cada vez que disponía de dinero extra. El día después del asesinato de JFK, la bolsa cayó casi un tres por ciento y cerró pronto para que la gente pudiera llorar a su presidente, pero, antes de que cerrara, el Pez Gordo compró acciones. Hizo lo mismo cuando la crisis de los misiles de Cuba y cuando Nixon dimitió, y volvió a hacerlo cuando dispararon a Reagan. Cuando otros daban un paso atrás y se mantenían «a la expectativa», él daba un paso al frente, como un saqueador. No es el tipo de actitud de la que se vanaglorie, pero, si se le aprieta, acabará reconociendo que siempre le gustó el elefante. ¿Qué elefante? ¿El elefante republicano? «No, ese elefante no, el auténtico Dumbo», dirá. «Me encanta Dumbo. Pero no me gusta que me tomen el pelo.» Tenía muchas otras inversiones y frases ingeniosas, pero esta era su preferida. Entretanto, se ha percatado de que esta mañana la bolsa ha bajado unos quinientos puntos, pero no va a comprar.

En esta ocasión prefiere tener el dinero a mano, porque cree que no tardará en necesitarlo.

Saca una ficha nueva.

Somos los últimos representantes de una época, una generación para la que conceptos como *noblesse oblige*, camisería o cena, junto con un vaso de leche caliente por las noches y un lingotazo de whisky durante el día, formaban parte de algo. Veraneábamos en un lugar y pasábamos las Navidades en otro. Éramos educados y poseíamos un código de conducta, hombres de provecho, hombres que pensaban más allá de su propio beneficio.

Parece su padre y su abuelo. Tal vez sea para bien. Tal vez ellos hablaban en serio, igual que él ahora. El mundo está cambiando; no tiene un hijo que algún día vaya a hacer lo mismo. Tony no tiene hijos. Bo McDonald perdió a un hijo por la droga y tiene otra, una chica con algún tipo de problema, ahora mismo no recuerda cuál. El tipo de Phoenix, Eisner, el historiador, no tiene hijos conocidos. Kissick tiene cinco hijas que lo tienen dominado. Recuerda que una vez en un evento se encontró con Kissick y su familia, y este se inclinó hacia él y le dijo: «Todo el mundo dice que parecen princesas; sin duda yo soy el sapo. Pago todas las facturas, pero solo puedo utilizar el lavabo de mi habitación cuando mi mujer no está dentro; de lo contrario, tengo que utilizar el minúsculo lavabo de la parte trasera de la casa. Para que ellas se sientan a gusto como chicas, yo debo aceptar que soy repulsivo. Es lo que hay».

Aliviado por haber encontrado las palabras adecuadas para una nimiedad que le estaba agobiando, el Pez Gordo anota en una ficha que ninguno de los invitados tiene un hijo que lo suceda. No hay plan sucesorio, nadie sabe quién gobernará el mundo cuando ellos ya no estén.

Sábado, 8 de noviembre de 2008
Palm Springs, California
6.30 h

Sábado por la mañana. Le llama Tony para decirle que ya ha aterrizado en Los Ángeles y está en camino.

Bo McDonald toca el timbre a las once en punto. El Pez Gordo da por hecho que se ha pasado un rato esperando fuera, porque es dificilísimo plantarse ante la puerta a la hora exacta. McDonald lleva una pequeña bolsa como de gimnasio.

–Bo, qué bien que has venido –dice el Pez Gordo.

–Gracias por invitarme –responde Bo.

El Pez Gordo le enseña la casa, porque eso es lo que hace la gente, mostrar sus posesiones. Lo conduce por los pasillos y le enseña los dormitorios.

–Te he puesto junto a la piscina –le explica, mientras abre la puerta corredera de cristal, le enseña el campo de golf a lo lejos y le señala las bonitas plantas que han ido plantando a lo largo de los años–. Antes tenía un jardinero estupendo que era especialista en plantas exóticas. Todo iba de maravilla hasta que resultó que también se dedicaba a otros asuntos exóticos, concretamente al tráfico de seres humanos.

En el rancho dispone de más espacio y piensa que quizá hubiera sido mejor organizar la reunión allí, pero la casa también es una buena elección; hay espacio de sobra, mucho sol, y está pegada al campo de golf. Además, todos los tipos a los que ha invitado han aceptado, de modo que no les habrá parecido demasiado indigno de ellos.

El siguiente en llegar es Tony y se va directo a la piscina.

–Solo un chapuzón rápido. Lo necesito. En el D. C. hemos tenido días fríos y lluviosos. –Tony es alto y delgado y, a diferencia del Pez Gordo, todavía está presentable en traje de baño.

Kissick, el de los impuestos, cruza la puerta ya rebotado.

–¿He comentado ya lo mucho que detesto viajar? Aunque por otro lado es estupendo que nos veamos. Cuando viajo solo opto por lo barato. Viajo en vuelo regular. Me encanta ahorrarme dinero. Me hace sentirme como Warren Buffett comprándose el desayuno en McDonald's. Me tengo que sentar plegado como un origami humano y el servicio es horrible. Pero, aparte de eso, puedo hablar con gente interesante, y eso es imposible cuando vuelas solo en jet privado.

–Quizá te vendría bien lanzarte a la piscina con Tony para despejarte del viaje –le sugiere Bo.

–Solo nado de noche –responde Kissick–. Limito mucho mi exposición al sol. Un tío abuelo mío murió de una insolación. No llegué a conocerlo, pero solo de pensar en él, muriendo solo en un hotel de Nueva York una calurosa noche de julio, me agobio. El verano pasado fui con mi mujer y mi hija a Roma; fue insoportable, como meterse en un horno para pizzas. En las fotos que sacamos quedó constancia, me caen goterones de sudor.

–Aquí también hace un calor de mil demonios –dice Bo.

–Siempre comento que vivo en Florida por el tema de los impuestos, pero jamás salgo entre las diez de la mañana y las cuatro de la tarde por razones atmosféricas. «Atmosféricas», eso dice mi hija mayor. Llevo siempre un sombrero de pescador. Mientras voy lo más rápido posible de un sitio a otro, parezco un tipo a punto de ser arrestado por vender pornografía. Me pongo a cubierto en cuanto puedo; a mi hermano le salió un melanoma detrás de la oreja, no se percató hasta que ya era demasiado tarde. Eso a mí no me va a pasar, no me va a pillar ninguna mierda invisible como una pistola de rayos. Moriré a la antigua usanza, de cáncer de colon o por la rotura de una hernia.

–He oído que la logorrea puede resultar fatal –sugiere Bo.

El historiador, el escriba del bar de Phoenix, llega en un coche de alquiler de tres al cuarto y con pinta de repartidor de pizza. Es como mínimo quince años más joven que el resto de los presentes. El Pez Gordo no se percata de lo joven que es hasta que lo ve a la luz del día.

–Me acuerdo de ti –dice Bo, un poco sorprendido–. La última vez que te vi fue en nuestro querido club de San Francisco y allí ibas con traje.

–Supongo que estaba en plena representación –dice el escriba–. Solía hacerlo, actuaba.

Bo se encoge de hombros y dice:

–Puedes llamarlo así.

–Probablemente fuera mi último papel, el del emperador Norton. Una de esas locuras que uno hace para complacer a su padre. Pese a todos mis esfuerzos, para él fui una fuente inagotable de decepciones.

–Tu padre era un hombre de mucho talento, pero no resultaba fácil de complacer. Pregúntale algún día acerca de la época que pasamos juntos en Francia en los años cincuenta –dice Bo–. Tiene muy buenas historias. Cosas que entonces no se podían contar, pero ahora sí.

–¿Como qué? –quiere saber el tipo.

Bo se encoge de hombros y dice:

–No me corresponde a mí contarlas.

–Mi padre ya no está entre nosotros –informa el escriba.

–Lo siento –dice Bo, pero no suelta prenda.

Entretanto, Kissick se ha quedado ahí plantado mirando al tipo y esperando.

–No conocí a tu padre, pero mi más sentido pésame –dice Kissick.

–Eisner –se presenta el escriba, y le tiende la mano a Kissick–. Mark Eisner.

Eisner mira al Pez Gordo, establece contacto visual y repite:

–Mark Eisner.

–Juraría que el apellido era diferente –dice Bo.

—Mi padre se llamaba Einbank. Pero me lo cambié al acabar el colegio.

—¿Para ocultar que eres judío? —pregunta Bo.

—Más o menos, aunque no soy practicante. Fue por evitar bromas con lo del banco y demás. Así que ahora soy Eisner, Mark Eisner.

—Encantado de conocerte, hijo de un banco —dice Bo—. Tu padre era...

—Redactor de discursos —completa la frase Eisner—. Se los escribía a Eisenhower.

—¿Te suenan de algo Malcolm Moos o William Ewald? —pregunta Tony.

—Moos fue rector de la Universidad de Minnesota, de donde procedía la familia de mi padre —dice Eisner—. Es la tierra de los mil lagos. L'Étoile du Nord. Creció pescando en el río St. Croix.

—No sabía que los judíos pescaran —suelta Bo.

—¿De dónde te crees que viene el salmón ahumado? Y los judíos del Medio Oeste estaban muy integrados; pescaban, jugaban al póquer e incluso bebían.

—Seguro que sabes que Malcolm Moos redactó el discurso de despedida de Eisenhower que vaticinó el crecimiento de la industria armamentística —dice Tony.

Imitando a Eisenhower, Eisner entona:

—Solo una ciudadanía concienciada e informada puede presionar para conseguir el encaje adecuado del complejo industrial y militar de nuestra enorme maquinaria de defensa con nuestros métodos y objetivos pacíficos, para que seguridad y libertad puedan prosperar al unísono.

—Lo cual nos trae hasta aquí esta mañana —interviene el Pez Gordo, tratando de reconducir la situación para poner orden en esa olla de grillos, unos grillos que muestran cierta tendencia masculina a convertirse en machos dominantes.

El Pez Gordo se planta ante el grupo lleno de energía después de que Charlotte lo haya resucitado dos veces en una semana.

Muestra sus cartas.

–Me alegra teneros aquí. Espero que podamos jugar un poco al golf, disfrutar de la barbacoa, beber unas cuantas copas y hablar del aprieto en el que nos encontramos. –Todos sonríen y asienten–. Lo que ha sucedido en Phoenix ha pasado delante de nuestras narices. Hace tiempo que sabemos que en el partido las cosas iban de mal en peor, pero decidimos, y uso esta palabra con toda la intención, no hacer nada. No podemos seguir pretendiendo no ser conscientes de lo que somos plenamente conscientes.

–Déjate de rodeos –pide Bo–. Ve al grano.

El Pez Gordo se toma un momento para coger aire.

–Lo sucedido en Phoenix... –Superado por la emoción, le tiembla el labio, pero sigue adelante–: Mientras veía avanzar el escrutinio, tuve la sensación de ser testigo del incendio del Hindenburg. Solo que se trataba de nosotros; era el sueño americano el que estaba en llamas. Miré a mi alrededor y todo el mundo estaba perplejo, boquiabierto. «Quizá no sea tan malo como parece», le oí decir a alguien. «Es un hombre apuesto», dijo otro, refiriéndose a Barack Obama. Lo que vi en el salón de aquel hotel de Phoenix fueron las caras largas de la derrota, después de haber apostado por el caballo equivocado por falta de una opción mejor. Y todavía peor, sabiendo que no disponíamos de un caballo de carreras, que ni siquiera era una carrera: era todo una farsa, una bufonada.

–Un chiste –murmura Tony.

–Sabias palabras –dice Bo.

–Para mí quedó clarísimo que se había consumado una burla del sistema que durante doscientos años había sido el pilar de la tierra de la libertad y hogar de los valientes. –El tono del Pez Gordo se eleva al máximo cuando pronuncia la palabra *valientes*–. En el pasado hubo épocas en que pensaba que daba igual de qué lado se posicionara alguien siempre que amase a América. El martes, en aquella habitación de hotel, escuchando a aquellos hombres soltar clichés, viví una noche como ninguna otra. Fue un largo adiós, el final no solo de una era, sino de América tal como la soñaron nuestros padres. –Al Pez Gordo se le humedecen los ojos, como si estuviera al borde de las lágrimas. Alza la vista, se muerde el labio y parpadea para aclarar la mirada. Sus ojos vuelven a mirar a los presentes–. «¿Estás amargado?», me preguntó alguien el martes por la noche. –Hace una pausa–. «¿Estás amargado?» –repite lentamente–. Le respondí: la amargura es un regusto que te deja algo. En estos momentos estoy cabreado. –Alza el puño, grueso y carnoso–. Alguien tiene que agarrar a este país por los huevos y despertarlo de su letargo. –Se golpea el pecho con el puño–. Me lo tomo como un fracaso de forma muy personal. Es mi fracaso. Estamos donde estamos porque en su día no asumí mis responsabilidades. –Vuelve a golpearse el pecho–. Es culpa mía. –Está asumiendo las culpas en primera persona y con ello hace sentirse incómodos al resto de los presentes–. Tal vez vosotros penséis: no es su culpa; si cree que lo es, entonces es que tiene delirios de grandeza. ¡Exacto! Si no es todo culpa mía, entonces ¿de quién? Entonces lo es de los Estados Unidos. No es John McCain quien ha sido derrotado, somos nosotros los derrotados. Disponíamos de todos los instrumentos para anticipar lo que se avecinaba y dar pasos para impedirlo; y en lugar de prestar atención, dejamos de mirar, cerramos los ojos.

–Yo diría que hemos estado completamente ciegos –dice Bo.

–Vamos a reflexionar un momento sobre esto y luego volvemos a empezar. –El Pez Gordo toma aire y lo expulsa para despejar el ambiente–. Empecemos con esto: somos hombres afortunados, miembros del club de la buena fortuna y de la escuela del trabajo duro y el esfuerzo, lo cual es estupendo, porque vamos a necesitar ambas cosas para lo que viene a continuación. –Lanza sus proclamas de un modo que evidencia que ha estado trabajando hasta muy tarde ordenando y reordenando las frases.

–Somos americanos de la vieja escuela, no gilipollas; nos preocupa nuestro país –dice Bo.

–Esta conversación es de lo más razonable; no queremos que todo se vaya a la mierda por no sé qué tipo de experimento socialista, que además no va a funcionar –añade Kissick.

–Y tú, caballero, eres un fénix que renace de sus cenizas –susurra Eisner, el escriba. El Pez Gordo lo mira. Ha oído lo que ha dicho, pero no tiene nada que añadir.

–¿Podemos preguntarnos cuál es la llamada de auxilio que no hemos atendido? Somos conservadores. Creemos en el mercado libre, en la libertad individual, la libertad para hacer lo que nos dé la gana. Nos unen la sabiduría, el conocimiento y la conciencia de que la democracia no se creó de la noche a la mañana. La democracia es frágil, mucho más frágil de lo que a ninguno de nosotros nos gusta admitir.

–Vivimos tiempos peligrosos –dice Kissick–. No me sorprendería descubrir que lo que nosotros entendemos por democracia no es lo mismo que entienden ellos.

–Me preocupa –lo interrumpe Bo– que la «nueva derecha» o los muchachos del rodeo, como los llamo yo, están empezando a meter baza; están ocupando puestos que antes nos pertenecían.

–Estos últimos meses –continúa el Pez Gordo– han sido una montaña rusa; se nos está escapando de las manos. El resumen es que hemos perdido el control del Partido Republicano. Y no se trata solo de nuestra capacidad de manejar el rumbo del país, el propio partido está a punto de romperse en mil pedazos.

–El partido ya se ha roto –dice Bo.

–Para mí, la culpa es de los jóvenes –dice Kissick, mirando a Eisner.

–Los jóvenes no tiene ni idea de nada –dice Bo.

De pronto, Tony se levanta y atrae la atención de todos. Estira los brazos por encima de la cabeza y súbitamente inclina el torso a derecha e izquierda. Se oye cómo le crujen las vértebras.

–Muy buena introducción, poniendo el tema sobre la mesa. Quiero volver a lo que has dicho sobre ser un conservador apasionado. Consideras que tenemos que involucrarnos. He oído que la hemos cagado, que apartamos la mirada de la pelota y el miércoles nos levantamos y descubrimos que estábamos en un país diferente.

128

–Correcto.

–Vamos a ponerlo en contexto –dice Tony.

–Este momento está sucediendo en un tiempo y lugar concretos, con la historia a nuestras espaldas y la eternidad por delante –dice Eisner.

–Bonita frase, la historia a nuestras espaldas y la eternidad por delante –dice Tony.

–Sí, mi padre escribió algo parecido en un discurso para Eisenhower, o tal vez fuera para uno de los Kennedy.

–Debe de ser una gozada colocar palabras en la boca de los hombres más poderosos –dice Tony.

–Si no ando errado, estás a punto de perder tu trabajo –le dice Bo a Tony.

–La situación es variable. Mi cargo a menudo permanece con el departamento en lugar de desaparecer con el inquilino saliente.

–Interesante –dice Bo–. Entonces ¿estás dispuesto a trabajar para él?

–Estoy interesado en apoyar al departamento –dice Tony.

–¿Podemos volver al tema que nos ha reunido aquí? –dice el Pez Gordo–. Hemos perdido nuestro faro, nuestra estrella polar. Recordemos quiénes somos y utilicemos la historia no solo como guía, sino como inspiración para volver a encarrilar las cosas.

–Entre los muchachos del rodeo –vuelve a interrumpir Bo–, hay extremistas, y tenemos que andarnos con cuidado de no acercarnos demasiado a ellos.

–Tal vez esos «extremistas» tengan algo que ofrecer –sugiere Tony.

–¿Qué?

–Una tapadera –dice Tony.

–¿Estás sugiriendo que utilicemos a los extremistas para que se encarguen de algunas cosas? –pregunta Bo.

–Merece la pena valorarlo –dice el Pez Gordo.

–No estoy sugiriendo necesariamente que trabajen para nosotros, sino que tal vez sus actividades puedan no ir en nuestra contra. Los exaltados hacen ruido y generan distracción, lo cual puede ayudarnos a conseguir que nuestro punto de vista parezca más moderado. Dependiendo de cómo evolucionen las cosas, pueden ser un activo potencial.

–No pretendo parecer moderado –dice Bo–. Pero tampoco quiero parecer un chiflado. Para mí esos chavales son justo eso: unos chiflados.

–Lo que va a traer Obama es más intervencionismo del gobierno –dice Kissick–. Es algo que ni los más idiotas quieren. De hecho, es lo último que quieren; la matraca liberal sobre el control de las armas y el intervencionismo social.

–Transparencia –dice Eisner–. Es una de sus palabras favoritas.

–La Constitución está a punto de ser pasada por la trituradora –dice Bo–. Tenedlo bien presente.

–El Partido Republicano tiene su propia constitución, ¿lo sabíais? –dice Eisner.

–Estupendo –replica Tony, mientras coge un puñado de frutos secos y pasa el bol–. Quizá la podemos leer en voz alta durante la cena.

–Si me permitís volver a centrar el tema, la pregunta es cómo recuperar la América que queremos, una América tradicional, digna de los sueños de nuestros ancestros. Si observáis a vuestros iguales, que definiría como conservadores de cierta edad con uno o dos ceros extra en el banco, veréis que ya están sucediendo algunas cosas, ciertos esfuerzos incipientes por recuperar la bandera. Lo que buscamos nosotros no es replicar lo que ya está sucediendo ahí fuera.

–¿Hablas de lo que están haciendo los hermanos? ¿De las reuniones? –pregunta Bo.

–Las llaman «seminarios» –aclara Tony.

–Están los seminarios y las conversaciones que mantenemos en nuestro querido club del norte y en el Bilderberg –dice Bo.

–Siempre me pongo nervioso en el Grove –comenta Kissick.

–Como si alguien te fuera a confundir con un poste en el barro y se mease en tu pierna.

—Algo parecido.

—A los viejos nos gusta mantener encuentros. Nos sentimos solos —dice Bo.

—Volviendo al plan..., entre el club y los hermanos hay un solapamiento filosófico y se pueden establecer alianzas, pero lo que la mayoría de nosotros hemos hecho en el pasado, que es aportar dinero, ya no funciona —dice el Pez Gordo.

—Correcto, y ese dinero solo sirve para comprar más comida basura a base de pollo. Odio el maldito pollo. Y no me interesa la política. Ni los *think tanks* —dice Bo—. Ya estuve metido, ya me harté.

—Durante todos estos años lo único que he arriesgado ha sido dinero —dice el Pez Gordo—. Me he mantenido al margen y ahora me siento muy infeliz.

—Bueno, para eso hemos venido —dice Tony—, para animarte.

El Pez Gordo sonríe.

—Gracias, Tony.

—¿A alguien le apetece un zumo de naranja? —pregunta Tony—. No hay nada mejor que un zumo de naranja recién exprimido.

—Claro —dice Bo—. Me apunto.

Bo cruza las piernas y deja a la vista el tobillo desnudo de un anciano, sin vello y muy pálido. En el tobillo asoma una herida muy roja, con una gruesa costra en el centro. La zona rojiza se expande hasta diluirse en otra rosa pálido, como un crisantemo o un fuego de artificio.

—¿Quieres crema antibiótica para eso? —le pregunta Tony.

—No pasa nada —dice Bo—. Está mejor que hace unos días.

—No puede evitarlo —dice el Pez Gordo, refiriéndose a Tony—. Se preocupa por la gente.

—Es muy generoso —dice Eisner.

El Pez Gordo carraspea y consulta sus fichas.

—El único motivo por el que no perdimos en el año 2000 fue porque controlábamos Florida y Washington, y porque Gore es un simple soldado raso. Pudimos aguantar porque él y los demócratas no tuvieron las agallas de luchar; no entendieron qué había pasado y nosotros manejamos de maravilla al tribunal. Pero eso no fue una victoria como debe ser. Eso fue una de las alertas, y no supimos verlo.

–Nos dormimos en los laureles –dice Bo.

–Tienes razón; somos viejas glorias. Está emergiendo un nuevo mundo y nos hemos hecho un flaco favor al quedarnos anclados en el pasado –dice Kissick.

–El mundo a nuestro alrededor ha cambiado, pero nuestra pequeña burbuja ha seguido inalterada –dice el Pez Gordo–. Obama ha ganado porque la gente quería algo nuevo, algo diferente: esperanza.

»De modo que –añade el Pez Gordo ojeando su ficha– las elecciones han dejado claro que hemos pasado por un periodo de agitación, aunque nosotros no hayamos sido conscientes. La agitación es un indicador, una luminosa luz roja, y, si no le prestamos atención, será el anuncio del final de la democracia tal como la conocemos. –Se calla un momento, como si esperara aplausos.

–¿Hablas del final de la democracia o del final del Partido Republicano? –pregunta Tony.

–El Partido Republicano ya es oficialmente una galleta rancia, reducida a migajas –dice Bo.

–Esta es mi pregunta: ¿en qué está pensando el americano medio esta noche? Apuesto a que está acojonado. Está perdiendo sus asideros, la fábrica en la que trabajaba ha echado el cierre, se ha quedado sin trabajo, su pensión no es lo que se esperaba, la gente que entra ilegalmente en el país le está quitando lo que cree que debería ser suyo. Y su esposa le sermonea: ¿por qué no haces algo? Es un milagro que no se pegue un tiro o se lo pegue a los que tiene a su alrededor. A veces pienso que, si no me fuera tan bien como me va, tal vez me convertiría en un asesino. Lo que tenemos ante nosotros es muy claro –dice el Pez Gordo.

–¿En serio? –pregunta Kissick–. ¿Podrías convertirte en asesino?

–Sería muy infeliz. ¿Eso suena mejor?

–¿De verdad te preocupa el americano medio, o es una idea que tenías apuntada? –pregunta Bo–. Sospecho que hay muchos americanos medios que saben distinguir entre Partido Demócrata y democracia. Y si me permitís el comentario, ya que estamos entre amigos, tal vez deberíamos ser un poco más sinceros y admitir que lo que más nos preocupa es nuestro bienestar.

–Si me preocupa o no el americano medio es irrelevante –dice el Pez Gordo–. Debemos embridar la fuerza del americano medio; hay millones de americanos medios en este país; debemos conducirlos al redil. Y si el americano medio es incapaz de entender la diferencia entre el uno y el dos, no pasa nada, solo tenemos que enseñarle qué debe pensar. Le recordamos que en América democracia quiere decir capitalismo, armas e impuestos bajos. Porque el americano medio es el que nos va a hacer el trabajo. No se trata de dinero, sino de fuerza.

–No digas fuerza, di libertad –propone Eisner–. Sustituye fuerza por libertad.

–No se trata de dinero –dice el Pez Gordo–. Se trata de libertad.

Suena el timbre. La tienda de sándwiches cercana les ha preparado la comida. El repartidor entra y coloca los productos del pedido en la mesa del comedor.

–Tiene buena pinta –dice Bo.

–Podemos comer sándwiches de pavo y hablar de nuestros ancestros peregrinos –comenta Kissick.

–De hecho, los peregrinos eran evangélicos; en el sermón que pronunció John Winthrop en 1630, «la ciudad en la colina» y «nuestro faro de esperanza» provienen del Nuevo Testamento –dice Eisner.

–Creía que había sido Ron Reagan quien dijo eso –interviene el Pez Gordo.

–Yo se lo habría atribuido a Kennedy –dice Bo.

–Sentémonos –propone el Pez Gordo.

Durante la comida hablan de su estado de salud. Están obsesionados con vivir el máximo de años posible, preservando el máximo de facultades. Son del parecer de que, si no te puedes llevar contigo tus pertenencias, hay que disfrutarlas todo lo posible.

Hablan de pan, carbohidratos y qué comidas son preferibles. Hablan de que la gente cree que a los hombres este tema les importa un pito, pero no es así para nada. Y hablan de empresas que han comprado y vendido, y de las ganancias o pérdidas que han tenido; cada uno de ellos tiene su propia versión de un álbum de grandes éxitos.

–Me he hecho algunas reparaciones: una válvula cardiaca, una rodilla y unos ajustes en un hombro. Me siento como si llevase encima un millón de dólares, pero solo me ha costado más o menos la mitad. –Bo se ríe–. Me he divorciado en más de una ocasión y tengo una hija que no me habla porque me culpa de la muerte de su hermano mayor cuando era adolescente. Más le valdría dirigir su indignación al camello o a los amigotes de su hermano, pero es más cómodo odiar al padre. –Bo mira a Eisler–. ¿Tú cómo te sientes en relación con tu padre?

–Afligido –dice Eisner.

–¿Sigues esperando su sello de aprobación? –pregunta Tony.

–Algo parecido.

–Como me gusta oír el sonido de mi voz –dice Bo–, os explicaré que buena parte del problema está relacionado con lo que podríais llamar progreso, conectividad y externalización. Lo de Lehman fue la punta del iceberg. Cuando la economía global se contraiga y todo el mundo compruebe lo interdependientes que somos, cundirá todavía más el pánico. Nadie quiere admitir que todo está entretejido como un espantoso jersey navideño.

Kissick aplaude.

–El simple concepto de *subprime* me da dolor de estómago. Lehman tenía más de un millón de contratos *subprime*, por un valor estimado de casi cuarenta billones de dólares. Nadie parecía percatarse de las implicaciones globales.

–¿Podemos retomar el asunto que nos ha traído aquí? –dice Tony.

134

–Sí, por favor –se suma el Pez Gordo–. Y quiero dejar claro que no me preocupa lo más mínimo que podamos discrepar en algunos aspectos; le he estado dando vueltas durante la comida y sí me importa el americano medio. Todos somos americanos medios.

–Hasta cierto punto –dice Tony.

–No dudo que te importe, viejo amigo –dice Bo, dándole una palmada en la espalda–. Es una de tus mejores cualidades. No es que a mí no me importe, pero en ocasiones lo que es beneficioso para mí y lo que es beneficioso para el americano medio no coinciden con exactitud. Es difícil conseguir que al repartir el pastel haya para todos.

–Hablando de lo cual... –dice Tony, mientras lleva una cafetera y una bandeja de galletas a la sala de estar–. ¿Seguimos hablando mientras nos tomamos el postre?

El Pez Gordo bebe un sorbo de su café, cargado, solo y muy caliente, tal como le gusta. Charlotte lo llama quemado, porque a menudo lo vierte desde la máquina de café en una olla y lo hace hervir. Bebe otro sorbo y echa un vistazo a su segundo fajo de fichas, unidas con una goma y marcadas con la anotación «Mañana, segunda parte».

–Creo que será útil que todos compartamos nuestras preocupaciones con los demás. Tony, ¿quieres empezar tú?

Tony da un giro de 360 grados en la silla para reclamar la atención. Y lanza un titular:

–Voy a utilizar una palabra que hace mucho que no le oigo decir a nadie. *Visión*. Eso es lo que nos falta: visión. A nuestros líderes, tanto si son elegidos, nombrados o contratados como funcionarios, les falta visión. Nadie da un paso adelante y despliega un plan, una estrategia. Solo piensan en términos de ciclo electoral, cómo pueden llegar de aquí hasta allí, siempre distancias cortas. Falta preparación para emprender un maratón. Dicen lo que tienen que decir para conseguir los votos y después no hacen nada de lo que han prometido.

–Bien visto –dice Kissick–. Pensar a corto plazo sale muy caro.

–Mi otra y más importante preocupación –continúa Tony– es que tenemos un país dividido, ahora más que nunca desde la guerra civil. Estamos divididos por la economía, la raza y el género, y esta división es parte de la grieta que no somos capaces de ver, porque estamos demasiado ocupados contemplándonos el ombligo. Pero, cuando la grieta se abra, se nos va a tragar a todos.

–¿Cómo va a abrirse? –pregunta Bo.

–Por puntos de inflexión azarosos –explica Tony–. Cosas en las que nunca reparas, como la meteorología. El huracán Katrina. O el malestar social. Situaciones disparatadas como O. J. Simpson en un Ford Bronco en directo en la tele. Inundaciones, incendios, plagas, abejas asesinas. No tardará en suceder y será transmitido en directo por televisión y por todos los móviles. La edad de lo pequeño y lo regional ha pasado a la historia; ahora todo es a lo grande. Cualquiera de estas cosas puede salirse por completo de control. –Tony vuelve a dar una vuelta completa con la silla.

Bo asiente y dice:

–Tiene razón.

–¿No te mareas con tantas vueltas? –le pregunta el Pez Gordo.

–Me gusta la sensación –responde Tony–. Es como volar. Como montarse en el tiovivo en el que solía montarme de niño. Y además me hace pensar en Platón, en la peonza y el principio de los opuestos.

–Me estás dando dolor de cabeza –dice Bo.

–¿Porque doy vueltas?

–Porque estás hablando de deseo frente a razón y de las diversas partes del alma. El hombre sediento que se niega a beber. Todo eso ya lo he oído antes.

–Todos nosotros somos ese hombre –dice Tony–. Un objeto no cambiará el curso de su recorrido a menos que se aplique la fuerza. Es la primera ley de Newton. Cuando se aplica la fuerza, la cosa se pone interesante. La aceleración de un objeto depende de la masa de ese objeto y de la fuerza que se aplique.

136

–De acuerdo, ¿y? –dice Bo.

–Cuando un objeto ejerce fuerza sobre otro objeto, el segundo objeto ofrece una fuerza opuesta equivalente. Pero ¿qué sucede cuando la situación se desequilibra? Entonces tenemos una interacción no recíproca.

–¿Se puede saber por qué estamos escuchando una lección de física? –pregunta Kissick.

–Porque esto es lo que está pasando. Se está aplicando una fuerza que está generando una aceleración. Y seguirá creciendo –dice Tony–. Y no habrá quien la frene.

–Esto es gordo –dice el Pez Gordo–. ¿El capitalismo y el fundamentalismo compitiendo en una carrera hacia el triunfo?

–Algo parecido –dice Tony.

–Yo también tengo un temor que compartir con vosotros –interviene Kissick.

–Me muero de ganas de oírlo –dice Bo.

–Los ciberataques –dice Kissick.

–Esta sí que es buena –dice Bo.

–No estamos preparados –explica Kissick–. La tercera guerra mundial acabará estallando y no será una guerra convencional. No va a consistir en ataques con drones. Se atacará la red eléctrica del país. –Hace una pausa–. ¿Sabíais que Red Eléctrica, la empresa que suministra energía a todo el nordeste, tiene su sede en Inglaterra? En 2006 compraron KeySpan, una gasística, y absorbieron una empresa subsidiaria de la Southern Union y ahora están conectando por cable Reino Unido con los Países Bajos. Si los proveedores de nuestras necesidades básicas tienen sus sedes en el extranjero, tenemos menos control sobre ellas. ¿Cuál es la inversión de los americanos en América? Una buena parte de la deuda estadounidense está en manos de extranjeros; esperad a que reclamen sus beneficios.

–Hablas de muchas cosas –dice Bo–, banca, red eléctrica, gas; ¿puedes concretar para que sepa de qué hablamos?

–Sí –responde Kissick–. En una sola palabra: China.

–El alumno aventajado –dice Bo.

–¿Pretendes ser irónico? –pregunta Kissick.

–Para nada. Estoy totalmente de acuerdo con tu planteamiento, pero yo añadiría otra palabra: Rusia. China ha comprado una parte importante de la deuda americana; tienen inversiones en los Estados Unidos que les están funcionando, pero Rusia, aparte de utilizarnos para lavar dinero negro...

–Has dado en el clavo –dice Tony–. Nadie habla de Rusia, pero allí están pasando muchas cosas; la economía tiene muchos desequilibrios, lo cual significa que solo unos pocos están ganando dinero, pero lo ganan a paletadas. Están avanzando tecnológicamente y tienen gente preparada. No descartaría que en unos años lancen un ciberataque para putearnos. Están llegando amenazas del exterior y aquí, en el interior, no estamos haciendo nada para protegernos. Si no se hace nada para impedir que la cosa vaya a más, el gobierno se erosionará, se corroerá como los bajos de un vehículo por el óxido, y no nos daremos cuenta hasta que ya los tengamos «en casa» o se nos hundan los pies porque el suelo se resquebraje.

–Hay muchas amenazas en el horizonte –dice el Pez Gordo.

Todos asienten.

–Volviendo a lo que decía Tony, hay varias cosas que me preocupan –dice Bo–. Una es la derecha religiosa. Me importan un pito las creencias de la gente, pero seguro que a ellos no, hasta límites insospechados. Creo que estamos subestimando su impacto. Son unos fanáticos insaciables y sus creencias están calando en el gobierno de un modo opuesto a nuestra influencia. Durante los últimos treinta años han ido infiltrándose cada vez más en el partido. Ya sabéis de quién estoy hablando...

–De Weyrich –dice Kissick.

–Y los de su cuerda –añade Bo.

–Ralph Reed, Norquist, Pat Robertson –añade Tony.

–¿Os acordáis de cuando Reed atacó a John McCain en las primarias de Carolina del Sur?

–No lo voy a olvidar en toda mi vida. Nos hacemos un flaco favor a nosotros mismos si nos metemos en la cama con ellos. El otro asunto que se ha ido de madre es el tamaño del propio gobierno. Es ya del todo imposible que determinadas personas que trabajan en el gobierno sepan lo que están haciendo otras personas que también trabajan en el gobierno. Si redujéramos a la mitad su personal, ni nos enteraríamos. La mierda burocrática seguiría siendo mierda burocrática y todo lo demás seguiría igual. Y puedo indicar el momento exacto en que sucedió esto. Es lo que tiene hacerse mayor, eres consciente de la evolución de la historia...

–En 1970, el gobierno contaba con seis millones de empleados –dice Bo.

–Eso es imposible –replica Kissick.

Bo ni se molesta en responder.

–¿De dónde has sacado esa cifra? –quiere saber Kissick–. Yo soy el experto en el tema y te digo con total certeza que estás equivocado. La fuerza laboral del gobierno no ha crecido al mismo ritmo que el sector privado y, de hecho, es más reducida de lo que era.

–A tomar por culo las cifras –dice Bo–. Lo que quiero decir es que, en los años setenta, el gobierno se empezó a convertir en una maquinaria burocrática de dimensiones cada vez más desmesuradas. Antes, lo normal era que se produjera el relevo de cargos cuando cambiaba la Administración y entraba un nuevo equipo, pero, a partir de finales de los sesenta y durante los setenta, Washington se convirtió en una ciudad en la que la gente quería quedarse a vivir con la familia y toda esa mierda. Puede que no todos sean empleados gubernamentales en el sentido clásico, pero todos esos contratistas, lobistas y parásitos burocráticos, o como queráis llamarlos, son un lastre.

–Groupies políticos –dice Eisner–. Mis padres lo eran.

–No, tus padres no lo eran –replica Bo–. Pero es cierto que los parásitos burocráticos se instalan en Maryland, Virginia e incluso en algunos barrios de Washington D. C. Las propiedades inmobiliarias en Washington estaban baratísimas después de los disturbios.

–¿Qué disturbios? –pregunta Kissick.

–¿Me lo preguntas en serio? –dice Bo–. ¿Qué estudiaste en la universidad?

–Matemáticas.

–Los demás hicimos algún curso de Historia, y el año 1968 debería sonarte de algo, porque...

Kissick cae en la cuenta de su error.

–Soy idiota. Mierda. Asesinaron a Bobby Kennedy. Y tú estabas allí. Recuerdo que me lo contaste, estabas allí.

–Sí, estaba allí, pero no fue eso lo que alteró los precios de las casas en Washington.

–Martin Luther King –dice Tony, poniendo paz–. Odio esta tensión.

–En Washington hubo cuatro días de disturbios y más de un millar de incendios. Por eso el precio de la vivienda cayó en picado –aclara Bo–. Cuando echas la vista atrás, te das cuenta de que lo de 1968 fue de locos: todo lo que se podía agitar se agitó.

–Parece que todos estáis muy familiarizados con el padre de Eisner, pero ¿puedo saber qué hacía realmente tu padre? –pregunta Kissick–. Siempre me lo he preguntado.

Se produce un ostensible silencio; es la pregunta que todo el mundo quiere hacer, pero nadie hace.

–La pregunta correcta sería qué fue lo que no hizo –dice Bo, evitando responder.

Todos asienten.

–Todo esto es muy interesante –dice Eisner, disfrutando de la situación.

–¿En serio? –pregunta Bo–. Seguro que sabes que, si se tira del hilo de la meritocracia del funcionariado moderno, eso nos llevaría hasta la China imperial.

–No lo sabía –dice Eisner.

–Os voy a pedir que me dediquéis cinco minutos más –dice el Pez Gordo, mientras reparte unos salvamanteles de papel con el mapa de los Estados Unidos impreso y unas cajitas de lápices de colores–. Los he cogido esta mañana en el local que sirve tortitas de aquí cerca.

–Nunca dejas de sorprenderme –dice Tony riéndose.

–Os propongo un pequeño ejercicio mental. Quiero ver

cómo ubicamos los colores, qué estados pintamos de azul y cuáles de rojo.

Bo levanta la mano y pregunta:

–¿Te importa si voy a echar una meada?

–No tienes que pedir permiso; al fondo del pasillo a la izquierda.

–Bueno, como estás llevando la reunión como si estuviéramos en una clase de secundaria, no estaba seguro.

Los presentes cogen los lápices. Tony, Kissick, Eisner y el Pez Gordo proceden a colorear sus mapas disciplinadamente. Tony se sienta con las piernas cruzadas en el suelo. Parecería un alumno de secundaria de no ser porque mide metro noventa y tiene unas piernas kilométricas.

Bo sale del lavabo y se lleva su mapa y sus lápices a la mesa del comedor. Hace sus deberes y pliega el mapa dándole forma de avioncito de papel, que lanza al Pez Gordo. Después se dirige a donde sigue desplegada la comida y se pone a picotear.

–Me gusta comer de pie –comenta–. De este modo, la comida sabe mejor. Estas aceitunas son muy buenas. ¿De qué tipo son?

–Ni idea –responde el Pez Gordo–. El tarro está en la nevera.

–Aceitunas marinadas en vermut –dice Bo–. No me extraña que sean tan buenas. Me he zampado una docena. –Lanza una frambuesa hacia la sala.

–Cuando acabes, vuelve aquí porque vamos a hablar de los mapas –le dice el Pez Gordo.

–Voy a lanzar un dato –dice Tony–. El voto total por Obama será el más alto que ha obtenido jamás un candidato a la presidencia. Ha obtenido 130 millones de votos, esto significa el 43 por ciento de la población. Si repasamos la historia, 1964 fue azul, 1968 rojo, 1972 más rojo, después 1976 resultó muy dividido; 1980 y 1984 fueron rojos, 1988 volvió a ser azul, después 1992 estuvo dividido, 1996 fue algo más rojo y 2000 muy rojo.

–¿Es uno de esos autistas brillantes con las cifras o un rapero? –pregunta Bo.

El Pez Gordo despliega el avioncito de papel que Bo le ha lanzado y refunfuña:

—Joder con el papelito.

Bo se encoge de hombros.

—Lo que quiero decir es que estamos divididos y no podemos permitírnoslo. Cuando echéis un vistazo a los mapas, veréis que hay una parte del Medio Oeste que es azul y no debería serlo.

—¿Cuál es la enseñanza de nuestro ejercicio de coloreo? —dice el Pez Gordo—. Cada uno de nosotros tiene una idea distinta de dónde reside el poder, pero todos coincidimos en que hay centros en las costas Este y Oeste.

—Caballeros, no estamos en un parvulario —dice Bo—. Y, por cierto, se te han acabado las aceitunas. Podría comerme una tonelada.

—Si este ejercicio nos muestra algo es que cada vez estamos más en minoría —dice Kissick.

—Ahora que ya sabes lo que pensamos, la gran pregunta: ¿qué vamos a hacer al respecto? —le lanza Bo al Pez Gordo.

Sábado, 8 de noviembre de 2008
Palm Springs, California
16.00 h

El Pez Gordo se lleva a los muchachos a dar un paseo en su carro de golf. Bo va delante; Tony, Kissick y Eisner van apretujados en el asiento corrido trasero. Les va contando quién más tiene casa alrededor del campo de golf, la historia del lugar, lo del tesoro escondido y lo de las serpientes venenosas. Suben la colina, descienden al valle y después salen del camino hasta que llegan a una explanada donde un hombre y dos ayudantes están hinchando un enorme globo aerostático.

–Dar con las claves es cuestión de perspectiva –dice el Pez Gordo–. Y no perder de vista que no lo sabemos todo. No lo podemos saber todo.

–¿Me estás vacilando? –dice Kissick. No está claro si está entusiasmado o molesto.

–Siempre he querido hacer esto, pero nunca me he decidido; es una de las cosas que tengo apuntadas en mi lista de temas pendientes –dice Bo.

–Fantástico –dice Tony, riéndose–. Me ha llegado al alma, estoy impresionado.

–Tony, cuando has hablado de «visión», he pensado: espera y verás. Es espectacular. Sobre todo en esta época del año. La otra noche, cuando planeé todo esto, pensé que deberíamos ascender sobre América y contemplarla desde las alturas.

Kissick se sube a la cesta.

–Mi esposa me mataría si se enterara de que me voy a subir

a un globo de helio. Se supone que debo mantenerme con vida y sostener económicamente a la familia. Me necesitan.

—Seguro que tienes un seguro de vida de campanillas —dice Bo.

Kissick se encoge de hombros.

—Supongo que sí.

—¿Uno de estos no se incendió y se estrelló hace unos meses en Pensilvania?

—Llevamos más de treinta años volando —dice el tipo del globo—. Y nunca se nos ha incendiado.

—Me parece a mí que no vamos a caber todos —dice Bo.

—No hay problema —dice Kissick, muy dispuesto a bajarse de la cesta.

El Pez Gordo le entrega las llaves de su coche a Eisner.

—Tú serás el coche de apoyo. Sigue al globo en el todoterreno.

—¿Por qué tiene que ir él en el coche de apoyo? —pregunta Kissick.

—Porque es nuestro testigo, el que sobrevivirá para contar la historia —dice el Pez Gordo.

El quemador se enciende con un sonoro zumbido y el globo se eleva en el cielo del atardecer.

Kissick se escurre en el suelo de la cesta, sentado a los pies del Pez Gordo.

—¿Estás bien, vaquero? —pregunta Bo.

—Estoy bien —responde él—. Bien, perfecto, justo donde quiero estar; en una cesta de pícnic rumbo al bosque con Caperucita Roja.

—Es más seguro que conducir por la noche en Florida —dice Bo.

—Increíble —dice Tony, mientras flotan sobre los palmerales y los parques eólicos—. Qué bonito.

—Levántate. Echa un vistazo —le dice el Pez Gordo a Kissick—. Verás la magnitud de estas tierras en toda su magnificencia.

Kissick se acuclilla y se asoma para echar un vistazo sobre el borde de la cesta.

—Dios mío, ¿a qué altura estamos?

—A unos novecientos pies —informa el operario del globo.

144

—Contempla el paisaje —dice el Pez Gordo—. Su enorme potencial por explotar.

—Lo único que veo es un desierto infértil —dice Kissick.

—Creo que es un parque nacional —comenta Tony.

—Es un ejemplo de las zonas del país que todavía tenemos que domesticar —dice el Pez Gordo.

—Te recuerda por qué la gente huye de sus países —opina Bo.

—¿Has dicho domesticar o reclamar? —pregunta Kissick.

—Esta visión lo pone todo en perspectiva —dice Tony—. Estamos sobrevolando América en un vehículo que es más ligero que el aire, navegando en una góndola del pasado a través del presente y hablando del futuro.

—Suena muy profundo —dice el Pez Gordo.

Sábado, 8 de noviembre de 2008
Palm Springs, California
20.00 h

De regreso en la casa, todo parece una elegía por una América que tal vez nunca existió. El aire está impregnado del olor de puros a medio fumar, mordisqueados y humedecidos, empapados de las babas de hombres envueltos en sus propias ensoñaciones.

Se relajan, se sirven tragos. Nadan, beben y comen.

Lo único que les faltaría es echar un polvo.

–¿No vas a traer chicas? –pregunta Bo. Está sentado en la mesa del comedor sin camisa, dejando a la vista la gruesa cicatriz que le atraviesa el pecho de arriba abajo. Se percata de que los demás se la están mirando–. Así es como lo hacían en la clínica Cleveland; te rajaban por la mitad como a un pollo y te metían un tubo. Tengo un aspecto horrible, pero estoy vivo.

Los otros asienten.

–Entonces ¿no hay chicas?

–Esta vez no –dice el Pez Gordo–. No me ha dado tiempo de organizarlo.

–Estás en baja forma –dice Tony.

–Vale –dice el Pez Gordo–. Estamos todos de acuerdo en que vamos a cambiar las cosas, porque, si no, el modo de vida americano se va a perder para siempre. Queremos un nuevo gobierno.

–¿Alguien va a mencionar la palabra que empieza por T?

–¿Tetas? –pregunta Bo.

–¿Trampas? ¿Trampas jugando sucio?

146

–¿El crimen de traicionar a tu país? –pregunta Tony.

–¿Intentar volver a las raíces, a lo que nos hace fuertes, es traición? –quiere saber el Pez Gordo.

–No todo el mundo lo ve así –dice Tony.

–En realidad, ¿qué le estamos pidiendo a la gente? ¿Que extienda un cheque? ¿Que cuatro amigos extiendan cheques? ¿Asesinar a alguien? –pregunta Bo mirando a Eisner.

–¿Me estás mirando a mí? –pregunta Eisner.

–Sí –dice Bo–. Para mí tienes pinta de extorsionador o sicario.

–Le estamos pidiendo a la gente que haga su trabajo –dice el Pez Gordo–. Les estamos pidiendo que hagan aquello para lo que fueron elegidos o contratados. Somos la generación del legado, el vínculo viviente con los tiempos en que las guerras se combatían por alguna razón, cuando no se trataba de un gigantesco concurso de cagadas. No hacemos esto por nosotros; nosotros ya tenemos todo lo que necesitamos, todo lo que deseamos, pero ahí fuera las cosas se han puesto muy feas. Lo hacemos por nuestros hijos, por los que vengan detrás; lo hacemos por la historia, para proteger y preservar la América de los padres fundadores, la verdadera América.

–Para el carro, ¿cómo lo vamos a hacer? –quiere saber Bo.

–Esto es un asunto muy serio, la clase de asunto que te puede costar la vida. Somos hombres respetables y, hasta que la marea cambie de dirección, hasta que tengamos a la mayoría de nuestro lado, vamos a nadar a contracorriente –dice Kissick.

–Hablamos con gente, averiguamos quiénes tienen las agallas para dar un paso al frente y enrolamos en nuestro proyecto a los que veamos capaces –dice el Pez Gordo.

–Por favor, no nos quedemos en las meras palabras, hagamos algo, joder –implora Bo.

–Entre la acción política y la traición hay una gran distancia –añade Tony.

–¿No creerás que vamos a ir hasta allí y les vamos a decir: «Disculpen, hemos venido a recuperar el gobierno, así que, si no les importa, desalojen sus despachos y no se olviden de llevarse las fotos de su esposa e hijos»? –pregunta Kissick.

147

–No veo muchas ganas de revolución –dice Tony.

–Tal vez esas ganas se pueden incentivar con el tiempo –replica Bo.

–Te voy a ser sincero. Estas elecciones han demostrado que el Partido Republicano ya no es lo que era; no hay ni respeto ni consenso y lo que hace diez años hubiera sido una potente voz se ha convertido en grititos histéricos que están haciendo de la política un atolladero. Una palabra menos provocativa para revolución es *cambio*. Y *cambio* no lleva a pensar en la palabra que empieza por T –dice Tony.

–*Cambio* es una gran palabra –dice Eisner.

–¿Qué eres, una especie de policía del Scrabble? –pregunta Bo.

–¿Y en qué consistiría ese cambio? –azuza el escriba–. ¿De verdad lo veremos llegar? ¿Lo sabremos identificar cuando esté sucediendo?

–Exacto, ahí has dado en el clavo. No todos vemos lo mismo; vemos lo que queremos ver. Esto supone un gran salto. No todos vemos los mismos programas de televisión, ni leemos los mismos periódicos; vemos lo que nos atrae. Buscamos que nos confirmen lo que ya sabemos en lugar de tener que confrontarnos con ideas e informaciones con las que es probable que no estemos de acuerdo –dice Tony.

–No sé por qué, pero me ha venido a la cabeza Lou Gerstner –dice el Pez Gordo.

–¿Gerstner, el tío que cambió de arriba abajo IBM?

–Estaba pensando fuera de lo establecido. Estamos todos metidos en un hoyo. Estamos atrapados y ni siquiera vemos el hoyo. Tienes razón, Deditos. –Deditos es el apodo que hace mil años le puso el Pez Gordo a Tony–. Nos suministran la información que quieren, sea lo que sea lo que «ellos» quieren que sepamos. Y ni siquiera sabemos quiénes son «ellos».

–¿Esta conversación va a derivar hacia lo paranoico y conspiranoico? No somos ocas a las que convierten en fuagrás; somos hombres con capacidad autónoma de raciocinio –dice Kissick.

–Somos lo que son ellos –dice Tony.

–Tenemos que salir del hoyo y entrar en el campo de juego de los otros –dice el Pez Gordo.

–Me apunto a la acción. No me he ensuciado las uñas desde que era un boy scout. Me encanta la idea de una misión. Estoy dispuesto a entrenarme –se ofrece Bo.

–¿Cuántas revoluciones hubo en los primeros cuatrocientos años de existencia de Inglaterra o Francia? –pregunta Tony.

Nadie responde.

–¿Qué sucederá si tu plan triunfa?

–Que sabremos que tenemos el control.

–¿Qué dimensiones tiene? ¿Hasta dónde llega? –pregunta Tony–. No lo pregunto para asustar a nadie, sino como un recordatorio de que nuestra lealtad al proyecto debe ser incuestionable.

–No pasa nada si alguno de vosotros no tiene estómago para esto y quiere dar un paso atrás. En cuanto la cosa empiece a rodar, el camino puede estar lleno de baches –dice el Pez Gordo.

–Estamos hablando de crear un plan disruptivo –dice Tony.

–Por lo que a mí respecta, lo ocurrido la noche del martes fue disruptivo en el peor de los sentidos –dice el Pez Gordo.

–Yo me apunto –dice Bo–. No pienso pasarme los no sé cuántos próximos años gimoteando y troceándome la polla para reducir gastos al máximo; quiero hacer algo.

–Si no podemos tener el control por las urnas, tendremos que asumirlo de otro modo –dice el Pez Gordo.

–Y, por cierto, ¿dónde está tu mujer? –pregunta Kissick.

–Cuando volvimos de Phoenix, me dijo que necesitaba un descanso; ha comido demasiados quesitos. Nos pasa a todos en algún momento de nuestra vida; todos hemos comido alguna vez demasiado queso y necesitamos retirarnos, reflexionar, plegar velas, sea lo que sea eso.

–Eso es lo que siempre me ha gustado de Charlotte. No se anda con tonterías. No se corta un pelo –dice Kissick.

–El vodka está aguado –dice Eisner.

–Dios, ¿en serio? –pregunta el Pez Gordo.

–Es como agua mineral con un toque de alcohol.

–Pero si el vodka no es caro –dice Kissick perplejo.

–Sírvete whisky o bourbon, esos ella no los toca –dice el Pez Gordo, mientras echa un vistazo a sus fichas–. Sea lo que sea lo que estamos viviendo, nos enfrentamos a una larga y oscura noche del alma; si no es eso, menuda broma. –El Pez Gordo deja con un sonoro golpe las fichas en la mesa de centro.

Eisner está repantingado en el sofá, bebiendo whisky con hielo y moviendo las piernas cubiertas por unos pantalones caqui como si se estuviera abanicando los huevos. Está nervioso o sobreexcitado por la energía que recorre la sala.

–Imaginadlo –dice el Pez Gordo–. El 20 de enero se va a aposentar en la Casa Blanca un negro.

–Considero que se puede ser republicano sin ser racista –dice Tony–. Habláis de haber perdido el tren y de dar un toque de atención. Estáis todos locos.

Se produce un largo silencio.

–Lo siento –dice el Pez Gordo.

Otro largo silencio, muy denso.

–De verdad que lo siento.

–Eso puede significar muchas cosas –dice Tony.

–Significa que no pretendía ofenderte.

Eisner se reacomoda en el sillón y recobra la compostura.

–Un negro va a ser presidente. Da igual como lo expreses, es muy gordo.

Todos asienten.

–Hay acontecimientos que cambian el curso de la historia, configuran la evolución de un país, el *pathos* y el *ethos* de una sociedad. Lo que sucedió en Phoenix el martes fue sin duda uno de esos acontecimientos –asegura Eisner.

–Y con esto, me voy a dormir. Buenas noches a todos –dice Bo y abandona la sala.

–No es que te persiga, es que yo también me voy a dormir –dice Kissick siguiendo a Bo por el pasillo.

Tony y Eisner permanecen en la sala, recogen los platos y los vasos, y los llevan a la cocina. El Pez Gordo se pone un delantal y friega.

—No estoy por encima ni por debajo de nadie —dice.

—¿Quién dijo eso? —pregunta Eisner.

—Deepak Chopra.

A medianoche, el Pez Gordo no logra conciliar el sueño. Va a la habitación de Tony —la habitación de Meghan— y saca la cama nido.

—¿No puedes dormir? —le pregunta Tony.

—¿Te sorprendería si te cuento que tiene un problema con la bebida?

—¿Meghan?

—No, por Dios, Charlotte.

—¿De qué tipo de problema hablamos?

—Bebe. Bebe todos los días. Sola. Y mucho. Lleva botellitas en el bolso; nunca sale sin ellas. Se pasa el día catatónica.

—¿Has hablado con ella?

—No es tan fácil. No es que discutiéramos, pero el miércoles, cuando volvimos, yo estaba tan desmoronado que me puse desagradable. Saqué el tema, y no de la manera más delicada.

—¿Te disculpaste?

—Sí.

—Estoy seguro de que vive sus propias desilusiones y se las guarda para sí misma —dice Tony.

—Todos las tenemos. —Un breve silencio—. Lo que le pasó a Meghan me asustó mucho. Había llevado a Charlotte a cenar como muestra de cariño y de pronto nos sonó el móvil a los dos. Me temí lo peor. Casi vomito. —Otro breve silencio—. ¿Crees que a Meghan le ocurre algo?

—No —responde Tony—. Lo que sucedió en Phoenix la alteró y salió a cabalgar para despejarse. Es una buena chica, pero es duro descubrir que la vida no es una película de Disney. El mundo real es un lugar más sombrío y extraño de lo que ella creía. Si lo del martes fue una señal de alarma para ti, a ella le provocó un ataque de pánico.

—Para mí fue como una sucesión de alarmas que avisaban de varios incendios simultáneos.

—Sin duda su reacción tiene algo que ver con eso —dice

Tony–. Está muy pendiente de ti y de las expectativas que tienes sobre ella.

–¿Qué significa eso?

–Quiere hacer las cosas bien, impresionarte.

–Eso es estupendo, ¿no?

–¿Alguna vez has hablado con ella de todo esto?

–No sabría por dónde empezar. Sin embargo, parece que contigo tiene la confianza de contarte algunas cosas...

–Se me da bien escuchar –dice Tony–. Y no soy su padre. ¿Qué hacía tu padre cuando eras niño? ¿Respondía a tus preguntas?

–¿Ahora ejerces de loquero? Conociste a mis padres. Si acaso aprendí algo de ellos fue por accidente. Incluso me sorprende que tuvieran descendencia; soy incapaz de imaginármelos juntos en una habitación, no digamos ya procreando. –Se produce un silencio–. ¿Recuerdas cuando estábamos en la universidad y yo me pasé la noche en vela preparando un examen? Tú me aconsejaste que me lo quitara de la cabeza para refrescar la mente.

–¿Cómo me iba a olvidar? Te pasabas la noche repasándolo todo en voz alta, desde ecuaciones matemáticas a la historia de Roma.

–Para que me relajase, tú me contabas historias del abuelo, de la abuela, de la tía Pepper, a la que le gustaba bailar, y del tío Joe, que pescaba lucios en el New River y que una vez pescó un pez de más de veinte kilos que debía de tener, como mínimo, diecisiete años.

–Pepper todavía vive. El próximo junio cumplirá noventa y siete.

–Qué maravilla.

–Con tanto baile, ha mantenido una buena forma física; ha perdido la vista y el oído, pero todavía puede moverse... –Se ríen–. Solo te contaba las partes divertidas, no el motivo por el que pasaba tanto tiempo con el abuelo, la abuela y Pepper.

–Me hago una idea.

–La permanente amenaza de la violencia –dice Tony–. Cuando era pequeño, mi padre no me pegaba cuando había gente delante, pero llegó un momento en que hasta eso le daba igual. Para entonces, ya nadie tenía ganas de estar cerca de él. Ni mi madre, ni la familia de ella, ni yo.

–Vaya infancia más dura.

–Me habitué a todo tipo de fluctuaciones, desde la presión atmosférica a las vicisitudes del temperamento de todo lo que me rodeaba, fuera planta, animal o ser humano. Mi sociabilidad, mi naturaleza afable, era una suerte de linimento para contrarrestar el temperamento irascible o colérico de mi progenitor.

–De verdad que lo siento –dice el Pez Gordo.

–Sobreviví –añade Tony–. Y aquí sigo, lo cual ya es mucho en comparación con el destino de otros.

Se produce un largo silencio.

–Eres un buen hombre, Deditos, el mejor que he conocido en mi vida. –Otro silencio–. ¿Cómo te parece que va nuestro proyecto?

–Es sin duda interesante, pero ¿qué es un pez sin un río? –dice Tony.

–¿Hablabas en serio con lo de la aceleración y lo de que se va a producir un choque inevitable?

–Lo único que puedo decir es que la situación es insostenible. El ritmo y el impacto de lo que llamo la ola global, la tecnología y el dinero, supera las capacidades humanas. Lo que es técnicamente posible puede no ser todavía humanamente posible. Yo pienso en el largo plazo. Mi objetivo todavía no asoma en el horizonte.

–Bueno, si logramos subir al carro a los muchachos y hacer algo, tendremos una oportunidad. No creo que estemos solos en la defensa de estos ideales.

–Hablando de estar solo, ¿adónde ha ido Charlotte?

–A no sé qué centro dietético a unos cuarenta y cinco minutos de aquí.

–¿Tal vez sea un intento de dejar el alcohol sin anunciarlo a bombo y platillo?

–Tal vez.

–Pone todo su empeño –dice Tony.

–Todos lo hacemos.

–¿Sabes que, en realidad, Obama no es mal tipo? –dice Tony.

–¿En serio? ¿Tan bien lo conoces?

–Lo conocí cuando estaba en el Senado. Jugamos al golf unas cuantas veces.

–¿Dónde aprende a jugar al golf un africano?

–Pues aquí, eso es parte del problema –dice Tony–. Eso no es gracioso, ni sensato, ni inteligente. Eres un racista. No sucederá durante tu vida, pero sí durante la de Meghan; la mayoría dejará de ser blanca.

–Que les den por saco –dice el Pez Gordo.

–Eso es lo que te pone nervioso, la idea que de los viejos hombres blancos van a quedarse obsoletos.

–No andas errado –responde el Pez Gordo.

–Piensa mirando hacia delante –dice Tony–. La imaginación es la cometa que más alto puede hacer volar una persona.

–Muy bonito. ¿Quién lo dijo?

–Lauren Bacall –responde Tony.

Se quedan en silencio un rato. El Pez Gordo empieza a roncar.

–¿Te vas a quedar dormido? –pregunta Tony.

El Pez Gordo emite un gruñido.

–Creo que no es buena idea que los demás te vean salir de mi dormitorio por la mañana.

–¿Me estás echando de la cama?

–En efecto –dice Tony.

El Pez Gordo se incorpora.

–Mi mujer empina el codo, mi hija decide fugarse al bosque, y la gente ha votado a un africano como presidente, pero oyéndote parece que es lo más natural del mundo que pasen esas cosas. Que duermas bien, viejo amigo –dice, y sale de la habitación.

Domingo, 9 de noviembre de 2008
Palm Springs, California
13.00 h

–Nos volveremos a ver pronto –dice el Pez Gordo al despedir a sus invitados, que se marchan con tatuajes temporales, mapas enrollados de los cincuenta estados coloreados de azul y rojo, un par de buenos puros de su reserva secreta y, en el caso de Bo, un bote de aceitunas vacío.

–Antes de lo que crees –dice Bo y el Pez Gordo no tiene ni idea de a qué se refiere.

A todos los invitados se les ha adjudicado la misión de confeccionar una lista de gente a la que podrían tantear, hombres con la capacidad de sumarse al proyecto y convertir las ideas en hechos. El proceso de selección será muy similar al que la mayoría de ellos pasaron en la universidad: entrevistas, escrutinio y un rito iniciático.

El Pez Gordo intenta que Tony se quede hasta que vuelva Charlotte; se ofrece a llevarlo en helicóptero a Los Ángeles para que pueda coger allí el vuelo nocturno al este. Pero Tony tiene que estar en el D. C. el lunes por la mañana. Tiene una reunión a las nueve de la mañana en la Casa Blanca.

La asistenta ha limpiado y planchado toda la ropa, ha lustrado y abrillantado las superficies para que no quede ni la marca de una huella dactilar. Es tan minuciosa que podría trabajar para la agencia de eliminación de material sensible del gobierno.

Para darle un poco de conversación, le pregunta qué opina del resultado de las elecciones.

155

–Si usted está contento, yo estoy contenta –le responde ella.
–¿Usted votó?

La mujer aparta la mirada.

Quiere que se lo trague la tierra. Vaya idiota está hecho. Claro que no ha votado; es una inmigrante ilegal. Como para intentar arreglarlo, le dice:

–Bueno, no me gusta el tío que ha ganado y quiero que sepa que voy a hacer todo lo que esté en mi mano para asegurarme de que América siga siendo un país de oportunidades para todos.

–Gracias –dice ella.

–Usted se lo merece –replica él.

–Bonitas flores. ¿Las han traído sus amigos?

–No. Las he encargado yo para Charlotte, para cuando vuelva.

La asistenta asiente, pero no dice nada.

A Charlotte no le gustan las flores.

El Pez Gordo conoce a gente que tiene floristas personales que acuden a sus casas semanalmente y colocan flores en todas las habitaciones, flores a juego con la casa. En algunas fiestas ha oído a mujeres hablar de que sus maridos son «hombres que regalan flores». Pero a Charlotte le fastidia la responsabilidad que conllevan las flores. Se siente culpable cuando se marchitan. Él las ha encargado de todas formas, con la esperanza de que ella aprenda a vivir con algo vivo.

–Son muy bonitas –dice la asistenta.

Ya casi ha terminado. Lo último que hace es pasar la aspiradora. Cortar el césped, lo llama él. La asistenta está pasando la cortadora de césped por la alfombra del salón; el Pez Gordo oye de tanto en tanto cómo un cacahuete o una galletita salada asciende repiqueteando por el tubo. Él siempre se percata de que cuando ella aspira la alfombra deja marcas muy similares a las que se ven en el césped recién cortado.

El Pez Gordo recuerda la historia de la madre de Charlotte y la alfombra de su sala de estar. Los niños tenían prohibido entrar en la sala de estar, pero, Dios no lo quisiera, si finalmente entraban, al salir tenían que hacerlo de rodillas, borrando con las manos las huellas que hubieran dejado en la alfombra.

Cuando la asistenta se marcha, él le regala una enorme bolsa con los sándwiches, snacks y galletas que han sobrado, cosas que ellos no van a comer.

–Sería una pena tirarlo –le dice. Le paga el doble por el esfuerzo extra, por haber venido en domingo y por no decirle que es un zopenco. Ha hecho tan buen trabajo que parece que ese fin de semana no ha existido. Lo ha borrado. No queda prueba alguna.

Domingo, 9 de noviembre de 2008
Palm Springs, California
18.42 h

Un coche se detiene y Charlotte se apea. Solo lleva una bolsa de tela. ¿A quién se le ocurre marcharse dos días solo con una bolsa de tela a medio llenar? Él se la coge.

Algo ha cambiado en ella; emana liviandad, como si se hubiera sacado un peso de encima. Él hace una broma al respecto.

–Pareces más ligera, como si flotaras.

–Flotando en el aire –responde ella–. Siento náuseas, tengo gases.

El Pez Gordo observa al conductor dar marcha atrás por el camino de acceso a la casa, pero este se tuerce y tumba un cactus. Es incapaz de salir corriendo tras él y gritarle: «Vuelve aquí, has aplastado un cactus».

Charlotte está hablando. Él intenta escucharla, pero lo que ocupa su mente es la posibilidad de que el cactus sobreviva si lo endereza y aplasta la tierra a su alrededor.

–He hecho todo lo que me han dicho que hiciera, me he bebido lo que sea que me daban, he paseado todo lo que he podido y me he pasado un montón de rato sentada en el váter. He expulsado cosas que debían de ser prehistóricas, dinosaurios de las profundidades de mi colon. En un determinado momento me he estirado sobre el frío suelo de azulejos del lavabo, contando los cuadraditos para no perder el conocimiento. Es incluso posible que haya sufrido alucinaciones.

–¿Estás segura de que has ido al centro détox correcto, que

158

no te has metido en uno de esos que usan ayahuasca y acabas pegándote un viaje mental por el desierto?

Ella se detiene en la entrada.

–¿Quieres la versión dulcificada o la verdad?

–La verdad.

–Es una tortura, pagas para que te martiricen. No entiendo por qué lo hace la gente, salvo que seas masoquista. Solo es comparable a lo mucho que nos martirizamos a nosotros mismos.

Él levanta el dedo.

–Dame un minuto –le dice, desbordado por los nervios. Abre la puerta y corre hasta el final del camino de acceso a la casa. Su *Pachycereus marginatus* ha quedado tumbado en el suelo. Intenta un rescate de emergencia con las manos desnudas, pero le resulta imposible.

–¿Qué haces? –grita ella desde la puerta–. Acabo de llegar a casa y tú ya estás ahí fuera, escabulléndote.

–No me escabullo, el taxista ha derribado mi cactus.

–¿Cuál?

–El *Pachycereus marginatus.*

–¿Esos consoladores gigantes que hay al final del camino?

–Sí.

–¿Y no puedes esperar a mañana para enderezarlo?

–Supongo que sí –dice él y regresa a la casa.

–¿De qué te ríes? –pregunta ella.

–Estás exaltada –le responde–. Hiriente. Me gusta cuando no te contienes.

–No tienes ni idea. Me han metido un tubo por el culo y me han succionado las entrañas. Y mientras lo hacían, yo respiraba un aire mejorado, también conocido como oxígeno, mientras dos mujeres del sur de la frontera me hacían un masaje especial en el estómago. –Se levanta la blusa y le muestra la barriga, que parece un poco magullada, con la tonalidad amarillenta de un plátano demasiado maduro–. No solo he limpiado la mente, sino que he cagado cosas que llevaban años en mi cuerpo, rocas, piedras, pedazos de carbón, un pequeño collar de oro que me regaló mi abuela; te juro que lo vi allí, reluciendo ante mí en el cuenco. Después he empezado a vomitar. Todos los colores del arcoíris, como en una película de terror. Han llamado al médico, que me ha administrado un suero de color amarillo, y me han colocado un pequeño pulsioxímetro en el dedo.

–¿La vomitona formaba parte del proceso depurativo?

–Quién sabe. Dicen que cada caso es distinto, depende de lo mucho o poco que estés reteniendo. Para mí ha sido la historia del mundo en cuatro partes. En realidad, pretendían que me quedase más tiempo, uno o dos días más para descansar. «Estoy bien», les he asegurado. «Ya he hecho todo lo necesario y en una hora viene a recogerme un coche.» –Se calla un momento y, casi como haciendo un aparte, añade–: Durante el trayecto de vuelta a casa he tenido que pedirle al chófer que parara un momento. He abierto la puerta y he salido. Ni siquiera me ha dado tiempo de bajarme los pantalones. Me lo he hecho encima y he tenido que sacar de la bolsa ropa limpia y dejar la manchada al borde de la carretera. Le he dado al chófer todo el dinero que llevaba encima para comprar su discreción. Se ha portado de maravilla.

–Salvo por lo de derribar mi amada planta.

–Creo que he sido más sincera de lo que cabía esperar. –Se apoya contra la pared; es un gesto espontáneo, como si estuviera en una fiesta fumándose un cigarrillo con la cadera apoyada en la pared con actitud despreocupada, en una actitud que parece decirle: «¿Eres capaz de digerir la verdad?».

A él le parece que está como ida. Parece balancearse entre un estado de conciencia profunda, una epifanía, y algo parecido a quedarse dormida.

Tira de ella hasta una silla.

–Primero me voy a dar una ducha.

La acompaña al lavabo, abre el grifo de la ducha y la espera fuera sentado en el pequeño taburete del tocador. Se percata de que ella ha dejado la ropa amontonada en el suelo. Jamás lo hace. Jamás deja nada en el suelo. Él intenta no mirar. Piensa que ojalá estuviera la asistenta para ocuparse de esas prendas.

Ella emerge del baño con la piel de un rosa reluciente, como una langosta cocinada con un rápido hervor, y se viste.

–¿Te apetece un té? –pregunta él.

–Sí, por favor.

Él prepara té con miel, pese a que a ella le gusta sin nada. Pero necesita azúcar.

–¿Qué tal con los muchachos? –pregunta ella.

–Bien –contesta él–. Mejor que bien. Hemos ascendido hasta la cúspide de los cambios trascendentales o, al menos, estaremos allí cuando hayamos terminado. Espero que lo consigamos. Estoy entusiasmado.

–¿Quién ha venido, aparte de Tony?

–Kissick y Bo McDonald, y un chaval al que conocí en Phoenix, Mark Eisner; en realidad no es un chaval, pero es más joven que nosotros, un todoterreno. Es periodista e historiador, y está escribiendo un libro.

–Pero tú detestas a los medios; me sorprende que lo hayas dejado entrar en casa.

–No es de ese tipo de periodistas; de hecho, lo he apodado el escriba. Su padre trabajaba para Eisenhower. ¿Quieres que te prepare algo, una sopa?

En cuanto pronuncia la palabra *sopa* a ella le entran náuseas.

–No lograría digerirla. Tengo que dejar reposar los intestinos. Me los han retorcido.

Él se sienta en una silla, cerca de las puertas correderas acristaladas, y echa un vistazo a la habitación.

–La acuarela –dice, posando la mirada en una que ella pintó hace años–. ¿Te acuerdas de cuando la pintaste?

–Sí. Me lo pasé en grande hasta que la profesora me dijo que mis tonos eran demasiado apagados, que el mundo era mucho más resplandeciente. Me hundió, era demasiado estricta.

–Tal vez esa mujer no estaba a la altura para ser tu profesora.

–Me desmorono con facilidad –dice ella.

Hacia las nueve de la noche sale de la cama y se prepara un trago, y después otro. Él saca un tarro de crema de cacahuete y una cuchara.

–Tienes que comer algo –le dice, y le desliza la cuchara entre los labios.

–No me la puedo comer a palo seco –protesta ella, con la boca llena.

Él vuelve provisto de un paquete de *oyster crackers*.

–Me encantan las *oyster crackers*. Me recuerdan a los bolsos de Chanel. Son como acolchadas.

Él le va metiendo en la boca galletitas untadas con crema de cacahuete.

–No estoy bien –se queja ella.

–Lo sé –dice él.

–Llevo mucho tiempo sin estar bien.

–Lo sé.

–No voy a estar bien nunca.

–Bueno, de eso no estoy tan seguro. El simple hecho de que estemos hablando de ello ya es positivo.

–No tiene nada de positivo. Yo no puedo hacer nada; tú no puedes hacer nada para lograr que yo esté bien. Es imposible.

–De acuerdo –dice él–. A veces las cosas se van a la mierda, como en estas elecciones, y no hay vuelta atrás. Es lo que hay; hay que empezar aceptando la realidad e intentar cambiar a partir de ahí.

–La realidad –dice ella, y hace una breve pausa–. No soy capaz de aceptarla.

–Lo sé.

–Lo he intentado, pero no puedo.

Pese a lo que le ha dicho a Tony, el Pez Gordo se pregunta si ella lo ha intentado de verdad. Cree que no le da la gana y que su férrea resistencia, que confunde con fuerza de voluntad, la ha dejado muy tocada.

–Lo he intentado de verdad –insiste ella, como si le leyera el pensamiento.

Él asiente.

–Y no puedo. –Hace una pausa–. No voy a hacerlo.

«*Touché*», piensa él, pero no abre la boca. «*Touché.*»

Ella ha vuelto de la depuración con actitud firme. Lo que

haya podido pasar entre ellos, cualquier momento de íntima complicidad que hayan podido tener, no va a tener continuidad. Ella es incapaz de mantener su apertura. Carga con un peso demasiado grande.

No es nada personal, pero no pueden pasar a tener una relación mejor de repente. Ella de momento carece de la fuerza emocional para intentarlo. Ante la mera posibilidad de una relación, los recuerdos, la momentánea sensación de intimidad, la naturaleza física de lo acontecido entre ellos recientemente pesan demasiado; y, en lugar de abrir una puerta, a ella la depuración parece haberla partido por la mitad. Ahora está rota y es incapaz de soldar las dos mitades. Dos mitades, antes y después, cada una tirando hacia un lado hasta el punto de resquebrajarla.

La grieta se ha convertido en fisura, hendidura, una oquedad en expansión que es imposible detener, taponar, pegar, reparar.

Entre los efectos secundarios de las elecciones del martes, la inesperada intimidad entre ellos, combinada con sus conversaciones de los últimos días, y la détox, algo ha tocado la fibra de Charlotte, ha hecho salir al genio de la lámpara o como se lo quiera llamar. Sea lo que fuese o lo que es, después de tantos silencios, de un cuarto de siglo de sentimientos acallados, algo ha emergido a la superficie y ya no se puede seguir conteniendo. Se bebe otra copa.

Durante años, él se ha repetido una y otra vez que todas las familias tienen secretos, cosas que hubieran preferido que tomaran otra dirección.

A él todo eso le parece la oportunidad para otra revolución.

No debemos temer las revoluciones. Lo que sí deberíamos temer es lo de cambiar la historia para que parezca más aceptable, el uso de los hechos para tejer una suerte de hilo que nos estrangula.

¿Está pensando en su familia o en su nuevo plan?

¿Por qué algunas personas se dan por satisfechas y otras no? ¿Qué impulsa a una persona a desear más, a progresar? ¿Es ambición? ¿Codicia? ¿O es deseo?

163

Esto nos sobreviene en el ecuador de nuestra vida, cuando sabemos qué es lo que nos ha conducido hasta ese preciso momento. ¿Qué rumbo tomamos a partir de aquí, alzamos las manos en señal de rendición? ¿Cedemos o luchamos por lo que queremos?

El Pez Gordo mantiene esta conversación a medias consigo mismo y a medias con Charlotte.

–No quiero nada –dice ella–. No quiero absolutamente nada.

No logra dormirse. No logra dormirse porque está borracha. No logra dormirse porque su metabolismo va a la velocidad de un contador de electricidad. Está enchufada. Está destrozada, aniquilada. No sabe si es una sensación nueva, o la misma que la invade desde hace mucho tiempo, pero la siente.

A la una y cuarto de la madrugada se levanta de la cama. Él la oye rebuscando en el armarito de las medicinas.

–¿Estás bien?

–Estupendamente –responde ella, y se traga dos pastillas para dormir.

Queda noqueada. Emana de sus labios un aliento de muerta, denso y agrio, que se eleva como aros de humo rancio.

–¿Dónde está la niña? –pregunta a las tres.

Él se despierta, sobresaltado.

–¿Dónde está mi bebé?

–Estás hablando en sueños.

–No me manipules –dice ella–. ¿Dónde está mi bebé?

–Meghan está en el colegio –dice él.

–No me trates como a una loca –dice ella–. ¿Dónde está mi bebé? –insiste.

Esta es la peor parte. Él la rodea con los brazos. Se obliga a hacerlo, porque es un gesto que no le sale de un modo natural; se pega a ella, cuando lo que querría hacer es apartarse.

Está borracha, drogada, malnutrida; al abrazarla, él se percata de que el cuerpo de su esposa es un flácido saco de huesos. O bien Charlotte está perdiendo la cabeza o bien aprendiendo a conocer su funcionamiento. Él está tan alterado por este súbito despertar en mitad de la noche que es incapaz de volver a dormirse. Sale a contemplar su cactus con una linterna. Lo endereza con unos guantes gruesos de horno. Dos de las ramificaciones se han aplastado y supuran. Coge un cuchillo de sierra grande de la cocina y las corta, pensando que gracias a eso salvará el resto de la planta. Aplasta con fuerza la tierra alrededor del cactus enderezado y vuelve a casa. Tira a la basura los guantes, llenos de espinas.

–Vaya mierda –dice en voz alta a las cinco–. Vaya puta mierda.

Dieciocho horas después, cuando ella se despierta, la ventana está cerrada.

Él está en su despacho, pero entra de vez en cuando al dormitorio a echarle un vistazo a Charlotte. Su respiración es relajada, regular y firme. ¿Debería prepararle el desayuno? Le hace un caldo con un cubito y se lo deja en la mesilla en un humeante tazón. La tapa con la manta, abre los postigos y los vuelve a cerrar.

Vuelve al trabajo. Unas horas después, se la encuentra en el fondo de la piscina.

¿Está ahí por voluntad propia? ¿Se ha desmayado? ¿Está bien? Debe de haber visto u oído algo raro, porque se ha sentido impulsado a salir, como si hubiera recibido una llamada para acudir allí y descubrirla en el fondo de la piscina. Cuando el Pez Gordo se sumerge, descubre que Charlotte se ha atado bolsas con monedas a los brazos y piernas, bolsitas con calderilla que ha cogido del tarro de la cocina.

Tira de ella hacia la superficie y la tiende sobre el suelo de hormigón junto a la piscina.

¿Ha intentado suicidarse? ¿Se ha vuelto loca?

La gira sobre un costado y le presiona el estómago. De sus manos caen al suelo monedas.

–No me detengas –dice ella–. No quiero hablar contigo.

Él ni siquiera está seguro de que ella sepa quién es.

–¿Qué hacías en la piscina?

–Estaba meditando.

–Tenemos que ir al hospital o llamar a un médico para asegurarnos de que estás bien y no has tragado agua.

–Llevo años conteniendo la respiración; se me da muy bien.

La deja allí y se va al lavabo. Le da la excusa de que necesita orinar con urgencia, pero una vez en el lavabo empieza a gimotear. Hace algunas llamadas. Telefonea a su amigo Tom, el cirujano traumatólogo.

–Mi esposa es una mujer muy desdichada –le dice–. Y ha entrado en una espiral autodestructiva.

–¿Ha pedido ayuda? –pregunta el cirujano.

El Pez Gordo le hace un resumen de lo sucedido los últimos días.

–Está pidiendo ayuda a gritos, lo verbalice o no. Se ha pasado la semana intentando matarse, entre pastillas, alcohol y ahora la piscina.

–¿Crees que esa era su intención en la piscina? –pregunta el cirujano.

–¿Qué más da? Si la palmas, estás muerto, tanto si era planeado como si no.

–Si crees que hay que intervenir de urgencia, deberías llamar al 911.

–Te estoy pidiendo consejo, no que me digas a qué número llamar. Necesito saber adónde llevarla y cómo hacer los trámites.

–¿Ahora está estable?

–Sí.

–No le dejes beber ni una gota de alcohol y te llamo en cuanto haga unas gestiones.

Charlotte se queda dormida en una tumbona de la piscina. Él la tapa con una manta y despliega la sombrilla para protegerla del sol. Está delgada como un palillo, una ricachona fideo, ni siquiera anoréxica, porque este tipo de mujeres jamás come. Las ricachonas fideo se alimentan de sándwiches sin corteza, berros, café descafeinado y licores blancos. Tienen las entrañas en escabeche. Al menos los varones comen filete y costillas de cordero con salsa de menta.

Él siempre se ha sentido muy orgulloso de la capacidad de Charlotte para refrenarse.

Mientras él permanece de pie junto a ella, Charlotte se relaja y deja escapar una prolongada y discreta ventosidad, los restos de la depuración.

El Pez Gordo le prepara una maleta, utiliza una azul muy usada que encuentra en el armario. Nunca ha husmeado en los cajones de Charlotte; en cierto modo le resulta un acto más íntimo que haber tenido sexo con ella.

Ropa interior, pantalones, blusas, todo doblado con una enfermiza pulcritud, tan exagerada que lo conmueve.

Cuando llega el momento de partir, le dice que la va a llevar a un spa, como esos con médicos que hay en Suiza. Le comenta que le prepararán calditos como en los cruceros, y que le servirán sándwiches de pavo, cortado muy fino, como a ella le gusta.

Le dice que, a lo largo de la vida, la gente sufre sacudidas sísmicas y que esta semana en concreto ha sido muy complicada. Le dice que desea verla recuperada muy pronto.

–Tenemos las fiestas encima, primero Acción de Gracias y luego Navidad.

Le pregunta por inercia si quiere hacer algo especial. ¿Tal vez un viajecito?

Ella le lanza una mirada inexpresiva. No entra en sus planes seguir aquí para esas fechas, no tiene ninguna voluntad de seguir viviendo.

Él la ayuda a vestirse y a meterse en el coche.

–¿Vamos a casa? –pregunta ella.

–Pronto.

–Lo siento.

–¿El qué?

–Lo de anoche. –Hace una pausa–. Sé lo mucho que significaba para ti.

Él asiente.

–Y siento que tu candidato perdiera.

Él vuelve a asentir.

–No va a volver a presentarse –dice ella–. Ha sido su final.

–Lo sé.

–Vas a tener que buscarte un nuevo hobby o te vas a desquiciar. Podrías volver a trabajar; estás deprimido desde que lo dejaste. No te va la vida ociosa.

–Estaré bien –dice él, emocionado porque en medio de todo ese jaleo ella piensa en qué debería hacer él–. Mientras haya vida hay esperanza.

–Tal vez deberías volver a reunir a los muchachos.

–Ya pensaba hacerlo –dice él.

Ella sigue borracha cuando él la acompaña al Centro Betty Ford. Al hacer los trámites por teléfono, les ha comunicado que iba a ir con ella y que expondrían la situación juntos.

El Pez Gordo detiene el coche frente a la entrada. Saca la maleta del maletero y se la entrega al hombre que les está esperando ante la puerta y después le confía también a Charlotte.

–Enseguida vuelvo –dice–. Voy a aparcar.

Ella no tiene ni la más remota idea de qué va todo eso.

Él le dice que va a aparcar, pero se marcha. No es intencionado. En un primer momento da varias vueltas alrededor del Centro Betty Ford, pensando que va a volver, que va a entrar, y que tal como había planeado darán explicaciones juntos. Pero los círculos se van agrandando, alejándolo, hasta que de pronto está conduciendo en línea recta, pisando a fondo el acelerador y feliz de tener ante sí una calle inacabable.

En las semanas entre Palm Springs y la inauguración, se dan varios pasos. Bo organiza una reunión con el Pez Gordo en San Diego, con el nombre en clave de Bailarín.

El Pez Gordo recibe instrucciones de ir en coche a un Denny's que hay cerca de San Diego. Pide una mesa, confiando en que el tipo con el que tiene que encontrarse aparecerá de un momento a otro. Mientras espera pide un sándwich club. El sándwich llega con una nota clavada en el palillo. «Cuando termine de desayunar, deje las llaves del coche en la mesa y salga.

Habrá un Chevy Malibú blanco esperándole. Suba.» Deja el sándwich, paga la cuenta y sale.

—Podría haber pedido que le envolvieran el sándwich para llevar —le dice el tipo del coche.

—No sabía que lo quería —responde el Pez Gordo.

El conductor arranca e inician un recorrido con muchas vueltas y zigzags, que no parece el itinerario más directo hacia su destino. El coche se detiene frente a un conocido local de comida rápida.

—Pida un batido de vainilla y espere a una mujer vestida de rojo —le dice el tipo tras el volante.

—Supongo que aquí nos despedimos usted y yo —comenta el Pez Gordo mientras se apea del vehículo.

Se pide un batido de vainilla y sale a esperar. Una pelirroja vestida de rojo en un descapotable rojo se mete en el aparcamiento. Da un bocinazo. Él se acerca a la ventanilla del coche.

—¿Es de vainilla? —le pregunta ella.

—Órdenes del médico —responde él y le tiende el batido.

—De acuerdo, ahora va usted a cruzar la calle, se mete en el local de masajes del centro comercial y pregunta por Calvin.

Al Pez Gordo se le escapa una carcajada y dice:

—¿Quién va a pagarme el batido?

La mujer pisa el acelerador, atraviesa el aparcamiento a toda velocidad y se incorpora al tráfico de la calle sin apenas detenerse para comprobar si puede hacerlo entre los vehículos que circulan.

Al Pez Gordo el montaje le parece un poco excesivo, pero le divierte el aire de intriga y lo que espera que sea un puro juego, así que piensa que por qué no cruzar la calle y descubrir lo que viene a continuación. Además, tampoco lo tiene fácil para largarse sin más, porque no tiene ni idea de dónde está ni sabe cómo regresar a su coche. Pulsa el botón del semáforo, espera que se ponga en verde y cruza. Ha empezado a sudar y se pregunta cuánta gente estará involucrada en este montaje. ¿Quién es la mujer de rojo? Era sexy, y el batido tenía buena pinta. El vaso le ha dejado la mano fría y húmeda.

El local de masajes es oscuro y huele a chucrut.

–¿Calvin? –le pregunta a la mujer del mostrador–. ¿Está Calvin?

–Comida al fondo –le dice ella–. Comida al fondo.

El Pez Gordo no entiende a qué se refiere, hasta que ella lo coge del brazo y lo acompaña por un estrecho pasillo. A un lado hay cubículos divididos con cortinas de ducha baratas. Oye el ruido de carne humana golpeteada y unos cuantos gimoteos de dolor. Se siente incómodo. El lugar es sórdido, de esos que salen en los telediarios cuando la poli desarticula alguna banda de delincuentes. A medida que avanzan por el pasillo, el olor a comida se intensifica, un olor agridulce y avinagrado. En el suelo hay tres arroceras eléctricas. ¿Son arroceras? Igual podrían ser arroceras que minas de fabricación casera que podrían detonar en cualquier momento.

–Siento lo del sándwich club –se disculpa un tipo calvo y fornido mientras se incorpora desde una pequeña mesa. Pese a la penumbra reinante, el Pez Gordo detecta la penetrante mirada de sus ojos azules.

–Usted debe de ser Calvin –dice el Pez Gordo y le tiende la mano. Calvin no se la estrecha ni da muestras de darse por aludido con el nombre–. Gracias por tomarse el tiempo de...

–Siéntate –dice el calvo mientras vuelve a sentarse.

El Pez Gordo se sienta. Incluso sentados, Calvin resulta más alto que él. Tal vez Calvin no se llame Calvin y él ha entendido mal el nombre desde el principio. Calvo. Todos lo llamaban el Calvo, excepto Bo, que lo llamaba el general. Ahora se pregunta si el Calvo es realmente un general o si esta reunión que van a mantener es «general», en el sentido de que hablarán de los temas en general en lugar de entrar en detalle.

En la mesa hay un cuenco con vainas de soja. El Calvo las devora sin pausa, succiona la vaina y, una vez vacía, la tira.

–Edamame –le informa–. Coma conmigo.

–Creo que no he entendido su nombre –dice el Pez Gordo.

–Así es –responde el calvo.

–Pensaba que habíamos quedado en el restaurante.

170

–¿En el Denny's? Nunca había oído a nadie llamarlo restaurante.

–Tenemos un amigo en común, Bo; es él quien me ha puesto en contacto con usted...

–No sé de quién me habla. Alguien me pidió que me sentara con el señor Pastón y le garantizara que el país no se va al carajo. Me dijeron que la noche de las elecciones sufrió un ataque de pánico y que no se iba a recuperar hasta que alguien de las altas esferas le garantizara que todo va a seguir en orden. Así que me ofrecí a verlo durante la hora de mi almuerzo.

–No me parece la descripción más acertada, pero gracias por el gesto.

El calvo sostiene en alto una de las vainas de soja y dice:

–Un día harán hamburguesas con esto y resultarán tan realistas que soltarán un jugo rojo como de sangre. Pero serán cien por cien falsas, fabricadas en un laboratorio. Los pedos de las vacas. Esto es lo que nos está jodiendo. Las emisiones de gases bovinos. Hay mil quinientos millones de reses en el planeta, echando demasiados putos pedos de vaca a la atmósfera. Cada una lanza unos cuarenta y seis galones de metano diarios.

–Niega con la cabeza–. Hace ya años que dejé de comer carne, pero no por los motivos que se imagina. ¿Recuerda cuando en Reino Unido tuvieron aquella crisis sanitaria de las vacas locas? Pues digamos que entonces tomé conciencia de cosas de las que hasta entonces no tenía ni idea. El negocio de la carne en este país ya no es lo que era; ahora es sucio, oscuro y sucio. ¿Ha oído hablar de la mugre rosa?

Aparecen dos mujeres acarreando enormes cubos de agua. Una de ellas se detiene ante él, deja el cubo en el suelo y le indica con gestos que se quite los zapatos y meta los pies en el agua.

El Pez Gordo se percata de que el Calvo ya está descalzo y que tiene los dedos de los pies extraordinariamente largos, tan largos y bien definidos que parecen dedos de las manos.

–Puedo hacer maravillas con ellos –le comenta el calvo; no es la primera vez que alguien se queda pasmado con sus pies.

Le muestra su repertorio de movimientos con los dedos: los cruza unos encima de otros, los chasquea, agarra objetos con ellos–. Puedo tocar *Für Elise* al piano, aunque primero tengo que calentar.

–Qué maravilla –comenta el Pez Gordo, porque no se le ocurre otra cosa.

–Me gusta creer que todos tenemos algo extra, sorpresas para las ocasiones especiales –dice el Calvo.

–Los pies son la salud de su corazón –le comenta la mujer al Pez Gordo mientras se acuclilla en el suelo y le enrolla los bajos del pantalón. Él no se lo esperaba. Tiene las piernas muy delgadas y ya casi sin vello a esas alturas.

–¿Puede repetirlo? –le pide el Pez Gordo.

–Los pies son la salud del corazón –dice la mujer, y le toma un pie y después el otro y los introduce en el agua, que tiene un color azulado y está tan caliente que quema.

De inmediato, el Pez Gordo se pone colorado.

–Por el amor de Dios.

–Un par de veces por semana como mínimo –dice el Calvo–. Reflexología. California es un lugar estupendo para los masajes baratos. Placenteros pero saludables. Pero no es para esto para lo que ha venido usted hasta aquí. Lo del masaje de pies corre de mi cuenta. Siempre intento generar nuevos conversos. Es usted un entusiasta de la bandera, un amante de las cosas organizadas y lo militar, aunque nunca ha servido en el ejército. Su abuelo combatió en la Primera Guerra Mundial y su padre, en la Segunda Guerra Mundial o algo por el estilo, pero usted no encontró su momento; en su época, lo militar no estaba en boga. Fue a los colegios adecuados, conoció a las personas adecuadas, ha ganado mucho dinero, ¿y ahora qué? Necesita nuestra ayuda. ¿Acaso somos como los guardias de tráfico que ayudan a cruzar la calle frente a los colegios? ¿No puede cruzar la calle sin nuestra ayuda?

–No exactamente –dice el Pez Gordo, pero da igual, porque el calvo sigue con su discurso.

–Hemos tenido nueve presidentes que sirvieron en la Mari-

172

na: John Kennedy, LBJ, Richard Nixon, Gerald Ford, Jimmy Carter y George H. W. Bush. Cada uno de ellos tiene una historia más o menos disparatada al respecto; Gerald Ford ejerció básicamente de profesor de gimnasia; Jimmy Carter estaba a punto de convertirse en capitán de submarino, pero falleció su padre y tuvo que volver a su casa en Georgia..., gracias a Dios. ¿Se lo imagina al mando en plena batalla? «Eh, colegas, ¿qué os parece si emergemos y le ofrecemos al enemigo una plegaria y unos cacahuetes? No soy un hombre violento. Puede que mi corazón albergue lujuria, pero no ansias de guerra.» Se le ocurrió explicar nada menos que en el *Playboy* sus erecciones adúlteras.

El Pez Gordo parece a punto de vomitar. La mujer que le está masajeando los pies ha tocado un punto delicado.

–Tiene coágulo –le dice.

–No –responde él–. No tengo ningún coágulo.

–Tiene gota –dice ella.

–Sí –responde él, preguntándose cómo lo sabe–. Tuve gota una vez, hace unos cinco años.

–Usted chico malo.

–No hago esto a menudo –dice el Calvo–. No soy un terapeuta. Soy más bien...

–¿Un general? –pregunta el Pez Gordo.

El Calvo forma una pistola con los dedos y dispara.

–Un sicario. Ya retirado de misiones oficiales, o al menos eso dicen. –Se ríe–. Me hice tatuar las tres estrellas en la parte posterior de mis pelotas y la bandera americana entre las nalgas, por si alguien siente la necesidad de comprobar a quién soy leal. –Niega con la cabeza–. Si me joden a mí, están jodiendo a los Estados Unidos de América. –Suelta una retahíla de risitas sofocadas. Romántico. Poético–. Qué puedo decir, he dedicado mi vida a esta mierda. Mi padre también lo hizo, como su padre. Yo no tengo hijos, me hice la vasectomía hace años, no quiero lanzar ningún misil de fabricación casera. Siempre he ido un poco a mi aire, he sido un jugador poco convencional en un juego en el que todo se rige por reglas. Pero no estamos aquí por mí, sino por usted. ¿Qué parte de la farsa le ha hecho entrar en pánico?

—Permítame ser franco... —El Pez Gordo mira al Calvo directamente a los ojos.

El calvo asiente.

—Nos preocupa... —El Pez Gordo hace una pausa—. Que en caso de decapitación, no acabemos todos como Humpty Dumpty... —No acaba la frase, pero mira al Calvo para asegurarse de que ha entendido lo que le está diciendo.

—Estamos preparados —asegura el Calvo—. Como los alienígenas... nos movemos entre ustedes. Hay quien dice que el sistema de controles y equilibrios ha quedado gravemente dañado. Pero esa gente debe saber que la columna vertebral de los Estados Unidos está protegida. La continuidad en el gobierno va más allá de la Constitución, porque, si se llegara a dar el tipo de emergencia que estamos previendo en el siglo XXI, las disposiciones de la Constitución dan demasiadas cosas por sentadas, incluida la idea de que habrá supervivientes y un gobierno preparado para tomar el testigo del que estaba ejerciendo. No solo hay sistemas en funcionamiento, sino también memoria institucional. Estamos comprometidos de por vida. Eso es el ejército: una vocación. Los políticos se llaman a sí mismos servidores públicos, pero eso es una monumental gilipollez. Los profesores, los funcionarios, los bomberos son servidores públicos, pero los que se presentan como candidatos en unas elecciones solo piensan en cómo engatusarte. El sistema se ha ido desplazando con mucha rapidez en esa dirección desde la Segunda Guerra Mundial y el crecimiento de las mentiras. Hablando de la Segunda Guerra Mundial, es ahí donde empezó todo. Nuestro plan se puso en funcionamiento cuando Eisenhower ocupó la presidencia. Disponemos de búnkeres. Tenemos copias de todos los registros históricos, desde listines telefónicos a formularios de impuestos, pasando por la documentación de la Seguridad Social. Disponemos de antídotos, de preparado para hacer pasteles, de helio para hinchar globos de cumpleaños y de su cerveza favorita. Los planes CDG están muy asentados, con

174

duplicidades incorporadas. Disponemos incluso de cómplices en el Servicio Postal, así que ya puede llover, nevar o caer lluvia radiactiva. Los cimientos están afianzados. Se han elaborado planes teniendo en cuenta todo, desde que los que sobrevivan habrán perdido la cabeza hasta lugares designados para enterrar a los muertos. Todo está especificado por escrito con sumo detalle. Espero que lo que le estoy contando lo tranquilice. Yankee Doodle Dandy cabalgará muy lejos con su poni.

El Calvo habla como un personaje de película, como George C. Scott interpretando a Patton. Podría ser Patton, salvo por el hecho de que están en un centro comercial cerca de San Diego con los pies remojados, higienizados y secados con ásperas toallas de papel y ahora manipulados por unas coreanas que aplican la fuerza de un martillo neumático acuclilladas con el culo flotando a unos centímetros del suelo.

Al Calvo le encanta escucharse.

—Continuidad del Gobierno: CDG. Siempre me ha parecido un concepto extraño. Como el engranaje de una máquina, como uno de esos artilugios para turistas en los que metes un centavo en la ranura, giras la manivela y te lo devuelve, pero aplastado, con la cara de Abe Lincoln distorsionada como una caricatura. En 1958 y 1959, Eisenhower envió cartas de autorización a diez hombres a los que concedía poderes especiales en caso de una emergencia nacional. Esas cartas no tienen fecha de caducidad. —El Calvo respira hondo mientras la reina de los pies le estira con fuerza y en una rápida sucesión cada uno de los dedos y los hace chasquear; suena como palomitas estallando en una vieja cocina—. George Bush declaró el estado de emergencia el 14 de septiembre de 2001. Al hacerlo, puso en marcha los fundamentos para quinientas disposiciones legales inactivas, desde la censura a la ley marcial. Nunca se han hecho públicas. Y tengo buenas noticias, nadie ha revocado el estado de emergencia. Sigue en vigor. Aquí y ahora. Estamos preparados para manejar mierdas que usted ni siquiera sabe que existen. Lobos solitarios, Waco, mierda extraterrestre que se estrella contra la Tierra, insectos que ya no existen y que vuelven a la vida, todo un repertorio de incidentes biológicos: una lechuga que puede provocarle la muerte en veinticuatro horas, una ameba que devora el cerebro, virus que flotan en el aire a dos centímetros de sus narices y son capaces de matar a miles de personas a diario. Ya sé que no le estoy contando nada que una persona bien informada no sepa o sospeche. Pero todo eso es real; la cuestión no es si sucederá, sino cuándo. Y nosotros estamos preparados para ese cuándo.

–Cuando llegue ese momento, ¿cómo sabrán que ha empezado y qué tienen que hacer?

El Calvo se ríe.

–Esto es solo la superficie –dice, señalando el mundo que los rodea–. La clave es lo que sucede por debajo. Es el único modo de llevar a cabo nuestra misión..., en la sombra. Los planes más minuciosos pueden fastidiarse en cualquier momento. Nosotros estamos siempre vigilantes. En cuanto bajas la guardia, sucede el desastre. Puede tratarse de un fenómeno natural o estar provocado por el hombre, un cambio de sensibilidad colectiva. Un solo acontecimiento o una sucesión de ellos, una cascada, pueden disparar un estallido. Tensiones en la sociedad, disturbios. Las noticias vuelan. La indignación corre entre la gente, el descontento se adueña del ambiente.

–¿Cuándo sueltan cuerda para que la cometa vuele? –quiere saber el Pez Gordo–. ¿Quién decide cuándo empieza y cuándo termina el espectáculo?

–Estamos en un momento único; el mero hecho de que estemos manteniendo esta conversación es inusual. No hablamos de operaciones con civiles ni con nadie que no forme parte del programa.

–Vivimos tiempos insólitos y ninguno de nosotros puede ser considerado ya civil..., todos formamos parte del ejército.

–Ay –dice el Calvo, con un tono normalmente reservado para tirar caramelos a los niños durante los desfiles–. Qué idea más bonita, todos ustedes formando parte de un ejército. Pero no se trata de una banda de música militar que pueden comprar con su calderilla.

176

—Disponemos de miles de millones —dice el Pez Gordo, ofendido—. Nuestra calderilla son miles de millones.

—Son como los crótalos de una bailarina de danza del vientre. Estamos hablando de un plan con diez capas que lleva en marcha desde que lanzamos la bomba sobre Japón. —Se corrige a sí mismo—. ¿Qué estoy diciendo? Ya no es un plan con diez capas, ahora ya son quince, veinticuatro o más. Son capas y más capas. Después del 11-S añadimos tantas capas más que le resultaría difícil dar con una persona que sepa todo lo que hay incorporado en esta mezcla. Por eso es genial, porque siempre queda en el aire un interrogante. —Alza las manos como diciendo: «Mira, sin manos»—. ¿Quién conduce el autobús?

—Esa es una de nuestras preguntas. Cuando llegue el momento, ¿quién va a estar al timón? —pregunta el Pez Gordo—. ¿Qué podemos hacer por ustedes? ¿Cómo podemos asegurarnos de que, cuando llegue el momento, una ráfaga de viento no va a provocar un cambio de rumbo?

—No solemos trabajar con civiles, pero hay un claro precedente histórico. Los Diez de Eisenhower eran vástagos de la industria, las comunicaciones y la banca. Es bueno saber que hay hombres dispuestos a servir. Los que hacemos el trabajo a veces nos sentimos muy aislados. En ocasiones me he llegado a preguntar si no me lo estaría imaginando todo, como una gigantesca novela escrita en el cielo.

—Mensaje recibido. Los que formamos parte del grupo tenemos intereses en diversas áreas y nos encantaría poder ser útiles. ¿Quién está al mando?

—No puedo responder esa pregunta —dice el Calvo.

En ese momento aparece una coreana con un plato de dumplings al vapor. La pila de vainas de soja ha desaparecido y en su lugar ha aparecido un platito con una salsa marrón y dos juegos de palillos de madera. El Calvo separa sus palillos y los frota con tanta fuerza y rapidez que salta serrín. Pinza un dumpling, lo baña en la salsa y se lo lleva a la boca.

—Qué bueno —dice, expulsando vapor por la boca antes de

comerse otro de inmediato. Le pregunta a la mujer en coreano qué tipo de dumplings son.

—Caseros —responde ella en perfecto inglés—. De setas silvestres. Las he recogido yo misma.

—Joder —dice el Calvo—. Soy alérgico. —Saca un EpiPen del bolsillo de sus pantalones militares, lo deja sobre la mesa y se controla el pulso con el reloj—. No hay de qué preocuparse mientras no se me pare el corazón.

El Pez Gordo suda. Le caen goterones de la cabeza, se le deslizan hilillos alrededor de las orejas y la nariz, y le caen chorros por la espalda hasta los pantalones. Pasan varios minutos; todo el mundo tiene la mirada clavada en el Rolex Milsub del Calvo. El Pez Gordo sabe reconocer un buen reloj.

De pronto, por el estrecho pasillo aparece la mujer de rojo con un par de vasos del puesto de comida para llevar del otro lado de la calle. Le ofrece uno al Pez Gordo.

—¿Estás bien? —le pregunta al Calvo, mientras le deja delante el otro vaso.

Él aparta los dedos de la carótida y deja de controlarse el pulso.

—O ya no soy alérgico, o las setas no eran silvestres.

Un suspiro de alivio. El Pez Gordo succiona la pajita que sale del vaso. Batido de vainilla. Por un momento piensa que es el batido de antes, pero es imposible, estaría ya recalentado. Este está frío y es espeso, con trozos de helado que se funden en la boca.

La mujer de rojo mira al Pez Gordo con expresión afligida. ¿Acaso algo va mal? ¿Lo han envenenado? Él se siente bien, pero hay algo extraño en la expresión de la mujer.

—Lo siento —dice ella—. No he podido evitarlo.

El Pez Gordo mira su batido y se percata de que la pajita tiene la marca rojiza de un pintalabios.

—Tenía tan buena pinta. No me he resistido a probarlo.

—No se preocupe —dice él, y vuelve a sorber por la pajita un nuevo trago del frío y cremoso batido.

—Entonces ¿está todo bien? —pregunta el Calvo.

–Por mi parte sí, si lo está para usted –dice el Pez Gordo, sintiendo que el frío del batido le recorre el cuerpo.

–¿Tiene suelto? –le pregunta el Calvo.

Por un momento, el Pez Gordo no entiende qué le pregunta; ¿el Calvo le está preguntando si va suelto?

–Suelto –repite el Calvo–. ¿Algún dólar? ¿Algún billete verde?

El Pez Gordo mira en la cartera. No tiene nada más pequeño que billetes de cien.

–Olvídelo. –El Calvo le tiende un par de dólares.

–¿Para qué es esto?

–Para el aparcacoches. –El Calvo le pasa el ticket del aparcamiento–. No creo que quiera volver caminando hasta el Denny's. Se le recalentaría el batido.

–¿Esto es todo? –pregunta el Pez Gordo–. ¿Ya hemos terminado?

–De momento.

Cuando el Pez Gordo sale, aparece el aparcacoches con su vehículo. Le da al chico los dos dólares y se sube al coche.

De camino a Palm Springs, hace un alto para lavar el automóvil. Se queda mirando a través del cristal mientras el coche entra en el tren de lavado, lo limpian con espuma, limpian las ruedas y le dan cera. Mientras observa, sorbe lo que queda del batido, con la pajita de rayas rojas y blancas ya convertida en una suerte de blandengue y húmedo fideo entre sus labios.

Al pasar la aspiradora por el interior del coche, encuentran algo y se lo entregan.

–¿Es un botón? –le preguntan. Parece una mezcla entre un botón metálico de un abrigo de mujer y una moneda de algún país extranjero. Es la primera vez que lo ve en su vida, no es ni de su blazer ni del abrigo de Charlotte. Es un micrófono; le han colocado un micrófono en el coche. Lo coge de la mano del chico, se dirige al lavabo de hombres y lo tira por el retrete.

Cuando llega a casa, Bo está esperándolo en el camino de acceso, sentado en su coche, con el aire acondicionado a todo trapo pese a que están a unos muy agradables veintidós grados.

–Y bien, ¿qué tal ha ido?

—Me han puesto un botón —dice el Pez Gordo—. Ha sido la reunión más rara que he tenido en mi vida. Ha sido en plan *Apocalypse Now*. ¿Ha sido todo una trampa, una prueba de estrés para comprobar cómo respondía? ¿Un tren de lavado psicológico? ¿Qué pintaba el batido de vainilla, una tentación ofrecida, después sustraída y finalmente entregada? ¿Ha sido mi recompensa por pasar por todos los aros de mierda que me han puesto delante de las narices?

—Calma, muchacho. No sé de qué me estás hablando —dice Bo.

—Me has metido en una trampa. He pasado por cientos de aros, he girado a la derecha, después a la izquierda, he golpeado dos veces, he dicho el nombre en clave Bailarín para acabar sentado con ese chiflado que me dice que le han pedido, supongo que eres tú quien se lo ha pedido, que me tranquilice, que me ofrezca garantías de «las más altas instancias» de que todo está controlado. Adiós, muy buenas, y gracias; pero no, gracias.

—¿Y qué esperabas?

El Pez Gordo resopla.

—¿Qué esperaba? —Hace una pausa—. No tengo ni puta idea, pero no lo que he recibido. Me ha parecido todo una locura y sospecho que me han puesto un micro en el coche.

—Yo te puse el micro en el coche —le aclara Bo.

El Pez Gordo lo mira con cara de «qué coño me estás contando».

Bo se encoge de hombros.

—¿Se supone que esto tiene que hacer que me sienta mejor?

—Se supone que tiene que demostrarte lo mucho que me preocupo —dice Bo—. En serio, ¿de verdad crees que podías ir allí y decir: «Oh, hola, general, mis colegas y yo no estamos satisfechos con el giro que han tomado las cosas y nos preguntábamos si podíamos aliarnos con usted y, ya sabe, accionar el interruptor»? Esto no es una montaña rusa de feria. No puedes plantarte ante un militar, guiñarle el ojo y soltar que yo sé y usted sabe que hay «otra» sala secreta y quiero hacer negocios en ella.

El Pez Gordo se encoge de hombros y dice:

—No estoy acostumbrado a que me digan que no.

—¿Y qué habría pasado si te dice que sí? ¿Qué habría pasado si te dice: «Pues claro, estábamos esperando que apareciera un tío como usted. ¿Qué le parece si me paso por su casa el miércoles por la noche y resolvemos el asunto?», te habría parecido la persona adecuada para hacer negocios? ¿Te habrías fiado de él? No lo conoces de nada. Él no te conoce. Estas cosas llevan su tiempo. La reunión ha ido bien. Has conseguido lo que querías; querías que él te mandara a la mierda. Querías que te dijera: esto no va a ir adelante, no hay sitio para hombres como usted en nuestro mundo.

—Interesante —dice el Pez Gordo.

—Ahora estás en su radar y puedes dar por hecho que te va a estar observando. Va a averiguar si eres o no de fiar. Roma no se construyó en un día.

—Sí, pero se quemó muy rápido. —Y guarda silencio.

—Si el plan va a seguir adelante, te interesa que sea él quien acuda a ti, que crea que fue idea suya invitarte a la fiesta. Deja que se crean que son ellos los que han inventado la rueda.

—Muy inteligente —dice el Pez Gordo—. Una pregunta para ti. Cuando la llamaste Operación Bailarín, ¿sabías que iba a tener que descalzarme y dejar que una señora me masajeara los pies con tanta fuerza que dudo que mañana pueda caminar?

—No —responde Bo—. La llamé Operación Bailarín porque hay algo en tu manera de moverte que me recuerda a Pedro Picapiedra. ¿Recuerdas cuando Pedro y Pablo van a la bolera?

El Pez Gordo niega con la cabeza.

—Pedro recorre la pista dando unos pasos de baile de puntillas, tratando de moverse con mucha ligereza. El sonido que lo acompañaba eran unas rápidas notas de piano. —Bo mira al Pez Gordo, pero este no parece saber de qué le habla—. Cuando estábamos aquí y tú cruzabas el jardín y te tirabas a la piscina, me recordabas a Pedro Picapiedra. Para mí, tú eres el Bailarín.

—Necesito una copa —dice el Pez Gordo—. ¿Te vas a quedar en el coche o entras en casa?

Los dos entran en casa; el Pez Gordo prepara dos copas. La bebida es repugnante, floja, aguada.

—Es para ponerse a llorar —dice el Pez Gordo.

—Estaré encantado de invitarte a tomar algo en un bar.

—La bebida me da igual. Me he tomado un batido con el general. Simplemente estoy triste. Triste.

Bo le da un fuerte abrazo.

Domingo, 16 de noviembre de 2008
McLean, Virginia
20.30 h

–¿Ahora es buen momento? –pregunta el Pez Gordo, cuando Meghan descuelga el teléfono.

–Domingo noche en la sala de estudio; estoy haciendo deberes.

–Siempre se te ha dado muy bien –le dice él.

–Llevo toda la vida oyéndote decir que mi obligación es ir al colegio y trabajar duro para ascender por la escalera, así que por supuesto que se me da bien.

–Estupendo –responde él–. ¿Y el caballo está bien?

–Todavía le asusta el bosque. El entrenador y yo hemos hecho algunas cabalgadas juntos. Ranger se contagió de mi estrés y le ha afectado.

–Sigue trabajando con él –le sugiere el Pez Gordo–. Paso a paso, en ocasiones es todo lo que se puede hacer. –Deja pasar unos segundos sin decir nada–. Tengo que comentarte una cosa. –Se aclara la garganta–. Supongo que ya te habrás percatado de que tu madre... –Otra pausa larga.

–¿Tú estás bien?

–Sí. Tengo que bregar con esto. Estamos bien. Todo va a ir bien.

–Perfecto –dice Meghan, de momento sin darle ninguna importancia.

–Lo que intento decirte, sin mucho éxito, es que tiene un problema con la bebida. Tu madre bebe más de la cuenta.

–¿Vodka? –pregunta Meghan. No acaba de entender para qué la ha llamado su padre; ¿la ha telefoneado para decirle que su madre bebe?

–Sí, vodka.

–A mí me comentó que bebía vodka porque es lo que menos calorías tiene.

–Fascinante –dice el Pez Gordo–. Yo creía que bebía vodka porque no sabe a nada. En cualquier caso, el motivo por el que bebe no tiene nada que ver con las calorías. Utiliza el alcohol como ayuda para superar su día a día, pero está claro que no le es de ninguna ayuda. Tengo que contarte algo.

–De acuerdo.

–Después del chasco de las elecciones, tomó la decisión de buscar ayuda.

Se produce otro prolongado silencio.

–No quiero parecer rara, pero no estoy segura de entender qué me quieres decir.

–Tu madre es alcohólica. Se está sometiendo a un tratamiento en el Centro Betty Ford. Es uno de los mejores sitios del país para este tipo de problema. –La tensión en su voz se intensifica. Se calla y respira hondo–. Tal vez recuerdes que, hace años, cuando eras pequeña, conocimos a los Ford. El padre, Gerry, era vicepresidente con Nixon y asumió la presidencia cuando Dick dimitió; un paso al frente muy ingrato. En cuanto a Betty, era una fuerza de la naturaleza. Dios la bendiga por afrontar de cara sus problemas y ayudar a los demás. ¿Recuerdas cuando hace años fuimos a visitarlos a su casa? Fue por Pascua. Su hijo, Jack, estaba de visita con los chicos.

–No estoy segura –dice Meghan–. Cuando recuerdo ese tipo de visitas, lo que de entrada me viene a la cabeza es la imagen de mamá y tú nerviosos en el coche antes de llegar a la casa, y mamá comprobando que mi vestido fuese lo bastante largo y llevara los zapatos limpios. Y las uñas, siempre me revisaba las uñas.

–A tu madre siempre le ha preocupado la percepción que la gente tiene de ella.

184

–¿Y le preocupaba el aspecto que le daba beber de más?

–Valora mucho su privacidad, lo que la gente sabe de ella o cómo la juzgan los demás. Para ella es muy importante transmitir una impresión positiva.

–Entonces ¿esto de Betty Ford es como un hospital? ¿Está encerrada en un psiquiátrico? Aquí, el otoño pasado, una alumna se tomó no sé qué droga y la tuvieron que atar a una silla en la enfermería hasta que pudieron trasladarla al hospital. No paraba de decir que era Dios y la enfermera de guardia no paraba de repetirle: «Dios es un hombre y tú eres una chiquilla encantadora», lo cual no hacía más que empeorar el estado de la niña.

–Tu madre no está en un psiquiátrico. No está loca.

–¿Le han puesto un gota a gota?

–No lo creo. Por lo que tengo entendido está en un entorno adecuado para personas con este problema. Hablan entre ellos sobre lo que les impulsa a beber y cómo podrían conducir su vida de un modo distinto.

–¿Ella quería dar este paso? En general no le gusta hablar de sus problemas.

–Tenía que hacerlo –dice el Pez Gordo, tratando de reconducir la conversación.

Sigue una prolongada pausa.

–¿Conducía borracha? –pregunta Meghan.

–No, nunca ha hecho eso. Nunca ha querido poner a nadie en peligro. Pero la cosa ha llegado a un punto en que tenía que tomar una decisión. El motivo por el que te lo estoy contando es porque afectará a Acción de Gracias. No haremos nuestro habitual viaje para estar contigo, lo cual es una lástima, pero he hablado con Tony e irás a verlo a él a Washington. Lo más probable es que te lo pases mucho mejor con él que con tu madre y un servidor en un hotel.

–Tienes que decir «tú madre y yo»; lo de «un servidor» es una horterada.

–Vale, me encanta que me corrijas –dice el Pez Gordo–. Es muy osado que una hija corrija a su padre. Supongo que debería sentirme orgulloso de que seas una jovencita segura de ti misma. Hablando de lo cual, ¿cómo vas con las solicitudes para las universidades?

—Estoy en ello —dice Meghan.

—Si puedo ayudarte en algo, dímelo.

—¿Puedo hacerte una pregunta?

—Sí.

—¿Naciste en Delaware?

—En Wilmington —responde él—. ¿Sabes que Delaware fue el primer estado?

—¿El primero de los Estados Unidos, literalmente?

—Literalmente —dice él—. En 1777, George Washington libró una batalla no lejos de Wilmington y en diciembre de 1787 se convirtió en el primero de los trece estados que ratificaron la Constitución de los Estados Unidos.

Meghan se ríe.

—¿Admiras a George Washington?

—Como padre del país, es mi padre tanto como papi Hitchens.

Una nueva pausa.

—¿Crees que mamá alguna vez ha querido hacer algo...?

—¿Como qué?

—No sé, como volver a estudiar.

—No —responde él de inmediato—. ¿Por qué iba a querer hacerlo? Tu madre es una mujer excepcionalmente inteligente. Si nos sometieras a los dos a un test de inteligencia, no tengo la menor duda de que su cociente saldría más alto que el mío.

—Me pregunto si hay algo que le gustaría hacer, algún sueño que tuviera o...

—Se va a poner bien —dice el Pez Gordo.

—¿Hay algo que pueda hacer por ella?

—Es muy amable por tu parte preguntarlo, pero creo que en estos momentos no.

—¿Debería llamarla?

A él no se le había pasado por la cabeza esa posibilidad. No le parece que madre e hija tengan ese tipo de relación, no tiene ni idea de si a Charlotte le gustaría. De pronto cae en la cuenta de que, durante una semana, su hija no ha tenido ni idea de que su madre estaba en el hospital; ahora se lo ha contado por lo de las vacaciones, pero, si no llega a ser por eso, lo más probable es que no le hubiese dicho nada.

–La verdad es que no sé cómo funciona el tema; no estoy seguro de que disponga de un teléfono propio, pero puedo averiguarlo.

–Podría hablar con ella y animarla, como hicieron con Bambi.

–¿Quién es Bambi?

–El cervatillo, Bambi, el de la película. Es un modo de decirte que quiero ayudarte con esto.

–¿Tal vez podrías mandarle una postal?

¿Existen las postales con mensajes de sobriedad? «Siento que estés encerrada, pero espero que hagas nuevos amigos y te mantengas seca.» Lo de mantenerse seca suena a eslogan de anuncio de algún producto para la incontinencia. «¿Problemas de vejiga?» Se imagina un anuncio de televisión que empieza con una mujer jugando al tenis, después corta a un plano de un hombre jugando al golf y acaba con un actor anciano, antaño famoso, sosteniendo lo que parece una bolsa de basura y diciendo: «Es perfecto para mantener un estilo de vida activo».

–¿Tienes una dirección para mandar la postal? ¿Basta con poner su nombre y Centro Betty Ford?

–Espera un momento –dice él, imaginándose un sobre con el nombre de Charlotte y justo debajo Centro Betty Ford–. Si todo va bien, estará de vuelta en casa muy pronto. –Hace una pausa–. ¿Tú estás bien en el colegio, hija?

–Sí, estoy bien –responde ella–. ¿Crees que puede ir de compras mientras está en ese centro?

–¿Qué quieres decir?

–Las Navidades ya están cerca y ella siempre hace un montón de compras por Navidades.

–No tengo ni idea –dice él–. Pero supongo que lo mejor será que hagas una lista y te asegures de hacérsela llegar a Santa Claus.

–No vas a volver a empezar con eso, ¿verdad? –pregunta Meghan.

–¿Empezar con qué?

–Con los engaños.

Él se ríe.

–Supongo que no.

–¿Crees que mamá me quiere?

–Claro que sí.

–Entonces ¿por qué hace esto?

–No creo que tenga nada que ver contigo o con un servidor.

–Contigo o conmigo –vuelve a corregirle.

–Supongo que es para esto para lo que pago un pastón, para formar a una lingüista.

–¿Qué crees que es lo que lo ha provocado? ¿Ha sucedido algo?

–Sí, ha sucedido algo. –Casi se va de la lengua, pero se contiene a tiempo–. Tú misma lo pudiste comprobar en Phoenix, toda una generación de trabajo duro tirada al retrete. Es eso. No son solo cuatro años, no es «nada», es toda una generación de hombres que trabajaron para construir este país y ahora se los echa al váter y se tira de la cadena, eso es lo que ha sucedido.

–¿Es por algo que hice? –pregunta ella–. ¿Como que voté la opción incorrecta, o llevaba la ropa inadecuada o hice algo indebido?

–No creo que debas tomártelo como algo personal –contesta él.

–Pero yo estaba en Phoenix, contigo y con mamá.

–Eres demasiado literal. Lo que la deprimió hasta el tuétano en Phoenix fue ver lo viejo que parecía todo el mundo; eso la afectó más que el resultado de las elecciones. Nadie tiene derecho a volver a subirse a la noria, no hay vuelta atrás; caer de pronto en la cuenta de que esto es así la impactó. Llevaba tiempo germinando en su interior; lo de Phoenix fue el punto de inflexión. Tu madre nunca nos había pedido nada; jamás se ha interpuesto en nuestra vida de ningún modo.

Se produce un largo silencio.

–Tal vez esté pasando por algo de lo que tú no tienes ni idea; tal vez no fuera que la gente parecía vieja, sino que tiene la sensación de haber malgastado su vida, que nada de lo que ha hecho tiene sentido –sugiere Meghan. Otro silencio–. ¿Cómo quieres que sea yo?

–No entiendo la pregunta.

–¿Se supone que acabaré siendo como mamá? Quiero decir... ¿el alcoholismo no es genético? ¿Se supone que debo casarme con un tío rico, tener hijos y beber vodka?

–¿De verdad pretendes que te responda a esa pregunta?

–¿Cómo puede ser que tenga dieciocho años y no sepa nada?

El Pez Gordo se ríe.

–Sabes algunas cosas: historia colonial, geometría, literatura europea y gramática. Se supone que las mujeres no deberían tener tantos conocimientos.

–¿De verdad piensas lo que acabas de decir?

–No he dicho nada –replica él–. Hablemos en unos días. Hasta entonces cuida de ti y del caballo. Ya sabes dónde encontrarme si pasa algo.

–Te quiero –dice ella, y cuelga.

Un par de días después la llama Tony.

–¿Te parece sorprendente? –le pregunta ella.

Meghan está en su habitación, sentada frente al escritorio, y tiene delante la hoja para sus solicitudes de universidad, su trabajo de acceso universitario y otros materiales suplementarios.

–¿El qué? –pregunta él, sin estar dispuesto a revelar nada.

–Lo de la desintoxicación de mamá.

–¿Estás al corriente?

–Me ha cogido por sorpresa. No sé si tenía la cabeza metida bajo tierra o si se ha precipitado todo de repente.

–Tal vez haya un poco de ambas cosas. A medida que te vayas haciendo mayor, te percatarás de más cosas y ellos serán más sinceros.

–¿Crees que es alcohólica?

Tony guarda silencio.

–¿Debo interpretar tu silencio como un sí?

–Jovencita, no soy médico y no vivo con tu madre, pero la conozco desde hace mucho tiempo. De entrada, es prometedor que ella misma haya decidido someterse a tratamiento. ¿Tú cómo lo ves?

–A mí me parece que le gusta el vodka. Cuenta las horas entre el vino de la comida y la hora del cóctel. Y dice que, cuando coges un avión, todo se convierte en un caos. Sobre todo si vuelas de este a oeste.

–Es una apreciación razonable –dice Tony–. Las cinco de la tarde en Washington son las dos de la tarde en la Costa Oeste; es una larga tarde con muchas horas sin echar un trago.

–¿Estás seguro de que es alcohólica? Porque nunca se la ve bebida, no hace tonterías, y a veces se pasa varias semanas sin probar el alcohol. Por ejemplo, cuando se pone a dieta.

–Tal vez haya cambiado algo –dice Tony–. Las cosas llegan a un punto en que la persona siente que debe tomar medidas y necesita ayuda para cambiar. En cuanto a Acción de Gracias –dice, cambiando de tema–, espero que vengas conmigo a casa de un amigo en Georgetown.

–¿Qué me tengo que poner?

–Algo sencillo pero elegante. Aunque los pioneros desembarcaron mucho más al norte, los de Washington se creen los inventores de Acción de Gracias.

–¿Me pongo el disfraz de colona que tengo para la obra de teatro del colegio? Es un traje estampado con delantal rojo y tocado.

–Es perfecto –dice Tony.

–Supongo que papá ya habrá informado al colegio de que no me voy porque estoy invitada a visitar una iglesia local y a recoger manzanas. Lo cual da un nuevo sentido al concepto del Black Friday.

–Es un día como otro cualquiera –dice Tony.

–No cuando estás en un internado y todas las otras chicas hacen la maleta y se largan el martes por la noche y no vuelven hasta el domingo. Apuesto a que hasta la mayoría de los asesinos tienen planes para Acción de Gracias.

–Uf –dice Tony.

Meghan no puede evitarlo. No para de pensar en la chica asesinada. La noche que desapareció, la policía la buscó, pero no dio con ella. A la mañana siguiente vino el padre con el perro de la familia y la localizó en la colina de detrás de la capilla. La tía de Ashley dijo que, después del asesinato, la familia se marchó del país. Meghan imagina que es lo que debes hacer cuando sucede algo verdaderamente horrible: te marchas para zanjar el tema; lo entierras, no en la tierra, sino en lo más profundo de tus entrañas, para que no reaparezca jamás.

–No te preocupes –le dice a Tony, medio tratando de convencerse a sí misma–. Lo superaré. Aprovecharé el tiempo para reescribir mi trabajo de acceso a la universidad.

Desde Phoenix no ha dejado de pensar en cómo ve el mundo la gente a su alrededor. En Phoenix, los amigos de su padre estaban frente al televisor con expresión perpleja, como si no se lo esperaran. Su padre utilizó la palabra *aterrador* y a ella se le quedó grabada. Lo sucedido en Phoenix fue aterrador, pero de otro modo, de un modo nuevo.

Ella siempre había sido consciente de que existe la oscuridad, una amenaza de la que nadie habla y que habita en el borde del bosque. Pensaba que era una falacia, algún tipo de problema de adultos, como las preocupaciones. Ahora la siente por primera vez. Es enorme y es aterradora.

Jueves, 27 de noviembre de 2008
Palm Springs, California
9.00 h

Lleva solo varios días. Es un tipo de independencia extraño, que él no había pedido. No está sujeto a nadie, no tiene que rendir cuentas a nadie, nadie lo observa. Lo que para otros sería toda una liberación, a él le resulta cada vez más aterrador.

El primer par de días le resultaron raros sin más. Si alguien lo hubiese acosado a preguntas, podría haber dicho que se había producido algún accidente, un monumental malentendido relacionado con la piscina. Podría haber argumentado que Charlotte había caído en una grieta psíquica momentánea –así es como lo habría descrito, como una grieta en el cemento– y que él todavía estaba buscando las monedas en la piscina.

Si se le preguntara a algún encargado de mantenimiento de piscinas, diría que la grieta se debía a la presión hidrostática. A él le encanta el concepto. La presión hidrostática conecta con la fuerza de la gravedad, que tira hacia abajo. Es un buen resumen. Charlotte se hundió debido a una creciente presión hidrostática.

Si explicara eso, sus interlocutores tal vez asentirían con aire grave y le comentarían que sentían oír la noticia; volverían a sus casas y les dirían a sus esposas que Charlotte había sufrido algo parecido a una apoplejía. Algunos se tomarían la metáfora de la piscina más en serio y anunciarían que perdía agua; la mayoría evitaría decir que ella se había quebrado, aunque era la descripción más precisa. Charlotte se había quebrado y, después de dejarla en el Centro Betty Ford, él no sabía qué más podía hacer. Había estado paseando con el coche hasta que empezó a anochecer y entonces regresó a casa. Pasó un par de días envuelto en una nebulosa. Se puso el sol y volvió a salir, eso sucedió varias veces, y al principio incluso le daba miedo meterse en la piscina y utilizaba la red para recoger hojas en un intento de rescatar las monedas del fondo. Pero al final optó por sumergirse y lo cierto es que lo disfrutó; contener la respiración, ir hasta el punto más profundo y recoger las monedas.

El restaurante empieza a servir. Cena de Acción de Gracias a mediodía. Pero él espera a la una del mediodía para salir de casa. No quiere parecer desesperado. Han organizado una carrera y las calles están cortadas. Al dar un rodeo, casi golpea con el retrovisor lateral a un corredor. La adrenalina le corre por las venas, siente la combustión de una mezcla de vergüenza y rabia. Toca el claxon indignado y acelera calle abajo.

Pasa por delante del Centro Betty Ford, lo rodea un par de veces con la esperanza de vislumbrar algo que le proporcione alguna pista de lo que está sucediendo ahí dentro, pero no logra ver nada. El lugar es aséptico. No se oye nada. Cuando la dejó ahí, pensó que sería por una semana, dos como máximo. Da por hecho que en algún momento le exigirán un pago. Barrunta que tal vez hayan indagado un poco sobre sus finanzas y, una vez comprobado que podrá pagar, hayan decidido mantenerla ingresada. No hay nada peor que sentirse al mismo tiempo exprimido e indefenso. Es una pésima combinación.

Aparca junto al restaurante, se quita la corbata y se la guarda en el bolsillo. No puede llevar corbata a la una del mediodía y no puede entrar solo en el restaurante. Coge un bloc de notas y varios bolígrafos.

En cuanto se sienta, pide una bebida. La camarera le trae un whisky y el menú del día. Ostras, sopa de castañas, calabaza asada y ensalada de queso de cabra, rosbif en su jugo o pavo criado en libertad con relleno de salchicha, salvia y salsa espesa de panceta, puré de patatas Yukon Gold, puré de boniato, espinacas a la crema o judías verdes con chalotas crujientes. Y, de postre, un surtido de tarta de calabaza, *crumble* de tres frutas del bosque, pastel de nueces pecanas o helado casero.

El propio menú es un antidepresivo.

La última vez que cenó solo en Acción de Gracias fue en 1978. Lo tiene grabado porque lo recuerda muy vívidamente y, además, guarda sus agendas. Siempre lo ha hecho y hace en ellas anotaciones, en parte por si algún día Hacienda se las pidiese y en parte porque es su vida. Él es de la vieja escuela, escribe notas en los márgenes, apunta datos, ideas, fragmentos de conversación, chistes malos y quién se los contó. Acción de Gracias de 1978 solo. Aunque, en realidad, no estaba solo. Estaba en Washington por trabajo y lo invitó un amigo de Tony a su casa familiar en Chevy Chase y acabó pasando el fin de semana con ellos. Lo recuerda no porque fuera su primero y único día de Acción de Gracias solo, sino porque fue como un Acción de Gracias de fantasía. En total, fácilmente podían ser unos cuarenta –incluidos amigos, vecinos, un juez de la Corte Suprema– y, después de la comida, los «chicos», que eran cuatro hombres de setenta años, salieron a jugar al fútbol, después volvieron dentro para ver más fútbol y se comieron las sobras. A la mañana siguiente, la señora de la casa le preparó un sándwich que todavía recuerda: pan blanco con pavo, salsa de arándanos y relleno del pavo. Se lo calentó en la sartén. Todavía lo recuerda como lo más delicioso que ha comido en su vida. También recuerda que el tipo que lo invitó ese día de Acción de Gracias se voló los sesos diez años después cuando estaba a punto de salir a la luz que era gay. Lo habían detenido en unos lavabos públicos con otro hombre en lo que posiblemente fuera una trampa, y el asunto llegó a las redacciones de los telediarios. Aquella noche, el tipo se fue en coche hasta Great Falls, caminó hasta una roca y se pegó un tiro en la cabeza. Al Pez Gordo la noticia lo conmocionó. Le resultaba deprimente que alguien se matara por ser gay. Solo años después se le pasó por la cabeza que tal vez Chip había sido novio de Tony. Nunca se lo preguntó a Tony, pero toma nota mentalmente para preguntárselo ahora que estos temas ya no son tabú. Siempre pensó

194

que le hacía un gran favor a Tony al no sacar nunca el tema de su homosexualidad, pero ahora, mirándolo retrospectivamente, cree que fue todo lo contrario.

Se acerca la camarera para tomarle nota.

–Sopa de castaña y pavo.

–¿Muslo o pechuga?

–Muslo.

–¿Puré de patata, de boniato o ambos?

El Pez Gordo es un hombre afligido y, pese a que ha tomado en su vida miles de millones de decisiones, hoy se siente incapaz de decidir nada.

–Ambos –responde–. Un poco de todo. Y después más de todo.

Aunque a veces se considera una persona sin convicciones religiosas, cuando la camarera le trae la sopa murmura una breve plegaria. ¿Quién habría dicho que se vería en esta situación? Solo en Acción de Gracias; su mujer, en una clínica de desintoxicación; su hija, que no sabe de la misa la mitad, pasando Acción de Gracias con su padrino gay en el armario; y él, en Palm Springs, California, maquinando lo que algunos llamarían una conspiración nacional. Pero primero... una pequeña plegaria sobre la sopa de castañas, para que regresen la cordura y el equilibrio.

La sopa lleva crema de tomillo y setas silvestres por encima. Es reconfortante, con un leve toque avellanado, una delicia que desde la primera cucharada debería llamarle a la prudencia porque es demasiado fuerte para su estómago. Pero está tan buena... Se ha convertido en un hombre que le habla a la sopa. «Qué buena», le dice al cuenco mientras se la acaba. Y en una maniobra que sacaría a Charlotte de sus casillas, arranca un trozo del bollo salado que le han servido con la sopa y lo desliza por el plato hasta dejarlo limpio.

–Se ha reservado lo mejor para el final –le dice la camarera, mientras le rellena la copa de agua.

Él se limpia los labios con la servilleta color calabaza.

Almuerzo. Así lo considera él, pese a que el restaurante lo

anuncia como cena de Acción de Gracias servida a lo largo de todo el día. Esto no es una cena, es un almuerzo. Un almuerzo de trabajo. Se está sumergiendo en su proyecto en este nuevo mundo. Come sopa; lee su libro, *La democracia en América*, y toma notas. Se está volviendo a comprometer con sus valores y llevando a cabo su trabajo. Es lo que lo mantiene motivado mientras todo lo demás se desmorona.

Llega el plato, muy bien surtido. Y una cesta con dos nuevos bollos salados.

—¿Quiere un poco de salsa extra? —le pregunta la camarera.

—Sí, gracias.

—Me gusta cuidar de los que como usted comen solos —dice la camarera.

¿Le está tirando los tejos? Por Dios, espera que no; no va a saber cómo manejar la situación.

—Muchas gracias. Mi mujer está fuera de la ciudad y mi hija en el colegio.

La camarera niega con la cabeza.

—Es duro, ¿verdad?

El Pez Gordo está tomando su cena de Acción de Gracias a la una del mediodía; come mientras lee y escribe; está revisando su vida, pasando las páginas del álbum de fotos imaginario del día de Acción de Gracias año a año. Recorta pavos en papel de estraza y los clava con chinchetas en la pared del aula de primaria; de adolescente tuvo ideas de esperanza y abundancia que se transformaron en un competitivo deseo de triunfar, de ganar dinero, de convertirse en un constructor de imperios, en un máster del universo. Pero, como todo el mundo sabe, el dinero y el éxito no lo protegen a uno del dolor. Aquí está, solo, inquieto y enfrentado a la gran pregunta: ¿de qué va todo esto, Alfie?

Este sombrío mediodía, solo en Palm Springs, le resulta impensable y, sin embargo, está sucediendo. Todo se ha ido al carajo; nada ha salido como esperaba; nada es como solía ser y así van a continuar las cosas. Impensable. Inesperado. Eso es lo que sucede en la vida: justo cuando crees que sabes por dónde va, da un giro inesperado.

–¿Postre? –pregunta la camarera.

Él niega con la cabeza sin decir palabra. Ha comido lo suficiente como para alimentar a una familia de cuatro miembros.

–No te agobies, cariño; yo elijo por ti.

–¿Hitchens, eres tú? –Un hombre con un sombrero de vaquero se acerca y se detiene ante la mesa del Pez Gordo.

Él levanta la cabeza.

–¿Keyes?

–Keyes, el tío más grande. –Se ríe y le tiende la mano.

El Pez Gordo se incorpora y saluda efusivamente a Douglas Proctor Keyes, juez jubilado de Texas.

–Hace siglos que no te veía. ¿Qué te trae por Palm Springs? –El Pez Gordo mira por encima del hombro del juez, esperando ver tras él a su familia–. ¿Dónde están los tuyos?

El juez se ríe y dice:

–Me he fugado.

–¿De casa?

–De Las Vegas. Hace unos años, mis gemelas, Melanie y Melody, se casaron con un par de hermanos, Byron y Bruce. No sé sabe muy bien por qué, decidieron que debíamos celebrar toda la familia Acción de Gracias en Las Vegas, ¡pagando yo! Increíble pero cierto. Llegamos allí y, anoche, cuando nos íbamos a sentar para cenar, Byron y Bruce me llaman «viejo» y me ofrecen ocupar la cabecera de la mesa. ¿Viejo? ¿Qué cojones? Esa mesa es mía; soy el puto propietario del hotel, junto con Adelson. Uno de mis nietos me llamó «abuelito». Pensé que decían «abuelete», pero qué más da. Me contuve para acabar la cena sin mandar a la mierda a los dos idiotas de mis yernos. Esta mañana me he levantado pensando que no tengo por qué aguantar esa mierda. Así que me he largado, le he dicho a mi mujer que les explicase que me encontraba mal y que me quedaba en la habitación para no contagiar a nadie. Sentía que no podía respirar, que estaba atrapado en una caja de Houdini. Me ha llevado hora y media llegar desde allí hasta aquí, de puerta a puerta. Ya me siento mucho mejor. He reventado la burbuja. Necesitaba saber que podía largarme. Volveré esta no-

197

che, pero, de momento, a disfrutar. Soy libre. –El juez da un saltito.

La camarera, que aparece con el postre, dice:

–Veo que se ha encontrado con un amigo.

–Un viejo amigo de la familia –dice el Pez Gordo, y con un gesto invita al juez a sentarse–. ¿Te apetece unirte a mí?

El juez se sienta.

–Voy a intentar olvidarme de que soy un poco diabético.

–Y yo voy a olvidar que el año pasado tuve gota. He salido para comer un bocado; mi familia hoy está en Washington –dice el Pez Gordo, adelantándose a la inminente pregunta–. De modo que aquí estoy.

La camarera le trae a Keyes un juego de cubiertos y una taza de café.

Los dos hombres comparten la tarta de calabaza, el *crumble* de tres frutas del bosque, el pastel de pecanas y el helado que se empieza a derretir, mientras hablan de todo, de las elecciones a un tipo concreto de depresión masculina que creen que afecta solo a hombres de cierta clase social y edad. Hablan de petróleo y tabaco, y de cómo se gana la vida el juez; no tiene nada que ver con su pasado en la magistratura, sino con «atrapar» opciones de compra, recursos naturales y patrimonio inmobiliario.

–Las Vegas es un ejemplo perfecto –dice el juez–. La gente va a la ciudad, se aloja en un hotel con baños de mármol, come un solomillo más grueso que su mano y cree que puede quedarse con una parte del pastel, pero es todo una mera ilusión. No nos ven limpiando con aspiradoras detrás de ellos, succionando cada centavo. Y por la equivocada razón que sea, se marchan con una sonrisa. «Seguro que tendré mejor suerte la próxima vez.» Es una locura.

Los dos hombres conversan sobre su deseo de hacer algo más.

–Pese a haber abandonado la carrera judicial para ganar más dinero, sigo activo entre bambalinas –dice el juez, mientras se lleva a la boca la última cucharada de pastel–. No es que actúe en mi propio interés, pero el truco consiste en no perder de vista a los jueces, porque es ahí donde se mueven las cosas importantes. Lo que nos interesa al final es controlar el poder judicial, lo cual significa designar como jueces federales del Artículo III a personas de nuestra cuerda.

–¿Qué es el Artículo III?

–La Constitución de Estados Unidos –dice el juez, sorprendido de que el Pez Gordo no lo sepa–. Los jueces del Artículo III son nombrados de por vida, no solo los de la Corte Suprema, sino los de las cortes de apelación de los distritos y los de la Corte de Comercio Internacional. En estos momentos hay más de ochocientos.

–No tenía ni idea –dice el Pez Gordo, mientras le tiende a la camarera la tarjeta de crédito–. Tú y yo deberíamos pasar más tiempo juntos.

–Desde luego que sí –dice el juez–. Al final, el día ha sido de lo más productivo.

Después de comer, el Pez Gordo regresa a casa y vuelve a pasar por delante del Centro Betty Ford. Que Charlotte esté ahí dentro le reconcome. Dará unas cuantas vueltas más alrededor, tal vez incluso llegue a tocar la bocina, pero le duele el estómago. Se siente incómodo. Hinchado. Mientras conduce, se le intensifica la sensación de hinchazón. Pese a que hace ya veinte minutos que ha terminado de comer, el estómago se le hincha cada vez más. ¿No ha sido de locos que Doug Keyes anduviera por Palm Springs? ¿No ha sido de locos que él no fuera el único hombre solo en Acción de Gracias? Ha perdido la cuenta de cuántos postres se han comido, pero tiene que desabrocharse los pantalones mientras conduce; hacer semejante cosa es de lo más vulgar, pero no le queda otro remedio. Se mete en el camino de acceso, aparca el coche a toda prisa y corre hacia la casa.

Vomita lo ingerido en el inodoro en sucesivas oleadas. Para tapar el hedor provocado por la rebelión de su estómago contra los excesos de la jornada festiva, rocía un bote entero de desinfectante, tras lo cual tiene que recuperar el aliento.

Envuelto en el albornoz, sale al jardín y se estira junto a la piscina. Tiene que despejarse. Necesita tiempo para recuperarse. Barrunta que ha sido la sopa, por la intensidad de las castañas. Piensa en la comida con el general, ese hombre venerable con el EpiPen preparado para clavárselo en el muslo. Se dice que debería comprarse un EpiPen por si lo que le acaba de pasar le vuelve a suceder y va a peor.

Piensa en el prefijo *epi* como lo opuesto a un menú de precio cerrado. *Epi*: por encima, antes, cerca... Por encima, antes, cerca de la muerte. Permanece tumbado bajo el sol de la tarde pensando en que, al vomitar y sacar toda la comida ingerida, ha evitado por los pelos morir esa tarde. Al menos es lo que siente en esos momentos.

Suena el teléfono. Diría que del susto se ha cagado en los pantalones, pero lo cierto es que ya no le queda en el cuerpo nada que cagar; está vacío, ha pasado por un involuntario proceso de purificación. Corre hacia la casa y no se espera a que aparezca el número en la pantalla del teléfono. Está seguro de que es Charlotte, o tal vez Meghan, que llama para desearle un feliz día de Acción de Gracias.

–¿Estás bien?

–¿Quién llama? –pregunta él.

–Soy Godzich, tu leal empleado. Te llamo para saber qué tal estás.

–¿Tú estás bien? Jamás me has llamado en día festivo –dice el Pez Gordo–. ¿Algo va mal? ¿Te han detenido? ¿Te has apropiado de mis fondos? Sea lo que sea, me has dado un susto de muerte.

–Te he llamado para decirte que pensamos en ti y en Charlotte. No sé si lo sabes, pero mi mujer pasó por algo similar. Si podemos hacer cualquier cosa por vosotros, estamos a vuestra disposición.

El Pez Gordo se pone rojo de vergüenza y rabia. Por supuesto que estás a mi disposición, piensa, pero se contiene para no soltarle: «Trabajas para mí».

–Estoy bien –dice–. No hay nada de lo que preocuparse.

Godzich lleva años trabajando para el Pez Gordo, tantos que ya ha perdido la cuenta. Se han hecho, si no viejos, sí mayores, unidos por el mismo empeño. Lo gracioso es que, en realidad, este tío nunca le ha caído bien. Godzich estudió Derecho y se gana bien la vida. A Charlotte le gusta chinchar al Pez Gordo diciéndole que está rodeado de personas con mentes sobresalientes que llevan vidas mediocres. Godzich ha estado siempre al servicio del Pez Gordo. Le ha sido muy útil a lo largo de los años, gestionando y diversificando sus propiedades, entre ellas centros comerciales, hospitales, edificios de apartamentos y más cosas. El Pez Gordo nunca se ha dedicado en serio a los bienes raíces, pero vio en ellos un buen sitio en el que invertir algunas de sus «ganancias».

–Estoy bien –repite, mintiéndole a Godzich–. Acabo de volver de una agradable comida con Doug Keyes, que estaba de paso por la ciudad. Me he pasado todo el día pensando en lo maravilloso que es lo que hemos conseguido. Hemos proporcionado comida, ropa, cobijo y, con los cines, ocio a un montón de americanos. Hemos hecho la vida de mucha gente más cómoda, se la hemos mejorado. Hay ciertas experiencias americanas por antonomasia: poder comer en el mismo restaurante estés en la ciudad que estés, y que la comida sepa exactamente igual; poder comprar en centros comerciales, sabiendo dónde está exactamente cada tienda. Es un servicio completo, todas tus necesidades son atendidas. Hemos hecho de América la tierra próspera de la abundancia, y hemos creado el deseo de más. –El Pez Gordo se pone tan poético con tanta creatividad que se sorprende a sí mismo. Continúa con un discurso que, aunque alejado de la realidad del presente, forja un relato extraño pero cierto–: Cuando nos disponemos a acostarnos, nos contamos cuentos –dice–. Hay cuentos que nos ayudan a dormir. –Ahí está, un cachalote embutido en un albornoz junto a la piscina, después de haber engullido hasta sentirse mal en un intento de amortiguar el dolor–. Aquí me tienes, Godzich, tomándome el día para mí solo. Tengo un cuaderno y una pila de libros. *La mente conservadora*, *La conciencia de un conservador*, y he desempolvado *Dios y Hombre en Yale*, y por supuesto voy a ver el partido, los Tennessee Titans contra Detroit, es el primer partido del día. Estoy de maravilla.

–¿Qué tal está Charlotte? –pregunta Godzich.

–Ni idea.

Al otro lado de la línea se produce un silencio.

–Ese tipo de cosas pueden llevar su tiempo... ¿Y Meghan? ¿Está enterada?

–Sí, se lo he contado. Está pasando Acción de Gracias con Tony en Washington, así que está en buenas manos. Escucha, Godzich, gracias por llamarme, te lo agradezco. No te preocupes. El barco no se hunde; de hecho, el barco está en plena forma. Tengo un montón de ideas, de las que no quiero hablar ahora, pero baste decir que me estoy tomando un tiempo de asueto para reflexionar sobre el futuro y darle forma. Siempre es bueno dar un paso atrás y evaluar la situación. No te preocupes por mí, me siento optimista, rebosante de energía y entusiasmado por lo que nos espera. –Está eufórico y se da cuenta de que debe de parecer medio perturbado, pero no piensa contenerse–. Así que gracias por la llamada y volvemos a hablar el lunes, en horario laboral. –No se espera a que Godzich se despida. Cuelga sin más.

Se toma un momento y llama al Centro Betty Ford.

–Solo quería saber cómo está mi esposa, Charlotte. ¿Necesitan algo? ¿Quieren que les mande un pastel?

–Le agradecemos la llamada y el ofrecimiento. Pero tenemos todo lo que necesitamos. Estamos muy bien. Tenemos todo el día planificado: comida, un poco de meditación, fútbol americano, una película a última hora de la tarde.

–Tal vez podría pasarme para hacerle una visita a mi mujer –dice, tanteando el terreno.

–Una idea muy tierna, pero desaconsejamos las visitas en día festivo. Para algunos huéspedes pueden resultar contraproducentes; puede desencadenarles ansiedad, agobio, culpa, rabia, porque todo se remueve. Imagine qué pasaría si algunos huéspedes recibieran visitas y otros no. Cómo se sentirían.

–¿Huéspedes? –pregunta él sin darse cuenta; está hablando en voz alta.

–Sí –responde su interlocutora.

–La verdad, me suena raro.

–Intente quedar con algún amigo –le propone la mujer.

–No tengo amigos. Tengo a gente que trabaja para mí. Mi «amigo» está en Washington con mi hija. Se me ha pasado por la cabeza coger un avión esta mañana, pero me ha parecido demasiado precipitado. –Hace una pausa–. Se me hace raro que nadie se haya molestado en saber cómo estoy.

–¿Ha pensado en acudir a una reunión? –le pregunta ella–. Puedo facilitarle un enlace con el que localizar la más cercana.

–¿Qué tipo de reunión?

–De Alcohólicos Anónimos. Hoy mismo hay un montón de reuniones de Alcohólicos Anónimos. No está solo. Puede que se sienta solo, pero no lo está.

Una reunión de cónyuges de alcohólicos.

–No pienso hacerlo –dice él. La mayoría de los alcohólicos son hombres, de modo que los cónyuges son mujeres. Lo último que piensa hacer es sentarse en una silla plegable en el mohoso sótano de una iglesia para escuchar a mujeres quejándose de sus maridos alcohólicos mientras trata de resistirse a la caja de dónuts cubiertos de azúcar glas que alguien ha tenido la «generosidad» de traer. No, gracias.

–¿Qué tal si enciende la televisión? –le propone la mujer–. Y se pone a ver el desfile.

–¿Sabe que Gerry y Betty eran amigos nuestros? –dice él.

–Unas personas muy especiales. Siento tener que dejarle, pero tengo que volver al trabajo.

–No pasa nada. ¿Cómo ha dicho que se llamaba?

–Shirley, Shirley Jackson.

–Bueno, Shirley Jackson, pues que pase usted un bonito día de Acción de Gracias.

–Gracias, usted también.

El Pez Gordo se queda un rato pensando en eso. Ha ido bien, o al menos pasablemente bien. Se pregunta cómo afrontar su segunda cena de Acción de Gracias. ¿Está preparado para ella? ¿Ya se le ha recuperado lo suficiente el estómago de la primera? A principios de semana compró varias raciones de pavo ya cocinado congelado por si las moscas. No sabía qué marca era la mejor, así que compró una de cada. Stouffer's, Hungry-Man, Lean Cuisine, Marie Callender's. Sin nadie cocinando el día de Acción de Gracias, no habrá sobras, que es lo mejor de esa cena, de modo que en un momento u otro las raciones congeladas se irán consumiendo.

Permanece un rato sentado, contemplándolo todo, hojeando los libros que ha estado «estudiando». Le está carcomiendo. Charlotte. Necesita hablar con ella. No es justo que no esté aquí en casa con él. ¿Y si allí no es feliz? ¿Y si considera que la están reteniendo contra su voluntad? ¿Y si resulta que le están lavando el cerebro y volviéndola contra él? Vuelve a telefonear al Betty Ford y pide hablar con Charlotte.

–Lo siento, señor; no es posible.

–¿Por qué no es posible? –pregunta él.

–No podemos pasarle con una paciente sin previa autorización.

–¿Autorización de quién?

–De la jefa del equipo. No veo por ningún lado que a Charlotte se la haya autorizado a recibir llamadas.

–Yo soy quien ha autorizado que Charlotte esté internada y soy el que ha autorizado pagar los miles de dólares que cuesta la estancia. De modo que debería poder autorizar una conversación telefónica con Charlotte.

–Lo siento, señor, esa autorización la tiene que dar la jefa del equipo de su esposa.

–Perfecto, pues pida a la jefa del equipo que se ponga al teléfono.

–Lamentablemente, la jefa del equipo no se encuentra hoy aquí.

–Pues en ese caso que se ponga el ayudante de la jefa –pide, dando por hecho de que esto es como el fútbol americano o cualquier otro deporte: siempre hay un ayudante.

–No es posible.

–Estupendo, pues, en ese caso, qué tal si pone a mi mujer al teléfono.

—No puedo hacerlo.

—¿Anda por ahí Shirley?

—No proporcionamos este tipo de información.

—Trabaja ahí, Shirley Jackson; he hablado con ella hace un rato.

—Shirley Jackson no es una persona.

—Disculpe, he hablado hace un rato con una señora llamada Shirley Jackson, ¿y ahora pretende usted hacerme creer que no es real?

—Oh, no quería decir eso... Lo que quería decir es que no forma parte de nuestro equipo terapéutico. Hay una Shirley Jackson que forma parte del personal de limpieza. Es posible que estuviera atendiendo el teléfono durante la pausa de alguien. Hoy tenemos poco personal porque es festivo. ¿Quiere que le ponga en contacto con la jefa del equipo de su esposa? —pregunta la mujer al otro lado del teléfono.

—¿Qué es esto, un instituto? ¿Jefa de su equipo?

La mujer no responde. Se produce un silencio.

Él entonces cuelga de inmediato y vuelve a llamar, tecleando el ya memorizado número en el teclado con tonos del teléfono Trimline de la cocina.

—Charlotte —insiste.

—Un momento.

Cree que ha hecho progresos, hasta que oye: «Soy Grace Underwood, jefa de equipo. En estos momentos no estoy y no puedo atender su llamada; si se trata de una urgencia médica, cuelgue y marque el 911; en caso contrario, deje su mensaje y le devolveré la llamada cuando vuelva al despacho el lunes».

El Pez Gordo vuelve a colgar y llama de nuevo.

—Me ha reenviado a un mensaje de voz. Llamo para hablar con mi mujer. Quiero hablar con mi mujer. —Va elevando el tono.

—Lo siento, señor; no es posible.

—No entiendo por qué no es posible. ¿Sabe usted el dineral que me estoy gastando para tener a mi mujer ahí? ¿Está usted segura de que su trabajo consiste en decirme que no es posible?

–Un momento, por favor –dice ella, y vuelve a dejarlo en espera. En esta ocasión un buen rato. Por fin, alguien se pone al aparato.

–Buenas tardes.

–Sí –dice él–. Llamo por Charlotte Hitchens, mi mujer.

–Lo sé, y lo entendemos, pero esto es una comunidad terapéutica y no podemos pasar las llamadas a los residentes simplemente porque alguien telefonea y dice que quiere hablar con alguien. Tal vez en estos momentos no sea lo más adecuado para su esposa. Tal vez está encarando problemas, y la llamada, por bienintencionada que sea, podría interrumpir el proceso. Es llamativo que no deje usted de telefonear. Una y otra vez. Y en cada ocasión se muestra más alterado porque no consigue lo que quiere. Tómese un momento. Pregúntese por qué. Pregúntese cómo afrontar sus propios conflictos.

Se produce un largo silencio.

–¿Quién es usted exactamente?

–Soy la jefa de guardia. Antes le han conectado con el contestador de la jefa del equipo de su esposa y, si quiere, le vuelvo a conectar y así puede dejarle un mensaje, pero de momento le voy a pedir que siga con su vida y deje de llamar a este número. Si continúa haciéndolo, tendré que poner una denuncia por acoso, que podría derivar en una petición de orden de alejamiento. –Se produce una pausa, un silencio–. Adiós.

Se corta la comunicación. Él lanza el Trimline color mostaza en dirección a la ventana y la piscina. Lo que impide que se estrelle contra el cristal es el cable, que tira del auricular hacia el suelo. El teléfono es viejo, de los tiempos en que las cosas se hacían para durar. El lanzamiento no parece tener consecuencias para el teléfono, ni una resquebrajadura, ningún indicio de daños. El auricular yace en el suelo gris y blanco de terrazo, emitiendo el zumbido que indica que está descolgado.

El Pez Gordo está desconcertado. Avergonzado. ¿Quién se atreve a hablarle así, como si fuera un niño, soltándole una reprimenda? Él trabaja duro. Se ha ganado el derecho a conseguir lo que desea. Se ha ganado el derecho a pedir hablar con su mujer.

–Zorra –vocifera–. Maldita zorra hija de puta.

Su voz devuelve la vida a la casa como un tratamiento de shock. La ventana vibra. Nota como tiembla el cristal y siente la tentación de continuar en esa línea, de lanzar más cosas, de romperlo. Siente que le han arreado un guantazo, como si fuera un niño. Es humillante, desconcertante. Siente que le invade la ira, una energía que a duras penas logra controlar. Es hora de irse a cenar... ¿otra vez?

En esta ocasión se ha puesto corbata; en esta ocasión pide rosbif. Es otro restaurante, más concurrido, porque es más tarde. Un montón de familias, un montón de niños en sillitas altas y abuelos con andadores aparcados en los pasillos. Ha elegido una mesa cerca de la barra, donde hay dos enormes televisores encendidos, sin sonido, que retransmiten el partido de fútbol americano. El bullicio del lugar es un alivio. La televisión, una vieja y conocida compañera. Los partidos de Acción de Gracias son lo mejor; tienen algo especial vinculado con el clima otoñal. Pese a que le parece que no tiene hambre, come en abundancia, se mancha la camisa con la salsa de arándanos y la corbata con el jugo de carne. En este caso se pide de postre tarta de manzana, sin helado. No quiere ponerse sentimental, pero no puede evitar pensar en la emoción que siente por ser americano. No se puede imaginar a sí mismo con otra nacionalidad. Este es el país en el que se ha criado; es el país que lo ha forjado y que está decidido a mantener. Él es un hombre al que se le caen las lágrimas cuando oye sonar el himno nacional. La frase «Sobre las murallas observábamos» le llena de orgullo. Algo que mueve a los hombres de su generación y la anterior es el orgullo nacional, la pasión por algo que los sobrepasa.

Recuerda ahora a sus compañeros de universidad, cuyos padres y abuelos eran titanes de la industria que, en un momento u otro, habían servido a su gobierno, aparte de trabajar en Nabisco, GE o la empresa de las sopas Campbell. Poseían patriotismo y buenas intenciones.

Entre los jóvenes, todo eso no parece tener peso alguno. Ellos esperan sentarse a la mesa simplemente porque se han presentado a la comida. Este es uno de los problemas: el dar las cosas por hechas, sumado a la arrogancia y la falta de respeto. Tienen un alto concepto de sí mismos, es la supervivencia de los más aptos: yo cojo lo mío y tú ya tendrás lo tuyo. Jamás se preguntan qué pueden hacer por los demás. Solo les preocupa qué es lo próximo que pueden conseguir para sí mismos: una nueva casa, un barco más grande, una segunda esposa.

El Pez Gordo se ríe de sí mismo: la idea de qué puede hacer uno por los demás suena decididamente socialista. Pero, de no ser por esta vocación de servicio, de construir y dar forma a un país capaz de gobernarse a sí mismo, no existiría América. Antes que nada, él es eso: americano. El hombre americano por antonomasia, manufacturado en 1944 y expedido en 1945. Se fija en otro comensal solitario de Acción de Gracias unas mesas más allá, un hombre de más edad que está sorbiendo lo que parece un hueso.

El repugnante sonido que hace al sorber capta la atención del Pez Gordo. El hombre tiene el cabello cano, repeinado hacia atrás con gomina como si estuviera todavía en 1962. Esboza una suerte de media sonrisa y deja a la vista sus dientes inferiores, que parecen tubos de órgano, gruesos en la parte central y cada vez más pequeños en ambos laterales. Una ardilla humana con manos como garras y dedos como salchichas.

El Pez Gordo tiene que apartar la mirada. Llama al camarero. «La cuenta, por favor.»

Ya de vuelta en casa, es la hora del juego. No se trata solo del partido de fútbol americano. Lleva toda la semana prometiéndose que hoy va a jugar. En una mesa de billar antigua y muy cara que tiene en el sótano, se va a desarrollar una batalla de la Segunda Guerra Mundial, Dunkerque en concreto. A unos metros, sobre un futbolín, está Corea. El Pez Gordo ha escenificado la batalla de Incheon, con agua de verdad. Aquí es donde el Octavo Ejército americano consiguió una gran victoria sobre Corea del Norte, con un bien orquestado y muy ambicioso desembarco anfibio. Ha puesto al general Douglas MacArthur al mando, o sea, a un soldadito con un montón de medallas pintadas en el pecho, y tiene en la cabeza una larga lista de movimientos que deben ejecutarse para que la batalla sea un éxito. El Pez Gordo mete a los soldados en los botes y los desliza por el agua, una serie de bacinas de plástico azules que se trajo a casa después de una estancia hospitalaria de tres días por una piedra en el riñón. En otra esquina del sótano tiene desplegado Vietnam sobre una mesa de ping-pong, con la red todavía colocada. Eso le gusta, esa barrera le parece irónica. Dispone de soldaditos y armas para cada batalla, los hombres y las armas adecuados para llevar a cabo la misión.

Hoy se pone con la Segunda Guerra Mundial, siente esa llamada, le parece que es en ella donde el patriotismo alcanza mayor intensidad. Se sumerge por completo y empieza a hablar con diversos acentos, discutiendo sobre quiénes son nuestros aliados y dónde están, y sobre si se comen o no las cortezas de los quesos franceses. Hace sus movimientos, pero hoy la situación es demasiado deprimente; no está en condiciones de soportar una derrota, pero tampoco puede esperar milagros. Decide cambiar de campo de batalla. Ahora ya no es Dunkerque. Ahora es Normandía, junio de 1944, Operación Overlord, 1.200 aviones, 5.000 barcos, paracaidistas lanzados con la cobertura de la noche y el desembarco en las playas. Sword, Juno, Gold, Omaha, Utah. Unos 160.000 efectivos atraviesan el canal de la Mancha. Se producen salpicaduras. Mejor llevar puestas las botas de agua. Unos 6.000 americanos perdieron la vida en un solo día. Fue la batalla más sangrienta de la guerra, pero al final salieron victoriosos. Monta un sarao enorme. Tiene soldados caídos por todas partes, agua desparramada por todos lados. Hace volar aviones, avanzar a grupos de soldados colina arriba. Aparecen heridos gritando de dolor, saben que morirán en esta colina.

–Tengo una noticia para ti –dice mientras un espía liquida a un soplón acuchillándolo en el estómago–. La guerra no es bonita. La guerra es el infierno. Una pesadilla de la que uno nunca despierta. Ha sido un placer conocerte y gracias por todas las pistas.

Desinformación. Pasquines lanzados desde un avión como confeti. Ocultación, mantener las cosas escondidas. Una finta, un ataque ficticio para despistar. Así es como el Pez Gordo se lo pasa en grande, con estas recreaciones, estas escaramuzas. Sus soldaditos son de la mejor calidad, hojalata, plomo, aleación metálica. Detesta el plástico y solo lo usa cuando no le queda más remedio. Cuando hay fuego por medio, el plástico fracasa; se derrite y se convierte en un engrudo tóxico. Siempre que juega con fuego, tiene a mano un paquete de bicarbonato y también un extintor, por si la cosa se va por completo de madre. Le gusta jugar con los fulminantes de papel para pistolas de juguete. Los estira y hace que sus hombres los pisen y él los aplasta con la uña del pulgar para hacerlos estallar como si fueran pequeñas minas, granadas, artefactos explosivos. De vez en cuando deja caer desde arriba algún petardo de más entidad, normalmente comprado en el puesto de pirotecnia junto a la carretera donde se abastece todos los veranos. Hoy nada resulta suficientemente entretenido; la cosa no levanta el vuelo. Está con la cabeza en otra parte; no pone el debido entusiasmo. Entierra a los muertos, echándoles arena encima. Parte de la arena cae al suelo al rebasar el borde de la mesa. Si Charlotte estuviera en casa, empezaría a olerse que algo iba mal en la batalla. Le preguntaría desde arriba: «¿Todo bien por ahí?». Y él tal vez le pediría que le trajese servilletas de papel, pero de momento se deja arrastrar por el desbarajuste y el caos. No hay modo de esquivar las tinieblas. Es desolador. ¿Adónde conduce esto? Eso es lo que quiere saber. Abandona la Segunda Guerra Mundial y se pone con Vietnam. El país está desplegado sobre la mesa de ping-pong, el Norte y el Sur. Ha dispuesto en el escenario hojas de palmera y alguna otra vegetación para darle un aire realista al paisaje. Tiene incluso arrozales hechos con el césped segado. Sobrevuela la «jungla» que se ha construido con un C-123 de la Fuerza Aérea estadounidense y lanza «agente naranja», en realidad polvos para gelatina de naranja de la marca Jell-O, de los que oyó hablar en una convención de juegos de guerra. Lo llama Operación Ranch Hand, Operación Trail

Dust. Hoy utiliza herbicidas arcoíris, naranja y fresa mezclados, para defoliar los árboles. Provocaron reacciones alérgicas en las personas. Nacieron niños vietnamitas con deformaciones. Los soldados se quejaban de que les producían todo tipo de males, desde acné hasta diabetes, pasando por dolencias cardiacas. Tal vez esas sustancias no fueran perfectas o no se manejaron adecuadamente, pero la gente tiene que dejar de quejarse; no pueden esperar que todo el mundo cuide de ellos. Así es la guerra.

Los lugareños salen corriendo de entre los árboles, granjeros, hombres, mujeres, niños. Los soldados los matan a tiros; no hacen preguntas, no hay tiempo para eso. Hoy quieren matar sin tener que preguntarse por qué. Están desconcertados, furiosos. Son soldados americanos en este país desconocido y remoto, y ya nadie parece saber qué significa ser americano. En casa hay protestas contra la guerra, la gente dice que esa no es su guerra, que no quiere combatir en ella. Cuéntale eso al tipo al que ayer le volaron las piernas. Tienen ganas de matar porque es Acción de Gracias. Les traen en helicóptero pavo y salsa de arándanos; dan gracias a Dios por la comida que están a punto de recibir; alguien bromea diciendo que es el día del plato de cartón doble, pero nada resulta gracioso. Uno de los que la han palmado tenía ya los papeles para regresar a casa al día siguiente. Todo le resulta muy triste. El sueño americano está desparramado por varias mesas en su sala de juegos. Pero esto no es ningún juego. Esos hombres murieron. ¿Te imaginas a ti mismo atacando a otro hombre, despanzurrando con una bayoneta a un desconocido porque tu país te ha pedido que lo hagas? El Pez Gordo sabe que las guerras ya no se combaten así; no producen cientos de miles de muertos. Ahora las guerras se combaten con un *joystick* y un botón que pulsa el detonador a miles de kilómetros de distancia. La mecánica de la guerra ha cambiado, pero el coste humano no. Lo deja por hoy, desconcertado ante lo que significa todo eso, ante lo que significa ser americano. Deja a sus soldaditos con los brazos y armas alzados tratando de repeler el ataque con agente naranja, cubiertos de polvos Jell-O que al humedecerse van adquiriendo el aspecto

211

de mucosidad, de esputos de la guerra que quedan adheridos a todo. La mesa de ping-pong está cubierta de polvillos azucarados, de la del futbolín gotea el barro de Incheon, y las arenas de Normandía y las jóvenes vidas segadas también han ensuciado el suelo. Apaga la luz al salir de la habitación, sin duda los ratones devorarán los restos orgánicos y cuando regrese todo volverá a estar como lo ha dejado, pero con las superficies un poco deformadas, menos aptas para el juego, y cubiertas de minúsculas cacas negras, como munición de artillería sin estallar desparramada por los campos de batalla.

Viernes, 28 de noviembre de 2008
McLean, Virginia
15.00 h

Cuando termina el fin de semana de Acción de Gracias, Meghan se siente como si la hubieran introducido en una película o en el sueño de alguien. Es como si hubiera salido de su propio cuerpo y hubiese hecho su aparición en otro mundo. Ayer le escribió una carta a la familia de la chica muerta.

Queridos señor y señora XXXXX:
Soy una alumna de la Academia y hace poco conocí la historia de su hija y lo que le sucedió. No estoy segura de si recibir esta carta les va a hacer sentirse mejor o peor, pero me parecía importante contarles que a su hija no se la ha olvidado. Los progenitores mandan a sus hijas a lo que se describe como un «lugar seguro y educativo, en el que las jovencitas pueden crecer emocional, espiritual e intelectualmente». Todas sabemos que nuestros padres nos envían aquí porque intentan protegernos de algo: las malas influencias, las drogas, el sexo, el mundo en general; la cosa varía según cada familia.
Llevamos tarjetas magnéticas colgadas del cuello. El cordel del que cuelgan está diseñado para romperse en caso de que alguien tire de él con demasiada fuerza, de modo que no nos hagamos daño por accidente si a alguna se le queda la tarjeta atrapada en una puerta. El campus no está vallado, ya que los terrenos de los alrededores están atravesados por varios parques públicos y por el río. Disponemos de varios puntos de

llamada de emergencia en el campus y un par de vigilantes bastante mayores recorren el terreno en camionetas desde las seis de la tarde hasta medianoche. Tenemos prohibido salir solas del edificio una vez que oscurece, hay que hacerlo en grupo.

Pero ¿acaso esto cambia algo? ¿Hace que estemos más seguras? ¿Queremos que nos tengan encerradas, que nos sobreprotejan? ¿Es ese el futuro que nos espera como mujeres, no salir y vivir siempre con miedo? Siento que asesinaran a su hija, y todavía más que tuvieran que descubrir el cadáver ustedes mismos. Hace poco he vivido mi propia experiencia con la policía local y me han parecido bastante ineptos. Lo que hemos pedido como alumnas de la Academia es que nos escuchen, que nos tengan en cuenta. Si nos hubieran escuchado, tal vez su hija todavía seguiría entre nosotros. Nosotras, que somos la próxima generación de mujeres, nos escuchamos y nos defendemos entre nosotras y también defendemos a las que nos han precedido. Una parte de su hija y de su historia sigue viviendo con nosotras. En el sobre encontrarán un fénix que compré recientemente en el aeropuerto de Phoenix. Con él quisiera simbolizar la idea de que su hija sigue con nosotras y crecerá con nosotras.

Atentamente,

MEGHAN HITCHENS
Curso de 2009

Escribió la carta, la introdujo en el sobre y se vistió para la cena de Acción de Gracias.

A las cuatro de la tarde en punto pulsa el timbre de una casa señorial en la calle P. A través de la ventana del comedor ve a un grupo de gente con bebidas en la mano, charlando animadamente. Nadie se acerca a abrir la puerta. Vuelve a pulsar el timbre y por fin un hombre le abre.

–He quedado aquí con Tony –dice ella.

–Por supucsto –responde el hombre con tono jovial.

Ella le entrega un paquete envuelto con torpeza.

—Ahora se lo entregamos a la anfitriona —dice el hombre y la invita a pasar.

—Tiene una casa muy bonita —dice ella.

Él se ríe.

—No es mía. Esta es la casa de Peggy; vamos a buscarla.

—¿Dónde te habías escondido? —pregunta Peggy, la anfitriona, cuando la localizan al fondo del comedor. Está ocupada añadiendo más plazas a la ya larguísima mesa de Acción de Gracias—. Esto debe de ser un récord; somos treinta y seis.

—Gracias por invitarme —dice Meghan.

—Faltaría más. Las «huérfanas» debemos estar unidas.

Meghan le entrega el paquete que ha traído. Galletas que ha ido sustrayendo del comedor estos últimos días.

—No están muy bien envueltas, pero son famosas por lo buenas que están.

—Tengo que contarte una cosa —confiesa Peggy—. Tony lo corroborará. Conocí a tu padre hace muchos años; ha pasado toda una vida, pero salimos un par de veces y lo que recuerdo es que besaba bien, muy bien. Y era un hombre muy dulce. Leal. Esa fue la palabra que utilizó Tony. «Leal y con buenas intenciones», una frase que interpreté que significaba que no intentaría emborracharme para aprovecharse de mí. —Hace una pausa—. Imagínate que me hubiera casado con él. ¡Yo sería tu madre! ¿No es de locos?

«Peor que eso», piensa Meghan sin decir ni pío.

Tony rodea con el brazo a Meghan.

—Feliz Día de Acción de Gracias, jovencita.

—La jovencita ha traído galletas —dice Peggy, mostrándole el paquete a Tony. Peggy quita el papel rosa que lo envuelve y lo abre.

—Uau —dice al mordisquear una—. Son las galletas más deliciosas que he comido en mi vida. Leí no sé dónde que en algunos países es costumbre comer algo dulce antes de cenar, porque ayuda a que no comas más de la cuenta. Creo que debería comerme otra.

—Lleva un buen colocón encima —le susurra Tony a Meghan–. Se ha estresado tanto organizando dónde sentar a cada uno, porque no sabía si entremezclar o separar a demócratas y republicanos, que se ha tomado un par de Percocets hace una hora. Peggy es famosa por su habilidad para distribuir a la gente alrededor de una mesa, pero las elecciones han pasado factura. Algunos de los habituales no van a aparecer por aquí esta noche y hay unas cuantas caras nuevas que se presentan por primera vez al casting. Va a resultar interesante. Dicen que celebrar Acción de Gracias en casa de Peggy es un entrenamiento para Alfalfa en enero y un precalentamiento para Gridiron en marzo.

–Vamos a ver si localizamos a alguien de tu generación. –Peggy recorre la sala con la mirada.

–¿Jordon? –sugiere otro invitado.

–Jordon estudia Medicina en Georgetown –dice Peggy.

–Yo todavía estoy en el instituto –dice Meghan–. En el último curso.

–Pareces mayor.

–Es por el vestido. Si llevo un vestido corto, lo cual a mi madre le parece vulgar, la gente adivina sin problemas mi edad; pero, si llevo un vestido que me cubre por debajo de las rodillas, parezco la prima de alguien que ha venido de visita desde la Inglaterra rural, un lugar en el que todavía no han descubierto la moda. Por desgracia, las prendas sofisticadas no están pensadas para que las luzcan chicas de dieciocho años.

–*Touchée* –dice Peggy, y habla en serio. Todo es como un combate de esgrima. Hay que sumar puntos en el marcador–. Oh, William, ¿has saludado a la ahijada? –Peggy permanece junto a Meghan y la va señalando con el dedo, como diciendo: «Mira aquí, mira aquí».

William alza la mirada como pillado en falta o con la guardia baja.

–Ven a saludar –le dice Peggy.

Obediente, William, un caballero con un corte de pelo militar y tez de ébano, con un precioso suéter azul turquesa, se levanta del sofá y se les acerca atravesando la concurrida sala.

–Encantado de conocerte, Meghan –dice, mientras le estrecha la mano–. He oído hablar mucho de ti desde hace años. ¿Qué tal van las solicitudes para la universidad?

–Oh –dice ella, sin comprender por qué William lo sabe todo sobre ella y su papeleo universitario–. Después de las elecciones decidí tirar a la papelera mis ensayos y empezar de nuevo.

–Ah –dice él–. Un cambio de planes. Yo empecé en Winston-Salem, después vine aquí a Howard y finalmente fui a Hopkins. No hay un único camino posible. ¿Tienes ya decidido qué quieres estudiar?

–Historia, me gusta mucho la historia.

–Todo listo –dice Peggy, que sale de la cocina balanceando ostensiblemente un chuchillo para trinchar–. El espectáculo está a punto de empezar.

Un hombre algo mayor y de aspecto elegante se hace cargo del cuchillo.

–Gracias, Richard –dice ella–. Siempre a punto para salvarme, el perfecto segundo marido en la reserva.

–¿A qué esperas? –pregunta uno de los invitados.

–A que se enfríe un poco –dice Peggy, abanicándose.

Hay una energía espasmódica en la casa, como si estuvieran montados en un tiovivo, con cada invitado en un caballito diferente, subiendo y bajando al ritmo de una melodía diferente.

La cena se sirve de un modo que, como muchas cosas en Washington, resulta muy formal, prematuramente añejo, de manera que uno tiene la sensación de estar asistiendo a una experiencia teatral inmersiva o a una recreación histórica. De cada manjar y cada fuente se especifica su procedencia, su *raison d'être*, que diría su profesora de francés. Meghan tiene la vaga sospecha de que los conservadores del Smithsonian están entre los invitados y se han encargado de la redacción de las «notas explicativas» que van recitando Peggy y Richard. Las zanahorias de colores se sirven en un plato que perteneció a Mamá Taylor. La salsera para el jugo de carne es un regalo de principios del siglo pasado de la familia Tyson. Las hierbas del relleno son descendientes directas del jardín de la tía Bishop.

Todos los apellidos tienen un difuso tono familiar: Coleridge, Hancock, Tierney, Cumberland.

Peggy lleva lo que la madre de Meghan llamaría «uniforme de anfitriona», ropa que está a medio camino entre el disfraz y el atuendo: más que un simple vestido, menos que un traje de noche. En la chimenea arde un fuego muy vivo y las ventanas están abiertas porque en la sala deben de estar a casi cuarenta grados. De las paredes cuelgan cuadros que a Meghan le recuerdan a unos que vio hace mucho tiempo: paisajes de la naciente América, grandes panorámicas que expresan el optimismo sin trabas que despertaba ese nuevo mundo.

Meghan lo observa todo con mucha atención. La vida ha pasado de bidimensional a tridimensional; ya el modo en que se sirve la comida es una secuencia de acción. Lo registra todo en su cabeza, en especial a la gente que bebe. ¿Qué resulta normal y qué ya es demasiado? La mayoría de los comensales bebe, la excepción son los que rechazan beber de forma militante y consumen grandes cantidades de agua mineral. «¿Hay más agua mineral? ¿Me podéis pasar el agua mineral?»

El centro de la mesa está ocupado por una enorme tortuga verde de porcelana.

–Es la sopera de mi madre para la sopa de tortuga –explica Peggy–. Ahora ya no es más que un objeto decorativo. ¿Qué se puede servir hoy en día en una sopera para sopa de tortuga? Tal vez pimienta de cayena o limonada. No lo sé. Ya nadie come sopa de tortuga.

–Porque está prohibido cazar tortugas –susurra el hombre sentado junto a Meghan.

–Yo preparo una sopa de calabacín deliciosa –comenta una de las mujeres–. Encajaría muy bien en tu tortuga. Ya te pasaré la receta. ¿Tienes batidora?

–¿Qué? –pregunta Peggy.

–Batidora –repite la mujer. Hace un movimiento adelante y atrás con la mano que en otro contexto podría significar algo diferente.

–¿En serio? –dice uno de los invitados.

–¿Como un vibrador? –pregunta Peggy.

–Ya te lo explicaré más tarde –le dice la mujer, riéndose.

Varios de los presentes ponen los ojos en blanco. Meghan siente un fogonazo de lo que su madre llama «ansiedad social». Es la primera vez que le pasa.

–Bonitos zapatos –dice la mujer sentada a su lado.

–Oh, gracias –responde Meghan–. Estoy en esa edad en que ya me han crecido los pies y no quiero seguir utilizando zapatos de niña, pero tampoco quiero parecer demasiado «disponible», como dice mi madre.

La mujer se ríe.

–Yo también estoy en una edad peculiar. Tengo que parecer seria y femenina, pero al mismo tiempo debo ser capaz de atravesar el pasillo a paso ligero y no caerme por las escaleras de mármol.

Meghan se ríe y mira la tarjeta de comensal de la mujer: señorita Rice.

–Todo el mundo habla del techo de cristal, pero nadie habla de las escaleras de mármol. Es muy difícil moverse por ellas con rapidez y elegancia, sobre todo cuando hay gente mirándote.

En la otra punta de la mesa, uno de los invitados, que ya ha bebido mucho, le pregunta a William:

–¿Estas galletas las has hecho tú?

–No –responde William.

–Pensaba que eras un chico al que le gustan las galletas.

–No empecemos –dice Peggy–. Esta noche no, Charlie.

El hombre insiste:

–Tengo curiosidad. Apuesto a que estás encantado con el resultado de las elecciones. Ha llegado tu momento.

–Charlie, lo que estás haciendo tiene un nombre –dice William–. ¿Y por qué ibas a hacerlo en una celebración entre buenos amigos?

–Ya empezamos –comenta la mujer sentada junto a Meghan–. Ya tenemos a Charlie chinchando.

A medida que las voces se elevan, los hombres trajeados se adentran más en la sala. Meghan ya se había percatado de su presencia hace un rato; ninguno de ellos está sentado a la mesa; merodeaban cerca de la puerta principal y de la cocina.

–Son del servicio secreto –le susurra el hombre sentado a su lado. Hasta ahora había estado hablando con la mujer que tenía a su izquierda.

Interesante, piensa Meghan. ¿Por qué hay efectivos del servicio secreto en una cena de Acción de Gracias?

La mujer sentada a su otro lado continúa hablando como si de forma intencionada pretendiera distraer a Meghan de lo que está sucediendo en la otra punta de la mesa.

–Mis padres estaban muy involucrados en su iglesia. Mi padre era pastor. Acción de Gracias era y sigue siendo mi festividad favorita. Mi madre preparaba unos boniatos confitados y unas tartas de nueces pecanas maravillosos.

Le dedica a Meghan una cálida sonrisa.

–Yo voy a la iglesia todos los domingos –dice Meghan, sin mencionar que es obligatorio para las alumnas.

Entretanto, va pillando al vuelo partes de la conversación que se está desarrollando en la otra punta de la mesa.

–Charles, hoy estás más agresivo que de costumbre –protesta William.

–¿Tienes un profesor favorito? –le pregunta la mujer a Meghan.

–La señorita Adams.

–Tener un gran profesor te puede cambiar la vida. Nunca te tomes las negativas de los demás como definitivas. Mucha gente se empeñará en decirte lo que por una u otra razón no puedes hacer. Toma el control de tu destino.

La incomodidad de Meghan se acrecienta. Por un lado, su vecina de mesa no para de intentar distraerla para que no preste atención al incidente con algún tipo de connotaciones raciales que se está desarrollando en la otra punta. Por otro lado, eso dificulta concentrarse en lo que está sucediendo.

–He sido demócrata durante veintiocho años, pero al final me he «convertido». El hundimiento del gobierno ruso fue un momento crucial para mí –explica la mujer.

La sopera en forma de tortuga parece temblar, pero tal vez sea solo el tono cada vez más elevado de las voces.

—Os creéis que podéis apropiaros del mundo —dice Charles.

William niega con la cabeza para dejar claro que ya es suficiente.

—Charles, deberías marcharte —dice Peggy, muy incómoda.

Meghan se percata de que Tony está de pie detrás de William. Posa sus manos sobre los hombros de William para tranquilizarlo y apoyarlo. El gesto es al mismo tiempo cotidiano e íntimo. Meghan comprende de pronto que William es el novio de Tony.

—Conozco a Tony desde hace más de veinte años —le susurra el hombre sentado a su otro lado—. Es el primer gesto de afecto que le veo hacer en público. Es como James Bond, enigmático, sexy e inalcanzable.

Meghan es incapaz de tragar. Es incapaz de pensar.

—Disculpe —dice, y se levanta de la mesa.

Al llegar al pasillo, Charles pasa a toda velocidad junto a ella porque se marcha. Meghan está revuelta; todos los fluidos de su cuerpo se desplazan, le tiemblan las piernas, el banquete de Acción de Gracias le asciende por la garganta. El lavabo está ocupado, de modo que sigue avanzando por el pasillo hasta una pequeña biblioteca. Contempla las estanterías. William es el novio de Tony. Tony es gay. «Soltero empedernido», dice su madre. Seguro que su madre sabe la verdad. Tienen que saberla los dos. ¿Cómo es que ella no sabía nada?

En la biblioteca hay un mueble bar con gruesos vasos de cristal en una reluciente bandeja de plata. Se sirve un vodka. Sabe como un producto de limpieza, como algo que usarías en caso de emergencia para disolver grasa y suciedad. Este líquido no tiene ninguna cualidad que invite a beberlo. Pero lo hace. Se bebe el vaso entero, vuelve a dejarlo en su sitio, regresa a su silla y se come otro panecillo con mantequilla antes de que sirvan los pasteles.

—Fútbol americano —dice la mujer a su lado—. A eso solíamos jugar después de la cena de Acción de Gracias. Mi padre era entrenador, además de pastor. Salíamos todos a jugar, incluso las niñas.

De vuelta en casa, Meghan escribe otra carta a los padres de la chica muerta.

> Queridos señor y señora XXXXXX:
> Las cosas no son lo que parecen. Tal vez para ustedes no sea una novedad. Pero para mí ha sido todo un despertar. Las cosas que tomaba por «verdades evidentes por sí mismas» han resultado no serlo en absoluto. Hay ideas con las que he crecido que se me inculcaron doctrinalmente como si fueran verdades; formaban parte de la narrativa, de la historia de mi vida, una historia en la que todo encajaba tan bien que me la creí sin cuestionarla. Pero resulta que la historia es más vasta y compleja de lo que quienes me rodean están dispuestos a admitir. Mentiras. Falsedades. Este despertar me ha hecho ver que muchas de las cosas que daba por hechos irrefutables resultan no ser más que cuentos, una ficción que me han explicado, un relato en el que todo encajaba tan bien que me lo tragué a pies juntillas. En mi despertar he descubierto que una tiene que hacerse preguntas, que tiene que mirar con sus propios ojos y pensar por sí misma. Este despertar ha venido acompañado de un nuevo tipo de terror. El miedo a que la verdad sea resbaladiza, que la historia no esté fijada en el espacio y el tiempo, sino sujeta a fluctuaciones e interpretaciones, y a la posibilidad de que haya otros relatos, otras narrativas, que sean potencialmente igual de sólidos y creíbles. La historia cambia al ritmo en que cambia el mundo a nuestro alrededor. Qué historia es la que queda registrada depende de quién esté haciendo el reportaje y a través de qué lentes esté mirando la realidad. Lo que ahora tengo claro —en mi despertar— es que no hay una única historia. Hay historias. Y no quiero limitarme a estudiarla; quiero tener un papel en ella. Quiero hacer historia, vivir en ella, y ser la historia del futuro.

Tony ha sido el primero en movilizarse.

–Tal como hablamos, hay zonas del país necesitadas de representación. El Medio Oeste hay que dejarlo correr, pero Chicago es un buen sitio para ir a por el Oráculo.

–¿El qué? –pregunta Bo.

–¿El vidente? –sugiere Eisner.

–El tipo que nos va a decir en qué dirección sopla el viento –dice el Pez Gordo.

–Muchachos, a veces me gustaría que hablarais en cristiano –dice Bo–. Son las seis de la mañana, hacedme ese favor.

Están en la conferencia telefónica del sábado por la mañana. Tony se ha conectado desde el exterior de su casa de Georgetown, por si le hubieran puesto micrófonos. Observa a su vecino, un general retirado, que sale en pijama para recoger el periódico del domingo. El anciano lo coge y saluda a Tony, que le devuelve el saludo, y a continuación el general retirado se da la vuelta y se mete en su casa.

–Incluso en los viejos tiempos, la gente quería saber qué iba a suceder a continuación, en parte por pura curiosidad y en parte para estar preparada –dice Kissick.

–Exacto –responde Tony–. Os voy a enviar al tipo al que consulto cuando necesito echar un vistazo por encima de la valla.

–¿Ese hombre ya sabe que no estamos buscando a alguien

223

al que vayamos a contratar, que esto de momento va a ser sin cobrar?

–Sí. De entrada, tal vez os preguntéis: ¿por qué ese tío? Vive en una casa anodina en una calle anodina y es un hombre de lo más discreto, que pasa desapercibido y no atrae la atención.

–Espero que no nos equivoquemos de puerta y toquemos el timbre de otra –dice Bo–. ¿Cómo sabremos que es él si es tan insignificante?

–Yo ya lo he conocido en persona –dice el Pez Gordo–. Pese a que pasa desapercibido, es alguien a quien no olvidas.

–Exacto –dice Tony–. Él y yo trabajamos juntos hace treinta años.

–Lo recuerdo –dice el Pez Gordo–. Volviste de estudiar Filosofía en Cambridge y te pusiste a trabajar de vendedor de chocolate en Chicago. Pensé que te habías vuelto majara.

–En realidad eran caramelos –corrige Tony al Pez Gordo.

–Los llamábamos piruletas –interviene Bo.

–Voy a fingir que todos habéis dicho: «Qué idea más brillante, gracias; volvemos a hablar en breve» –dice Tony, y cuelga.

Bo y el Pez Gordo están esperando en un Lincoln Town Car frente a una casa anodina en una calle anodina. Nieva moderadamente. Los copos se acumulan en las ventanillas. Cada pocos minutos, Bo baja y sube la suya para limpiarla de nieve.

–Necesito poder ver con claridad –dice Bo, a modo de disculpa por las ráfagas de aire frío que entran.

El conductor pone en marcha un rato el limpiaparabrisas.

–¿Cómo sabes que esto no es una trampa, un engaño? Tony tiene sobrados motivos para desear que esto fracase antes de empezar.

–Porque Tony es una persona a la que le confiaría mi vida –responde el Pez Gordo mientras le manda a Meghan un mensaje de texto sobre los planes navideños–. Y ya conozco a este tipo. Es genuino, el Oráculo.

–Aquí estamos muy expuestos –dice Bo.

Un coche se detiene detrás de ellos.

–¿Quién coño es?

El Pez Gordo vuelve la cabeza.

–El escriba.

Un minuto después alguien golpea con los nudillos la puerta del coche.

–¿Puedo unirme a vosotros? –pregunta Eisner.

–Siéntate delante –dice Bo después de bajar la ventanilla–.

225

Y atención, que no estamos solos. –Hace un gesto con la cabeza hacia el chófer.

Eisner sube al coche.

–He venido conduciendo desde Madison. He tardado más de lo que me esperaba, vaya tiempecito. He ido a visitar a mi madre.

–No le interesa a nadie –dice Bo.

–¿Tony va a venir? –pregunta Eisner.

–No –responde el Pez Gordo.

–Ya sé que es tu mejor amigo, pero el hecho de que juegue en ambos equipos resulta incómodo –dice Bo. Está claro que no está de muy buen humor.

–No juega en ambos equipos –dice el Pez Gordo.

–Entonces ¿por qué Obama lo va a mantener en su puesto?

–Una de las virtudes de Tony es que está dispuesto a hacerse cargo de lo que nadie quiere asumir.

–¿Y eso qué quiere decir? –pregunta Eisner.

–Tiene que bregar con un montón de mierda. –El Pez Gordo guarda el móvil–. Si hablamos de política o de escoger un bando, Tony es un solista.

Kissick aparece en un taxi.

–Hora de empezar –dice Bo y se apea del coche.

El Pez Gordo llama al timbre. Bo, Eisner y Kissick forman una hilera detrás de él.

La nieve cubre el cogote de Kissick.

–Este es uno de los motivos por los que vivo en Florida –refunfuña Kissick.

El Pez Gordo vuelve a pulsar el timbre. La mirilla de estilo *art nouveau* se abre y siente la presencia de un ojo que los mira. Se abre la puerta y un individuo delgado, ataviado con una bata blanca de laboratorio, les da la bienvenida.

–Amigos de un amigo –dice el tipo–. Adelante.

–Encantado de volver a verte, Twitch –dice el Pez Gordo mientras entra en la casa.

–Bienvenidos, como dice el felpudo –comenta Bo, mientras frota la suela de los zapatos contra el grueso felpudo. Le da la mano al anfitrión y se queda desconcertado. Baja la mirada y descubre que lleva guantes de látex con el nombre de la marca Matfer Bourgeat escrito en ellos.

–Perdón –dice el tipo, mientras se los saca–. Estaba manipulando azúcar.

–Bueno, es un alivio. Por un momento he pensado que tal vez fueras el doctor Strangelove –dice Bo.

–Soy Twitch –se presenta el tipo cuando le estrecha la mano a Eisner–. Twitchell Metzger.

–Tony te ha catalogado de científico loco –añade Eisner.

–Estaba haciendo caramelo; vamos, entrad rápido antes de que se me queme –les urge Metzger.

Al entrar, se ven envueltos por una humareda. El olor resulta una mezcla tóxica digna de Halloween: azúcar hirviendo y cenizas. En el interior de la casa, el aire es brumoso y denso, con un fuerte olor a tabaco.

Kissick le susurra a Bo:

–Se han hecho estudios sobre humo de tabaco retenido, pero esto es otro nivel; tengo la sensación de estar chupando ceniza.

–¿Vives solo? –pregunta Bo al anfitrión.

–¿Cómo lo has adivinado?

–A los niños no les gusta desayunar Pall Malls –dice Bo.

Metzger los guía a través de la sala hasta la cocina, que parece más bien un laboratorio de química que una cocina de las que salen en la revista *Martha Stewart Living*. Comprueba la cocción de lo que tiene al fuego, baja la temperatura, echa un poco de bourbon y remueve.

–La clave es evitar que caramelice –comenta.

–Soy de la misma opinión –dice Bo.

Sobre la mesa de la cocina hay cuatro láminas de un rosa chillón de 11×14 de lo que parece gomaespuma aislante.

–¿Son para una reparación casera o regalos navideños? –pregunta Bo.

–Son nubes con licor –aclara Metzger–. Están hechas con Rumple Minz y colorante alimentario rosa. Vais a ver un claro aumento global de los productos que incorporan alcohol. El consumo de chocolate está aumentando en Estados Unidos, pero Europa es el auténtico paraíso del dulce. ¿Sabíais que ese es el motivo por el que conocí a Tony?

–Lo sabemos –dice Bo.

–Me encantaría conocer los detalles –dice Eisner.

–Era su primer trabajo, pero para mí supuso el regreso al hogar. Me crié no muy lejos de aquí; los varones de mi familia han sido matarifes en el mercado de la carne en Chicago y trabajadores de las acerías. Fabricaron coches en Detroit. Pero, de niño, yo era idiota. Mi vida giraba alrededor de los dulces y caramelos. *Vita, dulcedo, spes.*

–¿Este tío se ha puesto de pronto a hablar en lenguas extrañas? –pregunta Bo.

–Vida, dulzura y esperanza –dice Kissick–. Es el lema de Notre Dame. Su *alma mater.*

–Conocí a Tony cuando los dos aterrizamos en Chicago. Por aquel entonces, Chicago era la capital mundial de los caramelos. Lemonheads, Brach's, Boston Baked Beans. Recorríamos el Medio Oeste en busca de dulces regionales. Sunshine Candy, Jujyfruits, Now and Later. –Hace una pausa–. ¿Alguno de vosotros sabe cuánto aguanta un Twinkie antes de estropearse?

Todos se encogen de hombros.

–Veintiséis días. ¿Se os ocurre algún paralelismo?

–Ni idea –dice Bo.

–El ciclo menstrual femenino –suelta Metzger.

Se quedan todos pálidos.

–Creía que eran veintiocho días –apunta Kissick.

–Son muy similares. Tal vez os preguntéis por qué llevo una bata de laboratorio en la cocina.

–Pues sí –dice Bo.

–Los delantales son demasiado femeninos. –Metzger aparta del fuego el cazo del caramelo que está removiendo. Señala la nevera–. Echad un vistazo.

Eisner la abre. Los cuatro estantes están ocupados por bandejas de caramelos.

—Parecen lo que mi abuela llamaba tortugas —comenta Eisner.

—Tortugas dulces —apostilla Metzger—. Una versión mía de una antigua receta de Savannah. Adelante, probad una.

Eisner separa la tortuga del papel de cera y se la ofrece a Bo, que no se decide a aceptarla.

—Adelante —dice el Pez Gordo—. La necesitas.

Bo prueba el dulce.

—Sabroso —comenta sonriente—. Pero al mismo tiempo delicado.

—El paladar contemporáneo tira más hacia lo salado que el de las generaciones anteriores. Utilizo zumo de limón y cremor tártaro. Los dos son ácidos que descomponen las moléculas del azúcar, con lo que se produce una transformación. En lugar de hacerlo bullir, lo cuezo a fuego lento. Eso me da el sabor que quiero y minimiza la formación de cristales. Siempre he sostenido que, si quieres vender algo, tienes que saber cómo se hace y lo que significa para la gente. No puedo vender ningún producto que no conozca al dedillo.

—¿Tony y tú comercializasteis esas bolas de caramelo que se llamaban Atomic Fireball? —pregunta Bo.

—Durante muy poco tiempo, hace muchos años. Ahora estoy haciendo pruebas con una receta increíble que me garantizará una buena jubilación. Pero no creo que hayáis hecho un viaje tan largo para hablar de mis hobbies. ¿Qué os parece si nos sentamos en la sala de reuniones?

—Pásame un par de tortugas dulces más —le pide Bo a Eisner.

—Esta era la mesa del comedor de mi bisabuela —explica Metzger mientras los guía hasta la sala—. Tengo algún tentempié y cigarrillos.

En el centro de la mesa hay un enorme plato con caramelos, repleto de sobras de Halloween y un globo metálico. Metzger lo abre y aparece un despliegue de cigarrillos de diversas formas y tamaños.

—Los asesinos de vaqueros. —Coge uno y con un gesto indica a sus invitados que pueden hacer lo mismo.

—Mi primer trabajo fue en Richmond, Virginia, la ciudad

de los cigarrillos. Allí donde he estado, he cogido el hábito del lugar. –Desenvuelve una barrita de chocolate–. Suiza –dice. Un tirón en la comisura de la boca le levanta el labio–. Hago la colada aquí dentro –dice con un resoplido, claramente feliz de la rapidez con la que ha soltado el comentario irónico.

Bo se ríe, lo cual hace reír al Pez Gordo. De momento la cosa va viento en popa.

Eisner coge un Butterfinger.

–No he comido uno de estos desde 1979.

Metzger enciende el cigarrillo y da una calada.

–Casi no puedo respirar. ¿Puedes abrir la ventana? –pide Kissick.

Como un peso muerto cayendo del cielo con un golpe seco, una enorme gata salta desde lo alto de una alacena y aterriza sobre sus garras, con la cola balanceándose en el aire como una antena que intenta captar una señal. La gata avanza a lo largo de la mesa, salta sobre el regazo de Metzger y de ahí al suelo.

Bo se queda pálido. La expresión de su rostro indica que se ha pegado un susto de muerte.

–¿Qué coño ha sido eso?

–Es mi gata –dice Metzger sin inmutarse–. No puedo abrir la ventana porque la gata se escaparía.

Y Bo, que parece a punto de estrangular a alguien, rompe a reír.

–Estás como una puta cabra.

Metzger le sirve una copa de un decantador.

Bo la observa con recelo y bebe un sorbo.

–¿Qué es esta mierda?

–Lo llamo agua para las pelotas –explica Metzger–. Lo hago yo, echo bourbon en hojas de marihuana y dejo que infusione. Me lo bebo antes de acostarme; hace que te vuelva a crecer el pelo en las pelotas.

–Tío, eres grande –dice Bo, y le tiende la copa para que se la rellene.

–¿Para qué habéis venido? –quiere saber Metzger–. ¿Qué andáis buscando? Asumo que no se trata de truquitos de magia.

–Buscamos a alguien que piense igual que nosotros –dice el Pez Gordo.

–Vamos al grano –dice Bo–. El problema poselectoral. América se nos va por el retrete y debemos hacer algo. No vamos a quedarnos de brazos cruzados esperando a ver qué sucede; vamos a actuar y necesitamos a alguien que plante esa idea ante las narices de la gente.

–Queréis que expanda ideas como si fueran un virus –dice Metzger–. Queréis que sean gratificantes como la mantequilla de cacahuete y la mermelada, como una comida dominical. Queréis arrullarlos y seducirlos, adormecerlos, de manera que al final no resulte una sorpresa porque lo han visto venir y además desean que venga.

–Sí –le confirman sus invitados, casi dando saltos de alegría–. Eso es lo que queremos.

–¿Y si os digo que yo no hago ese tipo de cosas?

–Sí lo haces; acabas de hacerlo conmigo –dice Kissick.

–Te he dicho lo que querías oír –dice Metzger.

–Exacto.

Sigue un prolongado silencio.

–¿Sabéis qué hacía mi padre en la guerra?

Todos niegan con la cabeza.

–Todavía debe de ser alto secreto, que no salga de aquí. Estaba en el Cuartel General del 23.º de Tropas Especiales. Eran un ejército fantasma. Disponían de tanques, jeeps y camiones de comunicaciones inflables. Básicamente eran como un circo que actuaba cerca de las líneas del frente.

–Disculpa, pero no sé si lo he entendido –dice Kissick, boquiabierto.

–Él creía que iba a ejercer de mecánico, pero lo mandaron a la sección de programas encubiertos. Yo durante años nunca entendí cómo se las había arreglado para pasárselo tan bien durante la guerra. Todos los padres de los otros chicos estaban traumatizados. Cuando él regresó a casa, encontró un trabajo de vendedor de coches, coches usados, porque le parecía que era más grato que convencer a la gente de que comprara uno nuevo. Algunas veces yo observaba su técnica de vendedor: no apabullaba. Su habilidad era que sabía escuchar. Escuchaba a sus clientes y llegaba a conocerlos bien, ellos tenían la sensación de que habían hecho un amigo y le compraban un coche. Y pasados uno o dos años, volvían y le compraban otro.

Todos asienten.

–Saber escuchar –dice el Pez Gordo.

–A mí lo que me gusta es conducir. Él vendía coches; yo los conduzco. Cuando conduzco puedo pensar. Recorro los Estados Unidos en coche como si fuera un antropólogo. Me lo paso en grande observando a la gente. Me meto en los grandes almacenes y sigo a la gente mientras compra. Me gusta comprobar qué es lo que atrae su atención. Me gusta comprobar qué seduce y qué resulta poco interesante. Anticipar el deseo, las necesidades. Supongo que podríais decir que soy de la vieja escuela. –Metzger coge un encendedor y hace aparecer una llama–. Ignición girando la ruedecita del pedernal. ¿Sabéis por qué a la gente le gustan los encendedores?

–Los cigarrillos –sugiere Bo.

El Pez Gordo está abstraído en sus pensamientos, recordando al tipo del bar de Phoenix, el tipo que no paraba de toquetear el pedernal e iba repitiendo: «A prueba de viento».

–No. –Metzger niega con la cabeza–. La capacidad de generar fuego. Está conectado con el poder y el dominio, la conquista del mundo físico por parte del hombre; es lo que dijo Dichter entre otras cosas. ¿Habéis leído *La estrategia del deseo*, de Ernest Dichter?

Todos dicen que no negando con la cabeza.

–Es un genio absoluto.

–Estoy abierto a incorporarlo –dice Kissick–. Si consideras que es tan bueno.

–Murió hace unos diecisiete años –dice Metzger, da una profunda calada y mantiene el humo en los pulmones todo el tiempo posible–. ¿Por qué habéis decidido meteros en esto?

–No podemos permitirnos ser blandos –dice Bo–. Hemos

trabajado como perros, hemos creado imperios o lo que sea que viene después de los imperios.

–Somos personas influyentes –dice Kissick–. Pilares de la sociedad.

–Titanes de la industria, millonarios, industriales, magnates, emprendedores –dice Metzger.

–El jefazo –dice el Pez Gordo.

–El mandamás –dice Metzger–. El capitoste.

–¿Tienes familia? –le pregunta Bo.

–¿Dónde? –replica Metzger.

Bo vuelve a reírse y exclama:

–¡Exacto!

–Después de la segunda esposa, lo dejé correr, sé captar una indirecta. No estoy hecho para el consumo humano.

–En resumidas cuentas, queremos hacer lo que haga falta para reconducir la situación –sentencia el Pez Gordo.

–Estas palabras pueden significar cosas muy distintas dependiendo de cuándo se dicen, quién las dice y a quién –reflexiona Metzger–. Los Radicales Republicanos fueron una facción del partido entre 1854 y 1857, ¿y qué querían? La erradicación de la esclavitud. Y, sin embargo, no fue ese asunto el que determinó la victoria de Lincoln en 1860; solo sacó el cuarenta por ciento de los votos. La causa fue la división entre demócratas del sur y del norte. En la actualidad hablas de Radicales Republicanos, ¿y de qué estamos hablando? ¿Lo sabemos con certeza? –Hace una pausa–. Lo que quiero decir es que siempre hay fuerzas en juego que uno no puede prever.

–Lo que puedo asegurarte es que hay un grupo de palurdos imberbes que se llaman a sí mismos republicanos, pero no son como los republicanos que yo conozco –dice Bo.

–Esquematizamos la evolución sociocultural en gráficos, rastreamos los procesos que incrementan la complejidad de la sociedad y, al mismo tiempo, monitorizamos la degeneración/degradación de los sistemas. Así es como trabajamos.

–No he entendido nada de lo que acabas de decir –suelta Eisner–. Me ha sonado más a matemáticas que a publicidad.

–Es curioso que digas eso –comenta Metzger–, se parece un poco al trabajo que hago para los fondos cuantitativos. Al trazar la evolución y descubrir los patrones, somos capaces de identificar las inversiones del futuro y estudiar cómo eso, junto con los cambios culturales, sociales, económicos y medioambientales, afectará al comportamiento del consumidor. Por eso sigo aquí: soy el Estruendo de Winnetka, soy el Einstein del poema de la danza. Vivo acoplado al consumidor americano.

La gata obesa vuelve a subirse a la mesa y maúlla de forma sonora mientras enrolla la cola alrededor del decantador del agua para las pelotas.

–Eres todo eso y mucho más –dice Bo poniéndose de pie–. Pero en serio, gracias.

–A veces hay que decir que sí y no resistirse –dice Eisner.

Kissick consulta el reloj.

–Le he dicho a la familia que estaría de vuelta para cenar. ¿Puedo volver al aeropuerto contigo?

–Ha sido fantástico volver a verte, amigo –dice el Pez Gordo.

–Dale las gracias a Tony de mi parte y dile que me gustaría verlo en persona la próxima vez que nos reunamos.

–¿Crees que tu gata me dejará acariciarla? –pregunta Bo.

–Ni se te ocurra intentarlo –le advierte Metzger–. Es muy mala. Una vez me mordió y pillé una infección bacteriana. Tuve que ir a un médico por primera vez en quince años.

Bo se ríe y dice:

–Me gusta, es una auténtica cabrona.

–La he llamado cosas peores –dice Metzger.

–¿Cómo te podemos contactar? –pregunta Bo.

–Este es mi número de fax, supongo que tienes fax. –Metzger abre la alacena de la sala. En el interior hay un vetusto fax, tan viejo que el plástico color marfil ha cogido una tonalidad amarillenta de meado.

–Me encanta este tío –dice Kissick.

–Gracias por recibirnos –se despide el Pez Gordo.

–Los Hombres Eternos –dice Metzger, mientras les estrecha la mano antes de que se marchen–. Eso es lo que sois. Os

234

debería haber llamado los Grandes Inspiradores, pero suena demasiado evangélico. Los Hombres Eternos me parece correcto –dice, y se queda junto a la puerta.

–Nos vemos pronto –dice Eisner, y limpia la nieve acumulada en las ventanillas del coche antes de meterse en él–. Le he prometido a mi madre que volvería a tiempo para la cena.

–Por supuesto –dice Bo.

–Lo de los Hombres Eternos está muy bien –dice el Pez Gordo, mientras entra en el Lincoln Town Car, que lleva horas esperando pegado al bordillo.

–Si hay un hombre en el que confío para lanzar el mensaje es este tío, el Estruendo de Winnetka –dice Kissick, que se sienta junto al Pez Gordo en el asiento trasero.

–Me gusta –dice Bo, embutiéndose también en ese asiento al lado de Kissick.

–¿Te vas a sentar encima de mí? –protesta Kissick.

–El alquiler del coche lo he pagado yo –dice Bo–. Lo bueno de este tío es que entiende cómo piensa la gente, lo que necesitan aunque no lo digan. Es como el director de una funeraria. Sabe en qué ataúd meterte.

–¿Los tres van a Midway? –pregunta el chófer.

–Sí, gracias –dice el Pez Gordo.

–Ya lo tengo –dice Bo.

–¿El qué? –pregunta Kissick.

–A quién me recuerda.

–¿Quién?

–El director de la funeraria, el fumador, el hombre de los caramelos, ¿cómo se llama? –dice Bo.

–Metzger –responde el Pez Gordo–. Twitchell Metzger. Twitch para los amigos.

–Me recuerda a William S. Burroughs –dice Bo–. Cuando ha hablado de Ernest Dichter, el tipo que sabía el secreto del fuego, me ha venido la imagen; para mí Burroughs fue importante.

–¿Burroughs el del programa *Firing Line*? El que hablaba así –Kissick pone una voz nasal–. El que convenció a todo el mundo de que para ser un verdadero americano conservador tenías que haber estudiado en Yale. «El conservadurismo está arraigado en la tradición.»

—Justo en el otro extremo —dice Bo—. Yo hablo de William S. Burroughs. Tú estás pensando en William F. Buckley. El tío del que hablo era un yonqui que le disparó a su mujer en la cabeza por accidente. Pasé el 4 de julio de 1997 en su jardín, viendo los fuegos artificiales, bebiendo Coca-Cola con vodka y fumando hierba.

—¿De qué hablas? —Kissick está tan perplejo que parece a un solo paso de asustarse.

—He vivido muchas vidas; tú solo conoces la punta del iceberg. William S. Burroughs escribió un montón de libros y tenía un personaje llamado doctor Benway. Ese capullo de Twitch me recuerda a Benway, un cirujano que fumaba cigarrillos mientras estudiaba cuerpos abiertos y les iba cayendo ceniza en las resbaladizas y húmedas cavidades.

—¿Quién cojones era Burroughs si no era Buckley?

—Era el sofisticado hijo de una sofisticada familia, que estudió en Harvard y después fue a una facultad de Medicina en Europa. Era también militar y quería trabajar para la Oficina de Servicios Estratégicos, pero no lo admitieron. De hecho, creo que lo echaron a patadas; pensaron que estaba como un cencerro. Llevaba unas gafas como las de Twitch, al estilo de los agentes del FBI de antaño, con esa gruesa montura negra de los años cincuenta. Burroughs era así, vestía como una persona de orden, pero por otro lado estaba zumbado, como una regadera. Era el bicho raro por antonomasia. Le encantaban los gatos y las drogas, y tenía un tono de voz seco e irónico, como un gruñido aristocrático de hombre blanco protestante. Cuando ese gato ha saltado sobre la mesa, virgen santa, se han activado mis reflejos y casi salgo a todo correr de la habitación antes de saber qué estaba sucediendo. He tenido la sensación de que nos lanzaban una granada, a cubierto. —A Bo esta última parte del día le ha revigorizado.

—Ojalá supiera quién eres en realidad —dice Kissick.

–Soy el que soy –dice Bo.

–Esto solo aparece en dos sitios –dice Kissick–. El Éxodo y *Popeye*. ¿Qué va a hacer ese tío por nosotros? Esa es la pregunta.

–¿Qué vamos a hacer nosotros por nosotros mismos? –dice el Pez Gordo.

–¿Quién eres ahora, el puto JFK?

–Ese tío va a pensar cómo venderlo, eso es exactamente lo que va a hacer –dice Bo–. Va a coger nuestro plan y lo va a convertir en mantequilla de cacahuete y mermelada para sándwiches que el americano medio y toda su puta familia se van a morir de ganas de comerse. Sea quien coño sea ese bicho raro, en estos momentos, por lo que a mí concierne, es parte esencial de la misión.

–¿Te has fijado en su coche? –pregunta Kissick.

–¿Ese vetusto cacharro verde? –pregunta el Pez Gordo.

–No es un vetusto cacharro verde, es un Gran Torino –les aclara Kissick–. El de la nueva película de Clint Eastwood. ¿No es raro que tu amigo raro tenga el mismo modelo de coche que el de la película de Clint Eastwood?

–Estás perdiendo la cabeza –dice el Pez Gordo.

–Te voy a decir algo –le suelta Bo a Kissick–. Me ha parecido que casi te burlabas de mí cuando hablaba de Burroughs. Eso no me ha gustado. Y tú no me caes especialmente bien, pero eso ya lo sabes. Cuando te he contado lo de Burroughs, te estaba contando algo sobre mí mismo. He vivido una vida mucho más rica que la tuya, y porque no haya tomado el estrecho camino de los impuestos y las regulaciones bancarias no significa que tenga que bajar el listón cuando estoy contigo. El problema lo tienes tú, no yo.

–Lo que estaba diciendo Kissick es que deberíamos meter a Clint Eastwood en esto. Sería un perfecto portavoz de nuestro plan –dice el Pez Gordo, asumiendo el papel de mediador–. Piensa en Eastwood en un anuncio a las 21.49 h en la CBS. Primer plano de su rostro: «¿Estáis preocupados por lo que está sucediendo en Estados Unidos? Soy Clint Eastwood y estoy aquí para deciros que os vamos a ayudar. Personas a favor del

Resurgimiento del Estilo de Vida Americano atenderá vuestra llamada, gestionará vuestro donativo o escuchará vuestras quejas sobre el jardín del vecino. Si pagáis en efectivo, ofrecemos un servicio de puñetazo en los morros y, por un precio razonable, iremos a joderle la vida a quien nos digáis. Estad preparados para desembolsar vuestro dinero. Los operadores esperan vuestra llamada. Descolgad el teléfono ahora».

–La verdad es que eres muy gracioso –dice Bo, riéndose de los comentarios del Pez Gordo–. No tenía ni idea.

Jueves, 11 de diciembre de 2008
Palm Springs, California
5.00 h

No hay descanso para los fatigados, hasta que llega la época
en que la cosa cambia.

Hay un breve periodo entre Acción de Gracias y Navidades
en que todavía se pueden hacer negocios; podría considerarse
un portal de capacidad limitada rodeado de una zona muerta.
En los últimos años, esta zona muerta ha ido creciendo; actualmente empieza el viernes antes de Acción de Gracias y llega
hasta el lunes después de Año Nuevo. Hace diez años había un
único día festivo. Después se convirtió en un fin de semana de
tres días. Y al final se hizo imposible cerrar un acuerdo entre
noviembre y Año Nuevo si no aprovechabas los primeros diez
días de diciembre pese a las implicaciones financieras de los
vencimientos del 31 de diciembre.

Ahora ya cuentan con su responsable de comunicación y
desinformación, Metzger de Winnetka; Frode, el excéntrico
médico de Bethesda al que trajo Kissick; y Doug Keyes, el
juez de Texas al que conoce el Pez Gordo a través del padre
de Charlotte. Y parece haber avances con el general. Por su-
gerencia de Bo, el Pez Gordo le ha enviado hace poco un regalo con un «Pensando en ti» y ha recibido por correo una
postal vintage del Denny's con la nota: «Un día lo celebrare-
mos con un Grand Slam», escrita en letras de molde rojas en
el reverso.

Dicho esto, el Pez Gordo tiene que volver a reunirlos a todos y asegurarse de que están preparados para poner en marcha el cronómetro después de Año Nuevo.

Y lo más importante: quiere hacerlo mientras Charlotte sigue en el Centro Betty Ford y antes de que Meghan venga a casa por vacaciones. A algunos hombres, esto les puede resultar estresante hasta el punto de tener que hacer ejercicios de relajación, pero él lo disfruta, es el yin y el yang como decía antaño; es el equilibrio o desequilibrio de las cosas lo que lo mantiene en activo.

Hace las llamadas desde Palm Springs e invita a los muchachos a un «club de caza» un fin de semana en el rancho.

–¿Qué es un club de caza? –quiere saber Kissick.

–Si alguien quiere salir a cazar, dispongo de un par de guías con los que salir a caballo durante todo el día.

–¿Con munición de verdad?

–Sí, Kissick, los hombres de verdad no cazan con armas de juguete.

–¿Y con bolas de pintura o balas de plástico?

–Eso se llama juego de guerra; aquí estamos hablando de caza –le aclara el Pez Gordo.

–Pero lo de la caza es opcional, ¿verdad? No es como eso del globo aerostático en que todo el mundo tuvo que subirse, ¿no?

–Es cien por cien opcional. Si lo prefieres, puedes quedarte en casa y darte un baño de espuma. Te pondré en la habitación de Meghan; ahí te sentirás como en casa.

–No me gustan las armas.

–Lo sé. Escucha, Kissick, quiero que plantees tus dudas sobre la organización del proyecto y tenemos que discutir el coste final y ajustar nuestras previsiones.

–¿Y qué le cuento a mi mujer? Cada vez que desaparezco para uno de estos fines de semana o para una reunión con los muchachos es probable que me pierda alguno de los espectáculos o recitales de ballet de las niñas. ¿Sabes el coste que supone en mi credibilidad familiar?

–Kissick, eres un hombre de negocios; tu familia se gasta el dinero más rápido de lo que tú lo ganas. Diles que te tienes que ausentar por trabajo; llama ahora mismo a tu mujer y se lo explico yo.

Kissick rechaza el ofrecimiento y pregunta:

–¿Bo también irá?

–Sí, Bo irá y llevará a un invitado especial. De momento no te puedo dar más detalles, pero quiero estar preparado para pulsar el gran botón rojo el día en que Obama tome posesión.

–Cuando dices «gran botón rojo», ¿a qué te refieres? ¿Estás hablando de armas nucleares?

–No –aclara el Pez Gordo–. Es una manera de hablar, como sinónimo de lanzamiento.

–¿Y cuando hablas del general?

–No he mencionado a ningún general.

–Sé lo del general –dice Kissick–. He hecho los deberes.

–Lo que tú digas –replica el Pez Gordo; no piensa confirmárselo o negárselo.

–¿Es un general de verdad o un tipo al que le gusta interpretar ese papel?

–Buena pregunta –dice el Pez Gordo–. En teoría es un general. O, tal como me gusta decirlo a mí, en general lo es.

Se produce un silencio. Después se oyen crepitaciones en la línea telefónica, como si alguien estuviera jugando con el envoltorio de un caramelo.

–Y, por cierto, Kissick, tenemos que dejar de conversar de este modo –dice el Pez Gordo y cuelga.

El Pez Gordo contacta con Sonny, el encargado del rancho, y le pide que él y su esposa, Mary, hagan los preparativos para recibir a los invitados. Le pide a Sonny que convoque a los guías de caza y cualquier ayuda extra que puedan necesitar.

Cuando el Pez Gordo llega al rancho, Sonny y él sacan del almacén, también conocido como sótano, la colección de piezas de taxidermia y vuelven a colgarlas todas. Tiene un antílope, un oso, un lince rojo, un caribú, un uapití, un alce y un puma. Hace años, Meghan le obligó a guardarlas todas en el sótano porque le provocaban pesadillas.

El Pez Gordo repasa el menú con Mary. Al llegar, café bien

caliente y bizcocho. Para comer, sándwich que se prepara cada invitado a su gusto y ensalada de acompañamiento. Y patatas fritas, preferiblemente onduladas. ¿A quién no le gustan las patatas fritas?

–No sé si te he contado alguna vez que de niño me iba al club de golf de mi padre, me sentaba junto a la piscina y pedía un sándwich club, patatas fritas y una botella de gaseosa. Firmaba la cuenta con el nombre de mi padre y eso me hacía sentir un hombrecito, el pequeño Gran Hombre. Batido de chocolate Yoo-hoo, eso era lo que bebía entonces. ¿Has probado alguna vez el Yoo-hoo?

–No, que yo sepa –responde Mary.

–Te acordarías –dice el Pez Gordo–. Es inolvidable. Ponlo en la lista, vamos a comprar unos cuantos para el fin de semana.

–No estoy segura de que por aquí lo vendan.

–Tendrás que solucionarlo –le replica él, lo cual significa «apáñatelas y no me vengas con excusas».

–Para librarse de mí, mi padre siempre me mandaba a algún lado: «Ve al club», me decía. Yo creía que era el propietario. No fue hasta la época en que ya estaba en la universidad cuando se me ocurrió comentar algo al respecto y él se enojó y dijo: «Con la cantidad de dinero que he gastado allí a lo largo de los años, desde luego que debería ser mío».

Se hace un silencio. Mary no tiene nada que decir.

–Para la cena del sábado por la noche comeremos filetes, patatas al horno, judías verdes y helado –dice el Pez Gordo, como si estuviera planeando una fiesta de pijamas–. El domingo desayuno completo, con salchichas y beicon.

Sábado, 13 de diciembre de 2008
Condado de Laramie, Wyoming
7.33 h

Tony sale de Washington el viernes por la noche, ya muy tarde, y llega a través de Denver, con una de las nuevas incorporaciones, el doctor Frode. El Pez Gordo deja la puerta lateral sin pestillo. Tony sabe por dónde tiene que entrar y se instala en la pequeña habitación junto a la cocina, antes conocida como la habitación de la cocinera. El doctor Frode también se queda en la planta baja, en el Chesterfield desplegado en una salita de estar.

Por la mañana, Frode se mete en la cocina y busca en los cajones de las verduras de la nevera piezas que pueda «pasar» por la licuadora que se ha traído.

—Cualquier cosa verde, cualquier cosa con hojas.

—Puedes coger lo que quieras. Siéntete como en casa —le dice el Pez Gordo con tono irónico. Resulta extraño que un desconocido se sienta tan a su aire rebuscando en la cocina de su anfitrión.

—¿Quieres que te prepare uno? —pregunta Frode—. Después de todo, soy médico y me lo tomo muy en serio.

—No —responde el Pez Gordo—. Por mi constitución física me repele el consumo de hierbajos.

—Qué será, será —canturrea Frode mientras pulsa el botón. La licuadora suena como un triturador de basuras mientras pulveriza todo lo que el médico va introduciendo y excreta un líquido verde oscuro.

–¿Sabía que el doctor Frode es vegetariano? –le pregunta Mary al Pez Gordo.

–La verdad es que no.

–Mary y yo hemos estado adaptando las recetas –dice Frode.

–Desde las seis y media de la mañana –añade Mary.

El juez pilota su propia avioneta y llega a media conversación.

–No hay nada comparable a estar a tres mil metros de altura en el aire mientras amanece –comenta–. Y he traído un par de armas, me encanta la idea de salir de caza. He traído también munición para rifle 408 Cheyene Tactical que me he personalizado para poder cazar. Esas balas son supersónicas y alcanzan más de un kilómetro. Me encanta la historia que hay detrás de esta munición, creada a partir de la 400 Taylor Magnum, que, obviamente, está basada en la 505 Gibbs. Es lo que conocéis como munición inglesa para caza mayor. Cuando disparo esas balas me siento muy cómodo, siguiendo una tradición familiar.

–Si tú lo dices –dice el Pez Gordo.

–¿No había alguien en tu familia que había sido guarda real? –pregunta Tony.

–Veo que has hecho los deberes –dice el juez.

–Ha sido Kissick el que los ha hecho –replica Tony.

–Yo estoy aquí por Kissick –interviene el doctor–. Ese hombre es un genio de la contabilidad.

–Con una debilidad por los científicos locos –le susurra Tony al Pez Gordo.

–Mi pariente fue guarda real en el siglo XVI –explica el juez–. Se casó con una parienta de la reina sin su bendición y lo metieron en la cárcel. Me sorprende que hayáis descubierto esa historia.

–Soy el sabelotodo –dice Tony–. Es el nombre que me han puesto en el despacho: El Hombre Que Sabe Demasiado.

Para cuando quedan debidamente informados de las armas y linaje del juez, Kissick, Metzger y Bo ya han hecho su aparición y están degustando el bizcocho de Mary.

244

—El ingrediente secreto es el yogur —explica el Pez Gordo—. Utiliza yogur y proteína en polvo porque es más sano y así resulta el desayuno perfecto.

Eisner asoma por la puerta de la cocina con unas pintas espantosas. Lleva sobre los hombros las correas de una raída mochila, una bolsa con equipamiento colgada sobre el pecho y una pala rota.

—¿Qué ha pasado, principito? —pregunta Bo—. ¿Te ha fallado la mochila cohete?

—Misión cumplida —anuncia Eisner—. Con ligeros síntomas de congelación.

—Por favor, no me digas que has venido hasta aquí caminando.

—He hecho acampada a mi aire —dice Eisner, mientras deja su equipamiento en el suelo de la cocina para horror de Mary.

—¿Has enterrado a un perro muerto? —pregunta Bo.

—Más o menos.

—Ha llevado a cabo una misión muy delicada —dice con orgullo el Pez Gordo.

—¿En serio? —pregunta Bo con un súbito interés.

—Ya os lo explicaré más tarde, os lo prometo.

Ahora que ya han llegado todos, el Pez Gordo los conduce hasta la sala de estar con toda la taxidermia desplegada.

—¿Los has cazado todos tú? —pregunta el juez.

—Desde luego que no —responde el Pez Gordo—. Los compré en una subasta. Escuchad, sé que todos vosotros sois hombres muy ocupados y que llegar hasta aquí no es fácil, así que quiero agradeceros el esfuerzo. Quería que tuviésemos la oportunidad de hablar con total libertad. Al pensar a toro pasado en el 4 de noviembre, todo resulta demasiado obvio, como si al volver a ver una película te percataras de lo inevitable que es en realidad el final sorpresa.

Toma la palabra Bo:

—Lo primero es lo primero. Para que a todo el mundo le quede claro: lo que se diga aquí no sale de aquí. Y otra cosa importante: esta reunión no se ha celebrado. Cuando os marchéis de aquí al terminar el fin de semana no habrá obsequios, ningún bonito suéter o gorro de golf para llevaros a casa. Si os olvidáis algo aquí, no se os devolverá. Ya os habréis dado cuenta de que los móviles no funcionan. Si necesitáis llamar a casa, os facilitaré una conexión y a quien hable con vosotros le aparecerá que estáis en Minneapolis-Saint Paul, en una fábrica de 3M. Y sí, Kissick, puedes telefonear a tus pequeñas damiselas para darles las buenas noches. Mientras nosotros tomamos cócteles, tú les podrás leer «Caperucita Roja». Ya me puedes dar las gracias.

–Gracias, Bo –dice el Pez Gordo, enlazando con su última frase–. Algunos de vosotros ya me habéis oído hablar de esto con anterioridad; he estado pensando mucho en los padres. Tanto si queríamos o no a nuestros padres, ellos tuvieron una profunda influencia en lo que somos ahora como hombres adultos. Cuando pienso en hacia dónde nos dirigimos a partir de ahora, soy consciente de que no tengo un hijo varón para tomar el relevo al que adoctrinar; no hay ningún plan de sucesión, no hay respuesta a esta pregunta: ¿quién gobernará el mundo cuando yo no esté? Tal vez sea una coincidencia, pero sospecho que la ansiedad provocada por ese vacío y por el permanente deseo de aprobación paterna es algo que nos une; la necesidad de crear y asegurar un futuro que sea externamente obvio. ¿El resultado de todo esto va a ser cero? Estas son las preguntas que me hago cuando no puedo dormir.

–Cero –le dice Eisner a Tony–. ¿También reflexionaba sobre el cero en la universidad?

Tony se encoge de hombros.

–Por un lado, la ausencia de un sucesor nos proporciona la libertad para operar sin preocuparnos por nuestro legado y, al mismo tiempo, todos hemos trabajado demasiado duro para dejar este planeta sin haber hecho algo que deje huella.

–Así se habla –dice el juez.

–Apoyo la moción –dice Eisner.

–No hacemos esto pensando en nosotros –les recuerda el Pez Gordo–. Lo hacemos por nuestra historia, para protegerla y preservarla. –El Pez Gordo prácticamente canta lo que tiene apuntado en sus fichas.

–Estupendo. Esto ya lo hemos oído hace unos días, pero ¿cómo vamos a llevarlo a cabo? –pregunta Bo.

–Con visión –dice el Pez Gordo–. He estado pensando en los comentarios de Tony sobre la visión cuando estábamos en Palm Springs. V.I.S.I.Ó.N.: Vital. Invisible. Sucesión. Inteligente. Octogenaria. Nación. Juez, espero que no sean solo cuentos para contar a los chicos fuera del colegio que usted no solo es miembro del club del norte, sino también de la Orden Internacional de St. Hubertus.

–Eso explica el entusiasmo por la caza –dice Kissick.

–Añade a nuestra misión diversidad geográfica –dice el Pez Gordo–. Tenemos representantes de Texas, Chicago, Florida, San Francisco, Princeton y Madison por parte de nuestro escritorzuelo; Texas y Georgia por parte del juez; Palm Springs y Wyoming por mi parte, y el doctor es nacido y criado en el D. C. Kissick y el escritorzuelo nos han hecho el favor de reunirse ellos dos en privado y en breve tendremos un informe sobre esa reunión.

–¿Está diciendo «escritorzuelo» como insulto? –le susurra Metzger a Kissick.

–Lo dudo –responde Kissick–. Me parece que lo está elogiando, tal vez el problema es que maneja con torpeza la ironía.

–Por si no os habéis dado cuenta, los que os habéis sumado a este proyecto tenéis un vínculo con los Diez de Eisenhower, el grupo de ciudadanos designados en secreto para mantener el sistema en funcionamiento en caso de emergencia nacional. Los hombres que seleccionó Eisenhower trabajaban en diversos campos que a él le parecían cruciales en caso de emergencia. Nuestro plan tomará como referencia esa estructura original, que se ha mantenido en secreto a lo largo de los años. Tenemos entre nosotros a representantes del mundo de los negocios, expertos en energía y minerales –el Pez Gordo toma aire–, y en los ámbitos de las finanzas y la ley, la medicina, la agricultura y los servicios de inteligencia, los medios de información y las comunicaciones.

–¿Vamos a ir a cazar? –quiere saber el juez–. Me gustaría cobrar alguna pieza antes de la cena.

El Pez Gordo es consciente de que cuando se reúne a un grupo de fanfarrones pueden suceder un montón de naderías. Es el momento de las complicidades, de la camaradería masculina, la oportunidad para relajarse sintiéndose cómodos. Pero, llegado el momento, en las circunstancias propicias, alguien sacará a colación algo importante, algo que funcionará como punto de inflexión. Ese es el plan. Diversión y juegos, y, después, «el plan».

–Sí, vamos a salir de caza –dice el Pez Gordo–. Pero tenemos mucho trabajo por delante, así que, antes de eso, Kissick nos va a poner al día. Desde la última vez que nos vimos, ha hecho un tour de costa a costa y os ha visitado de uno en uno, ha reunido información y ha esbozado un proyecto organizativo, que compartirá hoy con el grupo. Es un material muy interesante.

–Es enternecedor ver cómo le echas flores –dice Bo.

Kissick se coloca en el centro de la sala.

–Ha sido un placer reunirme con cada uno de vosotros en el estado en el que habéis nacido o estáis viviendo, y tener la posibilidad de profundizar en los detalles. Como sabéis, me llevé conmigo a mi hija mayor y aprovechamos para visitar posibles universidades durante el viaje. Puedo informaros de que las de Texas le parecieron demasiado grandes y las de San Francisco de un intelectualismo muy impostado. En cuanto a la carrera que elegirá, mi Cherise se debate entre la poesía y la ciencia política, y me temo que su corazón está más cerca de la Universidad de Oberlin que de la de Wooster.

–Al menos tu hija va a ir a la universidad –refunfuña Bo–. La mía ha abandonado el barco y gana seis con cincuenta la hora preparando expresos y piensa que así va a llegar lejos.

–Su Cherise es como mi Meghan –dice el Pez Gordo–. Llevé a mi hija a visitar un par de universidades, incluida mi *alma mater*, y ella muy educadamente me dijo que ya había visto suficiente. No sé qué quería decir.

—Basta de cháchara —protesta el juez.

—Gracias por reconducir la conversación —dice Kissick—. Vamos a organizar nuestro plan en torno al concepto de anillos de poder y autoridad, con un círculo interno.

—¿El círculo interno somos nosotros? —pregunta Bo.

—Sí, somos nosotros, con el máximo nivel de autoridad, lo podemos llamar el círculo de rodio. El primer círculo externo, el de platino, tiene menos poder, pero sigue teniendo relevancia en la planificación. A continuación, el círculo de oro, formado por las personas que llevan a cabo lo que nosotros programamos. Después del dorado, quiero colocar el de paladio en lugar del de plata, porque quiero dejar claro que seguimos hablando de un estamento excepcional y sofisticado, que va a operar a muy alto nivel. El paladio es un metal entre el blanco y el gris, muy preciado porque es al mismo tiempo estable y maleable, y responde muy bien sometido a altísimas temperaturas. Uso *temperatura* como eufemismo para situaciones tensas o peligrosas.

Todos asienten.

—Una vez desarrollado y activado el plan, la mayor parte de la actividad visible corresponderá a este círculo exterior de paladio. Nosotros veremos los efectos, pero nos mantendremos al margen de los acontecimientos.

—No estaremos expuestos —dice el juez.

—Correcto.

—Es la manera adecuada de plantearlo —dice el juez—. Limitar la exposición a cualquier cosa cuestionable.

—Nos vamos a adentrar en un territorio nuevo. Requiere visión estratégica, forja de lazos y pasión —sentencia Kissick.

—*Pasión* es una palabra propia de mujeres —dice Bo—. Recelo de los hombres que la utilizan.

—Pues determinación —se corrige Kissick—. Y confianza.

—Eso está mejor —dice Bo.

—Voy a hablar un poco de cómo deberemos organizarnos y regularnos nosotros —dice Kissick.

—Ya somos mayorcitos y no creo que queramos controlarnos unos a otros; y dudo que queramos elegir a un mandamás –dice el juez.

–Yo sí quiero –dice Bo–. Una empresa no puede funcionar sin un CEO.

–Bueno, en realidad sí –dice Kissick.

–La ambigüedad sobre quién ostenta la autoridad puede ralentizar la toma de decisiones –dice Bo–. Queremos tener la capacidad de movernos rápido, desplegar recursos, reducir nuestras pérdidas cuando sea necesario. Una cadena de mando. ¿Quién reporta a quién?

–Por motivos organizativos deberíamos contratar a un director ejecutivo –propone Kissick–. Alguien que lleve con mano firme el día a día. Entre nosotros nos repartiremos el trabajo según las habilidades e influencias de cada uno para aportar valor añadido.

–Sin duda se necesita a alguien al mando, alguien que haya manejado proyectos importantes, como ciudades, aeropuertos o incluso guerras, porque de esto es de lo que se trata en realidad –dice Tony.

–Un militar retirado –propone Bo.

–¿Qué os parecería Dick Cheney? –pregunta el Pez Gordo.

–¿Eres amigo suyo? –pregunta el juez.

–Nadie es amigo suyo –dice Bo.

–Me parece una figura muy interesante, inescrutable –dice el Pez Gordo.

–Parece que estás colado por él –dice Metzger.

–No es un buen jugador de equipo –apunta Bo.

–Me encontré con Dick y Lynne hace poco en una fiesta –comenta el juez–. Él se mostró tan reservado como siempre.

–¿Creéis que sonríe al menos cuando se corre? –pregunta Bo.

–Estoy convencido de que ese hombre lleva años sin eyacular –dice el juez–. Desde que tuvo los ataques al corazón no se puede permitir echar un polvo. Eso explica en parte por qué es tan capullo.

–Volviendo a nuestra misión –dice Kissick–. ¿Qué somos para nosotros y para el resto del mundo?

—En la familia de Doug Coe se vigilan unos a otros; alguien me contó que cada uno de ellos tiene derecho a veto sobre la vida de los demás —explica el juez.

—¿De qué estamos hablando? ¿Derecho a veto sobre mi vida? —pregunta Metzger.

—Me importa un carajo quién esté al mando, lo que quiero es que las cosas se lleven a cabo —dice Bo.

—Volviendo al tema del dinero —dice el juez—. ¿Cuánto necesitamos y en qué lo vamos a gastar? ¿Vamos a invitar a comer a políticos o a comprar armas? ¿De cuánto vamos a disponer?

—De millones —asegura Kissick—. Cientos de millones.

—Siempre ha funcionado así: le dabas a un tipo diez mil dólares y tenías su lealtad de por vida —dice Bo.

—Hay que tener en cuenta la inflación —dice Kissick—. Como ahora hay más gente que dispone de cantidades más elevadas de dinero para repartir, este tipo de encargos tiene un coste más alto. Nuestra organización va a ser mucho más grande de lo que parece a simple vista. Es algo intencionado. No queremos que nos detecten. Forjaremos alianzas con empresas ya existentes y utilizaremos sus recursos de forma que no levante ninguna sospecha. Necesitaremos planes de contingencia para todo, desde sustituir a alguno de nosotros en caso de incapacidad hasta asegurarnos refuerzos financieros si fueran necesarios, de modo que la pelota siga en movimiento una vez que empiece a rodar.

—¿Qué es lo único que no altera el movimiento de un objeto? —pregunta Bo—. La inercia. Eso es de lo que no vamos a disponer.

—Exacto —dice Kissick.

—¿Vamos a abrir cuentas en paraísos fiscales? —pregunta el juez.

—¿O vamos a utilizar solo efectivo? ¿Habéis considerado el oro? Y también necesitaremos un banco —dice Bo.

—Creía que de las finanzas me encargaba yo —dice Kissick.

—Así es, pero, aun así, necesitaremos un banco de verdad —dice el Pez Gordo.

–¿En Estados Unidos o en algún paraíso? –pregunta el juez.

–Si nos preocupan las posibles intrusiones o que puedan rastrear nuestros movimientos, creo que lo mejor sería mantenernos fuera de los Estados Unidos y optar por Suiza –propone Bo.

–Hoy en día mucha gente utiliza las Islas Caimán –dice Kissick.

–Eso es de nuevos ricos –replica Bo–. Yo quiero un banco que sea un banco, no un Club Med con servicio de lavandería y blanqueo. Además, un banco de verdad tiene solera, una credibilidad que puede animar a más gente a unirse a nosotros. ¿Alguno de vosotros tiene contactos en Suiza? Me gustaría tener la tranquilidad de que nuestros fondos están bien gestionados por un amigo. Kissick, no te ofendas, pero ¿cómo te manejas con los bancos de los paraísos?

El Pez Gordo salta en su defensa:

–Te diré una cosa sobre Kissick que él no va a contar: Kissick tiene clientes cuyos clientes tienen clientes que tienen clientes. Es un tío anodino, un padre de familia, no juega al golf ni al tenis, no tiene ningún hobby aparte de reparar viejas máquinas de sumar.

–Máquinas de escribir –le corrige Kissick–. Me encanta reparar máquinas de escribir. ¿Sabes cuál es mi tecla favorita?

Espera a que alguien le pregunte cuál es, pero se produce un silencio.

–Que os den –refunfuña–. Mi tecla favorita es la del cero. Cada vez que logro que el cero vuelva a funcionar es un gran momento. No es un simple tecleo, es un modo de medir el éxito.

–En cualquier caso –continúa el Pez Gordo–, lo que quiero señalar es que es el tío más aburrido de los Estados Unidos y por tanto el hombre perfecto para este trabajo.

–¿Podemos ir a cazar de una vez, por favor? –pregunta el juez–. Si no mato algún bicho pronto, me voy a morir; soy como un vampiro.

–Enseguida –dice el Pez Gordo–. Los caballos ya están preparados fuera, listos para partir. Pero, antes de salir, quiero compartir con vosotros algo de lo que estoy especialmente satisfecho. –Hace una pausa–. Tal vez os hayáis percatado de que nuestro escriba...

Metzger le corrige.

–Escribiente. *Escriba* me hace pensar en esquirol y no quiero pertenecer a ninguna organización en la que haya esquiroles. Es muy importante cómo nombramos las cosas. Por tanto, me permito rebautizarlo como *escribiente*.

–De acuerdo –dice el Pez Gordo–. Pues el escribiente ha llegado tarde al desayuno porque tenía una misión especial.

–¿Misión imposible? –pregunta Bo.

–Misión cumplida –responde el Pez Gordo–. Al ser el miembro más joven y físicamente en forma del grupo, además de en su calidad de archivista oficial, a Eisner le he encomendado la tarea de llevar una cápsula del tiempo hecha a medida a una localización secreta y enterrarla para la posteridad. Escribiente, ¿quieres contárselo a los muchachos?

Eisner se coloca en el centro de la sala.

–Como historiador político, he estudiado la organización y el modo de operar del poder en las grandes sociedades después de determinado acontecimiento. Ahora, en nuestro grupo, estoy trabajando para diseñar e implementar estas estructuras. Todavía no sabemos si la historia nos verá como héroes o mártires. Como historiador residente durante los últimos meses, he trabajado con una empresa cuidadosamente seleccionada para construir una cápsula del tiempo, diseñada para perdurar quinientos años. Esta cápsula es única por su contenido, que va desde las servilletas de papel del bar del 4 de noviembre hasta la transcripción del borrador del plan, el tipo de cosas que funcionarán como el resumen de las andanzas de nuestra banda de muchachos. Y a este contenido se le ha extraído el contenido ácido mediante un proceso de vapor, se ha sellado con un tapón de caucho fluorado y se ha reemplazado el oxígeno por gas argón, y desde anoche, la cápsula está enterrada y su localización señalada en el GPS.

–Qué tal unos aplausos –sugiere el Pez Gordo.

–Viva nuestro judío errante –murmura Bo mientras aplaude.

–De modo que, mientras no nos perdamos, tampoco nos encontrarán con facilidad –dice Metzger.

–Mi esperanza –dice el Pez Gordo, mientras los aplausos amainan– es que esa cápsula sea la primera de una serie y que, con el tiempo, las tierras salvajes de Wyoming estén repletas de silos de historia ocultos.

El juez se dirige hacia la puerta.

–Si me permitís un momento –dice Bo–, quisiera presentaros a un invitado especial, un hombre con el que llevamos meses hablando y, bueno, me llena de orgullo que ahora esté aquí con nosotros.

En cuanto Bo termina su discurso, el general entra en la habitación con un casco que se saca y que deja a la vista una gorra de béisbol del Mando de Operaciones Especiales, que también se quita y revela una enorme cabeza rapada que inclina hacia el grupo, marcando tanto la reverencia que todos logran vislumbrar el tatuaje de la bandera estadounidense que luce en el cogote.

–Pueden llamarme señor Calvo –dice el general, alzando la cabeza–. Es un honor estar aquí con ustedes.

–Como ya te dije –le susurra Bo al Pez Gordo–, lo tenemos de nuestro lado.

–Sospecho que cuando han consultado sus «planes de contingencia» no sabían ni por dónde empezar –dice el Pez Gordo.

–A veces hay que llenar el pozo. Lanzar un par de monedas y pedir un deseo.

–Mímir vivía en un pozo de sabiduría –dice Frode, sumándose a su conversación *sotto voce*–. En la mitología nórdica, Odín lanzó su ojo derecho en el pozo a cambio de sabiduría y de la capacidad de ver el futuro.

–Qué maravilla, es todo un honor, estoy realmente emocionado –dice el Pez Gordo mientras le tiende la mano al general–. Es usted la persona a la que más deseaba ver.

–Encantado de volver a verle –dice el general–. Y siempre agradezco poder salir de la ciudad.

–Bienvenido al club, general –dice Bo–. ¿Se quiere sumar a nuestra cacería?

–No –responde–. En esta etapa del juego debo concentrarme en el teatro de la guerra. Fuera de esa área, correría el riesgo de percibir como amenaza lo que no lo es. Podría matarlos a todos de forma accidental.

Se produce un largo silencio, nadie sabe qué decir. Hasta que el juez pregunta:

–¿Bo?

–Yo me apunto.

–Yo me sumo a la cabalgada –dice Eisner–. De niño me encantaba montar en poni.

–¿Kissick? –pregunta el juez.

–Yo no monto en animales.

–¿Metzger? –El juez los va nombrando uno a uno como si se dispusieran a emitir un voto.

–Me encanta disparar –responde Metzger–. Pero mis pelotas ya no soportan una cabalgada.

–Yo sí que me apunto –dice Tony.

–Tengo planeado cobrarme un toro –anuncia el juez.

–¿Un toro? –pregunta Eisner.

–Un ciervo, un alce, un caribú, se refiere a una pieza grande –aclara Bo.

–Desde luego que sí –dice el Pez Gordo, y da el visto bueno a que los cazadores partan con sus guías.

Metzger permanece en el recibidor poniéndose poético sobre la cacería.

–He olvidado traer mis armas. Cuando era niño nos enseñaron a disparar desde mucha distancia, ahora todo está demasiado cerca, a cien metros. Antes, un árbol a trescientos metros permitía un disparo de largo alcance. La velocidad de una bala de Remington alcanza 1.155,92 metros por segundo, mientras que la de una 308 Winchester es de 816,86 y, para contextualizar, pensemos que un Boeing 737 alcanza una velocidad de crucero de 600 millas por hora, 250 metros por segundo.

–¿Adónde quieres llegar? –pregunta Kissick.

–Estoy desentrañando el significado de «más veloz que una bala». Estoy hablando del marketing de Superman. «Verdad, justicia y modelo americano.» Es fascinante analizar la evolución de este personaje desde su creación en 1938 hasta la actualidad, eso es lo que estoy haciendo, señor Kissick.

Kissick, el Pez Gordo y el general aguardan en silencio la continuación del discurso.

–Aunque nadie me lo haya preguntado, diré que mi arma favorita es la Ruger –dice Metzger con frialdad–. No solo son fiables, precisas y bonitas, sino que, además, si te da por ahí, las puedes reparar tú mismo.

Todos miran a Metzger, porque se les hace raro que sea aficionado a las armas; les habría sorprendido menos que les hubiese explicado que era un estudioso de los textos medievales.

–Doy por hecho que sabéis que el «grano» de la munición está basado en el peso de un grano de arroz –continúa Metzger–. El grano también se usa para calcular el peso del oro que el dentista utiliza para rellenar una caries y la densidad del agua y la dosis de una aspirina; 325 son cinco granos. Siempre hubo un peso de trigo o cebada, y una algarroba es equivalente a cuatro granos de trigo o a tres de cebada. Ya la palabra *cebada*... –Mira al vacío–. Después está el penique inglés. Veinte peniques hacen una onza, y doce onzas, una libra. Y después está la libra de la torre, que son 240 peniques de planta.

Metzger no parece dispuesto a callarse nunca.

–Tal vez deberíamos sacar esto fuera –sugiere el Pez Gordo.

–No necesito ningún trofeo de caza, pero no me importaría disponer de una diana para practicar –dice Metzger–. Con esta charla me han entrado ganas de disparar unos cuantos tiros. ¿Tienes lo necesario?

El Pez Gordo mira a Kissick y al general, y ambos se encogen de hombros como diciendo: «De acuerdo, por qué no».

–Sí, dispongo de lo necesario –responde el Pez Gordo. Se dirige a la cocina y abre el armario. En el interior hay una caja de seguridad y, dentro de ella, unas llaves. Le entrega la llave del armario de las armas a Kissick y le dice que se encontrarán fuera, en el claro que hay entre el establo y la casa.

El Pez Gordo vuelve a la cocina y le pide a Mary que le

eche una mano en el desván. Da igual que no haya subido allí desde hace años, sabe lo que va a encontrar.

Con la ayuda de Mary saca un voluminoso vestido rojo colocado sobre un maniquí que Charlotte utilizó durante unos meses hace una década, cuando se empeñó en confeccionarse su propia ropa, y lo baja arrastrándolo por la escalera. Le sigue Mary con una bolsa de lavandería con la colección de cabezas de maniquí y pelucas de Charlotte. Las cabezas van de las cubiertas con muselina que parecen extrañas bolas para jugar a los bolos, a las blancas de poliestireno sin rostro y con peluca, pasando por melenas y flequillos sujetos con alfileres a media docena de caras color carne completadas con pestañas y labios rojos; el repertorio de peinados incluye mechones curvados a lo Jackie O y colmenas rubias apiladas como dónuts de la mente.

Cuando salen de la casa está nevando; el suelo ya está cubierto por una capa blanca de un par de centímetros. El Pez Gordo arrastra el vestido hasta unas balas de heno, donde antaño la familia hacía una fogata o tomaba copas, y por momentos parece que estuviera bailando con una mujer vestida de rojo mientras trata de conducirla hasta el lugar adecuado. Mary lo sigue disciplinadamente con la bamboleante bolsa de cabezas. Cuando llegan al lugar indicado, le entrega al Pez Gordo la bolsa.

—Si ya no me necesita para nada más, lo dejo en sus manos, sea lo que sea lo que pretenda hacer.

Al Pez Gordo le parece que hay algo irlandés en el acento de Mary, pero, según Sonny, será en todo caso de Alaska, que es de donde provenían sus abuelos.

—¿Estás seguro de que tu mujer no lo echará en falta? —pregunta Kissick.

—Segurísimo —responde. Ya ni recuerda cuándo fue la última vez que Charlotte utilizó todo eso—. De hecho, seguramente le encantaría lo que vamos a hacer.

Miente. Las raíces texanas de Charlotte están cargadas de violencia, y la idea de un grupo de tíos pegando tiros a unas cabezas de maniquíes colocadas sobre un vestido le parecería deplorable. Lo definiría como un perfecto ejemplo de sexismo o, peor aún, de misoginia. Y daría en el clavo. El Pez Gordo no lo verbaliza en voz alta, pero sacrificar estos objetos netamente femeninos le proporciona un regocijante placer. Está enojado con Charlotte por sus excesos con la bebida. La situación le irrita y, siendo sincero, le da miedo. No tiene ni idea de adónde los va a conducir a él y a su familia. Mientras coloca la cabeza de plástico con largas pestañas y relucientes labios rojos sobre la protuberancia a modo de cuello que corona el maniquí del vestido, siente que un perverso placer le recorre las venas.

–La cabeza no está bien colocada –le grita Kissick desde una distancia de cincuenta metros. Sostiene un arma larga en cada mano mientras Metzger sopesa por turnos cada una de las tres que han sacado del armario del armamento.

El Pez Gordo echa un vistazo a la cabeza; está ladeada hacia la derecha, escuchando el viento, con el pelo mecido por la brisa mientras se va cubriendo de nieve. Endereza la cabeza para que quede bien encajada y quita dos largos alfileres de los lados, recoloca el pelo y vuelve a clavar los alfileres en el cráneo. Se vuelve para mirar a Kissick, Metzger y el general. El general, que se ha vuelto a poner el casco, le da el visto bueno alzando ambos pulgares, y el Pez Gordo grita: «No disparéis» y retrocede hacia ellos.

–¿Vamos a disparar todos a la vez en plan escuadrón o por turnos? –pregunta Metzger. Silencio como respuesta.

Pese al placer culpable que está sintiendo, el Pez Gordo no se ve capaz de seguir adelante; esto ha ido demasiado lejos. Si dispara, estará disparando a Charlotte.

–¿Os sorprendería mucho si os confieso que jamás he disparado un arma? –dice Kissick.

–Nunca es tarde para aprender a disparar –responde el general, y le coge a Kissick una de las armas largas, de modo que ahora tiene ambas manos libres para alzar y sostener la otra.

–¿Cómo se llama esta? –pregunta Kissick mientras la observa.

–Es una Remington –le explica el Pez Gordo–. Un clásico.

–Baja los hombros –dice el general con tono relajado e instructivo–. No hay ninguna razón por la que tengan que estar a la altura de las orejas. Cierra un ojo, concéntrate en la mira y dime qué ves.

–Las puertas del infierno –murmura Kissick–. Soy un contable, no un asesino.

–Todo el mundo debe saber defenderse si las cosas se ponen difíciles –le responde con amabilidad el general–. Es mejor que yo no dispare fuera del teatro de guerra, pero siempre estoy dispuesto a impartir lecciones.

–De acuerdo –dice Kissick–. Veo a la mujer de rojo.

–Buen trabajo –replica el general–. Ahora el arma no está cargada, pero, si lo estuviera y apretaras el gatillo, asegúrate de mantener el equilibrio. Todas las armas dan una sacudida, porque tienen retroceso al salir la bala por el cañón. Cuanto más pesada sea la bala, más fuerte será el retroceso. Esta dispara balas de un buen calibre y te dará una sacudida en el hombro; tiene un cañón muy largo, lo cual proporciona más precisión.

Kissick baja el rifle con una mueca. El Pez Gordo está convencido de que se va a marchar asqueado. Pero Kissick le tiende el arma al general y le dice:

–Cárguemelo.

El general lo carga y se lo devuelve a Kissick.

–Ahora es usted un hombre armado. Mire hacia delante.

El Pez Gordo da un paso atrás.

Metzger, dos.

El general levanta la mano derecha. Lo que hace un minuto parecía un brazo de longitud normal se convierte en una regla de un metro con dedos. Mantiene la mano en alto.

–Alce el rifle y apunte. –Y de pronto el general baja el brazo y grita con una voz atronadora–: Fuego.

Kissick dispara y el tiro va demasiado alto, queda muy lejos de la diana.

–Prepárese para el segundo disparo –le ordena el general–. Cuando levante la mano, respire hondo y mantenga las tripas prietas y el equilibrio firme. Exhale el aire retenido al disparar.

–El general vuelve a levantar la mano–. ¡Y fuego!

Kissick aprieta el gatillo, el resultado es mejor, pero todavía no hay premio. Repite varias veces. Con cada bala disparada, el rostro de Kissick se va relajando un poco más. Cuando se queda sin munición, baja el arma; tiene la cara enrojecida.

–¿Estás bien? –pregunta el Pez Gordo.

–Mientras disparaba, he recordado que ya lo había probado en una feria. Ya sabes, de esas en las que disparas con una pistola de agua contra la boca de un payaso para reventar un globo y el premio es un peluche. Eso se me da de maravilla, soy un hacha metiendo el agua por el agujerito.

–Buena, ahora no has ganado nada –dice Metzger–. Pero quizá lo hagas mejor después, cuando juguemos a mear en una caja de cereales.

–¿A quién le toca ahora? –pregunta el Pez Gordo.

–Voy yo –dice Metzger y le coge el Browning al general. Con la actitud de un tenista profesional, hace algo parecido a lo de sopesar la pelota antes de sacar. Se coloca el arma en posición, ajusta los hombros, mueve la cabeza hacia delante y hacia atrás, produciendo audibles chasquidos del cuello; después se arrodilla, afianza la postura y clava las piernas en el suelo, aplastando la nieve bajo sus zapatos pala vega; el Pez Gordo no se había fijado hasta ahora en que llevaba zapatos pala vega. Son viejos, pero están muy bien conservados, y parecen hechos a medida.

–Quizá deberías disparar con el Remington que he usado yo –sugiere Kissick.

–No –replica Metzger–. Las armas necesitan reposar después de usarse.

Metzger –delgado, con unos estrechos tirantes negros sosteniéndole los pantalones– alza el arma, con brazos más firmes y fuertes de lo que cabría esperar. El rostro pétreo, salvo por la punta de la lengua que le asoma entre los labios. El primer disparo impacta en el centro de la cabeza y la arranca del maniquí. El Pez Gordo cree que con eso es suficiente, pero Metzger continúa disparando. El segundo tiro agujerea el maniquí y le abre un boquete en el pecho, provocando que se tambalee, pero sin llegar a caer. El siguiente, como un gancho directo al estómago, provoca que el maniquí salga despedido hacia delante y caiga al suelo boca abajo. De los dos últimos tiros, el primero rebota en el suelo y penetra en la tela y el segundo revienta la base del maniquí y separa la barra, o piernas, del cuerpo.

–Este hombre es un asesino –le susurra el general al Pez Gordo.

–Me ayuda a pensar, me aclara las ideas –dice Metzger, mientras le devuelve el arma al general.

Los presentes siguen disparando por turnos; al acabar cada ronda, el Pez Gordo recoloca la diana. Se acerca al maniquí, aunque cada vez está más mermado, con el relleno saliéndose como si fueran intestinos desparramados, con marcas de quemaduras en el torso y agujeros de entrada y salida. Es como recolocar los bolos en una bolera. Lo vuelve a colocar en su sitio, de pie, sosteniéndolo con la ayuda de las balas de heno, y le coloca una nueva cabeza.

Después de varias rondas, el Pez Gordo hace uso de su turno: vuela una cabeza de poliestireno y se lleva por delante el lado izquierdo de una antigua de muselina. El olor a pólvora y el extraño calor en medio del aire frío le despiertan una desconocida pulsión violenta que solo puede aliviar disparando otra tanda, y después otra, hasta que siente el hombro dolorido y la agitación interior calmada. Siguen recolocando la diana utilizando lo que pueden: el maniquí, las balas de heno, el cabello, las cabezas, disparando una y otra vez hasta que ya no queda nada, hasta que el lugar parece el escenario de un extraño crimen ritual. Entretanto, no ha parado de nevar, lo suficiente para cubrirlo todo de una capa de polvo blanco que el Pez Gordo piensa que a Charlotte le agradaría. Los sacrificios relacionados con las cargas de la vida femenina son ese tipo de cosas que ella probablemente deteste mucho más de lo que está dispuesta a admitir. Él se la imagina observándolos desde la ventana de la planta superior y pensando que son una pandilla de cretinos; a continuación, bajaría, le cogería el Remington o el Browning a Kissick y les demostraría a los muchachos cómo se dispara en serio. Puede que ahora mismo el Pez Gordo esté enojado con Charlotte, pero en realidad la admira mucho y también la echa de menos.

Para cuando dan por concluida la sesión de tiro, la peluca rubia en forma de colmena está a sesenta metros hacia un lado y la cabeza con las largas pestañas yace partida por la mitad a treinta metros en la dirección opuesta. Restos de una carnicería que se ha cebado sobre la moda de los años setenta.

–No es una visión muy agradable –comenta Kissick, contemplando los daños.

–Muchachos, podría enseñaros cómo fabricar un poco de napalm y podríamos hacerlo arder –propone el general.

–¿Sabe fabricar napalm? –pregunta Kissick.

–Sí, es más fácil que hacer galletas con chips de chocolate. Solo se necesita una bolsa virutas para embalaje, dos galones de gasolina, medio paquete de sal de mesa y un recipiente grande para mezclarlo todo. Y también, claro, un palo para remover. Se mezcla la gasolina con las virutas y, cuando se llega al límite de gasolina que las virutas pueden absorber, se añade un poco de sal, o limpiador de cristales si se necesita aguarlo un poco. Se mezcla bien. Y, como se suele decir, «una vez mezclado ya solo queda prenderle fuego».

–Vaya locura –dice Kissick.

–Por fin he caído –espeta el Pez Gordo. Acaba de tener una epifanía.

–¿En qué? –pregunta el general.

–En a quién me recuerda –dice el Pez Gordo–. La primera vez que nos vimos pensé en George C. Scott en el papel de Patton, pero ahora caigo en la cuenta de que es más bien Marlon Brando en *Apocalypse Now*.

–«Me encanta el olor a napalm por la mañana» –recita Metzger.

El general sonríe. Está prendado de Metzger, que es tan taimado como el propio general. Ambos tienen querencia por las informaciones arcanas y más bien inútiles compartidas con todo lujo de detalles.

262

–En una ocasión me mosqueé por un medicamento para el estómago, y empecé a difundir en círculos médicos que el tal producto provocaba agujeros en el revestimiento de los intestinos, peores que una úlcera. Y que, debido a que el primer síntoma era el dolor, a las «víctimas» se les prescribía de forma completamente errónea que incrementasen la dosis del medicamento durante más días, y para entonces ya era demasiado tarde para rectificar. La empresa no aguantó en pie ni ocho meses. –Metzger cuenta la historia con absoluta frialdad, como si estuviera comentando el resultado de un partido en lugar de exponer un caso de uso demoledor de la desinformación–. ¿Qué me dice usted, general? ¿Alguna vez ha metido cizaña?

–Bueno, no me gusta presumir, pero en algunas ocasiones he colocado a alguna persona que no estaba muy dispuesta a afrontar un reto en una posición comprometida para ver cómo se las arreglaba. Siempre hay una lección que aprender: «El único día fácil fue ayer; *facta, non verba*; apaciguamos la tormenta y cabalgamos sobre el trueno; todo lo necesario, sea lo que sea; las pelotas de los soldados».

–Kissick, ¿es usted siempre tan buena persona? ¿Alguna vez engaña, roba o miente? –pregunta el general.

–No soy tan perfecto como parezco –dice Kissick.

El Pez Gordo resopla con tal estruendo que parece un búfalo de agua.

–¿A qué ha venido eso? –pregunta Kissick.

–Es por lo de «parezco» –responde el Pez Gordo–. Das a entender que a ojos de los demás pareces perfecto, lo cual no es cierto.

–¿En qué sentido no eres perfecto? –pregunta Metzger.

–En lo del cambio –responde Kissick.

–¿En qué? –pregunta el general.

–Si alguien me da mal el cambio, yo no se lo digo.

–¿Quieres decir que, si te devuelven de menos, te callas? –quiere saber el Pez Gordo.

–Claro que no –responde Kissick–. Si me devuelven de menos, reclamo lo que falta, pero si me devuelven de más o simplemente me cobran de menos, no digo nada y me lo quedo. Un año calculé que el total ascendía a 451,26 dólares, esa es la cantidad que me quedé y que no me pertenecía. Pero por otro lado están los cálculos de las cantidades que me robaron a mí.

–¿Que te robaron de qué modo? –pregunta Metzger.

–En algunos casos porque te cobran de más: un parquímetro que va demasiado rápido, un taxista que te engaña, un precio mal puesto o un plato que has pedido pero al final no te sirven.

–¿Y lleva usted un control de todo esto? –pregunta el general.

–Se me conoce por hacerlo.

–Parece muy fastidioso tratándose de cantidades tan pequeñas –dice el general.

–El año que lo conté, resultaron ser 1.843,89 dólares. En diez años, fácilmente podría subir a veinte mil dólares que has gastado de más. Al 6 por ciento de interés, eso serían otros 15.816 dólares y, al 10 por ciento, 31.874 en intereses. Pero, como sabéis, tenemos fondos de inversión que dan hasta el 19 por ciento, de modo que el total podría ascender a 113.893 dólares, con 93.893 en intereses. Y a menudo logro superar el 20 por ciento anual. Lo que a vosotros os parecen céntimos, para mí son decenas de miles de dólares.

El Pez Gordo está impresionado e inquieto. Metzger y el general están encantados.

–Contemplo las inversiones desde un punto de vista holístico –continúa Kissick–. Me gusta agrupar el dinero, reunir mis ahorros, y soy un fan incondicional del interés compuesto. Siento auténtica pasión por eso. Mi peor temor es la pobreza. Mis padres se pasaban el día hablando de la época en que sus padres no podían pagar las facturas y perdieron sus casas y sus coches; a veces ni siquiera tenían dinero para comida o ropa. Mi padre empezó a hacer negocios por su cuenta con dieciséis años; sacó a su familia de la pobreza y los elevó a otro mundo. Pero no había suma de dinero en el banco que fuese suficiente para él. No había suma de dinero lo bastante elevada para hacerlo sentir seguro, de modo que diversificaba; tenía dinero en varios bancos, en el mercado bursátil, en propiedades; compró y vendió casi todo lo que lograba tener al alcance de la mano, y construyó un pequeño imperio. La tierra era barata; puso en marcha promociones urbanísticas y les ponía a las calles los nombres de sus familiares. Calle Úrsula, camino Fishick, avenida Robert, vía Donald. ¿Y sabéis de lo que estoy más orgulloso?

–¿De qué? –pregunta el Pez Gordo.

–Construía casas de calidad; utilizaba buenos materiales. Nunca nadie se quejó de lo construido por Dick Kissick.

–Impresionante –dice el Pez Gordo. No puede evitar fijarse en que a Kissick se le escapan las lágrimas mientras explica todo esto. El lloriqueo le pone nervioso.

El Pez Gordo le da unas palmaditas en la espalda a Kissick.

–¿Qué tal si volvemos a la casa? Seguro que Mary nos ha preparado algo especial. –Le coge las armas a Kissick, las lleva al armario y las guarda bajo llave. De momento decide no guardar la llave en la caja de seguridad y la esconde en el despacho. No está seguro de por qué lo hace, pero tiene un presentimiento.

Mary les ha preparado galletas y una enorme olla de chocolate caliente.

–Os recomiendo que le añadáis bourbon y un poco de pimienta de cayena –dice el Pez Gordo–. Ya sé que suena raro, pero un toque de picante matiza el dulzor y le da un punto especial.

Mientras comen, regresan los de la cacería; el juez trae algo en una bolsa que arrastra hasta la cocina.

–¿Un pequeño trofeo para llevarse a casa? –pregunta el Pez Gordo.

–Es más un recuerdo que un trofeo –responde el juez–. Ha sido Tony el que se ha cobrado la mejor pieza.

–He cazado una cabra montesa –dice Tony–. Servirá para hacer una bonita alfombra o un pie de lámpara con los cuernos.

–Lo que tú digas –interviene Eisner–. Al menos tú has traído la pieza entera. –Se vuelve hacia el juez–. Ver cómo has seccionado tu pieza es una imagen que no voy a olvidar fácilmente.

–Se llama preparar la presa en el campo –aclara el juez.

–Yo lo que he visto no tenía nada que ver con preparar nada –dice Eisner–. A menos que se considere preparar dejar un charco de sangre en la nieve y el barro.

–Hay muchas cosas que no sabes.

–¿Como qué? –pregunta Metzger, metiéndose en la conversación.

–Como que no le cortas el cuello al animal para desangrarlo si después lo vas a disecar. Dejas las patas si es un oso y piensas en la pose en que lo vas a disecar, lo que haces básicamente es cortar la cabeza alrededor de los hombros.

–Me gusta la idea de las patas de oso –dice Metzger–. Me sorprende que nadie lo haya utilizado como nombre para algún producto, sería mucho mejor que ese bálsamo que se llama Bag Balm.

Sonny se hace cargo de la bolsa del juez para conservar la pieza en hielo hasta su vuelo de vuelta al estado de la Estrella Solitaria. De la cabra de Tony ya se está encargando el hermano de Sonny, que pregunta si tira la carne a la basura.

–Sí, por favor –le dice Tony.

–¿Sabéis? –dice Bo, sonriendo–. Esto es fantástico. Es maravilloso. El día de hoy me recuerda a cuando era niño. Íbamos de viaje la familia al completo, a esquiar en Austria o en los Alpes suizos, y estábamos o bien en las pistas o cenando todos en un restaurante y de pronto aparecía de la nada un desconocido que le entregaba algo a mi padre. Podía ser grande como una maleta o pequeño como un cigarro. Nadie decía nada; mi madre jamás comentó lo raro que era aquello. Fuera lo que fuese lo que mi padre estuviera haciendo o diciendo, seguía con ello como si nada. A mí entonces eso me parecía de lo más normal. Pensaba que los padres trabajaban a todas horas, día y noche, alrededor del mundo.

–Recuérdamelo, ¿a qué se dedicaba tu padre? –pregunta Metzger.

–Trabajaba para el gobierno –dice Bo.

–¿En algún departamento en concreto?

–En una agencia –responde Bo, y lo deja ahí.

266

Los muchachos se toman un descanso para asearse un poco, sobre todo los cazadores, que están impregnados del hedor metálico de la sangre reseca. El Pez Gordo se fija en que el juez tiene sangre reseca bajo las uñas. Se lleva a Mary a un aparte y le pide que coloque un cepillo para uñas en el lavabo.

Cuando vuelven a reunirse todos, se sirven copas y la cena. Mary se ha superado con el filete con patatas, judías verdes y almendras laminadas. Lo llama «filete al estilo navideño». Entretanto, han dejado que se oxigene un buen vino tinto, de paladar audaz y profundo, y lo sirven mientras prosigue la conversación.

El doctor Frode ha traído a la mesa un viejo maletín de médico. Saca de él un frasco de cristal y procede a lavarse las manos.

–No es por vosotros, es por mí –dice, mientras todos los demás observan su proceder–. Sé demasiado.

–Por lo que sé, el único modo verdaderamente eficaz de lavarse las manos es mear en ellas –dice Bo.

–Correcto –replica el doctor–. Pero este líquido me lo fabrico yo mismo; huele que apesta, pero es un desinfectante de primera.

–Frode no es un apellido muy común –comenta el Pez Gordo–. ¿Es el verdadero o te lo has cambiado?

–Es nórdico –dice el doctor–. Significa «sabio» e «inteligente». Mi nombre es Gunnar, «el que va solo». Resultó ser profético cuando mi padre dejó a mi madre por la viuda del piso de enfrente y yo iba de una a otra casa en una triste versión doméstica de aquel juego llamado Red Rover. Con esa cantinela de «Red Rover, Red Rover, es el turno de Gunnar Frodeover».

–¿Tus padres eran vikingos? –pregunta Bo.

–La verdad es que no. Eran dermatólogos en Los Ángeles.

–Huele a trementina –dice Bo.

–Lleva un poco –explica el doctor–, junto con otras cosas.

–Frode luce una larga barba, demasiado larga para un hombre de cincuenta y tantos años, y utiliza una anticuada pipa de maíz que sostiene entre los labios.

–Dado que no nos conocemos muy bien –dice el doctor, captando la atención del juez sentado en la otra punta de la mesa–, retomo tu pregunta: ¿quién soy? Como tú, no soy lo que aparento a primera vista. ¿Por dónde empiezo? Siempre fui un raro...

Bo chasquea la lengua y le corta:

–Queremos un breve perfil biográfico, no el relato completo de tu vida y milagros.

–No estoy seguro de haber hecho la pregunta que me atribuye –le comenta el juez a Eisner–. ¿Tú me has oído preguntárselo?

El doctor no les hace ni caso.

–¿Cómo me puedo describir a mí mismo? Cuando reflexiono soy apocalíptico, me pongo en lo peor. Mi mujer está convencida de que soy paranoico; yo lo llamo ser prudente. Vivimos en Bethesda, que para mí es la zona cero políticamente hablando; disponemos de purificadores de aire, sistemas de filtración y un refugio para emergencias, todo tipo de alarmas y alertas. Dada la información que me llega a diario, os aseguro que seguimos vivos de puro milagro.

–Interesante –dice el juez.

–Yo dedico mis reflexiones a otro tipo de asuntos; es de ahí de donde sale el dinero. Hace unos años inventé varios artículos médicos: endoprótesis, adhesivos y otros chismes, que resultaron ser muy lucrativos. Cada año lanzo alguna novedad; este año han sido los snacks dentales kosher para perros, una pijada judía. Y ahora, si no os importa, voy a echar un vistazo a la cocina antes de la comida. Es una rutina que no puedo dejar de lado, inspeccionar la preparación de la comida, la higiene y demás.

El doctor se excusa y se lleva su misterioso maletín.

–¿Va a inspeccionar la cocina? Apuesto a que esto no tiene precedentes –dice Tony–. No me sorprendería que Mary le aporreara.

–¿Creéis que lleva medicamentos en el maletín? –pregunta Eisner.

—¿Qué tipo de medicamentos? –dice Bo.

—Seguro que lleva medicamentos –dice Kissick–. Mi hermano es dentista e incluso él viaja con todo tipo de fármacos, por si las moscas.

—No me refiero a medicamentos clásicos, sino a sustancias que alteran la mente, de esas que fabrican en laboratorios, LSD y MDMA y ese tipo de cosas que utilizaban para experimentar.

—Eisner se pone a cantar el «White Rabbit» de los Jefferson Airplane.

—Desafinas, y no creo que lleve nada de eso encima –dice Bo–. Tiene un ego tan grande que cargar con él no le deja espacio para meter nada más en el equipaje.

—¿Y esa pipa? –pregunta el juez–. ¿Qué es lo que fuma?

—No fuma nada, succiona alguna cosa –responde Kissick.

—Huele a alcanfor y menta –dice el juez.

—Es un preparado de hierbas –asegura Kissick–. Él mismo hace la mezcla.

—La marihuana también es una hierba –comenta Bo.

—Espero que no esté en la cocina manipulando nuestra comida –dice Eisner.

—Estás paranoico –salta Tony.

—Solo soy cauto.

Metzger tiene algo que decir:

—Si lo comparáramos con alguna marca, me recuerda al Coronel Sanders.

—¿Cómo sabemos que no lleva un micrófono oculto en esa barba? –pregunta Bo.

—Muchachos, si os parece que no es una buena incorporación, hay otras opciones de médicos que han pasado por el ejército. Conozco a un tipo que trabajó en Plum Island –dice el general.

—¿Eso es un refugio tropical? ¿El atolón en el que probaron el Castle Bravo? –pregunta el juez.

—No, es donde llevaron a cabo todos los experimentos de armas biológicas, frente a las costas de Connecticut –dice Bo.

—Frente a Long Island –corrige el general.

–Frente a ambas –dice el Pez Gordo–. Está entre una y otra.

–Hay un pequeño retraso –grita Mary desde la cocina.

–Cuando era más joven, tenía un problemilla –dice Eisner–. Por eso soy tan fanático del ejercicio, necesito endorfinas.

–Más bien cocaína –dice Tony–. Mira, Eisner, lo sabemos todo sobre ti. Te puedo asegurar que el doctor Frode no está en la cocina jodiéndote la comida; más bien estará interrogando a Mary sobre cuánto rato ha estado la mantequilla fuera de la nevera. Es un obseso de los microbios.

–Creo que podemos fiarnos de él –dice Kissick–. Quiere sumarse y puede contribuir a muchos niveles. Es muy astuto; mueve dinero que fluye por varias vías, como si se tratara de un cuerpo humano, capilares que desembocan en venas y venas en arterias. Si no se dedicara a la medicina, sería un brillante gestor económico.

Mientras la comida avanza hacia el postre, el Pez Gordo se dispone a pedirle a Kissick que explique la estructura de la organización y por qué no puede organizarse como una empresa, pero el general lo interrumpe.

–Antes de meternos en cómo el FBI desmanteló a la mafia utilizando la Ley RICO, tenemos que abordar otro asunto. –Se levanta y se pone a caminar alrededor de la mesa–. La zona gris no es una película sobre un apocalipsis zombi. La zona gris no está ni aquí ni allá; sus fronteras son difusas y no se rige por ninguna ley existente. Eso la convierte en un lugar ideal para vosotros y vuestra misión. En esa zona podéis aprovecharos de las vulnerabilidades conocidas; podéis alterar y desactivar, exprimir información, utilizar las alternativas y las campañas de desinformación que Eisner y Metzger diseñen. Hay instrumentos de eficacia contrastada que se han utilizado con excelentes resultados por todo el mundo. En estos momentos estamos en una posición privilegiada, en un mundo ultramoderno que todavía no se ha explorado a fondo, y diría que tampoco se ha explotado en serio; y con esto me refiero a la tecnología, las comunicaciones, las redes sociales, cambiar la opinión pública creando opinión pública. Uno de los instrumentos más refinados de la zona gris es el lenguaje, lo que se dice y a quién se le dice. Históricamente hemos utilizado a todo el mundo, de los músicos de jazz de Nueva Orleans a los expresionistas abstractos, pasando por cocineras célebres a las que les gustaba echar un traguito de jerez; hemos utilizado el cine, la radio y la televisión para vender a los americanos y al mundo nuestra visión de lo que es nuestro país.

Eisner mete baza:

–Un apunte: la expresión «América primero» no es lo mismo que «sueño americano». Las ideas detrás de la primera frase se remontan a Thomas Jefferson y su relación con otros países. La frase del sueño se acuñó en 1931 como crítica a la riqueza individual y pretendía alentar un regreso a la igualdad y a la riqueza del país por encima de la de los individuos. A los progresistas les parecía que era antidemocrático ser millonario. El significado de la expresión se metamorfoseó en la década de los cincuenta; el sueño americano pasó a ser un símbolo y una visión del éxito y la prosperidad, y lo vendimos no solo internamente, sino por todo el mundo.

–Lo que está diciendo –interviene Bo– es que manipular a los medios de comunicación de masas es lo más barato y efectivo para lanzar un mensaje.

–Exacto –dice el general–. Un programa que yo llamo «la patata rellena de mala calidad», que te comes porque te gusta cómo sabe, pero en realidad no tienes ni idea de qué estás comiendo.

–Y a esto se suma la mierda que directamente nos inventamos –dice Metzger–. Ciencia ficción, pura fantasía.

–¿Cómo sabemos la diferencia? –pregunta Kissick.

–¿La diferencia? –pregunta el general–. ¿Qué diferencia?

–Entre lo que es real y lo que es inventado.

–No estoy seguro de ser la persona más adecuada para explicártelo –dice el general–, pero en realidad da igual; lo único que importa es que la gente se crea lo que le cuentas.

–Desde el punto de vista técnico –dice Metzger–, la diferencia es que la información incorrecta es trabajo de inteligencia de mala calidad, compartido sin hacer daño a nadie. Por ejemplo, «la Tierra es plana». En cambio, la desinformación es trabajo de inteligencia compartido con la intención de provocar daño: «No pasa nada si saltas desde ese edificio, rebotarás en el suelo y volverás al punto de partida». Y la información maliciosa es información real compartida con la intención de causar daño: «Que quede entre nosotros, pero la bolsa se va a hundir» o «Tu familia está en peligro». Un gran ejemplo de esto es cuando Marco Antonio, en la batalla de Accio, escucha el falso rumor de que Cleopatra se ha suicidado. Entonces él decide suicidarse.

–Creas el rumor y después lo extiendes –dice el general–. Extendiéndolo mucho, generando eco y repitiéndolo consigues que se convierta en real. Cuantas más veces se repite, más real se vuelve. Y con real quiero decir verdadero, tu ficción se convierte en hecho. Y en estos tiempos, a pesar de que el primer televisor se vendió en 1929, la mayoría de las personas no son conscientes del poder de la tecnología para influir en las decisiones de la gente.

–Algunas de estas cosas son de la vieja escuela –dice Metzger–. Pones en marcha una radio, un canal de televisión..., en muchos sentidos hoy en día es más fácil que nunca; puedes hacerlo online, ya no es como cuando David Sarnoff puso en marcha la NBC y competía con la CBS de William Paley. Sarnoff era un chaval de Minsk que emigró a Estados Unidos y consiguió un trabajo con Marconi enviando telegramas. Ahora estamos en la versión del siglo XXI de ese momento, y se llama internet.

–Pensaba que ibas a decir que se llama FOX –dice Bo.

–Demasiado nueva para ser verdad –responde Metzger.

El general, el doctor y Metzger están que se salen. Bo y el Pez Gordo se sonríen el uno al otro. Bo tiene el rostro enrojecido, pero también podría deberse a que está muy cerca de la chimenea.

–El antiguo general chino Sun Tzu consideraba que la aproximación indirecta a la guerra consistía en engañar y generar incertidumbre, creando confusión para dividir a los aliados. El proyecto que os traéis entre manos es un juego a largo plazo, que se ha de desarrollar fuera del radar –dice el general.

El Pez Gordo mira a Metzger y cae en la cuenta de que su rostro es reptiliano, de serpiente: ojos grandes, mandíbula estrecha, piel fría y mirada reservada o más bien petrificada por cuarenta años de Pall Malls, Camels y Kools.

Metzger cruza su mirada con la del Pez Gordo y, como si le hubiera leído la mente, dice:

–Empecé a fumar a los ocho años; tenía un encendedor de gas de la Esso y me encantaba poner la llama al máximo. Encendería cualquier cosa que se me pusiera a tiro solo para ver cómo arde.

–Los movimientos de las aguas políticas generan sus propias contracorrientes –interviene Bo–. La fractura de la derecha, el extremismo, encontrará su portavoz o sus portavoces y empezará a fluir; y su corriente de resaca se alejará de la orilla, succionando y ahogando a esos portavoces, que se perderán en el mar. Y aunque pueda parecer que nosotros, el partido, estamos perdidos en medio del mar, el nivel del agua subirá y la ola provocada por el maremoto, al principio imperceptible, irá creciendo y avanzando lentamente. Se producirá una transición sin pausas que se desplegará en los pasillos del poder, un lento giro a la derecha que nadie ve venir. En nombre de lo que significa ser americano, seremos la punta de lanza del desarrollo, en el campo militar y fuera de él, de soldados separatistas que creen que están siguiendo los verdaderos deseos de sus líderes provocando la erosión de las libertades civiles bajo la apariencia de más protección. Esto, combinado con el debilitamiento de las fuerzas policiales locales, los contratiempos económicos y el deterioro de las infraestructuras, se convertirá en parte de la foto que coincidirá con un periodo de malestar económico, social y político; el debilitamiento de este país generará la emergencia de antipolíticos descontrolados.

–Si he entendido bien el planteamiento –dice el juez–, lo que estás perfilando es una suerte de golpe de Estado que barrerá el país de forma imperceptible hasta que sea demasiado tarde para detenerlo, hasta que los americanos hayan sido diezmados económica, intelectual y espiritualmente. Todo se une en un día decisivo, como resultado del cual emergerá una nueva América.

–Sí –dice el Pez Gordo–. Y nadie lo percibirá como una maquinación interna. Será el nuevo sueño americano.

–Llega un momento –dice Bo– en que no hay vuelta atrás posible, un momento de profunda fe, de activación, de llamada a las armas.

–Es por el bien común –añade Kissick–. Que quede bien claro que estamos hablando de un regreso a los valores americanos: la familia, el hogar y el derecho al éxito personal.

–Esto es algo muy serio –dice el juez–. El tipo de transformación que tiene un coste en vidas humanas; somos hombres respetables, nuestra lealtad debe ser incuestionable.

–Nos declaro hermanos, como en un pacto de sangre. Un tipo al que conozco hizo venir a su casa a un rabino para la circuncisión de su hijo y, como mi amigo no estaba circuncidado, se sentía mal por no ser capaz de entender lo que su hijo acababa de experimentar, así que le pidió al rabino que le cortara un pedacito de polla. Mi amigo me contó que el dolor fue insoportable, pero no podía gritar porque los parientes estaban esperando detrás de la puerta. El rabino se lo cortó con una cuchilla –explica Bo.

–Escuchad, no quiero pisaros los planes y, como sabéis, no he venido aquí en misión oficial, sino como «invitado» –dice el general–. Pero, para vuestra información, podéis buscaros alguna empresa militar privada, si bien vais a necesitar una conexión interna. No se trata tanto de mostrar fuerza como de remar tan sigilosamente que el barco avance sin que nadie se percate o como si el movimiento de los remos fuera un arrullo, y al cabo de un tiempo eso se convierte en algo deseable, sin lo que ya no puedes vivir.

–¿De qué plazo estamos hablando? –pregunta el juez.

–Al menos quince años –dice el Pez Gordo–. Si actuáramos

más rápido, nuestra tapadera saltaría por los aires; si fuéramos más lentos, ya sería demasiado tarde.

–¿Lo hacemos todo de golpe? –quiere saber el juez.

–Cuanto más invisibles seamos, más fuertes seremos –dice Kissick.

–En paz me acostaré y despertaré de nuevo a la vida –dice el general.

–Es la segunda cita bíblica del día –dice Tony–. ¿Eres muy religioso?

–Me educaron en un templo.

Mientras hablan, Metzger tuesta un malvavisco tras otro en la chimenea, hasta conseguir una perfecta capa tostada, y después los va repartiendo; el general los degusta con un placer irrefrenable. De tanto en tanto, Metzger pierde un poco la concentración y alguno arde envuelto en llamas. Cuando esto sucede, se le ilumina la cara; el resplandor de la llama se refleja en sus gafas de montura oscura y le da un aire de desquiciado monstruo de calabaza de Halloween.

Un lejano tamborileo, que al principio podría confundirse con el motor de un coche, una vieja caldera de gasoil o tal vez algún tipo de generador, empieza a oírse cada vez más alto, hasta que los cristales de las ventanas empiezan a vibrar.

–No habrá terremotos en esta zona, ¿verdad? –pregunta Kissick.

–No –responde el Pez Gordo.

El juez agarra un cuchillo que hay sobre la mesa y se dirige hacia la puerta. Bo coge una pinza de chimenea y lo sigue. Metzger descuelga de la pared una espada decorativa procedente de China y sale fuera tras ellos.

–Nos atacan –grita Kissick, sosteniendo ante sí una raqueta de nieve a modo de escudo.

El estruendo va en aumento. Ya no oyen lo que dicen los demás y no hay visibilidad porque el aire se agita como si hubiera un tornado.

Al lado de la casa, cerca de donde han estado volándole las cabezas al maniquí, aterrizan dos helicópteros como si cayeran del cielo, se abren las puertas y saltan al suelo dos grupos de soldados armados hasta los dientes. Hay destellos cegadores, un denso humo blanco y de pronto se encienden unos focos como si alguien hubiera pulsado un interruptor.

Los invitados se encuentran cara a cara ante una veintena de soldados.

–Estoy cien por cien seguro de que voy a morir –dice Kissick.

–Os lo he advertido –dice Eisner–. Nos ha drogado. Estamos alucinando. A lo bestia.

–No estamos alucinando, nos están arrestando –dice Kissick.

–Se nos ha quemado la tostada –añade Metzger.

–Joder, yo ya estoy fichado –se lamenta Eisner.

–¿Por qué? –pregunta Kissick, después de todo es él quien ha estado investigándolos a todos.

–Por juego –explica Eisner–. Fui jugador profesional durante un tiempo, hasta que perdí mi toque especial, pero no dejé de jugar. Y acabé haciendo trampas, por eso estoy fichado, por robo.

–¿Y cómo es que no me he enterado?

–Hice servicios comunitarios –aclara Eisner–. Di clases de escritura creativa a niños pobres y después enseñé a leer a presos, los padres de esos niños. Tal vez después de cumplir eliminaron mi expediente.

–Identifíquense –grita el general a los soldados.

–Señor, tenemos una situación con múltiples bajas –responde gritando el primer soldado que ha saltado de los helicópteros.

–¿No ha habido disparos? –grita otro soldado.

–Señor, debemos haber topado con algo en la zona de aterrizaje; hay restos por todas partes.

–¿De qué cojones hablan?

–Señor, por favor, asesórenos.

Se apagan los motores de los helicópteros y se va ralentizando la rotación de las aspas.

—Caballeros —les grita el general a sus amigos—. Este es el aspecto que tiene el día decisivo. Lo que tenéis ante vuestros ojos son dos aeronaves UH-60 y dos equipos muy entrenados de empresas proveedoras de servicios de defensa privadas. Puedo proporcionaros todos los efectivos que requiráis por 1.200 dólares al día por hombre. Dispongo de 5.000 entrenados y, para cuando estéis listos para empezar, puedo doblar la cantidad. Este pago no incluye, claro está, el tiempo de desplazamiento en las aeronaves, que sube a unos 2.250 dólares la hora solo en costes. Disponemos de equipos por todo el mundo, que pueden desplegarse con solo señalar un punto en el mapa.

—¿Qué está diciendo? —le pregunta Kissick al Pez Gordo.

—Ha sido él quien ha traído a estos tipos; es una demostración.

Metzger empieza a reírse a carcajadas. Las agudas risotadas se le atragantan y se mezclan con resoplidos y toses.

—Virgen santa, si os pudierais ver las caras...

—Señor, insisto en que tenemos una situación con múltiples bajas —insiste el primer soldado.

La intensa luz de los focos impide a los invitados ver nada más allá de los soldados que tienen enfrente.

—¿Tú sabías que iba a montar este espectáculo? —le pregunta el Pez Gordo a Bo.

—No exactamente —responde Bo, claramente encantado con la presencia de los dos enormes helicópteros—. Pero me pidió un montón de información: las dimensiones de todo, un mapa de la propiedad, todo tipo de detalles. Pensé que era un pirado de la seguridad.

Los pilotos apagan por completo los motores; el humo y el polvo flotan en el aire de la noche. Se abre la puerta delantera de uno de los helicópteros y desciende el piloto. Mira a su alrededor, hacia la oscuridad, y de repente vomita.

—No me gustan las vomitonas —dice Kissick—. El vómito incita más vómitos. —Kissick siente una arcada.

—¿Por qué coño vomitas? —vocifera el general.

—Los cadáveres —gimotea el piloto—. He visto los cadáveres con las gafas de visión nocturna. Los hemos despedazado. Hay cabezas por todas partes. –El piloto se deja caer sobre las rodillas–. No debería decir que sí cuando no quiero hacer algo –se dice a sí mismo.

–Si tuviéramos un piloto de reserva en el grupo te pegaría un tiro ahora mismo –dice el general–. Pondría en el informe que ha sido fuego amigo, daños colaterales. No son cabezas humanas. Son cabezas de maniquís para un ejercicio que hemos realizado antes. Echa un vistazo. ¿Tienen pinta de cabezas de verdad o parecen bailarinas de striptease de la década de los sesenta?

–Nací en 1984 –dice el piloto.

–Me estás sacando de quicio –dice el general.

–Sean lo que sean, me siento igual, señor.

–Esto es increíble –dice el Pez Gordo–. Es mucho mejor en vivo y en directo que representado sobre una mesa de ping-pong en el sótano. Tal vez deberíamos ofrecer a estos muchachos una taza del chocolate que ha preparado Mary antes de que regresen al lugar del que han venido.

Kissick, fuera de sí, hace una bola de nieve y se la lanza a uno de los soldados.

–¿Y ahora qué vais a hacer, pegarme un tiro? –reta en tono de mofa a los soldados.

–¿Las armas son de verdad o de juguete? –les pregunta Metzger con voz seria.

Los soldados no responden ni reaccionan. Son disciplinadamente robóticos y contenidos, y se mantienen en formación.

El general se acerca al piloto, que ahora está llorando a moco tendido, y le toca con las pinzas de la chimenea.

–Tranquilízate, muchacho. No hay ningún cadáver.

–Justo delante del helicóptero. Señor, usted no puede verlos, pero yo sí; hay cabezas cortadas, trozos de cuerpos. –El piloto vuelve a vomitar.

–Basta –le ordena el general–. Ya has echado los restos.

–¿Los restos? –pregunta el piloto.

–Sí, la porquería; tu vómito es como el cebo que echa al agua el pescador, vísceras sanguinolentas para atraer a los tiburones en el mar y a los osos en tierra firme.

–Están todos muertos –insiste el piloto–. Ninguno se mueve.

El general siente el impulso de sacar la pistola y liberar al piloto de su dolor, pero eso tiene un coste adicional, unos 250.000 dólares por un piloto, de modo que opta por ponerle la mano en el hombro.

–Soldado, ¿por qué no entras en casa? Tómate una taza del chocolate de Mary. O tal vez algo más fuerte.

Martes, 23 de diciembre de 2008
Palm Springs, California
13.00 h

Cuando Charlotte le dijo que volvería a casa por Navidades, el Pez Gordo se sintió tan aliviado que no hizo ninguna pregunta por miedo a gafarlo. Lo cierto es que se queda sorprendido cuando ella llama a la puerta unos minutos después de la una de la tarde, con tan solo una pequeña maleta azul en la mano.

—¿Por qué no me has dejado ir a buscarte? —le pregunta él.

—Entonces tendría que haberte dicho dónde vivo.

En la versión que él se había hecho en su cabeza, la recogía en la clínica de desintoxicación. Ella estaría preparada, con las maletas ya hechas. Él esperaba que fuera así, el último hurra, la graduación del programa. Ella se despediría con lágrimas de los terapeutas y de los otros residentes. El Pez Gordo contemplaba todo tipo de posibilidades, pero tenía miedo de preguntar por temor a provocar una reacción negativa en ella que la distanciara todavía más de él. Durante años, Charlotte había tragado con todo porque no tenía el ímpetu necesario para plantarle cara. Él debería haber prestado más atención a la situación de su esposa; debería haber descubierto las pistas.

Ahora lo comprende. Después de pasar por lo que ha pasado, ella no está dispuesta a volver al viejo modo de hacer las cosas. Pero ¿en qué situación queda entonces su relación? Eso es lo que el Pez Gordo no tiene nada claro.

280

Justo antes del fin de semana en el rancho, acudió a una reunión con Charlotte; hizo lo que le pareció un buen ejercicio de escucharla hablar. No se defendió de los ataques. Lleva demasiados años en el mundo de los negocios para saber que revolverse con agresividad y cerrarse en banda no funciona. Se limitó a escuchar. Cuando le preguntaron si tenía algo que decir, él respondió que lamentaba cualquier dolor que pudiera haberle causado, que lamentaba cualquier actitud que le hubiera hecho la vida más difícil a su mujer. Dijo que lo sentía una y otra vez, y se echó a llorar, y entonces dijo que pedía disculpas por llorar, pero que escuchar lo que ella decía le resultaba doloroso.

Cuando el encuentro estaba a punto de terminar, se acercó a Charlotte para abrazarla, pero la terapeuta se interpuso y dijo: «No». El Pez Gordo se puso colorado de vergüenza y rabia, y se sentó de nuevo en la silla, jurando que jamás volvería a hacer eso. No lo entendía. ¿Qué había hecho mal? ¿Estaba mal querer darle un abrazo a su esposa? A él le parecía un gesto cariñoso. Quería saber por qué no les parecía conveniente, pero se negaba a preguntarlo. El nivel de humillación al que el Pez Gordo puede exponerse en un solo día tiene sus límites.

Y ahora, cuando Charlotte se presenta en casa y ve lo mucho que se ha esforzado él para hacerle agradable el regreso, le da una palmadita en la espalda.

–Qué bonito –dice–. Parece una fantasía navideña.

–Gracias. Debería decir que lo he hecho todo yo, pero no es verdad. Me han ayudado.

–Vaya trabajazo –dice ella.

Él asiente.

–Esto me lo pone todavía más difícil.

–¿Por qué?

–Porque no es una ocasión agradable.

–Es Navidad –dice él.

–Me prometiste que se lo contaríamos. Por eso he vuelto.

Un silencio.

–Se lo contaremos, pero también es Navidad y, aunque tú

no estés de humor, los demás tal vez sí lo estén. Tenemos que arreglarlo después de haber fastidiado Acción de Gracias.

–¿Eso hicimos? ¿Fastidiamos Acción de Gracias? Pensaba que estaba haciendo algo bueno. Recuperarme.

–No quería decir eso y lo sabes perfectamente.

–Se lo tenemos que contar.

–De acuerdo. Pero no tenemos por qué hacerlo en el preciso instante en que cruce la puerta. Bienvenida a casa, disculpa por lo de Acción de Gracias y, por cierto, estamos a punto de detonar una bomba en tu vida. Nuestra hija vuelve a casa para pasar las Navidades.

–Llevo años ocultándoselo –dice ella.

–En efecto, y precisamente por eso no corre ninguna prisa contárselo.

–Es tu secreto. Yo ya no pienso guardar ningún secreto. He clausurado el almacén de los secretos. Es el motivo por el que he venido. He vuelto para contárselo.

–¿No te vas a quedar?

–No mucho tiempo.

Él no dice nada.

–No es nada personal –aclara ella.

–Pues lo parece.

–Tal vez sí sea personal, pero me atañe a mí, no a ti. Tengo que continuar con mi recuperación.

–¿Y no lo puedes hacer desde aquí? Incluso podrías invitar a casa al grupo de terapia.

–Eso no es posible –dice ella.

Él traslada la maleta del recibidor al dormitorio.

Ella la vuelve a colocar en el recibidor.

–Te prometo que podrás marcharte cuando quieras –dice él–. Pero no tienes que dejar la maleta en el recibidor. Puedes quedarte el dormitorio. Yo dormiré en el despacho.

–No.

–De acuerdo. –El Pez Gordo abre el armario del recibidor y guarda allí la maleta–. ¿Así te parece bien?

–¿A qué hora va a llegar?

–Entre las tres y las cuatro. ¿Tienes hambre?

–No –responde ella–. Me voy a sentar en el jardín y esperaré leyendo. Me he traído un libro.

–Podrías darte un baño en la piscina.

–No me he traído traje de baño.

–Como si eso hubiera supuesto un impedimento alguna vez.

Ella se encoge de hombros.

–Seguro que tienes uno en el cajón.

–¿Me puedes traer por favor algo de beber y tal vez unos frutos secos? –pide ella.

–Claro que sí.

–¿Tienes zumo de piña? ¿O un Sierra Mist?

–No, pero tengo casi cualquier otra cosa. ¿Zumo de arándanos? ¿De lima?

–Tal vez.

–También es tu casa –le recuerda él–. Ponte cómoda. Sírvete tú misma lo que quieras.

–No me siento cómoda haciéndolo.

–No hay nada de alcohol en la cocina; no tengas miedo de buscar una bebida allí.

–Esto es horrible –dice ella.

–No queda nada; lo he sacado todo, para eliminar cualquier tentación. –El Pez Gordo ha hecho los deberes y tiene todo tipo de zumos y refrescos, además de cosas para combinar y así dar la sensación de cóctel, de celebración. Ha comprado crudités y frutos secos.

–¿Sabes qué he descubierto que me encanta?

–Ni idea –dice él, mientras prepara zumo de arándanos con soda para los dos.

–Los pececitos.

–Oh.

–Las galletas saladas. Adoro las galletas en forma de pececitos. ¿Te habías fijado en que tienen cara y te sonríen mientras te los comes?

–No había caído en la cuenta –dice él mientras le ofrece la bebida–. Pero son sabrosos.

–Y las galletas Graham –añade ella–. No comía galletas Graham desde que era niña. Ni siquiera sabía que todavía existen.

–Podemos comprarlas.

–No hace falta. –Charlotte se pasea por la sala de estar, toqueteando las decoraciones–. ¿El árbol es de verdad?

Él vuelve a reírse.

–Me olvidé de preguntarlo.

–Nunca habíamos puesto el árbol.

–Siempre hay una primera vez –dice él.

–Queda muy bien junto a la ventana, con el campo de golf de fondo.

–No sabía qué hacer; hice venir a los de Neiman para decorar la casa como un escaparate de la Quinta Avenida.

Lo que no le cuenta es que también le han hecho la compra de regalos; él les dio algunas ideas y ellos le presentaron una lista. Pijamas, suéteres, patines para la madre y la hija, auriculares, vales de peluquería. Unos bonitos vestidos rojo y negro para cada una. Cómodos pantalones deportivos y sudaderas de cachemira. Alguna prenda de Burberry. Alguna prenda de UGG. Alguna cosa para cada uno. Carámbanos de cristal. Muñecos de nieve con guantes para el árbol. Velas Rigaud, decoraciones navideñas para la mesa, guantes para el horno y delantales, una gofrera. Este año nada de utensilios de coctelería.

–Es un poco excesivo, ¿no crees? –dice Charlotte contemplando la enorme pila de regalos.

–He hecho lo que estaba en mi mano –dice él–. Quería complacer a todo el mundo.

–Desagravios.

Él no responde. Ella coge un paquete y lo agita.

–¿Qué me has comprado?

–No te lo pienso decir.

–Deberías. Las Navidades no son mi fiesta preferida. Me relajaría saber qué hay en el paquete.

–¿Por qué?

–Porque yo no te he comprado nada. No le he comprado nada a nadie.

284

–Yo he comprado algo para cada uno.

–Siempre has sido muy generoso.

–El hecho de que estés pasando por esto no significa que todo tenga que ser una mierda. No puede ser que cada minuto de cada día sea insufrible –dice él.

–Te sorprenderías –replica ella, y sigue otro largo silencio–. ¿Sabes lo que ha resultado interesante?

–¿Qué?

–He aprendido a vivir con menos. Antes no habría sido capaz. Pero ahora sí lo soy. Nada de colchón especial, ni buena almohada, todo en ese centro estaba diseñado para poder limpiarse con un paño y ser reutilizado. No había nada personal, nada bonito, nada agradable en ningún sentido. Y la comida era espantosa, insípida y pesada, como de rancho militar. Tuve que aprender a prescindir de todo, a aceptar que no soy especial, que sobreviviré si no duermo con mi almohada especial. No fue nada fácil. Podría haber escenificado un berrinche. Podría haber dicho que lo necesitaba para mi sosiego espiritual, como cuando necesitas cosas no para tu comodidad, sino para tu tranquilidad, pero decidí no hacerlo. Al principio acepté la situación como una suerte de autocastigo, me convencí a mí misma de que me merecía esas incomodidades. De modo que estaba furiosa conmigo, contigo y con ellos. Y después pasé de ese estado de irritación a pensar que muy bien, que iba a aguantar; les iba a demostrar que no soy tan frágil, ni me considero tan especial. Si me moría, ¿qué más daba? Empecé a observar a mi alrededor y me di cuenta de que nadie se quejaba de sus almohadas o sus sábanas, y que ninguno de mis compañeros de penurias necesitaba que la fruta no estuviera dura como una piedra. Me percaté de que o bien no se daban cuenta o bien les daba completamente igual, pero lo más importante es que todo parecía más fácil con esa actitud, y deseé poder ser así. Deseé que la vida me resultase más fácil. Practiqué para aceptar las cosas como son. Años atrás, hubiera pensado que eran idiotas por no saber que existe una versión mejor a la que se puede aspirar, pero me he dado cuenta de que no son idiotas; se están evitando la decepción, el dolor del anhelo, del deseo. No están obsesionados con la perfección. No tiene que ser todo perfecto. Por eso todo resulta excesivo. —Señala con un gesto todo lo que él ha preparado—. Es perfecto.

—Gracias —dice él—. Me lo voy a tomar como un cumplido.

—Pero no tiene por qué ser perfecto, perfección equivale a presión.

—Puedes disfrutarlo. Y decidir no sentir la presión. Podrías limitarte a aceptar que he intentado preparar algo bonito para ti.

—Si pudiese hacerlo, sería una persona diferente. ¿Sabes?, todavía estoy en ello. —Se ríe.

Él se siente profundamente desconcertado.

Permanecen un rato sentados en silencio. Un rayo de sol atraviesa la cristalera y se desplaza con parsimonia por la sala de estar, utilizando el árbol de Navidad como el gnomon de un reloj de sol.

—¿Qué hora es?

—Casi las tres y cuarto —dice él.

—Creo que voy a dar un paseo.

—¿Ahora? Meghan va a llegar de un momento a otro.

—Sí —dice ella, preparándose para salir—. Confío en que podrás encargarte tú de recibirla.

—Puedo hacerlo.

Charlotte abre la puerta corredera y sale al jardín, cruza la piscina y se dirige hacia el noveno hoyo del campo de golf.

Poco después de su partida llega Meghan.

—¿Cómo está mi chica? —dice el Pez Gordo mientras le da un fuerte abrazo.

—Bien —responde ella, devolviéndole el abrazo. Aspira hondo—. La casa huele a Navidades.

—Es por una vela de olor.

—Siempre asocio este olor con el rancho en invierno.

—Es una vela Rigaud de ciprés —le explica él, mientras le lleva las maletas a su habitación.

—Uau, la casa está muy decorada.

—Es bonito, ¿verdad?

—Es Navidad al revés. En casa hay nieve y carámbanos, y fuera hay desierto y palmeras. Me gusta. Tiene un aire agreste, con todos esos toques blancos y plateados, y todo cubierto de nieve falsa.

—Lo llaman «espolvoreado».

—Qué maravilla —dice ella.

—El tío que nos ha hecho la decoración no paraba de decir que Palm Springs era perfecto para el espolvoreado y, si te soy sincero, por un momento pensé que se estaba refiriendo a echar un polvo. —Se ríe—. Disculpa la obscenidad, pero me pareció muy gracioso. No paraba de hablar de espolvorear y al final tuve que preguntarle a qué se refería.

—¿Dónde está mamá?

—Ha ido a dar un paseo.

—¿Justo cuando yo llego a casa?

—Ha salido hace un rato. Está nerviosa.

—¿Puedo ir a buscarla?

—Desde luego que sí. Ha salido hace solo unos minutos e iba en dirección al hoyo nueve.

Meghan sale al jardín y se aleja en la misma dirección que Charlotte. Unos minutos después está de vuelta, con aspecto angustiado.

—¿La has encontrado?

—La he visto...

—¿Y?

—Espero que ella no me haya visto.

El Pez Gordo se queda desconcertado.

Sigue un silencio.

—Mamá estaba...

—¿Qué?

—Fumando un porro.

—¿Qué?

—La he visto fumando un cigarrillo mal liado y me ha llegado el inconfundible olor a hierba. Soy joven, voy a fiestas; sé cómo huele la marihuana.

–No tiene sentido. En primer lugar, tu madre no fuma, y en segundo lugar, está viviendo en un centro de desintoxicación. Debe de ser otra cosa.

–Llevaba ropa de yoga y una gorra de béisbol rosa.

–Dios mío. La diversión no se acaba nunca.

Oyen la puerta corredera abriéndose.

–Huélela –le susurra Meghan a su padre.

–Ya estoy de vuelta –anuncia Charlotte–. ¿Ya ha llegado Meghan?

–Ya estoy en casa –dice Meghan, y se acerca a saludar a Charlotte–. Qué alegría verte. –Abraza a su madre, delgada y plana como una tabla, que más que abrazar a su hija parece abrazarse a sí misma. La imagen que le viene a la mente a Meghan es que su madre cruje como una galleta salada–. ¿Estás bien? –le pregunta.

–Si quieres que te diga la verdad, no lo sé –responde Charlotte, que se mete en la cocina para beber un vaso de agua.

–¿Quieres que te ayude? –le dice el Pez Gordo, que la sigue e intenta olisquearla sin que ella se percate.

–¿Por qué me sigues?

–Solo intentaba ser amable –responde él, reculando–. Meghan, ¿tú quieres un vaso de agua?

–Sí –dice ella–. Viajar te deja deshidratada. No entiendo que haya gente que haga de ello su profesión.

–Mucha gente no puede permitirse elegir –dice Charlotte, que vuelve a la sala de estar con una soda con lima–. Antaño, trabajar de azafata era un modo de encontrar un hombre con un buen trabajo.

–Me parece insano pasarse la vida ahí arriba, respirando un aire viciado, paseándose arriba y abajo, y teniendo que aguantar a borrachos.

Se produce un silencio incómodo.

–No estoy borracha –dice Charlotte–. He dejado de beber. Y desde luego jamás me he emborrachado en un avión.

Ni el Pez Gordo ni Meghan dicen nada.

–Te veo muy delgada –le dice por fin Meghan a su madre.

288

–Gracias –responde Charlotte, que no sabe qué otra cosa decir.

–Hacía mucho que no te veíamos –le dice su padre a Meghan.

–No hace tanto –responde ella–. Desde el 5 de noviembre hasta ahora solo han pasado siete semanas.

–Bueno, a mí se me ha hecho muy largo.

–¿Qué hiciste en Acción de Gracias? ¿Adónde fuiste? –pregunta Charlotte–. Nadie me ha contado nada.

–Tony me llevó a casa de una amiga suya en Georgetown. Estuvo bien, pero no paré de pensar en lo mucho que echaba de menos nuestra celebración de Acción de Gracias. Me encanta ir a esos hoteles decorados para la ocasión festiva. ¿Os acordáis de los rellenos, del pudin de pan y esa locura de tarta de cacahuetes?

–Tarta de pecanas –le corrige el Pez Gordo.

–Tuve todo el tiempo la sensación de estar en una fiesta en una gran mansión en Inglaterra.

–En Inglaterra no celebran Acción de Gracias –le aclara Charlotte–. Acción de Gracias viene de los peregrinos que huyeron de Inglaterra.

–No me refería a Acción de Gracias en el sentido literal, sino a la sensación de estar en una fiesta fastuosa.

De lo que Meghan no les habla es de las horas que se pasó sola en Acción de Gracias pensando en la chica asesinada en el colegio y de las cartas que les escribió a sus padres.

–¿Recuerdas a casa de quién te llevó?

Meghan niega con la cabeza.

–Peggy no sé qué. Tuve un encuentro muy raro. Me sentaron al lado de una mujer encantadora que se puso a contarme todo tipo de cosas sobre su padre, que era pastor y entrenador de fútbol americano, y sobre ella, que había sido demócrata hasta los veintiocho años y entonces se hizo republicana. Fue muy interesante.

–¿Y qué hay de raro en eso? –le pregunta Charlotte.

–Cuando nos marchamos, Tony me preguntó qué me había parecido esa mujer. Le dije que era encantadora y él me dijo: «Es secretaria de Estado». «¿De qué estado?», le pregunté. «De los Estados Unidos», me dijo.

–¿En serio? –pregunta Charlotte.

–Pues sí. Tony no me lo había querido contar antes, por miedo a que yo me bloquease.

–¿Condi Rice? –inquiere el Pez Gordo.

–Ella misma. También resultó raro porque el hombre al que tenía sentado al otro lado me dijo que había agentes del servicio secreto en la casa y yo no entendía por qué. Uno de ellos se pasó todo el rato metido en la cocina. Pensé que estaba ayudando a la cocinera.

–Asegurándose de que la cocinera no envenenara a nadie –le explica el Pez Gordo.

–Exacto –dice Meghan–. Acción de Gracias en Georgetown. La secretaria de Estado, un par de personas de los noticiarios de la televisión, un tío con un pase especial que le permitía salir de la cárcel el fin de semana y un montón de chiflados. –Querría decir algo sobre el encuentro con William, pero la distrae la tensión en la sala. Se calla.

Los tres permanecen sentados en la sala de estar; el rayo de sol ha cruzado el suelo de la habitación de lado a lado, y el programador automático del árbol de Navidad se ha activado y las luces empiezan a parpadear.

–¿Puedo hacer una pregunta? –dice Meghan–. ¿Sucede algo?

No hay respuesta.

–¿Tienes cáncer? –le pregunta a Charlotte.

Su madre parece afectada; es lo último que se le hubiera pasado por la cabeza.

–Hemos pasado unas semanas complicadas –dice el Pez Gordo.

–Os he traído vuestras tazas –anuncia Meghan mientras le da una caja a Charlotte–. Las tazas de cerámica pintadas de cada año. En esta ocasión las he decorado con un tema político americano.

—Estupendo —dice Charlotte—. Nos irán perfectas para el té.

—Por lo que parece no has perdido el ingenio —le dice el Pez Gordo a su mujer—. Tema político, té...

—No intentaba ser graciosa. Con el alcohol he dejado también la cafeína.

—Oh.

—Es difícil decidir por dónde empezar —dice Charlotte—. Hay algo que tengo que contarte.

—¿Ahora? —pregunta el Pez Gordo—. ¿En este preciso momento?

—No me voy a sentir liberada hasta que no lo haga —responde ella.

—¿El qué? —pregunta Meghan—. ¿Hacer qué?

—Sacar los trapos sucios —murmura el Pez Gordo.

—Antes de que nacieras tú —confiesa Charlotte—, tuvimos un bebé.

—¿Tengo un hermano? —pregunta Meghan muy excitada.

—El bebé nació con problemas —añade el Pez Gordo.

—¿El bebé va a venir a casa? ¿Va en silla de ruedas o algo por el estilo?

—Hicimos todo lo que pudimos. La tecnología médica no era como la de ahora —dice su padre.

—¿Cuánto hace de eso?

—Veintiún años.

—El bebé era un niño —dice Charlotte—. Cuando nació, nos dijeron que no nos lo podíamos llevar a casa, porque estaba demasiado enfermo, pero yo no estaba dispuesta a dejar a mi hijo allí. Nos lo llevamos a casa y cuidamos de él durante mucho tiempo.

—El bebé no creció ni se desarrolló. Pese a todo lo que hicimos, estaba cada vez más enfermo —dice el Pez Gordo.

—El bebé murió —añade Charlotte—. Eso es lo que pasó.

—Qué horror. Vaya historia —dice Meghan—. Pero ¿por qué me lo cuentas ahora?

—Porque necesito hacerlo —responde Charlotte—. Tienes que saberlo. Y yo necesito que lo sepas.

–Hay más –dice el Pez Gordo.

Meghan parece desconcertada.

–No soy tu madre biológica –dice Charlotte.

–Entonces ¿soy adoptada?

–No.

–¿Hubo una donante de óvulos?

Charlotte niega con la cabeza.

–No lo entiendo.

–Yo no te parí.

–¿Eso significa que no eres mi madre?

–No lo sé –responde Charlotte.

–Por supuesto que es tu madre y yo soy tu padre. Tal vez habríamos podido gestionarlo mejor, pero lo hicimos lo mejor que pudimos, lo mejor que supimos.

–Papá es tu padre, pero yo no soy tu madre.

–La culpa es mía –dice el Pez Gordo–. La responsabilidad es mía.

–¿De qué estáis hablando? –grita Meghan–. ¿Por qué me estáis contando todo esto?

–Porque no puedo seguir viviendo con el secreto –dice Charlotte.

–¿Lo habéis sabido desde siempre? –pregunta Meghan.

Charlotte y el Pez Gordo se quedan un poco perplejos.

–Bueno, claro que lo sabíamos. De haberte parido, lo sabría, ¿no crees?

–He oído decir que hay personas que olvidan las malas experiencias, que, una vez que las dejan atrás, las borran de la memoria, por eso la gente sigue teniendo hijos –dice Meghan.

–No te parí.

–Bueno, entonces ¿de dónde vengo? –Meghan rompe a llorar–. No lo entiendo.

–En cierto sentido sí lo entiendes –dice Charlotte.

Cuando Meghan descubre que su madre no es su madre, le viene una arcada que le sube hasta la boca sin previo aviso. Traga. Siente el ardor de la bilis subiendo y después bajando. Se produce una pausa. Un momento en blanco. Y vuelve a sentir la arcada y vomita todo el contenido de su estómago y de su alma sobre el suelo gris de terrazo.

–Lo siento –se disculpa.

Tiene que contener el impulso de arrodillarse y absorber el vómito, tragárselo. Sabe que sus padres no soportan el caos.

–Voy a buscar servilletas de papel para limpiarlo –dice el Pez Gordo.

–Lo siento –repite Meghan.

–Tal vez no deberíamos habértelo contado –dice el Pez Gordo.

–Eso no era una opción –dice Charlotte. Sentada en la sala de estar, ha empezado a hacer ejercicios de respiración. De no haber vomitado Meghan, lo habría podido hacer ella.

Manchada de vómito caliente, agrio y rosáceo que se está enfriando, Meghan se mete en el lavabo. Se quita el suéter y lo mete en el cesto de la ropa sucia. Se mira al espejo.

–¿Puedo pasar? –le pregunta su padre.

–No –responde ella–. No sé quiénes sois. ¿De quién es esta casa? ¿Quién soy yo? ¿Dónde está mi familia?

–Estamos aquí –dice él a través de la puerta.

–Ay, Dios, me estoy volviendo loca. Vengo a pasar las Navidades. Lo único que quería eran unas vacaciones normales. Esto es un lío. Pensaba que sabía cómo era mi vida. Pensaba que era cierto tipo de persona, con cierto tipo de familia, y ahora resulta que no es verdad.

–Una parte sí es verdad –le dice él–. Eres la persona que crees ser.

Se oyen llantos, el ruido de sonarse la nariz, resoplidos.

–¿Es por esto por lo que nunca visitamos a la familia de mamá?

–No –responde Charlotte desde la sala. Tanto Meghan como el Pez Gordo se quedan sorprendidos de que haya oído su conversación–. El problema con mi familia no tiene nada que ver con esto.

–Son texanos –dice el Pez Gordo–. Gente de trato complicado.

—Bueno, ¿quién más lo sabe? –pregunta Meghan.

—Nadie más lo sabe.

—¿Tony?

—Sí, Tony sí lo sabe.

—Estupendo. Nadie lo sabe, pero alguien sí lo sabe. Le pusiste los cuernos a mamá. Es asqueroso.

—No me siento orgulloso.

—Estoy segura de que es por esto por lo que bebe. ¿Esta es la gran noticia que quería darme? Que tú sustituiste a un bebé muerto por otro que tuviste con una fulana.

—No era una fulana.

—¿Estás seguro?

—Lo estoy. Escucha, Meghan, no sé cómo plantear esta conversación, y tu madre tampoco. A ninguno de los dos se nos da bien manejarnos con las emociones. Nada de todo esto es culpa tuya.

—Claro que no es culpa mía –dice Meghan–. Yo nunca habría hecho algo así.

—Nada de todo esto tiene que ver contigo, excepto por la relevancia que tiene en el problema con el que ha estado lidiando tu madre todos estos años; ha tenido que bregar con estas emociones tan delicadas.

—Dices que no es culpa mía ni tiene nada que ver conmigo, pero sí está relacionado. Tiene que ver con mi procedencia. Mi concepción. En algún lado, ahí fuera, hay una mujer que resulta que es mi verdadera madre.

—Sí.

—¿Es otra sorpresa para la que debería prepararme? ¿Está en el garaje esperando para conocerme?

—Tu madre siempre quiso tener hijos. Lo pasó muy mal con el bebé que murió. Deberíamos habértelo contado hace tiempo, pero no queríamos cargarte con ese peso antes de tiempo. Queríamos que disfrutaras de la vida. Espero que esto te ayude a entender por qué tu madre ha sido tan sobreprotectora en el pasado. Pero sin duda ha sido un error no decírtelo antes.

En la sala de estar, Charlotte, que oye todo lo que está diciendo su marido, rompe a llorar.

–¿Al menos sabes quién es mi verdadera madre?

–Desde luego que sí.

–¿Ella está enterada de que ahora ya sé la verdad?

–No –responde él–. Hace muchos años que no hablo con ella.

–Pues ahora vas a tener que hacerlo –dice Meghan.

El Pez Gordo no dice nada. No se le había pasado por la cabeza que tendría que llamarla, pero Meghan tiene razón.

–Me siento como si estuviera teniendo una pesadilla, como si esto no fuera real. Tú no eres real. Quiero volver a Virginia. Quiero largarme de aquí.

–Respira hondo.

Al fondo se oye un ruido de puertas acristaladas que se abren y Charlotte sale al jardín.

–Deberías haberme entregado a unos desconocidos, a alguna familia que no pudiera tener hijos.

–La historia es peculiar –dice él–. Esto nos pasó a los dos, a tu madre y a mí. Tuvimos a un hijo enfermo; fue algo que vivimos los dos. Cuando el niño murió, lo enterramos y cada uno de nosotros enfrentó la pérdida de forma diferente. –Todo esto forma parte de lo que lleva tiempo diciéndose a sí mismo; es un discurso que ha ensayado en su cabeza–. Las personas no son iguales; las parejas no son una sola persona; los progenitores son dos personas independientes que piensan de forma diferente.

–Lo que tú digas. En estos momentos tengo un dolor de cabeza horrible –dice Meghan–. No quiero seguir escuchándote.

–Hay pastillas para el dolor de cabeza en el armarito –dice él–. Es probable que estés deshidratada.

A través de la puerta se oye a Meghan abrir el armarito y el grifo.

–¿Dónde está mamá?

–Junto a la piscina, hablando por teléfono. Quizá esté llamando a su patrocinador.

–¿Tiene un patrocinador, tipo Nike o Lancôme?

–No, es un coach antialcohol, un alcohólico reformado al que puede llamar cuando necesita ayuda.

Se produce un nuevo silencio.

–¿Nos odia? –pregunta Meghan.

–¿Quién?

–Mamá.

–No.

–Si yo fuera ella, te odiaría. Tú eres el responsable.

–El responsable.

–De lo que nos ha pasado a mamá, a mí y a otra pobre mujer que tuvo que renunciar a su hija. Siempre había pensado que eras una buena persona, el sostén familiar, y resulta que eres una especie de capullo.

–Es una bonita palabra para describirlo.

Un nuevo y prolongado silencio.

–¿Celebrasteis un funeral? –pregunta Meghan.

Su padre no está seguro de qué le está preguntando.

–¿Por quién?

–Por el bebé.

–No. Tu madre no quiso. Fuéramos a donde fuéramos después de lo sucedido, todo el mundo nos miraba con aire compasivo. Eso fue lo que le provocó la ansiedad social y tal vez incluso dio pie a que empezara a beber. Dejó de salir, se le hacía cuesta arriba estar con gente, no soportaba el modo en que la miraban.

Meghan abre la puerta del lavabo. Tiene los ojos hinchados y se nota que ha llorado.

–Aprovechando que estamos levantando la alfombra –le dice a su padre–, quiero preguntarte algo. ¿William es el novio de Tony?

–Es una suposición muy razonable.

–¿Por qué nunca me has contado que Tony es gay?

El Pez Gordo se queda mudo.

–¿Conoces a William?

–Nos hemos visto alguna vez.

–¿Cuánto tiempo llevan juntos?

–Varios años. Tony ha tenido muchos novios en su vida, pero parece que con él ha sentado la cabeza.

–Tony tiene más de sesenta años. ¿Por qué los llamas «novios»?

Su padre no responde.

Charlotte vuelve a entrar en casa.

–Tenía que pedir que me echaran un cable.

–¿Qué? –pregunta el Pez Gordo.

–Tenía que pedir consejo.

–¿A quién has llamado? –quiere saber Meghan.

–A un amigo.

Un silencio.

–Tengo que irme –dice Charlotte.

–¿Adónde? –le pregunta el Pez Gordo.

–Al lugar de donde he venido.

–¿Me vas a dejar? –pregunta Meghan con tono lastimoso.

–No te voy a dejar –responde Charlotte–. Solo me voy a un lugar más seguro.

–Te necesito.

–Y yo necesito tiempo –dice Charlotte.

–Mamá.

–Tiempo.

–De acuerdo, entonces yo también me marcho –dice Meghan.

–¿Adónde te vas a ir? –pregunta el Pez Gordo.

–No tengo ni idea. Pero necesito salir de aquí.

–¿Os marcháis las dos?

–Por el momento –dice Charlotte.

–¿Tú no te puedes quedar? –le pregunta el Pez Gordo a su hija.

–Me parece que estoy teniendo un ataque de pánico –dice Meghan–. Tengo que darme prisa. Tengo que largarme a algún lado. Por favor, ¿me puedes pedir un taxi?

–Podemos ir a donde quieras –le propone el Pez Gordo–. No tenemos por qué quedarnos aquí. Podemos irnos a Aspen, a París o a Hawái, del último destino estamos muy cerca desde aquí.

–No –dice Meghan–. Tengo que salir de esta casa.

Ahora es su turno de abrir la puerta corredera y ponerse a caminar en dirección al campo de golf. Meghan siempre se ha mostrado orgullosa de solucionar sus problemas sola. Pero, en cuanto tropieza al avanzar sobre la hierba y cae en un banco de arena, empieza a gritar. Se ha quedado atascada, atrapada en Palm Springs, como un fósil viviente. Logra salir del hoyo y regresa a toda prisa a casa. Charlotte sigue allí, de pie en el vestíbulo, con la maleta azul en la mano, esperando a que vengan a recogerla.

–Podríamos ir todos a una de esas reuniones –sugiere el Pez Gordo.

–Seguro que lo haremos –dice Charlotte–. Pero todavía no es el momento.

–¿Os vais a marchar las dos? ¿Y si me da un ataque de ansiedad?

–Tendrás que apañártelas –dice Charlotte.

–El modo en que estáis actuando las dos es lo que da mala fama a las mujeres –dice el Pez Gordo.

–¿Disculpa? –dice Charlotte.

–Las féminas de la especie humana son conocidas por su comportamiento errático y fuera de control.

Las dos se quedan mirándolo.

–¿Qué pasa? Es verdad. ¿No creéis que la gente opina que las mujeres son complicadas?

–Cuando dices gente –interviene Charlotte–, no hablas de la gente en general, sino de los hombres. A los hombres, las mujeres les parecen complicadas.

–Así es –dice el Pez Gordo.

–Eso es porque las mujeres son distintas a los hombres, y los hombres esperan que sean iguales que ellos. Las mujeres no esperan tanto de los hombres; ya saben a qué atenerse –sentencia Charlotte.

–Las mujeres son más inteligentes –dice Meghan.

–¿Ahora os habéis aliado para hostigarme? –pregunta incrédulo el Pez Gordo.

—¿Antes estabas fumando marihuana en el jardín? –le pregunta Meghan a su madre.

Charlotte no responde.

—Te he visto y lo he olido.

—¿Te vas a chivar? –quiere saber Charlotte.

Se produce un silencio.

—No, no me voy a chivar. Pero, después de lo que has pasado con la bebida, me parece desconcertante que empieces a fumar marihuana. Y, además, resulta que es ilegal.

Un nuevo silencio.

—Se me hace una montaña seguir aquí –dice Charlotte–. No es por ti, es por la situación. Tú eres maravillosa –le dice a Meghan–. No podría pedir más.

—¿Dónde has conseguido la droga? –le pregunta el Pez Gordo.

—No volverá a suceder –asegura Charlotte.

Fuera, suena un bocinazo. Charlotte recoge la maleta.

—Hasta pronto –dice mientras sale.

—Me siento muy rara –dice Meghan.

—No tienes por qué –la tranquiliza el Pez Gordo–. Tu madre está pasando por un proceso. No tiene nada que ver contigo.

—Acaba de contarme que no es mi madre; me parece a mí que está bien claro que sí tiene algo que ver conmigo.

—El hecho concreto tiene que ver contigo. El resto es asunto suyo en exclusiva.

—¿Puedes llamarme a un taxi para que me lleve a algún lado?

—Cuando pides un taxi, tienes que decirles adónde quieres ir.

—A un sitio en la ciudad.

—¿Adónde?

—¿Adónde ha ido mamá?

—¿A la Betty Ford? ¿A la clínica de desintoxicación?

—Al Denny's –dice ella.

—Yo puedo llevarte allí. Podríamos tomarnos un desayuno para cenar.

—Necesito estar sola.

El Pez Gordo llama al taxi y espera con su hija en el camino de acceso a la casa.

–Ya sabes que somos demasiado mayores para ser padres. Seguro que te habrás dado cuenta de que la mayoría de los padres de tus amigas son mucho más jóvenes.

Meghan asiente.

–Te queremos mucho. Es solo que hay cosas que forman parte del matrimonio de las que es muy complicado hablar.

–¿Estás seguro de que mamá no nos odia? Nunca la había oído hablar así.

–¿Así cómo? ¿A qué te refieres?

–Suena indignada.

–Los dos teníamos una vida previa antes de casarnos.

–Sé que mamá casi se casó con un tipo llamado Chet, pero tú la convenciste de dejarlo.

–Se llamaba Chip y el abuelo Willard lo detestaba, así que entré yo en escena. Tu madre era la mujer más hermosa que había conocido en mi vida. Era espectacular, una mujer excepcional.

–Salvo por el detalle de que, al parecer, no es mi madre.

–Detecto cierto tono en tu voz.

–Es lo que siento –dice Meghan.

El taxi entra en el camino de acceso.

–¿Necesitas dinero? –le pregunta el Pez Gordo, que saca la cartera.

–No –dice ella–. Vas por ahí ofreciendo dinero como si eso arreglara las cosas.

–No arregla nada, pero a veces hace que las cosas sean más fáciles.

–No estoy bien –dice Meghan–. Ya sé que parece que estoy bien, porque hablo de forma coherente, pero no lo estoy. No sé cómo gestionar todo esto. Todo lo que creía saber ha resultado ser falso. ¿Estoy mandando mis solicitudes a las universidades como qué, como una hija ilegítima de reemplazo?

Dicho esto, se mete en el taxi. Mientras avanzan hacia la ciudad, intenta charlar con el conductor. No se parece en nada al señor Diente. Meghan está alterada; no paran de caerle lágrimas y mocos pese a sus esfuerzos por contenerse.

–Eh –dice el taxista–. Se te ve triste.

–Lo estoy –dice ella–. Gracias por darte cuenta.

–Eh, tal vez podríamos hacer algo para solucionarlo.

–¿Como qué?

–No lo sé –dice él–. Tengo unos amigos, quizá podríamos organizar una fiesta o algo por el estilo.

Ella no dice nada. Se limita a mirar por la ventanilla.

–¿Te parece bien lo de montar una fiesta?

Meghan empieza a inquietarse. Ya ha oscurecido. Y no conoce bien Palm Springs.

–En teoría sí –dice–. Pero tengo que ir al Denny's. He quedado allí con unos amigos.

–Podemos montar la fiesta todos; cuantos más seamos, más divertido –dice el taxista, mirándola por el retrovisor.

–No. Planificamos este encuentro hace mucho tiempo. Quedamos en el Denny's y después vamos a la iglesia. Somos muy devotos. –Se pone a cantar–: Estrella maravillosa, estrella de la noche, estrella que brillas con auténtica belleza, nos guías hacia Oriente, seguimos avanzando, nos guías con tu luz perfecta... –Cantar, por un lado, la tranquiliza, pero al mismo tiempo la emociona, porque esta es su canción favorita.

–Ningún problema –dice el taxista–. La iglesia. Está muy bien. Lo respeto. –Vuelve a mirar la carretera que tiene delante.

Al llegar al Denny's, Meghan se plantea darle una buena propina por no secuestrarla, pero teme que lo interprete mal, de modo que se limita a darle un dólar extra.

–Gracias –le dice él–. Por cierto, tienes una voz preciosa. No deberías salir de juerga, porque podrías fastidiártela.

Meghan entra en el Denny's y pide té y un *muffin* de arándanos. No ha comido nada desde el desayuno, a menos que cuente la bolsa de pretzels del avión. Hace dos días estaba cantando en el concierto de Navidad del colegio, y el recuerdo del centenar de voces femeninas –«Nos guías hacia Oriente, seguimos avanzando»– todavía la anima a murmurar la canción ante la humeante taza de té, antes de romper a llorar.

Se acerca a su mesa la camarera para preguntarle si necesita algo y Meghan se las apaña para contener las lágrimas.

–No, estoy bien –miente.

–¿Necesitas ayuda?

Meghan asiente.

–¿Estás embarazada?

Niega con la cabeza.

–¿Se trata de una relación abusiva?

Meghan vuelve a negar con la cabeza.

–¿Eres adicta a algo?

De nuevo niega con la cabeza.

–Quiero acudir a una reunión. ¿Cómo me puedo enterar de dónde se celebra?

–Oh, cariño, son fechas muy difíciles. Espera un momento. Sé a quién preguntar; el tío de la cocina sabe dónde se celebran todas las reuniones.

Pasados unos minutos, la camarera vuelve con una dirección escrita en una servilleta y un mapa con indicaciones de cómo llegar allí desde el Denny's.

–Ten cuidado en las esquinas; los coches no te pueden ver de noche, así que espera a que el semáforo se ponga en verde. Si te atropellan, al menos tienen que indemnizarte.

–Gracias.

Meghan sale del Denny's y va caminando a la reunión. Se celebra en una tienda vacía de un centro comercial. Tiene todos los escaparates tapados con papel y carteles de «Se alquila». Cuando abre la puerta, suena una campanita y todo el mundo vuelve la cabeza para mirarla. Está muy concurrida. Se sienta en una silla plegable.

–¿Es tu primera vez? –le pregunta el tipo que tiene al lado.

Ella asiente.

–Esta es de AA/NA, la mayoría de los presentes son ya veteranos. No tienes por qué hablar, puedes limitarte a escuchar.

Ella asiente.

–Bienvenida –le dice el tipo.

–Gracias.

Las historias que escucha son desgarradoras; un hombre cuenta que encendió una pipa de crack y acabó en la unidad de quemados. Una mujer detalla su vida en la calle con sus dos gatos. Es para echarse a llorar. Meghan permanece sentada pensando que es gilipollas por creerse que tiene problemas. Su vida es muy diferente de la de estas personas y tiene un sentido. Tal vez su madre la envió a un internado para liberarla o para protegerla de todo esto. Meghan ni siquiera recuerda cómo surgió la idea de ir a estudiar a un colegio lejos de casa, tan solo que parecía que sus padres querían tener libertad de movimientos, para poder viajar cuando quisieran. Fue en la época en que llegó a la pubertad. Recuerda a su madre tratando de mantener «la conversación» con ella y lo horripilante que fue. Lo cierto es que los hombres empezaban a mirarla de otro modo. Ella se daba cuenta; su madre se daba cuenta. Meghan piensa en la semana anterior en el colegio. Las del último curso tomaron el té con la directora y los miembros de la junta. Todas las chicas llevaban conjuntos de suéter y blusa, pasadores de cabello y faldas, y el cabello peinado hacia atrás. A cada una le regalaron un collar de perlas, siguiendo una tradición del colegio. Las chicas bromearon acerca de que la directora seguía luciendo el mismo peinado con el que se graduó en un colegio similar cincuenta años atrás. Y ahora Meghan está sentada en una reunión de AA/NA, jugueteando con el collar de perlas que lleva colgado del cuello, mientras piensa que tal vez su madre en realidad no la odie. Quizá su madre quería para su hija algo que ella no pudo tener. Autonomía. Libertad. Tal vez Charlotte quiere que Meghan llegue al mundo adulto a su manera, como una persona independiente, sin la obligación de casarse con un hombre.

La reunión termina y, aunque no ha dicho una palabra, se siente mejor. Al salir hace frío. En el aparcamiento divisa un taxi libre. Se acerca a la ventana del conductor.

—¿Está libre?

—¿Estabas en la reunión?

Ella no responde.

—¿Adónde vas?

Le da la dirección.

—Te puedo llevar —dice el taxista—. Ningún problema.

Meghan sube al coche; el vinilo del asiento está frío, con lo cual deduce que el taxista también estaba en la reunión. Acaba de poner la calefacción y el interior del vehículo se caldea enseguida, además en la radio suena una música clásica muy agradable. Pone el intermitente, gira a la derecha para salir del aparcamiento y todo parece ir bien. Meghan está tan embelesada contemplado la ciudad de noche y las luces parpadeantes a lo largo del recorrido que ya están a mitad de camino cuando se percata de que el taxímetro no está en funcionamiento.

–¿Y el taxímetro? –pregunta.

–No puedo cobrarte.

–Sí que puedes.

–De verdad, no puedo. Lo hago muy a gusto. Llevo a la reunión o de vuelta de ella a casa a cualquiera que me lo pida.

–Es muy amable por tu parte –dice ella–, pero puedo pagarte. Él niega con la cabeza.

–Es algo que debo hacer. No puedo enmendar el daño que les hice a mis seres queridos. Ya no vivo cerca de ellos. De modo que hago lo que está en mi mano por los demás. Es mi modo de tirar adelante.

–Pero tienes que ganarte la vida.

–Ya lo hago –dice él–. Pero no cobrando a los desplazamientos a los que acuden a las reuniones; eso sería como ganar dinero sucio.

–Lo que haces es admirable.

–No es para tanto. Antes trabajaba de barman; debido a la bebida perdí el trabajo. Entonces me gané la vida traficando con droga y acabé en la cárcel. Me gustan los trabajos en los que soy mi propio jefe y que me permiten tener contacto con la gente. De modo que esta parecía una buena opción. El coche es mío y me organizo el horario de trabajo a mi gusto. –Entra en el camino de acceso a la casa–. Sé fuerte.

Al llegar a la puerta, Meghan cae en la cuenta de que no lleva la llave encima.

Pulsa el timbre con ímpetu. Su padre abre la puerta en albornoz, con el teléfono pegado a la oreja.

—Vaya, mira quién ha vuelto —dice.

—¿Con quién hablas? —le pregunta ella mientras entra en casa. Las luces navideñas centellean, como si fueran parte del decorado de una convención de hipnotizadores.

—¿Con quién crees que hablo?

—¿Con mamá?

Él niega con la cabeza.

—¿Con Tony?

Él asiente. Ella le coge el teléfono a su padre y recorre el pasillo en dirección a su habitación.

—Supongo que ya lo sabes —dice.

—¿Saber qué?

—Todo. El colapso familiar y todo sobre mí, todo lo que yo no sabía sobre mí hasta esta noche.

Tony murmura el equivalente a ir asintiendo durante una conversación:

—Ajá. Hum.

—¿Por qué no me lo dijiste? —pregunta ella, entrando con el teléfono en la habitación—. ¿Por qué no me contaste que mi madre no es mi madre?

—No era yo quien debía hacerlo —dice Tony.

—¿Y ahora qué hago?

—Probablemente no sea esto lo que quieras oír, pero tal vez deberías dar un voto de confianza a tus padres. Llevan muchos años cargando con este peso y, aunque no es agradable, al menos por fin te lo han contado y ya no hay ningún misterio. Tu padre solo deseaba lo mejor para ti. Él y tu madre han hecho todo lo que estaba en su mano para que no te faltara de nada.

—De momento estoy muy ocupada digiriendo el trauma. Acabo de enterarme de que soy el reemplazo de un niño muerto y mi identidad ha cambiado sin previo aviso; ¿y tú me dices que mamá y papá siempre han querido lo mejor para mí? No me cuadra.

—¿Qué es lo que esperas de mí, cielo?

—Un simple «Lo siento» o «Esto es infame».

—Lo siento —dice Tony.

–Gracias. Pero ¿sabes lo que es realmente infame?

–¿Qué?

–Que no reconocí a Condoleezza Rice.

Tony se ríe.

–Debería haberla reconocido. Y es infame que mis padres no confiaran en mí como para contarme la verdad hasta ahora. Han decidido decírmelo solo porque mamá está sufriendo una crisis nerviosa.

–No creo que fuera un problema de confianza.

–Bueno, no se me ocurre ninguna otra excusa –dice Meghan.

–La vergüenza es un motivo muy poderoso –dice Tony.

Miércoles, 24 de diciembre de 2008
Palm Springs, California
10.00 h

La mañana de la víspera de Navidad, Charlotte llama al Pez Gordo.

–Hagamos un trato.

–¿Qué tipo de trato?

–Iré a casa por Navidades si me compras un coche.

–Ya tenemos un coche.

–Quiero que le compres un coche a una amiga mía.

–¿Qué amiga?

–Mi compañera de habitación en el Betty Ford; acaba de mudarse a una casa de apoyo para acabar de desintoxicarse y quiero regalarle un coche. Si disponemos de coche, podemos ir a sitios.

–Puedes ir a donde quieras con nuestro coche.

–A ella le gusta conducir –dice Charlotte–. Sería un detalle bonito. Una celebración de su sobriedad.

–¿No se puede comprar el coche ella misma?

–Si utiliza el dinero de su familia, vendrá acompañado de una serie de obligaciones. De lo que se trata es de conseguir independencia, sin obligaciones. Por eso te lo estoy pidiendo.

–Estoy seguro de que ya lo sabes –dice él–. Puedes extender un cheque. Hay un montón de dinero a tu nombre.

–No quiero utilizar ese dinero. Quiero que tú lo hagas por mí.

–De acuerdo –dice él–. Imagino que ya tienes pensado el modelo. ¿Un Ford? ¿Un Chevy?

—Ya les tengo echado el ojo a unos. Están en el concesionario de Mercedes. Hay dos opciones. No me acabo de decidir. El 190L parece demasiado pequeño. Tal vez el 220SE. Me gusta el color crema, pero también está en rojo; el rojo es un color estupendo para un coche.

—Vaya regalazo —dice él. Un Mercedes triplica el precio de un Ford. Está claro que no es solo para desplazarse, el estilo también cuenta en la elección—. ¿Los has probado los dos?

—Sí.

—¿Con tu amiga?

Se produce un largo silencio.

—No le dije que iba a ser para ella. Le hice creer que era para otra persona.

—¿Para quién?

—Para ti. Le conté que me sentía mal por todo lo que te había hecho pasar y que quería compensarte con un regalo.

Él se ríe.

—Bueno, ¿y cómo quieres hacerlo? ¿Quieres que vaya al concesionario con vosotras dos y que lo compremos hoy mismo?

—Deberíamos hacerlo tú y yo —dice Charlotte—. Y yo se lo entregaré mañana, por Navidad.

—De acuerdo. No sé si es tan sencillo comprarle un coche a alguien. ¿Tiene carnet de conducir? ¿Se puede asegurar el coche a su nombre? ¿La han detenido alguna vez por conducir bajo los efectos del alcohol o por alguna otra cosa? No puede conducir ese coche sin estar asegurada.

—Su último vehículo era una Harley-Davidson. Y no me siento cómoda yendo de un lado a otro en un cacharro de esos, de modo que quiero un coche. Tengo una fotocopia de su carnet de conducir y de su número de la seguridad social, y, si fuera necesario, podemos poner el coche también a mi nombre.

—Muy bien.

—Quiero hacerle este regalo. Una entrega total. Como en el poema de Robert Frost. Voy a copiar el poema y se lo dejaré en el asiento delantero.

–Tengo la impresión de que le has dado muchas vueltas a este asunto.

–Voy a ser muy clara –dice Charlotte–. Esto es lo que llaman una concesión a cambio de algo; no voy a volver a casa del modo en que tú quieres que lo haga.

–Comprendido. ¿Dormirás en casa? –pregunta él, sosteniendo el teléfono con la barbilla, haciendo palanca.

–Sí.

–¿Dónde vas a dormir?

–En mi lado de la cama.

–¿Y dónde tengo que dormir yo? –pregunta él.

–De verdad que no quiero herir a nadie, espero que esto lo tengas claro –dice Charlotte–. Me siento fatal por todo lo que ha pasado. Es lo más horrible que he tenido que hacer en mi vida, y seguro que ahora ella piensa que estoy en su contra o que no siento ningún afecto por ella, lo cual no es cierto. Lo que sí es cierto es que no nos conocemos. Espero que con el tiempo podamos establecer una nueva relación. Es la única hija que tengo y, a pesar de todo lo sucedido, he hecho lo imposible por ser una buena madre.

–Has sido una madre estupenda.

Ella no dice nada.

–Una buena madre –insiste él.

–Al menos ahora todo tiene sentido –dice Charlotte.

Él mira por la ventana: Meghan está en la piscina, nadando con determinación unos largos de lado a lado.

Después de colgar, el Pez Gordo llama a Godzich y le explica lo del coche. Godzich le dice que llamará al del concesionario y pondrá la adquisición en marcha. Entonces el Pez Gordo añade:

–Una cosa más, de tipo personal, necesito los datos de contacto de mi vieja amiga Irene.

Se produce un silencio.

–Irene, la de la consulta del dentista.

–Te lo busco y te llamo –le dice Godzich.

Cinco minutos después cumple lo prometido.

–Tengo la dirección y un número de teléfono.

–Con el teléfono me basta, gracias.

–Dispongo de algunos detalles personales, por si te pueden ser útiles.

–¿Tipo qué?

–Información adicional.

–Adelante.

–Está casada y con hijos.

Un silencio.

–Me alegro por ella –dice el Pez Gordo–. ¿Me das el número? –Godzich se lo dicta. El Pez Gordo lo escribe en una ficha, que se guarda en el bolsillo trasero.

Meghan sigue en la piscina. Lleva horas haciendo largos, como si el movimiento la ayudase a procesar lo sucedido. Siempre nada, no para de nadar. El agua es su laboratorio de ideas. Bucea; cruza de lado a lado la piscina. Hace largos y piensa en Charlotte. Piensa en Charlotte y en todos los modos en que ella misma intenta ser como Charlotte.

Meghan no ha parado de repasar en su cabeza la reunión a la que asistió anoche. Por mucho que Charlotte no haya sido una madre cariñosa y adorable, lo cierto es que ha puesto empeño en tratar de estar a la altura. Charlotte siempre le estaba enseñando alguna cosa a su hija. Meghan no puede decir que su madre se mostrase distante; su sensación era que Charlotte era así y que ese era todo el cariño que podía aspirar a obtener de ella.

La vida familiar estaba regida por reglas estrictas. Charlotte consideraba que los buenos modales eran el camino correcto para llegar a todo. Charlotte le explicaba a su hija que la etiqueta era muy útil porque funcionaba como guía de buenas maneras a la que acudir cuando una no sabía qué decir o hacer. Tarde o temprano llegarían esos momentos, las ocasiones en que una se sentía desorientada; la vida es así. Los acontecimientos te pueden tomar por sorpresa. Es importante estar preparada.

Meghan nada y recuerda cosas que Charlotte y ella solían hacer: las largas cabalgadas en el rancho, las andanzas de madre e hija en el spa, Charlotte llevándola a una sesión de manicura y pedicura que a Meghan la hizo sentirse adulta. Las dos llevaban bolsos a juego, y también lo hacían con vestidos o zapatos; este tipo de cosas contribuían a la sensación de que estaban muy unidas, de que tenían mucho en común. Ahora piensa en Charlotte y las girl scouts; su madre fue niña exploradora durante un tiempo y también la metió a ella: vendió galletas y fue anfitriona de reuniones siendo muy jovencita, cuando vivían en Connecticut.

Fueron tiempos en que Meghan sentía que su madre le daba lecciones muy útiles para ser mujer.

Charlotte siempre le recordaba a Meghan que prestara atención al mundo exterior; el ciclo vital del mundo natural es fuente de sosiego y regularidad.

Meghan piensa en Charlotte y las plantas. Siempre estaba plantando algo, siempre ocupándose de algo, una violeta africana o una orquídea. Conversaba con las plantas. En el rancho había un estante en la despensa en el que descansaban las orquídeas durmientes de Charlotte. Había un montón de tiestos con orquídeas y su correspondiente etiqueta con la fecha de la última floración. Cuando no estaban en el rancho, una de las personas que trabajaba allí se encargaba de ellas. No había cosa que la irritara más que el hecho de que la persona designada no cuidara bien de las plantas. Las plantas eran como niños, dependían de los humanos para su supervivencia. «Es nuestro mínimo deber regarlas, proporcionarles el ingrediente clave para la vida», solía decir Charlotte.

¿Charlotte fue siempre así, o cambió después de la llegada del bebé? Si no era capaz de mantener con vida a su propio hijo, ¿sería capaz de mantener con vida una orquídea? Al recordar lo raro que resultaba en aquel entonces ver el absoluto placer y las lágrimas de su madre cuando florecía una orquídea, Meghan cae ahora en la cuenta de que la desproporcionada emoción que mostraba su madre por aquellas plantas tenía su sentido.

Mientras nada, Meghan piensa en Charlotte y la naturaleza. Piensa en Charlotte en el rancho, cabalgando, como buena amante de los caballos. Recuerda su amor por el gato del establo. Un día fueron a echar un vistazo a los caballos y descubrieron que, sin lugar a duda, el gato se había metido en alguna pelea y tenía un ojo destrozado. Su madre lo cogió rápidamente, lo llevó a la casa y le limpió la herida. El gato perdió la visión de ese ojo, pero sobrevivió sin sufrir ninguna infección y pareció eternamente agradecido. Por muy estricta y amante de la disciplina que fuera, Charlotte era incapaz de dejar a nadie abandonado.

Meghan piensa en su madre y la bebida. ¿Cuándo empezó con eso? ¿Se trataba de una simple herramienta de socialización que se le fue de las manos? ¿Cuándo se convirtió en un problema? ¿Ya había intentado alguna vez dejar de beber? ¿Por qué lo hacía ahora? ¿De verdad era porque John McCain había perdido las elecciones? Meghan no comprende qué hay detrás de todo eso. Sus padres hacen un excelente trabajo ocultándoselo todo.

Meghan piensa en la reunión, en las historias que oyó, en las emociones que siente, pero le cuesta racionalizar. No puede estar enfadada con Charlotte; ¿cómo enfadarse con alguien que está sufriendo? No puede estar enfadada con Charlotte porque eso no haría más que empeorar las cosas; provocaría el alejamiento de Charlotte cuando ella lo que necesita es tenerla más cerca y tratarla como a un pajarillo herido. Aunque pueda parecer heroico que Meghan no esté pensando en sí misma, no lo es; es más fácil centrar la atención en lo que puede hacer por los demás.

Cuando Meghan sale de la piscina y vuelve a entrar en casa, le pregunta a su padre:

—¿Ya la has llamado?

—No.

—¿Vas a hacerlo?

—Sí.

—¿Por qué estás tardando tanto?

—No lo sé.

—Habéis hecho saltar mi vida por los aires. Mamá tenía que hacerlo por su supervivencia, y tú tienes que hacer esto por mí.

—El bañador gotea sobre el suelo de terrazo. Las gotas aterrizan con una suave explosión.

—Soy consciente de ello.

El Pez Gordo se disculpa y se mete en su despacho. Todo sucedió por su mal comportamiento. Irene era joven, amable y generosa. Al final, él no pudo hacer nada de lo que un hombre debería hacer: reconducir la situación, casarse con ella. Ella era una chica con convicciones religiosas, no estaba dispuesta a abortar, de modo que había que traer al bebé al mundo. Él le pidió a su abogado que lo arreglase. Él le contó a Charlotte que le habían llegado rumores sobre una chica en una situación comprometida. Lo que no le contó es que la situación la había provocado él. No hizo mención alguna al detalle clave, pero Charlotte se acabó enterando. El día que fueron a firmar los documentos se destapó la realidad y hay que decir en honor a Charlotte que eso no la echó para atrás. Podría haberse negado a dar ese paso. Podría haber reculado en el último momento; sin embargo, mantuvo la frialdad y, sin decir palabra, firmó en la línea punteada.

En aquel momento, él se quedó admirado por la «fortaleza» que demostró ella. Eso fue lo que le dijo a Tony en aquel entonces. «Esta mujer tiene una fortaleza extraordinaria.» Echando la vista atrás, el Pez Gordo no está seguro de haber utilizado la palabra adecuada.

Saca la ficha del bolsillo trasero y marca el número. Suena cuatro veces y salta un contestador. Cuelga de inmediato con la esperanza de que no dispongan de identificador de llamadas.

—No contesta —le dice a Meghan—. Lo volveré a intentar dentro de un rato.

—¿Cómo es? ¿Tienes alguna foto de ella? —pregunta Meghan. El Pez Gordo se altera tanto ante la pregunta que podría parecer que su hija le estuviera hablando de pornografía.

—No —le responde.

No se le había pasado por la cabeza que pudiera tener una fotografía de ella. Tiene una carpeta sobre ella en alguna parte. Recuerda con claridad que no la tiene guardada en la caja fuerte; un sobre color manila con el nombre de Irene, que contiene una copia del certificado de nacimiento. En ese documento no aparece el nombre de él; eso lo hablaron de antemano. Hay registros que confirman que se le envió dinero a Irene y una carta del abogado. Se esforzó para que todo fuera una mera transacción, lo más clara posible. Cuando lo piensa ahora, se pregunta si el término *transacción* no podría ser sinónimo de *gilipollas*. Cuando todavía mantenía una relación con ella, a menudo le enviaba flores. Telefoneaba a la florista y le decía qué poner en la tarjeta. Le hizo a Irene algunos regalos, un precioso brazalete de perlas y algunas otras cosas. Él le estaba muy agradecido, pero la relación no fue tan prolongada o importante como se pudiera pensar. No fue un cortejo al uso, no fue un romance; fue una suerte de terapia.

—¿De qué color tenía los ojos?

—Creo recordar que marrones. —Hace una pausa—. Tenía una bonita sonrisa; trabajaba para un dentista. Tenía el cabello como tú, espeso y ondulado.

—Más detalles, por favor —pide Meghan.

—Era guapa y encantadora. —Todo lo que dice suena insulso, genérico. ¿Por qué no tiene mucho más que decir?

—Vuelve a llamarla —le pide Meghan cuando ha pasado más o menos una hora.

—De acuerdo. —El Pez Gordo se incorpora y se dispone a abandonar la sala.

—¿No puedes llamar delante de mí?

—No, no puedo.

—No me fío de ti —le dice ella.

—Es una lástima. —Se aleja. Es obvio que se siente incómodo.

—¿De verdad la vas a llamar?

—Por supuesto que la voy a llamar. ¿A quién iba a llamar si no?

—¿Qué le vas a decir?

—No tengo ni idea. Improvisaré.

Esta vez se acuerda de bloquear el identificador de llamadas. El teléfono suena dos veces antes de que responda una voz aniñada. Cuando él pregunta por Irene, la voz grita:

—Mamá, es para ti.

—¿Hola?

¿Qué dice?

–Ya sabes lo que dicen sobre las sorpresas navideñas...

–¿Se puede saber quién habla?

–Oh, perdón, soy yo –dice él. ¿Ella llega siquiera a reconocer la voz? El Pez Gordo podría haberle pedido a Godzich que la llamara primero, pero hay cosas que debe hacerlas uno mismo–. Soy yo. Tu viejo amigo. Disculpa la intromisión...

Ella deja escapar un audible murmullo de sorpresa y angustia.

–No pretendía asustarte –dice él–. Ha pasado mucho tiempo.

–Sí –dice ella–. Mucho. Oh, uau. –El Pez Gordo oye como se mueve por la casa, tapando el auricular con la mano–. Carolina, cuida de tu hermano. –Sigue oyendo puertas que se abren y cómo ella entra en otra habitación–. No esperaba tener noticias tuyas –dice ella–. ¿Estás bien?

–Estoy perfectamente.

–¿No estás enfermo? Ha habido algunos casos de personas cercanas últimamente, una amiga con cáncer de pecho... –balbucea unos instantes y de pronto se calla.

–Lo siento –dice él–. Yo estoy bien. Estoy como un roble. –Se ríe.

–No tiene gracia.

–Por supuesto que no.

Se produce un silencio.

–Te llamo por la niña. –Hace una pausa–. Se ha destapado todo y tenemos que hablar. –Otra larga pausa–. Charlotte le ha contado a Meghan que ella no es su madre biológica. Meghan tiene preguntas; quiere conocerte. Es una chica encantadora, de primera, espabilada, guapa, con buenas notas en el colegio, jamás nos ha dado ningún problema. Estamos muy orgullosos de ella. Está en el último curso del instituto.

–No sé si voy a poder.

Él no dice nada. A veces es mejor no decir nada.

–De todos los días que se te podría haber ocurrido llamar... –dice ella.

–No lo he elegido yo. Es porque Meghan está de vacaciones.

–Mañana a primera hora nos vamos a Disney World.

–Qué maravilla –dice él–. El Reino Mágico. ¿Cuándo volvéis?

–En Nochevieja.

–Creo que Meghan te encantará.

Se produce otro largo silencio.

–¿Qué te parece el día de Año Nuevo? –propone él.

–Nos vemos a primera hora de la mañana. Mi marido duerme hasta tarde.

–Los dos sabíamos que este momento iba a llegar antes o después.

Ella no dice nada. Está haciendo las maletas para Disney World.

–Siento ser tan inoportuno –dice él.

Podría no haber llamado. Podría haberse mostrado vacilante y optar por marear la perdiz. Podría haberle proporcionado el número de teléfono a Meghan y dejar que fuera ella quien afrontase la situación.

–Gracias por llamar –dice ella de pronto. Y lo dice en serio.

Cuando el Pez Gordo abre la puerta, se encuentra a Meghan sentada en el suelo frente a él.

–El día de Año Nuevo. Nos veremos con ella ese día.

–¿Se la notaba emocionada?

–Mucho –responde él, esperando que, en este caso, emocionada pueda significar también impactada y pillada con la guardia baja.

–La manera en que me has presentado me ha hecho sentirme como si estuviera en venta: encantadora, jamás os he dado ningún problema.

–¿Qué?

–He estado escuchando detrás de la puerta. Las palabras que has utilizado parecían sacadas de un argumentario de venta. ¿Estás intentando mandarme con ella? –Meghan rompe a llorar.

–Cariño, no estaba diciendo eso. Lo que quería era que ella supiera lo orgullosos que estamos de ti y lo mucho que te queremos. No te vamos a vender o a devolver; solo intento hacerme cargo de la situación, lo hago lo mejor que puedo.

–Es todo horrible –dice Meghan.

Él la abraza, el traje de baño mojado de su hija se le pega a la ropa y deja dibujada la silueta de una niña llorosa en el cuerpo del padre.

–Mañana se va a Disney World –le explica–. Por eso tenemos que esperar.

–Nosotros hemos estado en Disney World. ¿Recuerdas que a mamá le aburrió todo excepto la montaña rusa que daba más miedo?

–Sí –responde él–. Entre tú y yo, nunca entendí por qué, pero hay cosas que son un misterio.

Se produce un largo silencio.

–Mamá va a venir a casa.

–¿Se va a quedar?

–Sí; pasará la noche con nosotros; es lo que se ve capaz de asumir de momento. Y Tony llegará esta tarde. ¿Cenamos en un restaurante? ¿En el Melvyn? ¿Filete a la Diana y aros de cebolla?

Meghan niega con la cabeza.

–Yo prepararé la cena. Quiero estar en casa con todos. Y después podemos ir a la iglesia.

–De acuerdo. Iremos a la misa del gallo. Seguro que por aquí cerca hay alguna iglesia. Entretanto, voy a llevar a tu madre al centro. –Cada vez que dice la palabra *madre* se siente incómodo. ¿Es *madre* el término correcto? ¿Acaso a partir de ahora debe llamarla Charlotte sin más? No se ve capaz. Por lo que a él respecta, ella es la madre–. Tenemos que hacer algunos recados. Compras de última hora.

–Voy contigo –dice Meghan–. Me puedes dejar en el supermercado.

Meghan se pone a hacer una lista: pollo, zanahorias, patatas, galletas, un pastel. Es evidente que ha pasado demasiado tiempo en el sur.

317

Miércoles, 24 de diciembre de 2008
Palm Springs, California
14.20 h

Charlotte aparece justo después de comer con sorprendente buen humor. El Pez Gordo no tiene ni idea de por qué y no tiene intención de preguntárselo. Ni él ni Meghan mencionan la llamada telefónica ni el plan de Año Nuevo.

–¿Vamos? –dice Charlotte, indicando que quiere ir cuanto antes al concesionario. Tiene un centelleo en los ojos que hacía años que no se le veía.

–Sí –dice él–. Nos están esperando.

El Pez Gordo no recuerda la última vez que estuvo en un concesionario, ¿hace veinte años, tal vez? En cuanto cruzan la puerta, un vendedor baja a recibirlos como un buitre.

–¿Puedo ayudarles en algo?

El Pez Gordo saca una ficha del bolsillo trasero: «Pregunta por Keith», está escrito. En cuanto pronuncia el nombre, es salvado del buitre por otro buitre más sofisticado.

–Le estaba esperando –dice Keith, y le estrecha la mano al Pez Gordo como si ya hubieran cerrado el trato.

–Gracias a Dios. –No hay nada que al Pez Gordo le guste menos que entrar en un sitio y tener que presentarse. Le gusta que la gente ya sepa quién es: el médico, el dentista, el contable, quien sea. No soporta la tensión de quedarse ahí plantado como un idiota. Piensa que quizá no todo el mundo se siente como un idiota, pero él sí. Siempre se le pasa por la cabeza que si fuera una estrella de cine lo reconocerían, pero ser rico

318

no es suficiente. Por eso hay gente rica que hace ostentación, como un indicador: fijaos en mí, prestad atención, mirad cuántos miles de dólares llevo encima en reloj, cinturón, zapatos y bolso. A él, este tipo de alarde le parece grotesco. Él es de la vieja escuela. Para los hombres como el Pez Gordo la riqueza es protección; apacigua la ansiedad de no poseer lo suficiente y el miedo de no tener el control.

Dejando de lado todo lo que está sucediendo, no está dispuesto a verse en las instalaciones de un concesionario de Palm Springs con una etiqueta gigante en la que se lee «Memo» pegada en la frente, mientras un vendedor de coches de segunda mano de la vieja escuela se lanza a la conquista de un bonus de fin de año, intentando colocarle una mierda que lleva allí seis meses porque nadie la quiere.

–Su secretario mencionó que está usted interesado en dos coches en concreto. Disponemos de unos cuantos modelos más que tal vez no haya visto. ¿Quiere echarles un vistazo o prefiere concentrarse en los dos ya seleccionados?

–¿Qué más tiene? –pregunta Charlotte–. Por curiosidad.

El vendedor la lleva hasta una pantalla de ordenador de gran tamaño y le muestra varias fotografías.

–Lo necesitamos para hoy –dice Charlotte–. Envuelto y listo. Es un regalo.

–Entendido –dice Keith–. He adelantado todo lo que he podido el papeleo. Su secretario, el señor Godsend[1] ha sido de gran ayuda.

Keith no es consciente de que su pronunciación de Godzich es disparatada. Ni el Pez Gordo ni Charlotte le corrigen, pero el Pez Gordo descubre una fugaz sonrisa en los labios de Charlotte.

–¿Queremos probarlos? –pregunta el Pez Gordo–. Pensaba que para eso estábamos aquí.

–Los dos están preparados para conducirlos –dice Keith.

–Como tú quieras –dice Charlotte.

1. Literalmente «don del cielo». *(N. del T.)*

–Los probamos –dice el Pez Gordo.

–Son descapotables, así que tienen la capota bajada. Hace un poco de frío, pero pueden poner la calefacción –dice Keith.

–Perfecto –replica Charlotte–. Me he traído un echarpe.

Se meten primero en el 220SE y el Pez Gordo saca el vehículo del aparcamiento entre algunas sacudidas. Circulan por Rancho Mirage. Él está tentado de pasar por delante del Betty Ford y contarle a Charlotte la cantidad de veces que ha pasado por ahí mientras ella estaba internada, y que la telefoneó por Acción de Gracias, pero se negaron a pasar la llamada. Está tentado de contárselo todo, pero le preocupa que ella lo interprete mal; no como muestra de lo mucho que se preocupa por ella, sino como evidencia de que no es capaz de entender que ella tiene sus propias necesidades y que no le deja ni siquiera el espacio necesario para rehabilitarse sin tenerlo todo el día encima.

Mientras circulan, él siente un creciente entusiasmo. Después del 220SE, prueban el 190SL color crema. Es un vehículo sublime, clásico, elegante, inspirador. Mientras dan una vuelta por los alrededores del concesionario, se genera una inesperada y desconcertante vibración positiva entre ambos. Él es reacio a ponerle nombre por miedo a que sea ir demasiado lejos, aunque se le pasan por la cabeza los términos *euforia* y *júbilo*. Los aparta de su mente y opta por los más moderados *embeleso, delicia* u *optimismo*. La brisa del desierto propia de diciembre atraviesa el coche; la calefacción lanza chorros de aire caliente y en la radio suena música clásica. La sensación resultante es como un singular fenómeno meteorológico, un inusual frente de aire frío que penetra en el aire caliente. Si quisiera jugársela, diría que es como si ambos fueran otra vez jóvenes y estuvieran teniendo una aventura.

–No estoy seguro de si es asunto mío recordártelo –dice el Pez Gordo–. Pero lo haré, por si lo has olvidado. Espero que sepas que puedes tener todo lo que quieras; no necesitas mi permiso. Literalmente, todo lo que necesites.

–Eso es una ficción –dice ella, ajustándose el echarpe–. No es posible.

–¿Por qué no?

–Necesitaría una máquina del tiempo.

Se produce un silencio.

–Lo que necesito es una nueva vida –dice ella–. Una vida que yo me hubiera construido.

Un nuevo y prolongado silencio.

–Pero lo único que puedo hacer es empezar desde aquí. Es lo que he aprendido en desintoxicación. No hay vuelta atrás.

–Eso es así para todos –dice él–. De aquí hacia delante.

Siguen circulando un rato más.

–¿Cuál es tu elección? –le pregunta él. Ella lo mira perpleja–. ¿Cuál eliges? –Ella sigue desconcertada, como si fuera una pregunta demasiado compleja, como si llevara implícito todo el peso del mundo–. Coches –aclara él–. Hablo de los coches. ¿Cuál prefieres?

–Oh –dice ella aliviada.

Otro largo silencio.

–Hemos pasado por muchas cosas –dice él.

–Así es.

–Siempre nos quedará eso.

–¿Qué?

–El conjunto.

De vuelta en el concesionario, dejan en manos de Keith la decisión de qué coche les conviene más. Él les explica que, a pesar de que el rojo es el más «vistoso» de los dos, el de color crema es mejor coche y con el tiempo aumentará su valor.

–Yo estoy por el aumento de valor –dice el Pez Gordo, queriendo zanjar la conversación con un comentario brillante. El rato que han pasado probando los dos vehículos ha sido una montaña rusa emocional.

–Voy a pedirle al mecánico que le dé un buen repaso –dice Keith–. ¿Qué les parece si se lo entregamos hoy a última hora?

–Hecho –dice el Pez Gordo–. Godzich le dará toda la información adicional que pueda necesitar. –Firma en la línea punteada–. Vaya regalazo de Navidad –le dice a Charlotte–. Espero que esa Trixie sea una buena amiga.

–Terrie –le corrige Charlotte–. Y gracias. Significa mucho para mí. Un voto de confianza.

Recogen a Meghan en el supermercado; los está esperando en el exterior, con un montón de bolsas con alimentos. De regreso a casa, hacen una parada en una tienda de comida saludable. Charlotte quiere introducirlos en el batido de dátiles que ha descubierto en desintoxicación.

–Nos lanzamos a explorar la zona –les cuenta Charlotte– para probar todos los batidos de dátiles. Y este es mi favorito, utilizan dátiles cristalizados.

El Pez Gordo es incapaz de recordar la última vez que Charlotte mostró interés por beber otra cosa que no fuera vodka. Succiona con su pajita.

–Es como un batido preparado con leche.

–Sí –dice Charlotte–. Solo que este es vegano. Está hecho con dátiles, que son una magnífica fuente de potasio.

–Seguro que también podemos prepararlos en casa –dice Meghan.

–A mí lo que me gusta –dice Charlotte– es salir a comprarlos.

Por la tarde, la casa se llena de música navideña y del aroma a bosque de la vela Rigaud. Meghan permanece atrincherada en la cocina, preparando su festín. Tony llega a última hora y, de inmediato, Charlotte y él se instalan en la piscina.

Alguien que no supiera lo que ha pasado podría pensar que todo va como la seda, que nada ha cambiado. Se respira relajación; ¿las aguas han vuelto a su cauce o se trata de un autoengaño? ¿Se puede dejar caer una bomba de la magnitud de la que ellos lanzaron ayer y seguir adelante como si nada? ¿El espíritu navideño puede con todo?

El Pez Gordo no puede evitar pensar si no va a resultar que se lo toma todo de forma demasiado literal, como un perro labrador. Así solía llamarlo Charlotte, su perrito.

Viendo que todos están a lo suyo, el Pez Gordo se recluye en su despacho y empieza a hacer planes. Habla con Godzich por teléfono para que le compre billetes en un vuelo a Washington para el 26 y le reserve hotel para él y Meghan; quiere tenerla cerca hasta que vuelva al colegio pasado Año Nuevo. Él tiene que atender algunas invitaciones a cenas previas a la toma de posesión y algunas reuniones que le han pedido.

Y tiene algunos planes privados que necesita poner en marcha.

El olor navideño se expande y ahora incorpora pinceladas de la cena en preparación: pollo asándose y pan horneándose. Decide ir a la cocina a echar un vistazo.

–Es impresionante. ¿Dónde has aprendido a hacer todo esto?

–He mentido –confiesa Meghan–. Lo he comprado casi todo ya cocinado. Me estoy limitando a emplatarlo.

–Llámalo como quieras. A mí me da la sensación de que tienes muy claro lo que estás haciendo.

–En el internado cocinamos mucho, sobre todo repostería. La directora, la señorita McCutcheon, considera que es su deber enseñarnos a preparar comidas sencillas; según ella, es una tradición que viene de cuando los colegios de señoritas tenían como finalidad preparar a las chicas para las exigencias del matrimonio. «El pollo asado es lo más sencillo; es modesto, pero todo un clásico. Puedes servirle a tu marido un pollo bien asado y también al jefe de tu marido. No es tan pretencioso como un asado de vacuno y nunca se va a servir con la intención de impresionar. Ajo. Hay que colocar ajo bajo la piel y limones en el interior.»

–Parece que has aprendido algunas cosas útiles.

–Sí –dice ella–. Como ya sabes, han incorporado las matemáticas de alto nivel en el plan de estudios solo en los últimos años. Antaño a las chicas se les enseñaban matemáticas aplicadas a los negocios, que era el nombre que recibía el curso dedicado al buen uso del talonario familiar. Pero hoy en día estudiamos cálculo y trigonometría. No sé decirte si creen que tal vez podamos llegar a ser matemáticas o es tan solo para que podamos ayudar a nuestros hijos con los deberes.

–Supongo que no es eso lo que quieres.

–¿Ser matemática? Desde luego que no. Quiero hacer algo relevante.

–¿Como qué?

–No estoy segura, tal vez llegar a ser coronel.

Coronel. El Pez Gordo se emociona. Deja escapar un balbuceo, que disimula haciendo ver que se ha atragantado con una almendra.

–Un trabajo de mucho peso. Con un montón de responsabilidades.

–No me asustan las responsabilidades –asegura ella.

–¿Ya ha habido alguna mujer coronel?

–No lo sé. Pero las habrá. No quiero limitarme a ser la esposa de alguien. No te lo tomes a mal, pero no se me ocurre nada peor.

–Sí –dice él–. Resulta problemático.

Charlotte y Tony siguen en la piscina, lanzándose una pelota de playa que alguien debe de haberse dejado o que ha llegado rodando por el campo de golf desde otra casa. Lleva el logo de una empresa inmobiliaria de la zona. ¿Lanzan pelotas de playa desde el cielo?

No recuerda haber visto nunca a Charlotte jugando con tanto entusiasmo; salta en el agua y lanza una y otra vez la pelota.

El Pez Gordo golpea la puerta acristalada con los nudillos para llamar su atención.

–¿Estás colocada?

Ella oye algo, lo mira y se encoge de hombros. ¿Ha oído lo que decía a través del cristal?

El Pez Gordo vuelve al despacho y al cabo de un rato ve a Charlotte y Tony, sentados en las tumbonas y envueltos en varias toallas; sin duda se están pasando un canuto.

Casi arranca de cuajo la manilla al abrir la puerta corredera de cristal.

–No puedes hacer eso. Aquí no. No quiero recibir una carta de la asociación de propietarios en que se me informa de que te han visto fumando marihuana junto al hoyo nueve. Id a fumar a otro lado.

–¿Podemos entrar en casa? –pregunta Charlotte.

–Id al garaje.

–En el garaje hace frío y no hay luz –dice ella, como si ya hubiera valorado esa posibilidad.

Charlotte y Tony se levantan de las tumbonas y entran en casa. El Pez Gordo mira incrédulo a Charlotte como diciéndole: «Pensaba que estabas pasando una jornada agradable».

–Lo siento –dice ella–, esto me supera. Se me hace cuesta arriba seguir aquí.

–De acuerdo. Pero no puedes ponerte a fumar un canuto a la vista de todo el mundo. Baja a mi sala de guerra si quieres seguir fumando.

Ambos lo miran poniendo los ojos en blanco.

–¿En serio? –le dice el Pez Gordo a Tony–. ¿Tú también eres un fumeta?

–Me he sumado por acompañarla –susurra Tony.

–¿Y ahora me vas a decir que no te has tragado el humo?

–A veces, para que la gente se abra, tienes que hacer alguna concesión.

El Pez Gordo niega con la cabeza y vuelve a la cocina.

–¿De qué iba todo eso? –pregunta Meghan.

–Ojalá lo supiera.

–¿Mamá y Tony se han ido a algún lado para colocarse?

Él no responde.

–Pues solo quedamos tú y yo –dice ella–. ¿Debería anotar esto en mi diario?

De nuevo, él no abre la boca.

Se oye un grito procedente de la sala de guerra.

–¿Qué demonios ha pasado aquí? –grita Charlotte–. Parece que has celebrado una fiesta en la que eras el único invitado.

–Monté una gran batalla el día de Acción de Gracias y no quiero que la señora de la limpieza entre ahí.

–¿Qué es eso naranja? –pregunta Tony.

–Gelatina Jell-O –aclara el Pez Gordo–. Para simular el agente naranja.

–Bueno, pues hay cagadas de ratones en la gelatina.

–Quizá no sean cagadas de ratones –dice el Pez Gordo–.

Quizá sea munición de artillería o granadas de mano sin estallar. No toquéis mi campo de batalla.

—No está montado con mucho rigor histórico —opina Tony.

—Eso es discutible —dice el Pez Gordo—. Pero es mi modo de divertirme.

Mientras Charlotte y Tony siguen en el sótano, el Pez Gordo se sienta en la cocina con Meghan.

—Eres muy tolerante con ellos —le dice su hija.

—¿Qué otra cosa puedo hacer?

—Podrías prohibirles fumar marihuana en casa. No sería nada descabellado.

—También es la casa de tu madre.

—Acaba de salir de desintoxicación. De hecho, ni siquiera ha salido del todo; está a medio camino, en una de esas casas seguras. Seguro que allí tienen normas.

—Con los años he aprendido algo.

—¿Qué?

—A veces es mejor no inmiscuirse. Cuando eres una persona con mucho poder, a menos que tengas algo muy concreto y profundo que decir, es mejor manejar la nave con mucha suavidad. Las personas con poder no son conscientes del peso que tiene lo que dicen.

—Concreta un poco más.

—Hoy no es el día adecuado para que yo exprese mis pretensiones, mis reglas o mis deseos sobre tu madre o Tony. Deberíamos alegrarnos de estar todos juntos sin más. Tú estás en casa, tu madre está en casa y Tony ha venido a vernos. —El Pez Gordo mira a lo lejos—. Espero no estar revelando información confidencial, pero te voy a contar algo para que entiendas que muchas personas a las que conoces y admiras han tenido vidas mucho más complejas y difíciles de lo que imaginas.

—De acuerdo —dice Meghan.

—¿Tony te ha hablado alguna vez de su familia?

—Quizá un poco de la granja de su abuelo en el sur y de lo mucho que le gustaba pasar allí los veranos.

–El padre de Tony era alcohólico, una persona de comportamiento muy mesurado y discreto hasta que se emborrachaba. Entonces podía suceder de todo. Pegaba a Tony y lo llamaba marica. Tony tuvo una infancia horrible. En una ocasión, cuando toda la familia estaba en la granja del abuelo durante unas vacaciones, el padre de Tony, en un arrebato de borracho, estampó el coche contra la casa de sus padres. Tenía un Chrysler Imperial color borgoña de 1955 y, cuando enfiló el camino de acceso, pisó el acelerador y atravesó la pared de la casa por la cocina y después se excusó diciendo que le habían fallado los frenos. Como solía decir Tony: «Por suerte, la vajilla de porcelana buena ya estaba dispuesta en la mesa y ya habían cocinado el pavo». La abuela de Tony, una sureña de pura cepa, intentó hacer ver que no había pasado nada. Es una actitud muy propia del sur poner todo el empeño en que la mierda huela a rosas. Cuentan que, cuando su hijo salió del amasijo de chatarra, dijo: «Vaya, muchas gracias, en un minuto has conseguido lo que yo no he logrado en cuarenta años. Siempre he querido una cocina nueva». La abuela paterna de Tony no podía asumir que su hijo hiciera nada mal, y tal vez eso era parte del problema. «Ha intentado matarnos y tú le das las gracias», se supone que dijo el niño Tony. «Siempre tan bromista», soltó la abuela. «Si hubiera querido matarnos, habría chocado contra la casa por la parte trasera. Sabe que siempre nos movemos por ahí.» El accidente, sin embargo, le provocó a la señora Washington una buena herida y su consiguiente cicatriz.

–¿Quién era la señora Washington?

–La sirvienta.

–¿Dejó de trabajar para la familia?

–La policía y el perito del seguro acudieron a la casa después de cenar, porque no querían molestar a nadie. Tony se pasó toda la cena enfurruñado y se negó a comerse el pastel hasta que llamaran al médico para que le curara la pierna a la señora Washington.

–Pero ¿ella dejó a la familia? Lo que le pasó se puede considerar un abuso.

–Cuidaron de ella, como se suele decir. Tenían un buen seguro. La abuela tuvo la cocina nueva que siempre había querido y los demás se limitaron a negar con la cabeza perplejos. Lo que intento decirte es que Tony es una persona con una vida complicada, que ha sabido mantener en secreto lo que es más importante para él y adaptarse, contornearse cuando ha sido necesario, para tirar adelante.

–Es una manera de contar lo sucedido –dice Tony entrando de pronto en la cocina–. Después del incidente de las vacaciones, como lo llamamos, mi madre no me volvió a dejar nunca solo con él. Temía por mi integridad. Mi padre solía decir: «Dame un fin de semana con el chico y lo convertiré en un hombre». Fue entonces cuando mi madre y yo empezamos a planificar mi huida a un internado, que no era exactamente confortable, pero en casa había momentos en que temía que mi padre tuviera la intención de matarme.

–Lo siento –dice Meghan–. Es horrible.

–No fue tan espantoso, porque la primera persona a la que conocí en el internado fue tu padre. Y mírame ahora. –Todos se ríen.

–El pollo huele de maravilla –dice Charlotte.

–Ya está casi listo.

Miércoles, 24 de diciembre de 2008
Palm Springs, California
16.30 h

El sol se pone por detrás de las montañas de San Jacinto y la casa queda a oscuras. Tony enciende las luces del árbol de Navidad, pone música y todos bailan. Cualquiera que observara a través de los amplios ventanales contemplaría un hermoso paraíso invernal con una mujer de mediana edad bailando con su hija cogida de la mano, y a un viejo marica y a su elegante amigo haciendo lo mismo. Después cambian de pareja y Charlotte y el Pez Gordo ensayan una extraña tentativa de tango, mientras Tony y Meghan bailan. Vuelven a cambiar y ahora el Pez Gordo queda emparejado con su hija, y esa noche se siente más orgulloso que nunca de ella. Ha estado a la altura de las circunstancias y ha demostrado ser una jovencita increíble. Mientras bailan, a él se le escapan algunas lágrimas cuando piensa que ojalá le hubiera podido ofrecer una vida mejor. Ojalá pudiera reescribir la historia, pero, dado que eso ya no es posible, está decidido a construir una nueva historia, un nuevo camino hacia delante. Se compromete consigo mismo a arrastrar el pasado, como si fuera el enorme saco navideño de Santa Claus, por el barro, la nieve, la lluvia, la mierda y el infierno para depositarlo allí y poder ofrecerle a su hija un futuro antes de morir.

—¿Vas muy colocada? —le pregunta a Charlotte.

—Mucho —admite ella—. Es maravilloso. Deberías probarlo.

—Me gustaría, pero no hoy. Alguien tiene que mantenerse al timón.

329

—Eres el vigilante nocturno.

—Soy el perro —dice él.

—¿A mamá siempre le ha gustado bailar? —le pregunta Meghan a su padre.

—No estoy seguro. Pero se le da de maravilla.

Cuando están a punto de sentarse a cenar, suena el timbre y todos se asustan.

—¿Es el coche? —pregunta Charlotte.

—¿Qué coche? —quiere saber Meghan—. ¿Me habéis comprado un coche?

El Pez Gordo echa un vistazo antes de abrir la puerta.

—No es el coche; es FedEx. Se me va a salir el corazón. Ya veo los titulares: «Descubierto un almacén de drogas en la casa de vacaciones de un prominente donante republicano».

Abre la puerta y firma por la recepción del paquete.

—Nada menos que de nuestro amigo de Winnetka.

—Ábrelo —dice Tony.

—No sé —dice el Pez Gordo, riéndose—. Me da un poco de miedo, todavía no estoy muy seguro de cómo fue esa reunión. —Abre la caja. Es una botella con un líquido oscuro que parece agua de pantano sellada con cera y metida en una caja de plástico transparente como si fuera un pequeño ataúd a modo de obsequio navideño. Lleva una nota manuscrita: «Edición especial navideña del agua para las pelotas. *Cannabis sativa* con clavo y canela».

—Supongo que yo no puedo probarlo —dice Charlotte.

—No, no puedes —dice Meghan, con un tono que suena muy severo.

Se sientan a cenar. Meghan ha preparado un festín digno de fotografiarse. No solo es espectacular, sino que parece que no le ha costado nada hacerlo.

—Me preguntaba qué eran estas cosas —dice el Pez Gordo mientras juguetea con las astas de reno de la argolla de su servilleta.

—Las he hecho yo —dice Meghan—. Con cosas que he encontrado por la casa.

—Es una mesa preciosa y una comida espléndida. Mírate. Mira lo que has sido capaz de preparar tú sola –dice Tony.

Meghan se sonroja.

—Es una maravilla –dice Charlotte–. Probablemente sea el mejor pollo que he comido en mi vida. No quiero sonar esnob, pero debo decir que, tanto en la clínica como ahora en la casa de recuperación, la comida es muy mala. En realidad es asquerosa.

—¿En qué sentido? –pregunta Meghan.

—No está concebida para ser ingerida por seres humanos. Los ingredientes salen de unos tarros industriales gigantescos en los que pone «Mayonesa densa», «Extradensa» y cosas por el estilo. Mi amiga me contó que está permitido que la comida industrial contenga más insectos y restos no identificados por tarro que la que nosotros compramos.

—¿Es eso cierto? –pregunta Meghan.

—Eso dice ella. Y debe de saberlo. Ha pasado por desintoxicación varias veces e incluso ha estado en la cárcel en una ocasión.

—Uau –dice Meghan.

—¿Quieres saber cómo es en realidad lo de la desintoxicación? –le pregunta Charlotte.

—Sí –dice Meghan.

—No sé si es una conversación adecuada para una niña –protesta el Pez Gordo.

—Quiero oírlo.

—Gracias –dice Charlotte, y se inclina ante Meghan–. Bueno, la verdad es que no recuerdo cómo llegué allí. Durante días no supe dónde estaba; pensaba que seguía en mi détox y que había sucedido algo y me habían tenido que trasladar a un hospital local, donde el personal era amable pero un poco sobón. No paraba de despertarme pensando que había alguien más en mi habitación. Al principio pensé que era una enfermera privada, pero una noche me desperté convencida de que era un hombre que me quería hacer daño. Me puse a gritar, o creí que gritaba. Un día pensé que la intrusa era una voluntaria que me ofrecía un zumo de manzana. Después llegué a creer que era alguien que bailaba por la habitación desnuda, salvo por la ropa interior blanca de nailon. En mitad de la noche, con los brazos levantados por encima de la cabeza, bailaba escuchando un walkman Sony con unos enormes auriculares acolchados. Así. –Charlotte se levanta para hacer una demostración–. Movía el aire con los brazos; tenía un cuerpo esbelto, bronceado, con una silueta que no era la femenina tradicional. Su ropa interior de abuela le llegaba hasta la mitad del cuerpo, y sus pequeños senos caídos con pezones muy oscuros se balanceaban ligeramente al ritmo de la música.

–Esto es demasiado –dice el Pez Gordo–. Basta.

–Sigue –le pide Meghan.

–Todas las noches, esa mujer bailaba en mi habitación, sus pies se deslizaban con suavidad por el suelo de linóleo, moviéndose como si en el pasado hubiera tomado clases de baile, moviéndose como si tuviera ritmo propio. Parecía que estuviera sola en una fiesta de discoteca para sordos, por los auriculares, o en una película experimental de los años sesenta o en una *performance* de vanguardia. No se oía ni un solo ruido, salvo el de sus pies deslizándose por el suelo de linóleo. Era como estar atrapada en una ensoñación o una alucinación. Cuando empecé a tener noción del tiempo, vi que se trataba de una única persona. Era la bailarina de la medianoche en la oscuridad, y a la luz del día era un hombre con una camisa de franela a cuadros, vaqueros desgastados y botas de cowboy. La veía salir a fumar en la zona en la que estaba permitido. Durante mucho tiempo no supe quién era exactamente. Pensé que trabajaba allí y que su trabajo consistía en limpiar las habitaciones con una fregona gigante. Entonces nos peleamos.

–¿Qué tipo de pelea? –quiere saber Meghan.

–Una noche me desperté y ella estaba allí plantada y yo dije: «Esta es mi habitación». «Me parece que no», contestó ella. «Estoy bastante segura de que mi marido me ha pagado una habitación individual», dije yo, y ella se rió como si hubiera dicho algo graciosísimo. «En el universo de los borrachos y los drogadictos no hay habitaciones individuales», me dijo. No le dirigí la palabra durante varios días. Finalmente, me dijo: «¿No vas a hablarme? Tenemos algo en común». «¿Qué?» «Un problema.» «No veo dónde está el problema», dije. «No me hagas callar», dijo la mujer. «Bueno, llevo veinticinco años casada; se me da muy bien ignorar los problemas. ¿Cómo crees que he acabado aquí?» «¿Por qué no me lo cuentas?», me dijo. Nos pusimos a hablar y resultó que teníamos un montón de cosas en común.

Mientras Charlotte cuenta su historia, el Pez Gordo come galletas. Las devora con tal ímpetu que es como si intentara asfixiarse o silenciar a Charlotte atiborrándose. Bocado tras bocado, no para de meterse comida en el buche mientras ella habla. Entretanto, mientras relata su historia, Charlotte picotea de la carcasa del pollo. Cuando termina su relato, el pollo está pulido por completo y la carne en dos montones sobre la tabla de cortar.

—Podrías hacer un caldo con estos huesos —sugiere Charlotte.

—Vamos a salir enseguida —dice Meghan.

—¿Adónde vamos? —pregunta Charlotte.

—A la iglesia, y después a Washington —dicen al unísono Meghan y el Pez Gordo.

—Estoy agotada —dice Charlotte—. Yo me voy a acostar.

—Vas a ir a la iglesia —insiste Meghan.

—¿Qué hora es?

—Las nueve y media —responde Tony, que se levanta de la mesa y empieza a fregar los platos—. He comido demasiado.

—Lo siento, pero no voy a aguantar despierta hasta la misa del gallo —se excusa Charlotte.

—Vamos a la previa —propone Meghan—. En esa hay mejores canciones y los niños actúan en un pesebre viviente.

Cuando salen de casa, se topan con Keith, el del concesionario, en el camino de acceso, intentando colocar con sigilo un enorme lazo rojo en la capota del coche nuevo.

—¿Me habéis comprado un coche? —pregunta Meghan.

—No —responde Charlotte.

—¿Necesitas un coche? —pregunta el Pez Gordo.

Meghan se encoge de hombros.

—En el futuro lo necesitaré.

—Bueno, este es un coche del pasado —dice Charlotte—. Y es para una amiga mía. Cuando llegue el momento, ya te compraremos un coche para el futuro.

Eso parece apaciguar a Meghan.

Pasan por delante de varias iglesias. Nuestra Señora de la Soledad. La Iglesia del Agua Viva del Desierto. No saben qué hacer, de modo que el Pez Gordo sigue dando vueltas con el coche.

—Qué lugar más extraño —comenta Tony—. Un mundo arenoso de color beis, con pequeños montículos de hierba de un verde fluorescente, bastones de caramelo en el exterior y esculturas de hielo en el interior, y...

—Vamos a la que nos topemos a continuación —propone Meghan.

—Amén —dice Charlotte.

Mientras dan vueltas con el coche, van comentando las diversas decoraciones navideñas con las que se cruzan, incluido el enorme pesebre con figuras tan altas que parecen esculpidas a partir de postes de teléfono.

Charlotte cuenta una historia que nadie le había oído contar nunca sobre cuando participó de niña en una función navideña.

—La representación navideña se titulaba «Un pesebre viviente» y yo tenía que sostener en brazos al niño Jesús, que no era un muñeco, sino un bebé de verdad de cuatro meses, cálido, húmedo y que se movía mucho. Fue aterrador. El niño estaba dormido en una cuna de madera hasta que de repente se despertó. Se puso a gimotear y, después, a berrear a pleno pulmón; yo no sabía si debía dejar de lado a mi personaje y acunarlo, aunque según el guión de la obra todavía no era el momento. Miré al director del coro para que me indicara qué hacer, pero no me hizo ni caso. Entonces miré al público; lo único que vislumbré fueron unos rostros expectantes que me observaban sonrientes; lo que estaba sucediendo les parecía adorable. Cuando por fin decidí sacarlo de la cuna, estaba empapado de pipí, lo cual me pareció asqueroso, pero tuve que llevarlo así en mis brazos por el escenario, rodeando a los niños del coro y a las ovejitas. Ya entre bambalinas, en la zona de los camerinos, la madre del niño Jesús se hizo cargo de él y le quitó el pañal empapado, creo que fue el primer pene que vi en mi vida, y después de cambiárselo, se lo acercó al pecho y le dio de mamar. Eso también era la primera vez que lo presenciaba. Fueron mis Navidades más traumáticas. –Se ríe.

El Pez Gordo se mete en el aparcamiento de la capilla del Oasis del Desierto, un enorme edificio marrón en cuya fachada se lee: «Si alguien está sediento, dejad que venga a Mí y sacie su sed», de Juan, 7:37, escrito con enormes letras Gideon Plexus.

–Daré al sediento agua del manantial de la vida sin que tenga que pagarme por ella –dice Tony mientras caminan hacia el edificio.

–¿Qué es eso?

–Otra cita escrita en la fachada –dice Charlotte.

–Apocalipsis, 21:6.

Meghan sonríe.

La iglesia es increíble. *Alucinante* es la expresión que utilizaría Meghan. Está con su madre, su padre y su padrino, y todos tienen los himnarios abiertos y sostienen velas blancas metidas en unos recipientes de cartón para recoger la cera que parecen cornetes de helado.

–*Gloria in excelsis Deo...* Y el Cielo y la naturaleza cantan... Alegría para el mundo. Alegría para el mundo.

Alegría para el mundo. ¿Es eso posible?

Viernes, 26 de diciembre de 2008
Palm Springs, California
7.05 h

El día después de Navidad, muy temprano por la mañana, alguien de la casa de recuperación recoge a Charlotte. Sobresaltada por el bocinazo, recoge a toda prisa sus cosas. Antes de marcharse, entra con sigilo en la habitación en la que duerme Meghan.

Charlotte le aparta el cabello del rostro a su hija.

–Ha sido maravilloso estar contigo –susurra–. Pero tengo que regresar a mi jaula.

–Te quiero –murmura Meghan–. Feliz Navidad. Cantas muy bien.

Y mientras se vuelve a quedar dormida, Meghan se pregunta si Charlotte tiene que volver a su jaula porque allí está más protegida o porque otros están protegidos de Charlotte mientras ella está allí.

Su padre la despierta a las nueve.

–Ya es hora de ponernos en marcha. ¿Mamá te ha dado un beso de despedida? Se ha marchado muy temprano.

–Sí –dice Meghan.

–Estupendo –dice el Pez Gordo.

Meghan hace las maletas y recoge sus regalos de Navidad, y un coche la lleva, junto con su padre y Tony, al aeropuerto. Al dejar Palm Springs se siente como si la escoltaran lejos de su infancia. Su padre y Tony caminan uno a cada lado de ella, como guardaespaldas o postes. En la tienda del aeropuerto, busca algo que comprar: un souvenir, un recuerdo, un punto de libro, algo evocador. Encuentra un cuaderno con un eslogan de Palm Springs estampado: «Ríndete al desierto», y un lápiz en forma de cactus.

Siendo alguien que siempre piensa en lo que acaba de suceder y que vive mirando por el retrovisor, Meghan sabe que su vida nunca volverá a ser la misma. Si bien es cierto que cada segundo es nuevo, lo sucedido en la familia ha sido un shock. Lo sabe y lo olvida. Y después vuelve a recordarlo. Cada vez que lo recuerda siente un pequeño sobresalto, un pinchazo de decepción y descubrimiento.

Ni Tony ni su padre se muestran muy habladores en el avión. Llevan documentos para revisar, rotuladores fluorescentes de diferentes colores y gafas de lectura con diversos grados de aumento.

–Graduaciones de fatiga –llama Tony a su colección–. Las primeras son para la vista un poco cansada; las segundas, para la vista muy fatigada, y las terceras para el agotamiento máximo, al borde de la ceguera.

–Déjame probar las de vista un poco cansada –le pide Meghan a Tony, y él le pasa esas gafas. Intenta leer el periódico. Ve las letras mareantemente borrosas–. No son para mí –dice, y se las devuelve.

–Algún día lo serán –le dice él–. Le acaba pasando a todo el mundo. Crees que a ti no te va a pasar, pero el día que cumples cuarenta te despiertas y resulta que empiezas a ver un poco borrosas las letras del correo que ha llegado ese día.

«El único movimiento posible es hacia delante», escribe Meghan en su nuevo cuaderno. Hace un listado de lo que espera de sí misma: resiliencia, fortaleza, deberes acabados a tiempo. «Mamá tiene una voz bonita», escribe. «Antes cantaba en un coro.» Deja un espacio en blanco. «Resulta que "en realidad" mamá no es mi madre. ¿Qué significa "en realidad"? Papá dice que, a pesar de que no sea mi madre biológica, es mi madre. En realidad no. No es la real. Es una real mentira.» Nerviosa por lo que acaba de escribir, tacha todo el párrafo.

No soy quien pensaba que soy/era/soy/sería. ¿En qué situación me deja eso?

Como en una fuga, en una prolongada alucinación, la niebla de la identidad perdida es una densa espiral primaria de confusión y contradicción que se le asienta en el centro de los pulmones. Respira alrededor de ella, respira a través de ella, pero sigue ahí, marcándola como si de una cicatriz se tratase.

Fibrosis: la densificación del tejido conectivo, normalmente como resultado de una herida.

Y como hay momentos de incredulidad, escribe: «¿De verdad ha sucedido todo esto?».

Viernes, 26 de diciembre de 2008
Hotel Hay-Adams
Washington D. C.
23.45 h

Aterrizados en Washington, dejan a Tony en su casa y se van a su hotel. Cuando Meghan era más pequeña, sus padres tenían un apartamento en el edificio Watergate, con vistas al río Potomac. Recuerda los preparativos para acudir a una fiesta, su madre con un vestido de tubo sin mangas de seda amarilla. Charlotte llevaba el cabello corto y algo en la cabeza, tal vez una joya o una tiara. Lucía unos guantes largos hasta el codo, a juego con el vestido. Apareció una mujer con un uniforme rosa que vino para hacerse cargo de ella y le trajo a Meghan un globo rosa de helio. Meghan recuerda que, cuando sus padres se marcharon, jugó con el globo con la niñera, y que a la mañana siguiente, cuando se despertó, el globo estaba en el suelo junto a su cama. Se puso a llorar porque, sin la mujer del uniforme rosa, el globo ya no flotaba en el aire. Hasta ese momento, ese era su gran trauma. Meghan piensa que es extraño lo concretos y vagos que pueden resultar al mismo tiempo los recuerdos.

Está en un hotel elegante, deseando poder volver al colegio. Tiene una sensación de urgencia; hasta que no regrese al colegio, su vida está en espera y, si no vuelve pronto, siente que ya no podrá hacerlo y entonces no podría ir a la universidad y su vida no podrá continuar adelante. ¿Por qué? Porque no sabe como quién o como qué continuar, su identidad se ha volatilizado.

—¿Puedo ver mi certificado de nacimiento? —le pide a su padre.

—No lo llevo encima, pero te lo puedo conseguir.

—Gracias.

El Pez Gordo llama a Godzich, que le promete mandárselo por fax a la mañana siguiente.

Sábado, 27 de diciembre de 2008
Hotel Hay-Adams
Washington D. C.
9.30 h

–Es falso –dice Meghan cuando su padre le muestra el certificado de nacimiento.

–No, no lo es –dice él–. Es una copia enviada por fax. Godzich tiene el documento original en la caja fuerte de su despacho. Puedes comprobar que lleva el sello de Washington D. C. Naciste aquí, tal como pone.

–Cualquiera puede falsificar un documento como este. Y ni siquiera pone mi nombre.

–Es cierto.

–Por lo tanto es falso.

–No –asegura él–. Cuando un niño es adoptado, le proporcionan un nuevo certificado de nacimiento.

–Me dijiste que no me adoptasteis, que tú eres mi padre. –El tono de voz sube.

–Soy tu padre, pero tu madre tuvo que adoptarte. Cuando sucede esto, proporcionan un nuevo certificado y retiran el antiguo.

–¿Dónde está el antiguo?

–El estado lo guarda sellado.

–Washington D. C. no es un estado –dice ella.

–Nazcas donde nazcas, lo guardan y solo se puede recuperar en circunstancias muy especiales, con la autorización de un juez.

–¿Mentir a alguien se considera una circunstancia muy especial?

–Es el procedimiento habitual –dice él–. Lo hacen para proteger a la mujer.

–¿A qué mujer?

–A la mujer que ha dado a luz y a la mujer que ha adoptado al bebé.

–¿Protegerlas de qué?

–De que la gente pueda enterarse de lo sucedido.

–¿De modo que es como un accidente que hay que ocultar? Él no responde.

–¿Por qué no abortó?

Un largo silencio.

–Es católica.

–¿Tú hubieras preferido que abortara?

–Yo no he dicho esto. –El Pez Gordo se está empezando a irritar.

–Pero tampoco has dicho que no quisieras que abortase. Tampoco has dicho que quisieras que yo naciera. Has dicho que ella es católica. El catolicismo no permite el aborto.

–Yo quería que tú nacieras –dice él–. Pero era ella quien debía tomar la decisión. No creo que un hombre deba decirle a una mujer lo que debe o no debe hacer.

–Vaya manera de tirar pelotas fuera –dice Meghan.

–No me hables así.

–Me dices que soy o no soy tu hija, y, cuando te pregunto, me miras como si quisieras darme un bofetón. –Hace una pausa–. ¿Alguna vez has pegado a mamá?

–No. Por supuesto que no.

Un silencio.

–Si un hombre no tiene que decirle a una mujer lo que debe hacer con su cuerpo, ¿eso quiere decir que eres proabortista?

–¿En qué sentido? –pregunta él.

–Políticamente –dice ella.

–Estoy a favor del derecho de la mujer a elegir. No estoy seguro de que eso me convierta en proabortista.

Suena el timbre. Dejan de hablar.

–¿Has pedido algo? –le pregunta él.

Ella niega con la cabeza.

Vuelve a sonar el timbre y a continuación golpean la puerta con los nudillos.

El Pez Gordo se acerca a la puerta.

–¿Sí? –dice sin abrir.

–Señor Hitchens, soy Chris de recepción, ¿puede abrirme?

El Pez Gordo echa un vistazo por la mirilla. Hay dos hombres plantados en el pasillo.

Quita la cadena y abre la puerta.

–¿Le importaría salir un momento? –le pide Chris.

–¿Qué pasa? –pregunta el Pez Gordo.

–¿Papá?

–¿Podemos hablar un momento? –dice Chris.

El Pez Gordo sale al pasillo y el otro hombre entra en la habitación.

Meghan rompe a llorar.

–Me llamo Eugene –dice el otro hombre–. Soy de seguridad del hotel. Nos han avisado porque se han oído gritos.

Meghan se siente abochornada.

–¿Estás en peligro? –le pregunta Eugene–. ¿Necesitas ayuda? ¿El hombre con el que estás te ha hecho daño o te está reteniendo contra tu voluntad?

–No –dice ella, negando con la cabeza–. No, no, no. Es mi padre. Estábamos discutiendo sobre universidades. –Se sorbe los mocos–. Él quiere que vaya a una pequeña como Bryn Mawr o Mount Holyoke y yo quiero algo diferente.

Eugene parece aliviado.

–Sécate las lágrimas –le dice.

Ella asiente.

El Pez Gordo vuelve a entrar en la habitación con expresión afligida. Jamás le había sucedido algo así.

–Es culpa mía. Que esto haya acabado así me deja clara una cosa. –Mira a Meghan a los ojos–. Tú y yo somos muy parecidos, como dos gotas de agua. –Se le escapan algunas lágrimas–. Se trata de tu vida, de tu futuro. Y debería ser tal como tú lo hayas soñado, no mi versión de cómo debería ser. –Se vuelve hacia los dos hombres y saca el fajo de billetes–. No tenía ni idea de que alguien pudiera oírnos. –Les da unos billetes de propina por las molestias.

Cuando los dos hombres salen de la habitación, el Pez Gordo y Meghan permanecen en silencio.

–Jamás en mi vida he pasado por esto –dice él.

–¿Hablabas en serio? –pregunta ella.

–¿Sobre qué?

–Sobre que mi futuro debería ser el que yo decidiera.

–Sí –dice él–. Por supuesto.

–He vivido muy protegida –dice ella.

–Sí, hemos intentado protegerte.

–¿De la verdad?

–De la vida. Del dolor.

Un nuevo silencio.

–Esta ha sido nuestra primera pelea –dice ella.

–¿En serio?

–Mis amigas siempre hablan de peleas con sus padres, pero yo no lo había vivido.

–Lo siento –dice él.

–¿El qué?

–Todo.

Un largo silencio.

–¿Me comprarás un coche? Un coche como el que nos entregaron el día de Navidad para la amiga de mamá.

–No.

–¿Por qué no?

–Porque eres una niña y los niños no necesitan coches *vintage*.

–De acuerdo –dice ella.

Otro largo silencio.

–¿Necesitas un coche? –le pregunta él, preocupado por si ha metido la pata, por si le ha fallado en algo que ella podía necesitar.

–No, ni siquiera sé conducir.

El Pez Gordo está todavía alterado.

–Voy a dar un paseo. ¿Estarás aquí cuando vuelva?

–Sí –dice ella–. Tengo que hacer deberes.

–Estupendo. –Se mete en el lavabo y regresa con la cara lavada y el cabello peinado–. Vuelvo enseguida.

Unos veinte minutos después, suena el timbre. Meghan duda de si abrir o no. Se acerca a la puerta y echa un vistazo por la mirilla. Hay un hombre con un carrito. Vuelve a llamar mientras ella lo observa.

–¿Quién es usted? –pregunta ella a través de la puerta.

–Servicio de habitaciones –responde el hombre.

–No he pedido nada.

–Lo han pedido para usted. Puede llamar a recepción si tiene alguna duda.

–Se supone que no debo abrir a nadie. Lo siento.

–No hay ningún problema. Se lo dejo en el pasillo. Llame al servicio de habitaciones cuando haya terminado y recogeremos la bandeja.

El hombre saca algo de debajo del mantel y lo deja en el suelo; es un plato con una tapa metálica. Meghan observa cómo se aleja con el carrito por el pasillo. Cuando ya casi ha desaparecido de su vista, abre la puerta y recoge el plato. Está frío.

Lo mete en la habitación, lo deja sobre el escritorio y levanta la tapa: *voilà*.

Un *banana split*.

Vuelve a sonar el timbre. Meghan va de nuevo hasta la puerta.

–Siento volver a molestarla. He olvidado que el plato iba acompañado de una tarjeta. –La desliza por debajo de la puerta.

–Gracias –dice Meghan y abre la puerta–. ¿Le puedo pedir una cuchara?

Mientras se come el *banana split*, Meghan lee la tarjeta.

Querida hija:

Espero que aceptes mis disculpas. No se me da bien pelearme y menos todavía arreglar después las cosas. Estoy muy orgulloso de ti, ¡alumna a punto de graduarse! ¡Que ya ha votado por primera vez! Desde el día que naciste has sido una fuente de satisfacción e inspiración para mí; no lo dudes ni por un momento, y nunca lo olvides.

Te quiere,

PAPÁ

P. S.: Cuando aprendas a conducir, te compraré un coche.

—Quiero ir al zoo —le dice Meghan al Pez Gordo cuando vuelve. Él está sudando, pese a que es diciembre.

—¿Ahora?

Ella asiente.

—De acuerdo. Llamo a recepción, a ver si hay alguien que pueda llevarte.

—Quiero que me lleves tú —dice ella.

—Hace siglos que no voy al zoo.

—Exacto —dice ella—. Cuando era pequeña solíamos ir.

—Desde luego que sí. Muy bien, de acuerdo, vamos al zoo.

—¿Cuál es tu animal favorito? —le pregunta ella mientras recorren el Zoo Nacional.

—El elefante —dice él—. ¿Y el tuyo?

—El león. Y el panda.

Hablan mientras pasean.

—Es un sitio bonito —dice él—. Has tenido una buena idea.

—Cuando era niña veníamos a menudo.

Él asiente.

—Solía hacer negocios con un tipo que vivía justo aquí al lado. —Lo señala con el dedo—. En el edificio Kennedy-Warren. Mucha gente importante ha vivido allí, incluidos LBJ y Lady Bird cuando llegaron por primera vez a Washington. Y un montón de almirantes y generales, incluido Edwin Watson. Era la mano derecha de FDR; falleció en el barco en el que regresaba de la conferencia de Yalta en 1945.

—Estás obsesionado con la historia —dice Meghan.

346

–Lo estoy. Me encanta. No hay nada mejor, los mejores relatos, los acontecimientos más profundos.

–A mí también me gusta. Pero me he dado cuenta de que hay muchas cosas que quedan fuera de la historia. Solo las añaden con el tiempo, cuando no les queda otro remedio.

Él no dice nada.

–¿Hay algo que te hubiera gustado hacer, tipo algo que quisieras ser cuando eras niño y que se quedó por el camino?

–Sí –admite él, con cierto resentimiento en el tono–. La verdad es que me hubiese gustado hacer algo verdaderamente importante.

–¿Como qué?

–Inventar la bomba atómica –dice él.

–¿En serio? –pregunta ella–. Suena muy raro.

–Zanjó la guerra. Y no ha habido otra guerra mundial desde entonces –dice, como si eso justificara su opción.

–Murió un montón de gente.

–Todo tiene un coste humano.

–Si eso es cierto, ¿crees que la gente puede cambiar, que puede aprender la lección y comportarse de un modo diferente? –pregunta Meghan.

–Eso no va a suceder nunca. La gente quiere el poder. Y quien lo tiene nunca lo suelta.

Siguen caminando.

–Si no pudieras inventar la bomba atómica, si eso no fuera posible, ¿qué elegirías entonces? –pregunta ella.

–Microchips. Tendría mis propios microchips de ordenador. El futuro está en los microchips. Y un banco; me quedaría con una parte de un banco. Este año la bolsa se ha vuelto loca, en marzo cayó en picado. La gente echa la culpa a la desregulación del sector financiero. La mayoría de ellos no se dan cuenta de que las grandes cantidades de dinero son como un líquido que se trasvasa de un vaso a otro; el truco es que tienes que intentar no perder ni una gota mientras lo trasvasas. Lo que te gustaría es que, mientras lo trasvasas, aumentara un poco de volumen durante el proceso. Me gusta visualizarlo como la condensación atmosférica, que añade peso a lo vertido, como el dinero que cae del cielo.

347

—¿Eso sucede de verdad, el dinero cae del cielo?

—Me gusta creer que sí sucede —dice él—. No suelo hablar de este tipo de cosas contigo, porque doy por hecho que te resultan aburridas.

—No sé si eres consciente de ello, pero cada vez que abres la boca insultas a las mujeres.

—Simplemente considero que nos interesan cosas diferentes. Si quieres saber cómo funciona el mundo, no estudies literatura. Estudia historia o, mejor aún, economía. Todos los secretos están en la economía. Sigue el rastro del dinero. ¿Te suena?

—No.

—Es lo que Garganta Profunda le dijo a Bob Woodward cuando este intentaba descubrir qué había hecho exactamente Nixon; sigue el rastro del dinero. El dinero deja un rastro. Actualmente estoy muy interesado en intentar reducir mis «huellas». Avanzando, hago un esfuerzo coordinado por reducir el rastro que dejo. Y si consigo mi objetivo, te aseguro que un día lograré evaporarme.

—No tiene gracia.

—No estaba bromeando.

—No te evapores —dice ella—. Te necesito.

Siguen paseando un rato más.

—¿Crees que mamá volverá algún día?

—Sí —dice el Pez Gordo con convencimiento—. Ni se me pasa por la cabeza que no vaya a ser así.

—Ahora ella es libre —dice Meghan—. Ya se ha destapado toda la verdad y se supone que yo voy a ir a la universidad. Quizá ella quiera tener su propia vida.

—¿Sola?

Meghan se encoge de hombros.

—Volverá a casa. Como he dicho: sigue el rastro del dinero.

—Si no quiere volver a casa, tienes que dejarla marchar —dice Meghan—. Y tienes que darle dinero, para compensarla.

—Sí, bueno, no estoy muy seguro de que el mundo funcione así —dice él—. Quizá cuando seas mayor quieras ser abogada matrimonialista.

Después de desayunar van a la Casa Blanca. Es un poco diferente de la típica visita a un familiar en su lugar de trabajo. Tienen que mostrar una identificación con foto y pasar por un detector de metales antes de que Tony acuda a buscarlos a la recepción.

–Siempre me inquieta que me digan que mi nombre no aparece en la lista de visitas –confiesa el Pez Gordo.

–Tu nombre siempre va a estar en la lista –le dice Tony–. Pero esta visita será breve; él está aquí solo por unas horas.

–No pretendo que se me agasaje con un banquete –dice el Pez Gordo.

Los pasillos están llenos de cajas de mudanza. Varios trabajadores están vaciando en silencio sus despachos.

Tony llama a la puerta de un despacho antes de abrirla.

–Esto empieza a parecerse a la carcasa de un pavo devorado –dice el presidente Bush mientras ellos entran en el Despacho Oval.

–He pensado mucho en usted estos días –dice el Pez Gordo, y le tiende la mano.

–Sí, tengo unas ganas locas de salir de una vez de esta ciudad; es un placer verte –dice el presidente, que toma con sus manos la del Pez Gordo.

El presidente mira a Meghan, a la que le da un ataque de timidez.

349

–No pretendo meterme en tus asuntos, pero ¿te ha traído Santa todo lo que pusiste en la lista? –le pregunta con un centelleo en la mirada.

Meghan no sabe qué decir.

–Mis hijas preparan unas listas muy detalladas; incluyen tallas, colores y el nombre de las tiendas donde se pueden satisfacer sus sueños. A veces, Laura y yo las sorprendemos. Siempre he pensado que un cachorrito es un regalo perfecto para cualquier ocasión, pero resulta que no todo el mundo comparte mi punto de vista.

–A mí me encantaría recibir un cachorro –dice Meghan, como si fuera una posibilidad abierta.

El presidente Bush simula buscar a su alrededor, abriendo y cerrando los cajones del escritorio, por si le queda algún cachorro disponible. Parece un niño en una tienda de caramelos.

–Se nos han terminado los cachorros –dice–. Pero tenemos bolígrafos. ¿Quieres un bolígrafo? –Le ofrece un par–. Uno para que te lo quedes y el otro para que puedas negociar con él.

El Pez Gordo suelta una carcajada.

–¿Y sabes que más tengo? –El presidente rebusca en los cajones y saca varios paquetes de M&M's de la Casa Blanca. Son cajas del tamaño de un paquete de cigarrillos con el sello presidencial–. Son del avión. Del *Air Force One*. Antes ofrecían cigarrillos, pero Nancy Reagan los eliminó. Ron tenía tarros de gominolas, pero, la verdad, ¿a quién le gustan las gominolas? –Le da a Meghan seis cajas de M&M's–. Con esta cantidad deberías tener suficiente para montar un negocio de exportación internacional.

Todos se ríen.

–Gracias –dice Meghan, y hace una reverencia. No tiene ni idea de por qué, pero la hace.

–Hablando en serio –le dice el presidente al Pez Gordo–. Quiero darte las gracias por tu apoyo durante todos estos años. Para mí ha significado mucho a nivel personal. –Hace una pausa–. ¿Quieres saber a qué me voy a dedicar a partir de ahora?

350

–Por supuesto –dice el Pez Gordo.

–A mis hobbies –dice Bush–. Cuando eres presidente no puedes dedicar ni un minuto a tus hobbies; puedes ir en bici, salir a correr o jugar al golf con algún mandamás, pero no puedes hacer nada que sea para tu exclusivo disfrute.

–Interesante –dice el Pez Gordo.

–Voy a pintar –añade Bush–. Todavía no se lo he contado a nadie, pero eso es lo que voy a hacer.

–¿Va a pintar la casa? –pregunta el Pez Gordo, con un tono que suena un poco preocupado.

–Voy a pintar cuadros –le dice Bush, tranquilizándolo–. ¿Sabes cuántos tonos de azul hay?

Se produce un largo silencio.

–Será mejor que siga con lo mío. –El presidente Bush le da al Pez Gordo una palmada en el hombro–. Gracias por pasar a verme –dice, y le guiña un ojo a Meghan–. Estaba en Camp David con la familia, pero me ha entrado el gusanillo de venir aquí para arreglar algunas cosas. –Hace una pausa–. La verdad es que quería estar a solas en el Despacho Oval una o dos horas antes de que esto llegue a su fin.

Se desplazan todos hacia la puerta.

–A ti te veo más tarde –dice Bush, señalando a Tony.

–Nos prometimos que jugaríamos una última partida de bolos en la bolera –dice Tony mientras recorren el pasillo.

–Adoro a ese hombre –le dice el Pez Gordo a Meghan cuando ya están de vuelta en la calle Dieciséis.

–¿En serio? –pregunta Meghan, sacudiendo los M&M's–. Pensaba que no te gustaba demasiado; que no lo considerabas un gran líder.

–Las valoraciones cambian –dice el Pez Gordo–. Ser presidente es un trabajo muy duro, sobre todo para alguien como él; pero al final lo ha hecho bien, ha dado la talla.

–¿No te parece todo muy raro? –dice Meghan–, que ese edificio sea una mezcla de oficina donde trabaja un montón de gente, monumento histórico y casa donde vive una familia. Quiero decir que, cuando entras ahí, se hace difícil creer que es el lugar desde el que se gobierna todo el país. ¿Te has fijado en la moqueta?

–La moqueta no es un problema –dice el Pez Gordo–. Pondrán una nueva. La Casa Blanca es la sede de nuestro gobierno. El presidente es el líder del mundo libre y transmite la idea de la democracia a todo el planeta.

–Pero, en serio, ¿crees que si todo el mundo en Estados Unidos viera cómo funciona eso en la realidad seguirían sintiéndose intimidados?

–¿Intimidados? ¿No sería mejor impresionados? –dice el Pez Gordo–. No se trata del edificio, que por cierto está cargado de historia; se trata de las ideas y de un modo de vida. Algún día, tu generación estará al mando. Tony, yo mismo y nuestros amigos estamos tratando por todos los medios de asegurarnos de que siga ahí para vosotros cuando estéis preparados.

–¿Está en peligro? –pregunta Meghan.

Se produce un largo silencio.

–Ya viste lo que pasó en Phoenix –dice el Pez Gordo–. Hombres y mujeres hechos y derechos llorando. Sí, Meghan, está en peligro.

Un nuevo silencio.

–En otras zonas del país, la gente lloraba por otros motivos –apostilla Meghan.

–La historia requiere una mirada a largo plazo.

Cuando llegan de vuelta al hotel, Chris, el de recepción, hace un aparte con ellos:

–Siento lo que sucedió ayer.

–¿Qué pasó ayer? –pregunta el Pez Gordo.

–La intrusión en su habitación. La gente espera encontrar privacidad en los hoteles. Pero en estos momentos tenemos con nosotros huéspedes extra.

–¿Qué tipo de «huéspedes extra»? –quiere saber el Pez Gordo.

–Del servicio secreto –susurra Chris–. La próxima semana llega Obama y lo están poniendo todo a punto.

El Pez Gordo asiente.

–Se supone que no debo decir nada, pero su suite es una de las que van a utilizar, de modo que está siendo «monitorizada». En cualquier caso, querría compensarles.

–¿Y trasladarnos a una habitación «no monitorizada»?

–Me temo que no disponemos de ninguna libre, pero estaba pensando que podríamos invitarlos a cenar.

–No es necesario –dice el Pez Gordo–. Gracias.

El Pez Gordo y Meghan se dirigen hacia el ascensor.

–¿Qué te parece? –dice–. Están monitorizando nuestra habitación. Me pregunto si eso quiere decir que han puesto micrófonos.

–Solo significa que los dos hombres trajeados de la habitación contigua no son pareja.

–¿Hay unos hombres trajeados en la habitación contigua?

Meghan asiente con la cabeza y pregunta:

–¿Eso quiere decir que estoy durmiendo en la cama en la que va a dormir el próximo presidente?

–No –dice el Pez Gordo–. Yo estoy durmiendo en la cama del futuro presidente y tú estás en la habitación de los niños o de la suegra. Tengo entendido que va a todas partes con ellos; para mí eso habría sido innegociable.

–¿La suegra del presidente va a estar instalada en una habitación de la suite?

–Probablemente no, si es que tienen intención de que el matrimonio sobreviva. Más bien diría que estás durmiendo en la habitación de las hijas. Es irónico, ¿no crees? Le he pedido a Godzich que alargase mi reserva, pero resulta que no tienen habitaciones libres. Cuando tú vuelvas al colegio, tendré que pernoctar varios días en mi club.

–Me pregunto si les dejarán M&M's presidenciales sobre la almohada –dice Meghan.

El Pez Gordo se encoge de hombros.

–Hay misterios que nunca se van a desvelar.

Lunes, 29 de diciembre de 2008
Hotel Hay-Adams
Washington D. C.
11.30 h

Por la mañana, el Pez Gordo tiene varias reuniones, de modo que organiza que alguien acompañe a Meghan de compras en el centro comercial más cercano. Ella anula la mañana de compras y llama a la empresa de taxis. Pregunta si el señor Diente puede recogerla y llevarla al colegio. Quiere ver a Ranger.

El señor Diente la recoge en el hotel.

–Señorita, he aceptado la llamada porque quería asegurarme de que estabas bien. Me temo que no vas a poder entrar en el campus del colegio si quieres graduarte con honores y sin que pese sobre ti una acusación de allanamiento. El colegio está cerrado.

–Echo de menos a Ranger.

–Lo entiendo perfectamente.

–Si no podemos ir al colegio, ¿puedes llevarme a la tumba del soldado desconocido?

Es lo primero que se le pasa por la cabeza; no tiene ni idea de por qué, salvo porque tal vez podía gustarle el señor Diente, ya que es un veterano.

–¿Qué has hecho en vacaciones? –le pregunta Meghan.

–¿Yo? Nada especial. No sé si te lo he contado alguna vez, pero vivo con mi hermana y su familia. Tienen una casa muy bonita, algo muy parecido a una granja, y yo vivo en un pequeño apartamento adosado a la casa.

–¿La suite de la suegra?

Él se ríe.

—Así es como lo llaman, o como lo llamaban hasta que me instalé yo. ¿Tú has estado con tus padres? –le pregunta él.

—Sí –responde ella–. Pero ha sucedido algo.

Él la mira por el retrovisor.

—Mi madre bebe –confiesa Meghan–. Pero la sorpresa no ha sido esa. ¿Recuerdas que por Acción de Gracias no fui a visitar a mis padres? Bueno, pues fue porque ella entró en una clínica de rehabilitación. Pero volvió a casa por Navidad porque tenía algo que contarme, que es parte de la explicación de por qué bebe.

El señor Diente emite un sonido como diciendo «Ajá» o «Cuéntame más».

—Resulta que mi madre no es mi madre. Mi padre sí es mi verdadero padre, pero mi auténtica madre es una higienista dental. –Toma aire–. Resulta que la idea de la familia perfecta es como la idea del sueño americano: una fantasía, un cuento que nos contamos para sentirnos bien.

—Señorita, esto suena muy duro.

—Hay más –dice ella.

Entretanto, el señor Diente se ha despistado, se le ha pasado la salida para el Cementerio Nacional de Arlington y está dando vueltas en círculo.

—Tuvieron un bebé antes de que yo naciera, pero murió.

—Eso es desolador –dice el señor Diente, que tiene que dar una segunda vuelta completa antes de conseguir por fin tomar la salida.

—Me pregunto si mi madre puso todo de su parte, si cuidó de él; no es precisamente una persona muy cariñosa.

—Puedes dar por hecho que hizo todo lo que estaba en su mano, la práctica totalidad de las madres lo hacen. ¿Te han explicado qué le pasó al bebé?

—No me han dado el diagnóstico exacto. «No tenía ninguna posibilidad de sobrevivir», según mi padre. Por el tono en que lo dijo, mi madre insistió en que hicieron todo lo posible por salvarle la vida. Según mi padre, su pérdida los distanció y por eso él empezó a salir con la higienista dental.

–Cada cual busca consuelo donde puede –dice el señor Diente, que por fin ha logrado tomar la salida correcta.

–Si no hubiera escrito ya los trabajos para el ingreso en la universidad, ahora mismo sería incapaz de afrontarlos. Ya no sé quién soy.

–Bueno, podrías contar esta historia.

–Y ya te he hablado alguna vez de mi padrino, Tony.

–¿El que trabaja en la Casa Blanca?

–Resulta que es gay y nadie me lo había dicho. Lo conozco desde siempre. Alguien podría habérmelo contado. Es como si de repente me cayese encima toda la información y yo lo único que quisiera es volverla a colocar en su sitio.

–No sé si estás buscando consejo –dice el señor Diente–. Pero yo te sugeriría que no te resistas. Empeñarse en guardar de nuevo en su recipiente algo que ya se ha sacado requiere un enorme gasto de energía. Deja que salga, libéralo. Si le haces espacio, se hace más liviano y pasa de ser una piedra atada a tu pierna a convertirse en un globo que flota en el aire. Cuanto más espacio le des, menos atada te sentirás; cuanto más te aferres, peor resultará.

–Y el día de Año Nuevo se supone que voy a conocer a mi madre biológica –informa Meghan–. Nos encontraremos con ella por la mañana, porque su marido duerme hasta tarde. Doy por hecho que eso quiere decir que no lo va a despertar para decirle: «Feliz año y, por cierto, voy a salir un rato porque tengo una cita con mi antiguo amante y mi hija perdida». –Se calla unos instantes–. La verdad es que ya no sé qué pensar sobre todo este asunto.

–Sí que lo sabes –le dice el señor Diente.

Ella niega con la cabeza.

–Apostaría a que te da miedo lo que ya has pensado. –Cruza una mirada con ella por el retrovisor–. Nos resulta más fácil creer lo que otros quieren que creamos, dejarnos arrastrar por la corriente. Pero es importante pensar por uno mismo. No todo el mundo es capaz de hacerlo. La mayoría de la gente se deja llevar. Personalmente me parece terrorífico. Pero tú no eres ese tipo de persona. No te resistas a ser quien eres. Si para algo ha de servir todo lo que me has ido contando estos últimos meses es para que des un paso adelante y te calces unos zapatos nuevos y más grandes; es tu vida, señorita.

–Me siento muy sola. Como si ya no tuviera a nadie.

–Sí tienes a alguien.

–No es cierto.

–Te tienes a ti misma. Como mujer joven, esa debe ser tu máxima fidelidad. Dios, uno mismo y tu país. Esa es mi trinidad. –Le muestra su tatuaje. *Pro Deo et Patria*, por Dios y por la patria.

–¿Cómo sabes tantas cosas?

–Que conduzca un taxi no quiere decir que sea idiota. Me paso el día leyendo. Y lo de *Pro Deo et Patria* resulta que es el lema de mi antiguo instituto, el Archbishop Carroll. –Se produce un silencio–. Es mi trabajo –continúa–. Llevo a todo tipo de personas; tengo que ser capaz de hablar con todas ellas. Tener una opinión es parte de lo que significa ser un ciudadano. Como estaba diciendo, puedes ser alguien que se limita a seguir la corriente o tener tu propia visión del mundo. Tomar la iniciativa. –Hace una pausa–. Si piensas en el encuentro con esa mujer, ¿hay algo que quieras de ella?

–No lo sé. Supongo que me pregunto si alguna vez ha pensado en mí. Si alguna vez se ha arrepentido de darme en adopción.

–¿Se lo preguntarás?

Meghan se encoge de hombros.

–No lo sé. Son asuntos muy íntimos. ¿Y yo debería dejar a mi antigua familia y pasar a ser parte de esta nueva familia? No creo que mi madre me siga queriendo, y apuesto a que esta mujer tendrá su propia vida y no se esperaba que yo cayera de pronto del cielo.

El señor Diente suspira.

–Reinvéntate, construye tu propia historia. No estás atada a lo que tus padres hayan dicho o hecho. Mucha gente echa la culpa a otros por lo que le sucede, pero, la mayoría de las veces, nada se hizo a propósito o con malicia. Simplemente sucedió. Yo lo veo así. Son cosas que pasan. No las utilices como un arma arrojadiza contra ti misma. Son cosas que pasan. Punto. Yo nunca pensé que acabaría siendo un taxista desdentado, pero... son cosas que pasan. —El señor Diente ha llegado al aparcamiento del Cementerio Nacional de Arlington. Detiene el taxímetro—. ¿Vas a entrar en el cementerio? —le pregunta.

—Voy si me acompañas.

—No, señorita, por desgracia no puedo acompañarte. No puedo dejar el coche.

—No pasa nada. En realidad, no quiero entrar; solo quería hablar contigo.

Él sonríe. Por el retrovisor, Meghan ve todos los dientes que le faltan. La lleva de vuelta al hotel. Cuando detiene el taxi delante y para el taxímetro, ella cruza la mirada con él en el retrovisor. Así es como se miran: siempre por el retrovisor.

—¿Algún consejo? —le pregunta ella—. ¿Unas palabras de despedida?

—Sí —dice el señor Diente—. No temas a nadie. Se lo oí decir una vez al cantante Lou Reed en una entrevista. Nunca temas a nadie.

—¿Quién es Lou Reed?

El señor Diente tararea un trocito de «Walk on the Wild Side».

—Ah, sí, la he oído en el anuncio de una moto.

—La Honda Scooter. —El señor Diente vuelve a tararear el estribillo—. Escucha, señorita, hablaba en serio cuanto te he dicho que son cosas que pasan y que tienes que encontrar tu propio camino. Ha sido un bonito detalle que me invitaras a visitar la tumba del soldado desconocido contigo, pero hay algo de lo que no te has percatado...

—¿Qué?

—No tengo piernas.

Meghan se inclina hacia delante, mira el asiento delantero y descubre que el señor Diente lleva una camisa a cuadros, pero que las perneras de los tejanos están vacías. Maneja el coche con unas palancas especiales para las manos.

—¿Las perdiste en la guerra? —le pregunta Meghan.

—No —responde él—. Me arrolló un autobús; no lo vi venir.

Miércoles, 31 de diciembre de 2008
Hotel Hay-Adams
Washington D. C.
3.00 h

Solo. Hace veinticinco años que no pasaba una Nochevieja sin Charlotte. La aflicción lo pilla con la guardia baja.

No ha muerto nadie; no deja de recordarse a sí mismo ese detalle, pero se ha producido una ruptura, una grieta, un cisma, una fisura, una brecha, cuyo responsable es él. Distancia. Deslealtad. Infidelidad. Adulterio. Lamentaciones. Tribulaciones. Pesar. Pena. Tristeza.

Insomne a las tres de la madrugada, saca la agenda con la que siempre viaja. «Insondable», escribe en el 31 de diciembre de 2008.

Hace un repaso del año a punto de concluir.

21 de enero: Una alarma, una señal. *Subprime*. Una palabra a la que la gente debería haber prestado atención. Se ha hundido la bolsa. En la siguiente página hay pegado un titular que recortó del *New York Times*: «La bolsa se desploma. Temor mundial a la recesión en los EE. UU.».

19 de marzo: Explosión de rayos gamma. GRB 080319B, el acontecimiento más luminoso JAMÁS registrado en el universo. Otra señal. Hay explosiones en galaxias remotas, alteraciones electromagnéticas.

21 de abril: En Londres les implantan ojos biónicos a dos pacientes; ¡los ciegos pueden ver!

12 de mayo: Sichuan (China), un terremoto de 7,9; el mayor número de muertos en un único incidente en China desde la riada del río Yangtsé de 1931.

359

25 de mayo: cumpleaños de Charlotte. Garabateó: «¡Charlotte! En Marte». Lo que quería decir es que no debe olvidar que es el cumpleaños de Charlotte. Y que la nave no tripulada *Phoenix*, de la NASA, es la primera que aterriza en la región polar de Marte.

20 de septiembre: Ataque terrorista en el hotel Marriott de Islamabad (Pakistán); él tenía acciones del Marriott.

3 de noviembre: Meghan vuelve a casa en avión.

4 de noviembre: ¡Elecciones! Jodido.

Y así sigue, anotaciones, apuntes a rotulador de historia, de lo que le llama la atención, de lo que lo conecta con el resto del mundo.

Cuatro de la mañana de la víspera de Año Nuevo. Intenta distraerse, pero no lo consigue. Solo una vez en su vida había sentido una aflicción semejante.

Solo que, en aquella ocasión, Charlotte vivía en la misma casa. En lugar de unirlos, el fallecimiento del bebé los distanció como polos magnéticos; almas rotas que se repelen.

Charlotte buscó consuelo en la bebida y él, en brazos de Irene. Echando la vista atrás, habría preferido que Charlotte se buscara un amante. Pero tal vez los hombres reconfortan menos que un manhattan; o un martini, un cosmopolitan, un gimlet, un vesper, un white lady, una ginebra, un gin fizz, un sazerac, un daiquiri, un bloody mary, un mai tai, o un last word: ginebra, Chartreuse verde, marrasquino y zumo de lima. O el vodka, vodka y más vodka.

Él no la detuvo. Al principio, desesperado por que ella se sintiera mejor, incluso la animó a beber. Él se echó al gaznate el listado completo de bebidas con ella, pero no sirvió de nada; la compañía que le ofrecía no la ayudó a superar el dolor.

Cuando Meghan era pequeña, se mudaron a una casa preciosa en Connecticut, con un largo pasamanos en la escalera por el que él se deslizaba varias veces al año, montando un espectáculo. Charlotte decía que su «descenso por la barandilla» le recordaba a un personaje del cuento de John Cheever «¡Adiós juventud, adiós belleza!», un hombre obsesionado con su juventud perdida al que, al final, su esposa le pega un tiro. Eso es lo que se le quedó grabado; él le recuerda a Charlotte a un hombre cuya esposa «lo alcanzó en el aire».

También tenían un apartamento en la ciudad. El Pez Gordo consideraba que era su responsabilidad devolver a Charlotte al mundo. «Con esta niña todo irá bien», insistía. Se llevaba a Charlotte a la ciudad un día tras otro, mientras una niñera se quedaba con Meghan. Creía que era bueno para Charlotte distraerse, hacer lo que solían hacer antes, tomarse una o dos copas y relajarse. Era casi un desafío probarle que Meghan sobreviviría aunque bajase la guardia y dejara de estar en alerta permanente. Sin embargo, el Pez Gordo no cayó en la cuenta de que eso, al mismo tiempo, entorpecía el vínculo afectivo de Charlotte con la niña; un problema que ya era de por sí complejo.

Meghan encandilaba a Charlotte, pero la relación no resultaba fácil. Charlotte sentía miedo y se enojaba con ella. No pasaron apenas tiempo juntas hasta que Meghan cumplió los ocho meses. Charlotte se rompió el tobillo montando a caballo y se tuvo que quedar metida en casa. Ambas compartieron entonces la misma niñera-enfermera, y fue entonces cuando Charlotte empezó a fijarse en Meghan.

Charlotte lo llamaba a la oficina y le decía: «Me ha sonreído. Se ha sentado sola. Ha venido hasta mí gateando y me ha tirado de la falda». A los ocho, a los nueve, a los diez meses, Meghan hacía cosas que el anterior bebé jamás llegó a hacer.

Se despierta muy pronto la mañana del último día del año y lo primero que se le pasa por la cabeza es coger un avión y volver a casa. Quiere llamar a Charlotte en Palm Springs y pedirle que vuelva a casa. Necesita que su vida vuelva a la normalidad.

Telefonea a Tony.

—Necesito un plan.

Tony no dice nada.

—¿Me oyes? Necesito un plan.

—El Plan —dice Tony con parsimonia.

–No. Necesito un plan para esta noche. Me estoy volviendo loco, me subo por las paredes. Es Nochevieja; Charlotte se ha largado y estoy aquí con Meghan y sin nada que hacer.

Un silencio.

–¿Dónde estás? –pregunta el Pez Gordo.

–En Camp David –dice Tony.

–¿Sin privacidad?

–Correcto. Déjame hacer unas llamadas y te telefoneo –dice Tony–. Seguro que encontramos algo que hacer.

El Pez Gordo va a la sala de estar. Meghan ya se ha levantado y se está bebiendo lo que quedó del chocolate del día anterior.

–Tienes correo –le dice, y señala un sobre grande que alguien ha deslizado por debajo de la puerta.

Es de Chris, de recepción.

«Me rechazó usted la cena y no baja a desayunar, pero ¿aceptarían usted y su hija ser nuestros invitados en el baile temático de los años veinte que organizamos esta noche? Bailaremos Lindy Hop hasta el amanecer. Tenemos bufet libre y cantidades inagotables de champán, y un carrito especial de postres que pueden subir a la habitación.»

–Suena espantoso –dice el Pez Gordo.

–Me gusta lo del carrito de postres que podemos subirnos a la habitación –dice Meghan–. Me encantan los carritos de postre, con todo su repertorio para elegir: *éclairs*, napoleones, nata batida, pudin, tarta de frambuesas, profiteroles y una *principessa*.

–Esta última no la conozco, la *principessa*.

–Sí que la conoces; la última que comimos era de mazapán y crema de limón. Cada país tiene su pastel de princesa.

El Pez Gordo se ríe y pregunta:

–¿No te alimentamos lo suficiente?

–No es que tenga hambre –responde ella–. Es que estoy nerviosa. Y cuando lo estoy, sueño con dulces.

–Vamos a hacer algo esta noche. Tony está en ello. Nos encontrará una fiesta a la que acudir.

Llevan cinco noches en el hotel y ya lo han hecho todo: ir de compras, a patinar (él miró; ella patinó), a museos (el Ala

Oeste y el Smithsonian), a los Archivos Nacionales, al Centro Kennedy y a ver *El cascanueces* (los dos se durmieron).

A estas alturas ya están matando el tiempo como pueden y, con dieciocho horas todavía por consumir de 2008, se suben por las paredes.

—¿Volvemos al zoo? Me vienen a la cabeza las ideas más brillantes paseando entre cebras y elefantes.

—Al zoo no —dice Meghan—. Vamos a Mount Vernon.

—¿No hemos ido nunca?

—Jamás.

Cuando Meghan era pequeña, todos los fines de semana visitaban algún lugar histórico: campos de batalla, casas victorianas, parques, ríos, puentes, cualquier sitio en el que hubiera sucedido algo. Era divertido y nadie parecía percatarse de que ni el Pez Gordo ni Charlotte tenían la más remota idea de qué se podía hacer con un niño durante los fines de semana; lo que ninguno de los dos soportaba era quedarse en casa.

Van a Mount Vernon.

—¿Sabías que George Washington es el padre de la mula americana, un cruce entre burro y yegua?

—No tenía ni idea —dice Meghan.

—Me recuerda a algunas parejas que conozco —suelta el Pez Gordo.

—No tiene gracia. ¿Sabías que George Washington tuvo viruela y se recuperó?

—No lo había oído nunca —dice el Pez Gordo—. ¿Sabías que solo se rindió una vez en su vida? En la batalla de Great Meadows.

—No lo sabía.

Es un juego al que solían jugar.

—George Washington tenía esclavos —dice Meghan.

—Todo el mundo tenía esclavos.

—Pero eso no hace que estuviera bien.

—Fue el único padre fundador de la patria que especificó en su testamento que tras su muerte debía darse la libertad a sus esclavos —dice el Pez Gordo.

–Después de muerto es demasiado tarde.

–¿Sabías que, en 1787, George Washington pagó dieciocho chelines para alquilar un camello y entretener a sus invitados en Navidad?

–No tenía ni idea –dice Meghan.

Les interrumpe un guía del lugar histórico:

–Ahora todos los años nos visita un camello durante las Navidades. Justo ayer regresó a su granja. George Washington amaba a los animales.

–Eso lo sabía –dicen al unísono el Pez Gordo y Meghan, mientras se alejan del guía.

–George Washington fue el primer espía americano –susurra el Pez Gordo.

–Eso no lo sabía.

–Utilizaba la desinformación, los documentos falsos, escondrijos y fuentes múltiples.

–No sé de qué me hablas –dice Meghan.

–Lo llaman artes oscuras o ciencia del espionaje –le explica el Pez Gordo.

Meghan asiente.

–¿Sabes que adoraba el teatro?

–No lo sabía.

–Es posible que me guste la historia tanto como a ti.

–De tal palo, tal astilla –dice el Pez Gordo–. Quiero que sepas que, desde el día de las elecciones, me he dedicado en cuerpo y alma a hacer todo lo que está en mi mano para preservar y proteger los Estados Unidos, para cuya construcción nuestros padres fundadores se jugaron la vida.

Meghan asiente.

–Lo sé. Y supongo que sabes que la anécdota del cerezo y el hacha no es cierta, que eso nunca sucedió.

–Eso lo sabía –dice el Pez Gordo.

–Pienso que, aunque la preservación del pasado es importante, como la de la escena de un crimen, también lo es aceptar que los Estados Unidos son una narrativa en evolución. La versión que en su día se tuvo de lo que hicieron los padres fundadores cuando se independizaron de Inglaterra hoy se vería de un modo diferente.

–Si me diera por profundizar en lo que estás diciendo, tal vez debería llamarte revolucionaria –dice el Pez Gordo.

–Tal vez sí –dice ella–. Tal vez la pregunta que uno debería hacerse es si un revolucionario es lo mismo que un patriota.

Continúan su visita.

–Su Alteza, presidente de los Estados Unidos o protector de los derechos de los iguales –dice Meghan–. Cuando lo eligieron presidente, ni siquiera sabían cómo llamarlo.

–En Inglaterra ya iban por su tercer rey Jorge cuando Washington salió elegido.

–Eso no lo sabía.

–¿Qué es lo más importante que hizo Washington?

Meghan se encoge de hombros.

–Dio un paso a un lado después de dos mandatos. Fue el primer presidente y estableció la pauta de que cada presidente tendría un máximo de dos mandatos de cuatro años. Si hubiera muerto en el cargo, habría dado la impresión de que, una vez elegido presidente, uno lo era para toda la vida. Hay una palabra para eso: *rey*. ¿Qué era lo que los Estados Unidos no querían ser? Un reino. Al final, esta ha resultado ser su contribución de mayor peso. No era un pensador brillante, como Franklin, Jefferson o Hamilton, pero sabía hacer las cosas correctamente. No siempre el más listo de la clase resulta ser el mejor líder.

–Primero en la guerra, primero en la paz y primero en los corazones de sus compatriotas. Me gusta eso –dice Meghan–. Es del elogio fúnebre. Algún día quiero ser la primera.

De vuelta en el hotel, Tony les ha dejado una nota para comunicarles que están invitados a una fiesta a las nueve de la noche en Chevy Chase.

Toman un tentempié y un servicio completo de té en homenaje a Charlotte, a la que le encanta. Era algo que Meghan y Charlotte hacían en cualquier ciudad a la que fueran: pedir un servicio de té completo.

—Es como el carrito de los postres –dice el Pez Gordo–, solo que servido en una bandeja de tres pisos. –Desmonta un sándwich de berros–. Hierbas. ¿Por qué las mujeres comen hierbas?

—Tengo la sensación de que la estamos traicionando por estar aquí y reunirnos mañana con esa mujer –dice Meghan.

—No pasa nada. Ahora ella está centrada en su recuperación y nosotros tenemos cosas que hacer; al final, todas las piezas encajarán.

Descansan hasta las ocho y después tienen una breve discusión sobre la posibilidad de saltárselo todo y acostarse temprano. De lo que no hablan es del elefante en la habitación. Un elefante que hace su aparición cuando el Pez Gordo recibe una llamada a última hora que le confirma la reunión del día siguiente a las nueve de la mañana en el norte de Virginia.

—¿Era ella?

—Sí.

—¿Ha preguntado por mí?

—No ha preguntado nada. Se ha limitado a decirme dónde nos encontraremos.

—¿Crees que siente curiosidad?

—¿Cómo no iba a sentirla?

—¿Crees que estará nerviosa?

—Seguro que sí.

—Yo estoy hecha un manojo de nervios –dice Meghan.

Llaman de recepción para avisarles de que el coche les está esperando. Van todo el camino hasta Chevy Chase en silencio. Al Pez Gordo le da miedo preguntarle a su hija en qué piensa, y a ella le da miedo confesarle lo angustiada que está.

Antes de llegar a la fiesta, el Pez Gordo le hace a Meghan una síntesis con las cuatro cosas sobre la casa a la que van y qué cabe esperar.

—Él es William Nelson; ella, Eunice Early. Tanto los Nelson como los Early son viejas familias sureñas. Se conocen desde que eran niños, pero para ninguno de los dos es su primer matrimonio. Este es el tema: de mayores, cada uno se casó con otra persona; después se reencontraron en Washington hace unos diez años. Curiosamente, para entonces ambos eran viudos y cada uno de ellos tenía dos hijos; él tenía dos niñas y ella dos niños, y el resto, como se suele decir, es historia. Sospecho que los invitados serán del estilo de los de la cena de Acción de Gracias a la que te llevó Tony, una mezcla de gente de la prensa, lobistas y no me sorprendería si hubiera uno o dos jueces de la Corte Suprema; muchos de ellos viven por aquí, al igual que un par de cómicos muy conocidos. Eso es lo que necesita cualquier fiesta de fin de año: un buen cómico. –Hace con Meghan lo que siempre hace con Charlotte, darle el parte antes de que lleguen al destino–. Y seguro que la comida será buena.

–No me encuentro bien –dice Meghan.

–¿Demasiados dulces?

–Es por lo de mañana –dice Meghan–. ¿Y si no soy capaz de hacerlo?

–Lo harás sin problema. Solo tienes que decirle hola. Es lo único que tienes que hacer.

–Encantada de que hayáis podido venir –saluda Eunice Early Nelson–. Pasad, pasad. Las chicas se han ido a otro sitio, pero los chicos están en el sótano jugando a lo que llaman ping-pong cervecero. No tengo ni idea de en qué consiste. Solo espero que ninguno vomite en la alfombra. Siempre tengo que estar llevando a limpiar la alfombra.

Bill Nelson se cruza con ellos en la entrada de la sala de estar.

–Es increíble –dice–. No sé cómo se las arregla para montar ella sola todo esto cada año. Se pone en marcha el 26 y no para hasta que llega este momento. Mañana no se levantará de la cama hasta la hora de cenar, y todavía a esas horas seguirá destrozada. Todos los años jura que no va a ser capaz de volver a hacerlo. «Dimito», dirá. «El próximo año pedimos comida china y al que no le guste que se aguante. No voy a seguir poniendo en riesgo mi salud para montar todo esto.»

–Eso es exactamente así –dice Eunice, que pilla la conversación al vuelo–. Cada año digo que nunca más, pero hoy abandonaré la fiesta a la una de la madrugada. Me iré a dormir y que él se encargue del resto.

–Caviar y huevos para los rezagados –dice Bill–. ¿Qué os pongo para beber?

–Scotch –dice el Pez Gordo.

–¿Y para ti? –le pregunta Bill a Meghan.

–Agua.

La enorme casa es de las típicas del Chevy Chase más clásico: chimeneas por todos lados y las llamas lamiendo los troncos con sus resplandores multicolores. Molduras en todos los techos. Fotos familiares en marcos de plata en cada superficie libre, montones de libros. Una casa muy vivida, un auténtico hogar.

El Pez Gordo siente envidia. Es el tipo de vida que siempre ha querido llevar: facilidad para socializar, una esposa que ame la comida, camaradería, música, bullicio. Se come un par de aceitunas y, como no sabe qué hacer con los huesos, los deja encima de uno de los libros de Bob Woodward de la estantería.

–Esto es para ti –murmura feliz–. Te dejo los huesos.

Bebe su scotch. Y pide otro. Al poco rato no está exactamente borracho, pero tiene que sentarse. Aterriza en un sofá, junto a un señor muy mayor.

–Me alegro de verte.

–¿Disculpe?

–Conocía a tu padre.

–Creo que se equivoca –dice el Pez Gordo.

–Y tanto que lo conocía –dice el anciano–. En un momento u otro he conocido a los padres de todos los aquí presentes; así funcionan las cosas. ¿Cómo has dicho que te llamabas?

–Hitchens –contesta el Pez Gordo–. ¿Y usted?

–No suelo dar mi nombre. Pero, como pareces simpático, te lo diré. Richardson. Dick Richardson.

–Encantado de conocerlo.

–Te suena de algo, ¿verdad? Secretario de Defensa –dice–. Ahora ya estoy retirado, pero durante unos buenos cuarenta años ocupé un cargo u otro. Fui de un lado a otro de la avenida Pensilvania apagando fuegos, manejando a zopencos e intentando que el barco no se hundiera.

–Sí que me suena –dice el Pez Gordo, y le hace una señal a un camarero para que le traiga otro scotch–. ¿Usted quiere algo? –le pregunta al anciano–. ¿Una copa? ¿Un canapé de jamón? ¿Alubias carillas? Traen buena suerte.

–No quiero nada –dice el anciano–. No puedo bailar, no puedo jugar al golf; estoy a dos pasos del abismo, contemplando cómo todos vosotros creéis saber qué está pasando. ¿Y sabes lo que veo?

–¿Qué ve?

–Nada –dice él–. Solo ceguera y estreñimiento.

–Para eso existen los suplementos de fibra.

–Estreñimiento político, idiota. ¿Sabes lo que me preocupa? –Hace una pausa para generar expectativa–. Las herraduras.

–Mi hija tiene un caballo; seguro que tienen un... ¿cómo se llama a la persona que pone las herraduras a los caballos? Un herrador.

–Lágrimas, zarcillos, en forma de U, en forma de V, recesión y recuperación. Es todo una solemne tontería. No pierdas de vista las herraduras. Lo que te digo es importante: los más distantes, los extremos, están más cerca unos de otros que ninguno de nosotros en el centro. –Hace una pausa y toma aire–. Antaño bailábamos por los márgenes y nos encontrábamos en el centro; hoy el centro los repele. Es como el pan blanco y blando. No te lo puedes tragar, no puedes pasártelo por el gaznate, te ahogas con él.

El camarero le trae al Pez Gordo su bebida.

–Lo que digo es que tenemos las pelotas en remojo; nuestras pelotas se están hundiendo, y no se trata de ser de derechas o de izquierdas, sino del hecho de que somos historia pasada. Los viejos hombres blancos. Estamos acabados. *Finis.*

El anciano se mueve para levantarse del sofá. Mientras se pone en pie, lanza una ventosidad en la cara del Pez Gordo.

–Disculpa –dice el viejo–. Con la edad llegan estos vientos.

–Somos historia –dice el Pez Gordo–. Un trasero escrito en el viento.

El sótano huele a adolescentes: sudor y cerveza. Meghan se da una vuelta por allí y vuelve a subir. Mark Eisner está en la terraza acristalada apuñalando cubitos de queso con un palillo.

Sonríe al verla aparecer.

–Un placer inesperado –dice.

–La última vez que nos vimos, los dos llevábamos la cabeza cubierta con una toalla –comenta Meghan–. ¿Cómo es que conoces a los Early-Nelson?

–Son viejos amigos de la familia. No sabías que estabas en D. C.

Desde Phoenix, han intercambiado algún que otro email y, pese a las décadas de edad que los separan, se pueden llamar amigos.

–¿Tienes una vida? –pregunta Meghan–. En serio, nunca mencionas a ninguna novia o esposa o siquiera a una ex.

–Es una pregunta bastante agresiva.

–¿En serio? Siempre he pensado que alguien como tú debería de tener más de una vida. –En cuanto lo dice, se da cuenta de que suena como algo que diría su madre. Puede visualizar esas palabras saliendo de los labios de Charlotte y sentir el aguijón con el que se clavan–. Tienes razón, lo siento.

–¿Quieres saber la verdad? –pregunta Eisner.

–Este es el momento perfecto.

–Soy infértil. Por una mutación genética. Tengo un cromosoma X de más y unas pelotas diminutas.

Meghan guarda silencio, intentando digerir lo que acaba de decirle Eisner.

–Tiene que ser muy duro. Quiero decir difícil de sobrellevar.

Se produce un incómodo silencio entre ambos.

–Lo siento –dice ella.

–Gracias –dice Eisner, y se acaba de un trago lo que le queda de la bebida–. ¿Con quién has venido?

–Con mi padre –dice Meghan, y se lo señala con un movimiento de la cabeza.

–¿Ese es tu padre? –pregunta él, ocultando su sorpresa.

–Sí. Es una larga historia.

–En estos momentos dispongo de mucho tiempo y de un vaso vacío. –Hace sonar con un movimiento los cubitos de hielo en el vaso–. Quedan un par de horas hasta que se termine la fiesta. ¿Te apetece que demos una vuelta a la manzana?

Pasean arriba y abajo por las calles de Chevy Chase, Eisner preguntándose cómo reaccionará el Pez Gordo si se entera de que conoce a Meghan. De varias casas sale música; si en una se oye swing, en la siguiente suena heavy metal.

Pelotas pequeñas. No es que Meghan haya visto muchos testículos en su vida, pero en este caso no puede dejar de pensar en las pequeñas bolas rojas de goma con las que se juega al Jacks y en la versión rosa pálido que va sujeta con una cinta elástica a una pala de madera. Pelotas pequeñas.

–Cuando era pequeño vivíamos justo ahí. El centro de todo era el club. –Eisner señala un club de campo oculto tras un muro de piedra cubierto de hiedra–. Mi madre detestaba cocinar, detestaba limpiar y detestaba cuidar de sus hijos. Era antropóloga y provenía de una buena familia. Lo único que quería era escribir y que la dejaran en paz. Siempre que podía, nos mandaba a mi hermano y a mí al club. «Id a la piscina, jugad a tenis, comed allí; he oído que tienen una hamburguesa con queso buenísima. Quizá vuestro padre os puede llevar al club a cenar. Quizá podéis organizar un torneo con vuestros amigos.»

De pronto se detiene y se vuelve hacia Meghan. Este es el momento en el que un hombre mucho mayor que ella podría ponerse baboso e intentar besarla o algo por el estilo. Pero, en lugar de eso, le dice:

–Las cartas boca arriba: conozco a tu padre.

Meghan se ríe.

–Todo el mundo conoce a mi padre. ¿Te ha contado alguna vez que de niño creía que su padre era el propietario del club de campo local? Estaba convencido de que era el mandamás, hasta que un buen día descubrió que eran simples miembros, como el resto.

—No, nunca me lo ha contado.

—¿Cómo se suele decir: «Finge hasta lograrlo»?

Eisner se ríe.

—Pero eso es lo de menos —añade ella. Y entonces se abren las compuertas: la historia del bebé, la amante, el alcoholismo de Charlotte, lo que va a pasar mañana por la mañana.

—Uau —dice Eisner—. Son un montón de novedades desde noviembre.

—Sí. Me paso la mitad del tiempo sin saber muy bien qué es real y qué es producto de mi imaginación.

—Carl Sagan, un astrónomo muy popular de los años setenta, solía decir: «En algún lugar, algo increíble espera ser conocido».

—¿Cómo sabré si lo he conocido? —pregunta Meghan.

—Esa es la gran pregunta para todos. Ahora mismo estás viviendo un momento muy especial. Se llama «espacio liminal». Estás en medio de una fase marcada por la ambigüedad o la desorientación, que se conoce como rito de paso. Una parte de ello tiene que ver con hacerse adulto, pero, en tu caso, también está vinculada con lo que acabas de descubrir. Te estás transformando, incorporando toda esa información a tu identidad. Puede dar mucho miedo, como una caída libre.

—Exacto —dice ella, que de pronto valora mucho más a Eisner—. ¿Cómo lo sabes?

Él se ríe.

—Por mi madre. Su palabra favorita era *liminal*, «del latín *limin*». Has dejado algo atrás, pero todavía no has llegado a lo que viene a continuación. No sé si te sirve de consuelo saber que así es como se siente todo Washington desde el primer martes de noviembre hasta el 20 de enero. Es un ciclo de tiempo en suspensión. Por eso se muestran todos tan dependientes. Se aferran los unos a los otros porque, llegados a cierto punto, las caras familiares son lo único que tienen. Da igual de qué lado estén mientras sean caras reconocibles.

Vuelven a subir por la escalera de la entrada de la residencia de los Early-Nelson. Eisner se encuentra con el Pez Gordo en un pequeño despacho junto a la cocina.

—No sé cómo decírtelo —empieza Eisner.

—¿Llevo la bragueta abierta? —pregunta el Pez Gordo.

—Conozco a tu hija.

—¿La conoces?

—La conocí en Phoenix; pasamos un rato juntos hablando de termitas. Me mandó su trabajo para la clase de historia, el que escribió sobre las elecciones, «Despertando de un sueño o la pesadilla de mi padre».

—No sé de qué me hablas. ¿Hablasteis de termitas devoradoras de madera y de mis sueños?

Eisner niega con la cabeza.

—Permíteme preguntarte una cosa. ¿Pretendes casarte con ella?

Eisner suelta una carcajada.

—¿Qué es lo que te hace tanta gracia?

—Yo —dice Eisner—. Resulto muy gracioso. Y no, no pretendo casarme con ella.

—Entonces no hay ningún problema —dice el Pez Gordo—. Todos conocemos a gente.

—Gracias. Me imaginaba a tu hija como una niña vestida con un conjunto a juego, pendientes de perlas y una diadema de carey, pero resulta que es una chica muy interesante.

—¿Qué problema hay con las perlas? —pregunta el Pez Gordo.

Los Early-Nelson están haciendo un brindis en el salón pese a que todavía falta una hora para las doce. El Pez Gordo y Eisner se unen al grupo.

—Estamos en el umbral —dice Bill.

—Entre este año y el siguiente —dice Eunice—. Entre el pasado y el futuro.

—Entre George Bush y Barack Obama —añade él. Se oyen algunos silbidos en el salón—. Eunice me ha dejado a mí esta parte porque sabía que algunos de vosotros tendríais algún comentario que hacer.

—Nos hemos reunido esta noche para disfrutar de la compañía de buenos amigos, para celebrar lo conseguido —dice ella—. Y lamentar lo perdido.

—Este año se ha perdido un montón de dinero —dice Bill.

—¡Comed, bebed, sed felices y bailad! —dice Eunice, y empieza a sonar la música. Primero, «A Change Is Gonna Come», de Sam Cooke, y después, a los treinta segundos, lo cambian por «Hot n Cold», de Katy Perry. Los adultos se ponen a bailar.

Meghan encuentra a su padre y grita por encima de la música:

—¿Podemos volver al hotel?

—¿Ahora, antes de medianoche?

—Sí —dice ella—. Estoy cansada. Y detesto esta parte.

—De acuerdo, vale. —Mira a su alrededor en busca de Eisner, pero se ha esfumado.

—¿Tenemos que despedirnos? —pregunta Meghan, señalando con un movimiento de cabeza a los Early-Nelson, que están bailando como posesos, con una euforia mucho mayor de lo que su edad aconsejaría.

—Marchémonos a la francesa —dice el Pez Gordo.

Mark Eisner está en el porche, mirando hacia una casa calle abajo de la que sale música. Canturrea siguiendo el ritmo.

—*I'm your captain, yeah, yeah, yeah, yeah.*

—Feliz año nuevo, Eisner —dice el Pez Gordo y se despide moviendo la mano.

—Mi canción favorita de la época del instituto —dice Eisner, haciendo como que toca música en el aire.

—Parece que allí tienes a tu público —comenta el Pez Gordo.

—Lo dudo —responde Eisner—. Esa es la casa de Dick Helm, el antiguo director de la CIA. Cuando era niño me aterrorizaba. Aquí está mi público. —Se deja caer de rodillas y simula tocar la guitarra—. *I'm your captain, yeah, yeah, yeah, yeah.*

—Eres como un niño grande —le dice Meghan, haciendo un gesto de incredulidad con la cabeza.

—Buena suerte con tu trabajo del colegio —le dice Eisner a Meghan—. Si necesitas ayuda, le puedo dar una lectura.

—¿De qué va este? —pregunta el Pez Gordo.

—De cómo se gana una guerra —dice Meghan mientras se meten en el coche.

Antes de medianoche, Meghan ya está en la cama dormida.

El Pez Gordo, todavía con la ropa de la fiesta, se prepara otra copa y permanece sentado en su cama esperando a ver la caída de la bola en Times Square. Se sobresalta cuando le suena el móvil.

–¿Habéis salido?

–Ya estamos de vuelta en el hotel –responde–. Hemos estado un rato en la fiesta de los Early-Nelson.

–Seguro que ha sido esplendorosa –dice Charlotte.

–Ha estado bien. Han preguntado por ti.

–Quería desearte feliz año.

–Te habría llamado, pero no quería romper las reglas.

Hay una pausa, un silencio.

–¿Estás bien? –le pregunta él.

–Creo que sí –responde ella.

–Allí todavía no es año nuevo.

–No tardará –dice ella.

Un nuevo silencio.

–¿Querías algo más? –pregunta él.

–Tal vez.

–¿Me lo vas a decir?

–No estoy segura.

–Inténtalo –dice él bajando la voz.

–He dejado que me lo hiciera –dice Charlotte. Un silencio–. No tenía intención..., pero no la he detenido.

–No estoy seguro de qué me estás hablando.

–Terrie –dice ella–. He dejado que...

–¿Has dejado que qué?

–Que me lamiera.

–¿Hablas de sexo? –Al Pez Gordo le arden las mejillas, en una mezcla de vergüenza, excitación y absoluto desconcierto.

–Como un gato –dice Charlotte.

–¿Esa mujer es tu amante?

–No tengo muy claro que pueda llamarla así.

–¿Lo habéis hecho más de una vez? –pregunta él.

–Sí.

–¿Tú se lo has hecho a ella?

–No, por Dios.

–¿Estabas borracha cuando sucedió?

–No.

–¿Y ahora? ¿Estás bebida o colocada?

–No –asegura ella–. He tenido que dejar de fumar marihuana. Me hacía comer demasiado y empezaba a tener pensamientos incómodos sobre Meghan.

–¿Qué tipo de pensamientos sobre Meghan?

–No sé si estaba despierta o soñando, pero no podía parar de pensar que, como se había enfadado con nosotros, se había alistado en el ejército y se convertía en oficial, pero no estaba muy claro si era el ejército o alguna organización extremista. Fuera lo que fuese, no dejaba de tener ese sueño una y otra vez. Quiero que sepa que la quiero. Aunque no sea hija mía, sí que lo es. ¿Sabes lo que quiero decir? –Hace una pausa–. Me preocupa que se sienta decepcionada conmigo. No he sido muy buena madre. –Charlotte resopla.

–No sé qué decir. ¿Te gustó? ¿Fue excitante? –El Pez Gordo hace una pausa–. Olvídalo. No me respondas. No quiero saberlo. Por el momento voy a hacer como que no me has contado que te lamió como un gato.

–No puedes hacer como que no te lo he contado –dice Charlotte–. Tienes que saberlo. Esta es la nueva regla; es así como vamos a superar esta situación.

–¿Vas a seguir haciéndolo?

–No lo sé –dice ella, un poco molesta, como si eso fuera irrelevante.

–¿Me lo has contado porque de verdad quieres que lo sepa o porque te sientes culpable porque he pagado un coche para tu amante lesbiana sin haber sido informado al respecto?

Charlotte se queda en silencio.

–Muy bien, de acuerdo –dice él–. Vale, ahora ya me lo has contado. Haz lo que quieras. Y la verdad, no creo que eso cuente como sexo. Quiero decir que una mujer no puede hacer lo que hace un hombre. Es completamente distinto. –Un nuevo silencio–. ¿Ahora se supone que yo debo confesar mis infidelidades?

–No.

–No es que hayan sido muchas. Pero sí te diré que una vez, hace años, en el club atlético de Nueva York, me estaban dando un masaje y el masajista me metió el dedo índice en el ano.

–¿En serio? –dice ella–. ¿Y nunca me lo habías contado?

–Me daba vergüenza.

–¿Y te gustó?

–No digo que me desagradara –confiesa él–. Creo que ninguno de nosotros somos tan sencillos como a la sociedad refinada le gustaría.

–*Voilà.*

–*Voilà.*

–Feliz año nuevo –dice Charlotte.

–Lo mismo para ti.

–¿Dónde está Meghan? –pregunta ella.

–Ya se ha quedado dormida –dice él–. Hemos estado haciendo montones de cosas. Fuimos al zoo.

–Eso está bien. Siempre te ha gustado el zoo.

–Y fuimos a la Casa Blanca para despedirnos y G. W. fue muy cariñoso con ella.

–Ya puede serlo después del dineral que le diste.

Un silencio.

El Pez Gordo se enjuaga la boca con el scotch que le queda en el vaso: 63,5 por ciento de alcohol frente al 26,9 del Listerine.

–¿Cuándo vuelve Meghan al colegio?

–En un par de días. –Habla en voz baja porque no quiere despertarla.

–¿Y después qué?

–Volvemos a empezar.

–Suena bien.

–Volvemos a levantar el edificio desde los cimientos.

–¿Qué estás haciendo ahora? –pregunta Charlotte. Su voz suena suave, casi seductora.

–Me estoy desvistiendo –dice él–. No aguanto más con el

traje de etiqueta. –Se sienta en la cama y se quita los calcetines–. ¿Y tú?

–Deseándote feliz año –dice ella–. Ya hablaremos. –Y cuelga.

La lamió como un gato. El Pez Gordo se tumba y le da un
pequeño tirón a su miembro. No sucede nada; no está seguro
de por qué, podría ser cualquier cosa: el alcohol, la edad o el
peso de la historia.

Tenemos las pelotas en remojo; nuestras pelotas se están
hundiendo. *Mayday. Mayday.* La voz de Dick Richardson le re-
tumba en la cabeza. La señal son siete silbidos cortos del silbato
seguidos de uno largo.

El capitán se hunde con el barco, se recuerda el Pez Gordo.

Jueves, 1 de enero de 2009
Alexandria, Virginia
8.40 h

–¿Qué me pongo? –le pregunta Meghan a su padre. Él la contempla con mirada inexpresiva–. ¿De qué me visto?

–Sé tú misma, muestra tu personalidad.

–¿Cuál de ellas?

–Viste informal –le dice el Pez Gordo–. Muestra a la auténtica Meghan.

Ella quiere gustar a su madre biológica, que la vea como una buena chica. Se pone una falda, leotardos oscuros y mocasines. Salvo por el detalle de que la falda no es a cuadros, parece lista para jugar a hockey.

–Perfecta –dice su padre–. Estás perfecta.

Él va muy arreglado, con una camisa amarilla y su blazer de pata de gallo favorito.

–¿Me pongo corbata o no? –pregunta, sosteniendo una contra el cuello.

–Sin corbata. La corbata hace que parezca una reunión de negocios.

Bajan en el ascensor hasta el vestíbulo. La sala que anoche decoraron para fin de año con globos negros y dorados, como un tugurio clandestino de los años veinte tipo el Stork Club o el Cotton Club, ya la han limpiado. No hay charcos de champán en el suelo, ni rastro de confeti o matasuegras. Las mesas están preparadas con manteles blancos; hay jarras de zumo de naranja recién exprimido refrigeradas en cubiteras y bandejas de varios pisos con cruasanes y bollería ya dispuestas. Meghan aspira y recuerda que tiene hambre: ayer no cenaron.

Hacen el recorrido hasta el lugar del encuentro en silencio; la emoción se palpa en el ambiente, pero ninguno de los dos dice nada. A Meghan le recuerda el funeral de un tío abuelo hace años; el hombre se había suicidado de forma inesperada.

—¿Estas nerviosa? —le pregunta el Pez Gordo.

—Sí.

—Yo también. Hace mucho tiempo que no la he visto.

—¿Qué sabes acerca de ella?

—Tenía madre y padre.

—Todo el mundo tiene madre y padre.

—Y hermanos.

Otro silencio.

—¿Mamá está enterada de lo que vamos a hacer?

—No.

—¿A partir de ahora quieres que esta mujer sea mi familia? Tipo irme de vacaciones con ella.

—¿Qué?

—¿Me estás entregando a ella, te me estás quitando de encima?

—¿Te has vuelto loca? Obviamente no te me estoy quitando de encima. Solo intento ayudarte, ayudarnos a los dos, a afrontar esta situación. No espero que hagas otra cosa que darle la mano y decirle hola.

Un silencio.

—¿No quieres verla? —le pregunta el Pez Gordo.

—Sí quiero verla —dice Meghan—. Es solo que todo esto resulta muy raro.

—Desde luego que sí.

Cuando llegan al lugar indicado, el Pez Gordo le dice al chófer que los deje antes de llegar a la puerta del restaurante.

Baja del coche. Lleva un abrigo de pelo de camello. El cabello gris repeinado hacia atrás cae sobre el cuello. Ya le toca ir al barbero. El cuerpo bajo el abrigo es grueso, rígido, como un oso viejo.

Meghan piensa en cuando fueron a votar. De eso hace solo

dos meses, pero ahora el Pez Gordo le parece empequeñecido. Ocupa el espacio con otra actitud, como si intentara pasar desapercibido.

Llegan a la puerta y él tira de ella agarrando la manilla; está cerrado. Siente un escalofrío de pánico; sea lo que sea lo que vaya a suceder, no quiere que suceda en un aparcamiento.

–¿Estás bien? –le pregunta Meghan.

–Sí –dice él, y golpea sin miramientos con los nudillos la puerta de madera. Se oye algo, alguien con unas llaves; una entra en la cerradura y la puerta se abre.

–Feliz año nuevo –dice la camarera, sosteniéndoles la puerta abierta–. Sois los primeros clientes de 2009. El café corre por cuenta de la casa.

–Gracias –dice el Pez Gordo.

–Sentaos donde queráis.

Eligen una mesa con banco corrido en mitad de la sala. Él se sienta de cara a la puerta.

La camarera les trae los menús y el café.

–Yo prefiero té –dice Meghan–. Si tienes.

–Por supuesto.

–¿Cómo se llamaba el caballo de George Washington? –pregunta Meghan.

–¿Castaño?

–Blueskin –le corrige Meghan–. Era uno de los dos caballos preferidos de Washington. Era medio árabe, vástago de un semental llamado Ranger.

–No lo sabía –dice el Pez Gordo.

–¿No es increíble? Washington tenía una especie de conexión con Ranger.

–¿Cómo se llamaba el otro caballo? –pregunta él.

–Nelson –responde ella–. Era de color castaño, así que solo te has equivocado a medias.

–He acertado a medias. Pero eso no me lleva muy lejos.

Esperan nerviosos a que les traigan la bebida. El Pez Gordo simula leer el menú. Alza la vista y en un movimiento rápido se levanta y se dirige a la entrada del restaurante.

Meghan espera en la mesa. Está de espaldas a la puerta; no sabe muy bien qué hacer. En cierto momento, se levanta y se da la vuelta. Mientras la mujer se acerca, le tiende la mano.

—Soy Meghan.

—Yo soy Irene.

—Lo sé.

Se produce un momento de incomodidad al no decidirse sobre dónde debe sentarse cada uno.

El Pez Gordo se sienta y Meghan se acomoda a su lado.

—Eres muy guapa —dice Irene.

—Gracias.

Se acerca la camarera.

—¿Te traigo algo, café, té, un reconstituyente para la resaca?

El Pez Gordo murmura con una risita:

—Yo tengo resaca.

—¿En qué curso estás? —pregunta Irene.

—En el último curso de instituto, ya he enviado las solicitudes para las universidades.

—¿Ya sabes lo que quieres ser?

—No tengo ni idea. Tal vez algo vinculado con el gobierno.

—Yo quería ser doctora y comadrona.

—Habría sido fantástico —dice Meghan.

Irene se encoge de hombros.

—Hice dos cursos, pero después me tuve que poner a trabajar. Tú tienes suerte. Irás a una buena universidad y tendrás una oportunidad.

—Gracias —dice el Pez Gordo, pero las mujeres no le hacen ni caso.

—¿En el colegio estudias español? —pregunta Irene.

—Francés —responde Meghan—. Escogí francés porque Thomas Jefferson fue a Francia, y yo a los trece años estaba obsesionada con Thomas Jefferson. Fue mi héroe hasta que empecé a saber más cosas sobre él, y entonces lo sustituí por Eleanor Roosevelt.

Se produce un largo silencio.

—Lo de Jefferson es vergonzoso —dice Meghan—. Tuvo hijos

con Sally Hemings; hice un trabajo sobre eso. Cuando visitamos Monticello, el guía habló del asunto, pero pasando de puntillas, como si quisiera y al mismo tiempo no quisiera que lo supiéramos.

Se quedan un momento en silencio.

–La historia es complicada –dice el Pez Gordo.

Irene asiente.

–La realidad es complicada. Mi madre es medio española, medio colombiana, y mi padre es blanco. Viven en Florida, cerca de mis dos hermanos. Nunca les conté, a ninguno de ellos, que estaba embarazada. Mis padres son muy religiosos. Yo también lo soy. O me gusta pensar que lo soy.

–Yo también –dice Meghan. Ella es religiosa en su intimidad; mantiene conversaciones con Dios, pero nunca se lo ha contado a nadie.

Irene le entrega una caja.

–Te he traído una cosa.

Meghan la abre. Contiene un collar, una cadenita con una moneda agujereada.

–Fue mi amuleto de la suerte durante la adolescencia –explica Irene–. Es un peso colombiano y esto es el cóndor de los Andes, el pájaro de Colombia.

–Me encantan los pájaros –dice Meghan, y se lo pone–. Hace unas semanas me compré un collar con un fénix. Gracias.

Se acerca la camarera y les pregunta si están listos para pedir.

–Yo tomaré un *muffin* de maíz tostado –dice el Pez Gordo–. Y zumo de tomate.

–¿Un virgin mary le va bien? –pregunta la camarera–. Acabo de prepararlo, picante y con apio fresco. Apto para vegetarianos.

–Suena de maravilla –dice el Pez Gordo.

Meghan tiene la sensación de que está obligada a pedir algo.

–Para mí unas tortitas ligeras.

–¿Con o sin fruta?

–Con, gracias –dice Meghan, sintiéndose obligada a hacer subir el monto de la cuenta.

–Yo no quiero nada. –Irene alza la mano como si fuera una señal de stop–. Solo café.

–Estoy intentando pensar qué más debería preguntarte –dice Meghan–. ¿Tu color favorito? ¿Tu comida favorita? ¿Esas cosas significan algo?

–Mi color favorito es el azul. Mi comida favorita, los rollitos de primavera. ¿Y los tuyos?

–El verde –dice Meghan–. Y me gustan –hace una pausa– los batidos de dátiles.

Irene sonríe.

–No he probado un batido de dátiles en mi vida.

Otro silencio.

–Trabajé con un dentista muchos años –le cuenta Irene a Meghan–. La gente hablaba conmigo mientras les hacía la limpieza bucal. No pueden hablar con claridad mientras se la estás haciendo, pero aun así hablan. Yo hacía ver que entendía lo que me decían, y a veces les hacía una pregunta genérica. Ellos no tenían ni idea de que yo no entendía nada.

El Pez Gordo se excusa y va al lavabo; Meghan no tiene claro si porque lo necesita o para dejarlas un momento a solas.

–Tres tazas de café con el estómago vacío –dice–. Ahora mismo vuelvo.

Irene se echa hacia delante y le aprieta la mano a Meghan.

–¿No lo has sabido hasta ahora?

Meghan niega con la cabeza.

–Lo siento. Pensaba que te lo habrían contado. Tu padre siempre tiene muchas cosas en la cabeza. Te adora y siempre ha querido lo mejor para ti. Y puedo imaginarme lo que sentirá tu madre. Fue muy duro desprenderme de ti. Pero de perder un bebé..., de eso no se recupera una nunca del todo.

Irene se queda mirando a Meghan.

–¿Qué?

–Eres ya muy mayor –dice Irene–. En mi cabeza seguías siendo una niña pequeña. Te pareces a la Titi Isabela, la tía de mi madre.

A Meghan se le ilumina el rostro.

—¿Tienes una foto de ella?

—No. Murió hace muchos años, pero era muy guapa, como tú, y tenía el mismo cabello que tú, y preparaba los mejores patacones.

—¿Qué son los patacones?

—Plátanos verdes fritos. Son buenísimos, salados y picantes. Los cocinaba en una sartén grande y yo tenía que mantenerme apartada. Siempre tenía miedo de que alguien se quemara. Cuando los sacaba, los dejaba en papel absorbente para que se enfriaran y después les echaba sal.

—Nunca he comido de esos plátanos. ¿Son como las berenjenas?

—Más bien como las bananas —dice Irene.

Meghan asiente; no es capaz de imaginar una banana de color verde frita.

—¿De dónde proviene tu familia?

—Mi madre era medio española, medio colombiana, y mi padre de aquí, de Alexandria; era militar —dice Irene.

—Ah, sí, disculpa, ya me lo habías dicho. ¿Todavía haces limpiezas bucales?

—No, lo dejé cuando tuve a mis hijos.

—¿Cuántos hijos tienes?

—Dos —dice Irene—. Carolina, que tiene nueve años, e Isadore, un niño, que tiene siete. Es un trasto. Si alguien te dice que los niños y las niñas son iguales, es que no ha tenido hijos o nunca ha ido a un parque infantil.

El Pez Gordo regresa a la mesa.

—¿Queréis que os saque una foto a las dos juntas?

—Claro —dice Meghan. Hay unos instantes de incómoda duda sobre qué móvil utilizar—. Usa el mío —dice Meghan rápidamente. Le pasa el teléfono a su padre y le indica dónde tiene que pulsar. Meghan se sienta con Irene. Una al lado de la otra, sin tocarse, como si fueran dos desconocidas. El Pez Gordo saca la foto y se la muestra.

—Mejor haz una más —dice Irene. En la siguiente, pasa el brazo por los hombros de Meghan. En ese momento no todo resulta obvio, pero la cámara capta hasta el último detalle. En la segunda foto, Meghan ha alzado los hombros, como un animal en tensión.

—Tengo que volver a casa —dice Irene, y se levanta—. Pero me alegro de haberte conocido. Gracias.

Todos se ponen en pie. Meghan no sabe si debería decir algo sobre que le gustaría volver a ver a Irene en algún momento, o sobre la posibilidad de conocer al resto de su familia. ¿Aquí se acaba todo? ¿O habrá más encuentros? Da la sensación de que no hay espacio para más.

—¿Nos mantendremos en contacto? —pregunta Meghan.

Hay un momento de duda. Meghan se echa a llorar.

—Lo intentaré —dice Irene—. No es por ti; es por mí. Mi marido no sabe que tengo otra hija. ¿Te puedo abrazar? —Sin esperar la respuesta, rodea a Meghan con los brazos.

—Te quiero —le dice Irene a Meghan—. Siempre te he querido. Y sé que lo sabes. Aquí —da un golpecito en el pecho de Meghan—, en tu corazón. Es aquí donde me tienes, en tu corazón.

Y a continuación se marcha.

El Pez Gordo paga la cuenta y salen del local. El coche cruza el aparcamiento y los recoge delante.

—Es una mujer encantadora, ¿verdad? Una persona muy normal. —El Pez Gordo se calla unos instantes.

—Sí —dice Meghan—. Incluso se ha echado azúcar en el café, pese a ser higienista dental.

—Eso tiene gracia —dice él—. No había caído.

—Dos sobres.

—¿Te sientes mejor ahora, después de haberla conocido? —le pregunta él.

El coche se desliza en silencio por la rampa que conecta una autovía con otra. Se oyen varios golpeteos sucesivos cuando los neumáticos pasan por encima de las junturas de la calzada que a Meghan le recuerdan el ruido de los neumáticos de la camioneta al pasar por encima de la rejilla guardaganado del rancho. Recuerda los bisontes junto a la valla en el mes de noviembre, sus enormes y relucientes ojos, que no parecían funcionarles muy bien y que compensaban con un desarrollado olfato y un buen oído. Piensa en Ranger y en cómo percibe él el mundo que lo rodea. Cómo sabe lo que sucede a su alrededor. Recuerda haber leído en alguna parte que los caballos lo ven todo magnificado cincuenta veces. Piensa que lo que acaba de vivir se le ha quedado dentro, magnificado cincuenta veces.

—¿Cómo pudiste hacerle eso a mamá? –pregunta Meghan.

Durante un largo minuto, el Pez Gordo no dice nada.

—Tal vez cuando seas mayor lo entenderás.

—Engañaste a tu mujer y le mentiste a todo el mundo, a mamá, a mí y probablemente también a esa mujer, Irene. Te conozco; necesitas creer que eres una buena persona, eso es importante para ti. Me juego lo que sea a que le prometiste que ibas a dejar a tu esposa.

Un silencio.

—Jamás hasta ahora me has regañado –dice él–. No estoy dispuesto a empezar ahora. Y lo que es peor, estás chillando. No olvides que yo soy el adulto, y tú, la hija.

—Eso no es más que otra forma de sojuzgarme, bien porque soy mujer o bien porque me consideras una niña. Siempre me has animado a ser fuerte, orgullosa, y a luchar por lo que me importa, excepto cuando eso te afecta a ti.

—Correcto. –Hace una pausa–. No digo que no tengas razón. Lo que digo es que no sé cómo gestionarlo. Tengo mis propios sentimientos con respecto a todo esto.

—¿Ahora tengo que preocuparme por tus sentimientos? Pensaba que era una niña. Los niños no se preocupan por los «sentimientos» de sus padres. ¿Ahora se supone que tengo que preocuparme por ti porque eso es lo que deben hacer las mujeres y ahora mismo mamá no te dirige la palabra?

—¿Podemos arreglar esto de algún modo?

—No –dice Meghan–. No es algo que puedas solucionar con dinero. Eso es lo que haces siempre, comprarlo todo; pagas a gente para que se ocupe de tus problemas.

—No soy perfecto, eso lo acepto. Sé cuáles son mis defectos, pero mis intenciones son buenas; quiero lo mejor para ti y para tu madre.

–¿Cuál de las dos?

–Mi mujer, tu madre. ¿Puedes entender que hemos esperado a contártelo a que fueras lo bastante mayor para entenderlo?

–Eso es mentira –dice Meghan–. Por ti hubieras seguido esperando eternamente. Si me lo habéis contado es porque mamá, Charlotte, tu mujer, te ha obligado a hacerlo. Te hubiera sido muy difícil contármelo antes, porque eso te habría obligado a lidiar con tus trapos sucios. La persona a la que más protegía la situación que se ha prolongado hasta ahora eras tú. No eres el tipo de persona que pretendes ser.

–Entiendo que lo veas de ese modo desde tu posición –dice él.

Para Meghan, lo más chocante del encuentro con su madre biológica ha sido lo anodino que ha resultado. Irene es maja, normal, y se ha construido una vida para ella de la que no forman parte ni Meghan ni el Pez Gordo. Eso está bien, es libre.

–Si quieres que te diga la verdad, me siento mal hasta un punto que no te puedes ni imaginar; estoy desquiciada. ¿Quién soy? ¿De quién soy hija? Mi identidad se basa en una historia falsa. Soy un engaño. Eso me convierte en irreal.

–Yo no lo veo así –dice el Pez Gordo–. Tal como yo lo veo, ahora ya no hay secretos entre nosotros.

–Es como si me hubiera estallado una bomba atómica en las entrañas. –Meghan mira a su padre–. Tu bomba, esa que te hubiera gustado inventar. Bueno, pues resulta que lo has conseguido, soy yo.

Viernes, 2 de enero de 2009
Hotel Hay-Adams
Washington D. C.
2.45 h

El creador de la bomba.

¿Qué significa aceptar la responsabilidad? ¿Debe hacerlo? Resulta difícil mirarse al espejo y verse a sí mismo no como a uno le gustaría ser, sino como es en realidad.

¿Cómo puede vivir la gente con lo que ve en el espejo? Las consecuencias de la vida que ha llevado, de las decisiones tomadas, las suposiciones, las cosas que se han dado por hechas, el poder, el dinero, los privilegios y −¿osará admitirlo?− el color de la piel. Eso es lo que les molestó, a él y a los Hombres Eternos. Un buen día se despertaron y descubrieron que ya no ocupaban su posición en la cúspide. Es un despertar horripilante después de cientos de años, y lo están sobrellevando muy mal. No es solo que haya ganado Obama, es como si hubieran asesinado a los padres fundadores. Las verdades que dieron por obvias ahora están en cuestión. Si dijera que los están dejado de lado en la historia, no estaría asumiendo su parte de responsabilidad, estaría esquivando su papel en la historia.

El Pez Gordo no logra conciliar el sueño.

¿Qué pasa si estabas convencido de que eras un buen tipo? ¿Qué pasa si necesitabas creértelo con todas tus fuerzas y, sin embargo, te despiertas y por primera vez en tu vida caes en la cuenta de que eres un gilipollas?

Que se produce una prolongada sensación de incredulidad.

Sabes que eres un gilipollas y, aun así, tratas de encontrar un modo de esquivar la realidad.

Sabes que es cierto y, sin embargo, hay un rescoldo en lo más profundo de tu ser que se niega a aceptarlo. Ese rescoldo está conectado a cómo te ves a ti mismo como hombre.

Soy un hombre, te dices a ti mismo. Soy un hombre con sus defectos, pero no soy un gilipollas.

Tengo la obligación de rechazar la idea de que soy un gilipollas, porque, si la acepto, si me rindo a la evidencia, voy a tener un problema: voy a tener que seguir viviendo conmigo mismo.

Y no puedo vivir conmigo mismo si resulta que soy un gilipollas.

Los gilipollas no me merecen ningún respeto y por tanto no me podría respetar a mí mismo.

No puedo vivir así.

En plena madrugada está hablando consigo mismo.

Está viajando por el tiempo, el tiempo de su vida.

¿Cómo puede arreglarse este desaguisado?

El Pez Gordo está desvelado, pensando en Charlotte. La ama con devoción, pero ahora eso lo tiene más claro él que ella.

Hace una lista de las cosas que sabe de Terrie, la gata, la amante de Charlotte. Anota lo que Charlotte le contó sobre ella y su familia, sobre sus adicciones y su moto. Trata de recordar el apellido de Terrie, sabe que sonaba familiar, uno de esos apellidos que aparecen en los periódicos, como Hearst o Getty, solo que un escalón por debajo.

Recuerda a Charlotte enredándolo para que le comprara un coche a su amante y trata de tomárselo con deportividad. El único modo de no perder a Charlotte es aceptarla a ella (y a Terrie) y tragar con lo que pueda venir. Le parece irónico que pueda dar con el modo de recuperar el control del país, pero no de su matrimonio.

Agradece que Charlotte se derrumbara y pidiera ayuda, y que todos hayan sobrevivido a eso. La verdad ha salido a la luz: tiene que haber algo positivo en todo eso.

Tiene que haber un modo de recuperar la normalidad y de buscar una salida, ambas cosas al mismo tiempo.

Piensa en Charlotte en el rancho, Charlotte y sus caballos. Acabaron comprando el rancho no solo por temas de impuestos, sino porque Charlotte estaba harta de los aduladores de Washington, y Nueva York le provocaba claustrofobia, lo mismo que Connecticut, aunque por motivos diferentes. Decía que allí se sentía como dentro de una botella de cristal y que todo el mundo lo sabía todo de ellos. Se negaba a asistir a meriendas con otras damas; no quería formar parte de ningún consejo ni dar dinero a las bibliotecas, los hospitales o la investigación del cáncer de mama. Quería ser libre y que la dejaran en paz. Eso era lo único que pedía y lo único que nunca tuvo.

Y Meghan es la creación del Pez Gordo. Ella es la bomba. Ella es la que lo ha hecho saltar todo por los aires.

El Pez Gordo despierta a su hija temprano.

—Estoy dormida —dice Meghan, con los ojos todavía cerrados.

—Ya es hora de levantarse.

—Todavía es muy temprano.

Él la zarandea por el hombro.

—Te has de levantar, Lirón —le dice, utilizando por primera vez en mucho tiempo uno de sus motes.

—¿Estás bien? —pregunta ella, abriendo los ojos.

—Sí. Simplemente he madrugado. —Le tiende a su hija una taza de cacao—. El servicio de habitaciones llega en veinte minutos si pides a las seis de la mañana, pero a las tres de la tarde tarda horas. —Hace una pausa—. Vístete, ponte algo de abrigo.

—¿Adónde vamos?

—Es una sorpresa. Y no, no te he comprado un coche.

Todavía no ha amanecido cuando se sientan en el asiento trasero del coche que los espera abajo. Pasan frente a la Casa Blanca, giran a la derecha en la calle Quince y otra vez en la avenida Independencia. Las calles están vacías. Cuando llegan al cruce entre la avenida Independencia y Home Front Drive, el coche aminora la velocidad. Se detiene detrás de una camioneta con remolque, aparcada con los intermitentes encendidos.

—Ponga los intermitentes —le dice el Pez Gordo al chófer—. Lo último que quiero es que me den por culo a las siete de la mañana. –El chófer pulsa el triángulo rojo en el salpicadero y saltan los intermitentes.

–¿Sabes qué hay en el remolque? –pregunta el Pez Gordo.

Meghan no tiene ni idea de qué va todo eso.

–Tu caballo –dice él–. Intento reparar el daño que he causado. Ganarme otra vez tu confianza me va a llevar mucho tiempo, pero de momento he pensado que podría apetecerte una cabalgada con tu caballo.

–¿Eso es legal? –pregunta Meghan.

Al Pez Gordo no se le había ocurrido pensar en ese detalle.

–No tengo ni idea. ¿Quién va a detener a una mujer montada a caballo?

–¿Le has preguntado a Godzich?

–No –dice él. No se le había pasado por la cabeza.

–Pero nunca das un paso sin consultar primero a Godzich.

–Espero de verdad que esto no sea cierto.

Meghan se encoge de hombros.

–Si me arrestan, ya te espabilarás para sacarme de la cárcel.

–Tienes mi palabra.

–Sería muy divertido. ¿Qué has hecho estas Navidades? Oh, descubrí que no soy quien creía ser. Y después me arrestaron por montar a caballo por las calles de Washington D. C., como si fueran de mi propiedad.

El señor Kelly, el mozo de cuadra del colegio de Meghan, saca a Ranger del remolque.

–No sabes lo mucho que te he echado de menos –dice Meghan, y le planta un beso en los belfos a Ranger.

–No te lo he traído hasta aquí para que le des besitos. Monta –dice el Pez Gordo.

–Todas las chicas besan a los caballos –dice el señor Kelly mientras le entrega a Meghan el equipo de montar y despliega una improvisada cortinilla en la parte trasera del remolque para que se pueda cambiar.

Meghan reaparece ya equipada. Le ajusta las cinchas a Ranger, apretándolo todo un poco más, lanza las riendas sobre la cabeza del caballo, pone el pie en el estribo y se acomoda en la silla de montar.

Da un golpe de talón y Ranger sube al bordillo y entra en la zona de hierba. Meghan se muestra respetuosa con el animal y lo pone al trote para que caliente, conteniendo sus ganas de cabalgar.

–Le he colocado un localizador al caballo –explica el señor Kelly–. Después del incidente en el bosque, no quiero más sustos.

–Dadme un minuto –dice el Pez Gordo, señalando al señor Kelly y al chófer. Camina hacia el Monumento a Lincoln. El sol empieza a despuntar.

Mientras avanza, piensa en Lincoln, el primer presidente republicano, que creó el partido a partir de facciones y caos. De joven, el Pez Gordo adoraba a Lincoln, pero su padre consideraba que Lincoln era un idiota. Lo recuerda con claridad, «un idiota». Cuando su padre le dijo que parecía a punto de llorar, es posible que hubiera llorado de verdad, pero esa parte no la quiere recordar.

El sol naciente lanza un resplandor dorado sobre el mármol blanco de la estatua de Lincoln. Hay algo melancólico en visitar a un viejo amigo con el que hemos perdido el contacto. Se queda un rato contemplando al gran hombre, asiente como despidiéndose de él y vuelve hacia el coche. Piensa en lo que sucedió cuando dispararon a Lincoln. La gente tomó las calles. Lo que calmó a la multitud fueron las palabras del propio Lincoln: «Malicia hacia nadie», y la pregunta: ¿qué haría Lincoln?

Mira más allá del monumento y ve a Meghan a medio galope, que pasa al galope.

Cabalga a horcajadas.

Atraviesa la Explanada Nacional con un brazo en alto, como si estuviera liderando un ejército.

Representa lo nuevo.

Representa la revolución.

Los rayos del sol llegan al estanque; el Pez Gordo tiene ante él el Monumento a Washington real y el reflejado en el agua.

Camina hacia él y ve a Meghan dando vueltas, trazando círculos muy pegados al monumento. Piensa en George Washington, en Mount Vernon y la grata visita que él y Meghan hicieron el miércoles.

Piensa en la relación de Washington con los británicos; Washington sirvió en el ejército británico durante la guerra contra los franceses y los indios, y le fastidiaba que los virginianos de la milicia cobraran menos que los oficiales nombrados por el rey. Contrariado, renunció, se casó con Martha Dandridge Curtis y el resto es historia.

En junio de 1775, el Congreso ordenó al general George Washington que se pusiera al frente del Ejército Continental que combatiría contra los británicos en Boston. «Nuestra causa gloriosa», la llamó él.

El Pez Gordo piensa en Washington cabalgando a lomos de su caballo Blueskin. Según Meghan es con el que más veces lo pintaron, aunque eso no es exactamente así porque el caballo no estaba presente durante la preparación de los retratos.

Piensa en Washington en el campo de batalla; su primera victoria no se produjo hasta septiembre de 1776, en la batalla de Harlem Heights, con Washington cruzando el Delaware de noche en medio de una tormenta invernal, gracias a lo cual pilló a los británicos por sorpresa. Y la segunda batalla de Trenton, el 2 de enero de 1777. Ese mismo día, doscientos treinta y dos años atrás. Recuerda el eslogan que luce en el puente de Trenton, que ha visto muchas veces en el tren desde Nueva York o Connecticut a Washington: «Trenton lo fabrica, el mundo lo utiliza».

Piensa en Washington y su humildad. Al final de su presidencia les dijo a sus colegas: «Si deseáis volver a hablar conmigo, será ya bajo el emparrado de mi casa».

El Pez Gordo se mete en el coche y le pide al chófer que vaya hacia donde está cabalgando Meghan, hacia el Capitolio. La llama a su móvil y observa cómo ralentiza el galope de Ranger hasta un suave trote para poder descolgar.

–¿Dónde estás? –le pregunta ella.

—Aquí mismo –dice él, baja la ventanilla del coche y la saluda con la mano–. Mira detrás de ti.

—Ya te veo –dice ella, después de volver la cabeza.

—Yo también te veo a ti y la estampa es magnífica. Cuando llegues al Capitolio, asegúrate de rodearlo y pasar por detrás, allí es donde empieza lo bueno.

—¿El qué?

—La Biblioteca del Congreso y la Corte Suprema. Allí es donde debes terminar, en la Corte Suprema; nos encontramos allí.

Martes, 20 de enero de 2009
L'Auberge Chez François
Great Falls, Virginia
11.30 h

Ya está, esto es el principio.

Le encargó a un joyero de Palm Springs broches esmalta-
dos, de cuatro centímetros de diámetro, como los que llevan
los miembros del gobierno o del congreso para poder identifi-
carse unos a otros como pertenecientes «al club». Los lleva en
cajitas individuales de terciopelo negro. Él mismo le dio al joyero la idea de un símbolo que combinara la runa de la abundancia y la balanza de la justicia, el bastón de Asclepio repre-
sentativo de la medicina y el signo del dólar de toda la vida.

Llega temprano. Chez François ha sido su restaurante pre-
dilecto de Washington desde hace más de treinta años.

En cuanto cruza la puerta, se siente reconfortado, en parte
porque el aire está perfumado con el olor del pan recién horneado.

–Hola, viejo amigo –lo saluda el maître–. Jacques hoy no
está, pero me ha pedido que te dé esto. –Le entrega al Pez Gordo una caja envuelta del tamaño de una pelota de fútbol americano.

–Pensaba que habíais dejado de hacerlos –dice el Pez Gordo.

–No sabíamos adónde enviarte el tuyo. Te diré que el de
este año es excelente.

–El famoso bizcocho de fruta navideño. Conozco a un tío
del Pentágono que tiene en su congelador los de los últimos
diez años.

–Hemos oído rumores. –El maître acompaña al Pez Gordo

a la mesa de la esquina más alejada–. Bonito alfiler de corbata. Muy europea. Nunca había visto una así.

–Tienes buen ojo. Es oro de quince quilates.

–No sabía que existiese el oro de quince quilates.

–Bien visto. Se dejó de hacer en 1932. Este alfiler perteneció a mi abuelo. Consideraba que un hombre no estaba del todo vestido si no llevaba su alfiler.

–¿De modo que hoy es una ocasión especial? ¿Un gran negocio? ¿Una despedida de soltero?

–Un almuerzo con los muchachos; tenía que encontrar algún modo de preservar la cordura. –El Pez Gordo coloca con sumo cuidado una de las cajitas de terciopelo negro para cada uno de los comensales, no sobre el plato, sino justo entre el cuchillo y la copa de vino.

–Me gusta creer que sé lo que piensan algunos hombres, pero supongo que en realidad uno nunca está seguro –dice el maître–. Imaginaba que hoy usted no se sentiría en absoluto feliz, pero parece estar de humor para celebrar una fiesta.

–Si mi francés fuera más fluido te lo explicaría; aun así, la versión abreviada es que hoy no me siento en absoluto feliz, pero estoy haciendo algo al respecto y eso me hace feliz; soy un hombre de acción.

El maître se encoge de hombros.

–Yo me mantengo al margen de la política, este es el secreto de mi éxito.

El Pez Gordo se ríe.

–Oh, sí, ¿qué tal va el negocio?

–De maravilla. ¿Sabes cuántas veces me han pedido que prepare un omelet noruego en forma de submarino? –El maître se ríe–. Lo bueno para mí es que este no es mi país, así que no tengo que elegir, todos sois mis amigos.

La conversación se interrumpe porque aparece Bo, con Kissick pisándole los talones.

–El juez viene enseguida; está pagando al taxista que lo ha traído. Entre nosotros, lo diré ahora, no me gusta la joyería para hombres, pero ya me dirás lo que piensas tú.

El juez abre la puerta y se detiene un momento para asegurarse de que todos los ojos están concentrados en él. Lleva el sombrero vaquero de rigor y una corbata de cordón con una enorme turquesa montada en plata.

—Douglas, me alegro de que hayas podido venir —le dice el Pez Gordo al juez.

—Encantado de estar aquí —replica el juez—. En días como hoy, uno se siente reconfortado por la presencia de compañeros de viaje. De momento, todo es una mierda. Los actos previos llevan en marcha desde las seis de la mañana; no paran y, claro, no he podido evitar verlos por la tele. Ha sido un alivio salir del hotel.

—¿Es tu amuleto de la suerte? —pregunta Bo, señalando con un movimiento de la cabeza la turquesa.

—Algo parecido —responde el juez.

—Bonito sombrero —dice el Pez Gordo, y le da una palmada en la espalda al juez—. Es enorme.

—Este es de castor y armiño, de Resistol, uno de mis sombrereros favoritos. Soy un hombre muy leal, vendí mi participación en la tienda cuando en los años sesenta LBJ pensó que los sombreros de vaquero eran un gesto diplomático. Me encantó que Reagan también los reivindicara, pero entonces yo ya estaba fuera del negocio. Dicho lo cual, sigo llevándolos. Y son impermeables. Os mofáis de nosotros porque nos quejamos del calor, pero al menos nosotros tenemos calor. Lo que tenéis aquí es aguanieve y frío, un barrizal que se convierte en un terreno resbaladizo cuatro meses al año.

—Tienes toda la razón. —El Pez Gordo siempre se ha enorgullecido de su habilidad para congraciarse con todo el mundo.

Twitch Metzger aparece procedente de Chicago, muy delgado, con pantalones de talle alto sujetos con un cinturón fino, camisa abotonada hasta el cuello, sin corbata y con zapatos Oxford. Mide metro noventa y la ropa que lleva parece un disfraz, a medio camino entre un viajante, un predicador y un artista de circo.

Bo le tiende la mano.

—Encantado de verte.

El Pez Gordo centra su atención en el juez.

–Quiero agradecerte otra vez la invitación a hacerte una visita; siento no haber podido ir a Fort Worth.

–No es necesario que te disculpes. Disfruté de nuestro encuentro casual en Acción de Gracias y quería devolverte el favor.

–Te lo agradezco de verdad. He estado ocupado con algunos asuntos que no podían esperar.

–Mi mujer también es alcohólica –dice el juez–. Que Dios la proteja, pero es una borracha. Aunque no lo admitirá. Mi truco: cerraduras inteligentes. Y no la dejo salir de casa después de las seis de la tarde. Lo cual, por supuesto, dificulta nuestra vida social, pero uno hace lo que tiene que hacer. Todo lo que sale de su boca después de las siete de la tarde son mentiras para enredarme.

Al Pez Gordo estos comentarios lo pillan con la guardia baja; no se le había pasado por la cabeza que (a) era del dominio público que Charlotte tenía un problema con la bebida, y (b) que hablaban de ello a sus espaldas.

–Mi mujer acabó dándose cuenta de que se había convertido en un problema y ahora ya está mejor –dice el Pez Gordo–. Con un poco de suerte, la tuya llegará a la misma conclusión.

–Solo quería que supieras que compartimos el mismo problema.

–Me sabe mal por estas mujeres –dice el Pez Gordo–. Si hubieran hecho algo con su vida, tal vez todo eso no hubiese sucedido. Para las más inteligentes, la de esposa y madre no es exactamente la profesión que habían planeado tener. Echando la vista atrás, creo que deberíamos haberlas animado a dar más pasos adelante.

El juez asiente.

–Son muy inteligentes. Ese es parte del problema. Como pasó con Martha Mitchell, que lo oyó todo y nadie quería creerla.

–Los conocí, a ella y a John, cuando tenían casa en el Club Apawamis de Westchester. Tenían una hija, Martha Jr., y la llamaban Marty –explica Kissick–. Entre todos los que la querían hacer callar la volvieron loca. Me gustaría creer que las cosas han cambiado desde aquella época, al menos un poco.

400

Eisner llega sudando pese a que están en pleno enero. Lleva sujetos los bajos de los pantalones.

—He venido en bici —dice, y deja el casco en su silla—. Ahora vuelvo, voy a lavarme las manos.

—Por favor, decidme que su bici es una Harley y no una Schwinn Sting-Ray con un asiento en forma de banana —dice Bo.

El Pez Gordo niega con la cabeza.

—Espero que haya venido en bici porque le apetecía, no porque no pueda permitirse pagarse un coche.

—Tiene coche —informa Kissick—. He montado en él y tiene una vaca para bicis en el techo.

—¿Cree que está salvando el mundo por desplazarse en bici? —pregunta Bo.

—En todo caso, se está salvando a sí mismo. Va en bici en parte por el ejercicio y en parte por salud mental —explica Kissick.

—Entre nosotros —le susurra Bo a Kissick—, tengo a nuestro escriba como comodín, por si necesitamos activar a un terrorista suicida si el juego lo requiere. Nadie le va a impedir a un hombre blanco vestido con Dockers entrar en ningún edificio de Estados Unidos.

—¿Qué te hace pensar que estaría dispuesto a ofrecerse para ese papel?

—No tiene a nadie y podría morir como un héroe. Y si no se mostrase por la labor, estoy seguro de que podría hacer que deseara morir, tú ya me entiendes...

—Eres el tipo más espeluznante que he conocido en mi vida —dice Kissick—. Aterrador.

—Me lo tomaré como un cumplido —dice Bo.

El Pez Gordo pega golpecitos en su copa con un cubierto para captar la atención de los presentes.

—Antes de que vayamos demasiado lejos, quiero agradeceros el esfuerzo y vuestra disposición a embarcaros en esta misión. Tenemos procedencias y profesiones distintas, pero me siento orgulloso de que compartamos un objetivo común.

—Desde luego ha sido un cristo llegar hasta aquí. ¿Quién ha elegido este sitio? —quiere saber el juez.

–Yo –responde el Pez Gordo.

–Está lejos de todo –se queja el juez.

–Yo solía venir con mis padres –dice Eisner, mientras se sienta en su silla.

–En los buenos tiempos, cuando el restaurante estaba en lo que era entonces el centro, solía ver a Bob Haldeman ahí sentado con Ehrlichman. ¿Sabéis lo que me encantaba de Haldeman? –dice Metzger.

–Me muero de ganas de escucharlo –dice Bo.

–Era un publicista, que trabajó mucho tiempo en J. Walter Thompson. Lo conocí de niño con mi padre. Fue la avanzadilla para la reelección de Ike, y a mi padre le encantaba Ike.

Bo se ríe.

–Recuerdo esa chapita... *I Like Ike*.

–Pete Peterson vino con esa idea al Market Facts. Pero fue Irving Berlin quien escribió la canción para la campaña de 1952 –explica Metzger.

–¿Hablamos del mismo Pete Peterson que dirigió Lehman y después creó Blackstone? –pregunta el juez.

–El mismo –dice Metzger.

–Os olvidáis de que Ike fue reclutado para presentarse a la presidencia, ha sido la única vez en la historia de los Estados Unidos en que un ciudadano particular ocupó el Despacho Oval de ese modo –dice Bo.

Entra el general.

–Disculpad la tardanza. Estaba vigilando el perímetro y he hecho un avistamiento interesante. –Deja los prismáticos Steiner sobre la mesa–. He atisbado a una serreta mediana no lejos de la puerta principal.

–¿Es el enemigo? –pregunta Kissick.

–Es un pato –aclara Bo.

–Correcto –dice el general–. Y estoy bastante seguro de haber divisado un mochuelo cabezón.

–Humm –murmuran todos al unísono, sin saber de qué habla.

–El mochuelo cabezón es un animal muy reservado, pero

estoy casi seguro de haber visto uno, lo cual voy a interpretarlo como un buen augurio.

–¿Alguien ha echado un ojo a la carta? –pregunta Eisner.

–Estaba esperando a que llegara el doctor –dice el Pez Gordo.

–¿Vamos a pedir un plato o dos? –quiere saber Kissick.

–Lo que os apetezca –responde el Pez Gordo.

–¿Cada uno lo suyo o compartimos?

–Kissick, pide lo que quieras. No hace falta que interrogues a todo el mundo –refunfuña el general–. Confía en ti mismo, puedes hacerlo.

–Dos platos –dice el Pez Gordo.

–¿Alguien me puede informar de dónde está nuestro ser adorado? –pregunta Bo.

–¿Charlotte? –dice el Pez Gordo.

–Tony –le corrige Kissick.

–Está trabajando –informa el Pez Gordo.

–¿En la Casa Blanca? –pregunta Bo.

El Pez Gordo asiente.

–¿Está empaquetando para Bush o desempaquetando para Obama? –pregunta Bo.

–Está haciendo su trabajo –responde el Pez Gordo con tono tenso.

–¿Qué hay en esas cajitas de anillos? –pregunta Bo–. ¿Vamos a contraer matrimonio?

–En las cajas hay un regalo para vosotros –dice el Pez Gordo–. Las abriremos en los postres, cuando hagamos una pequeña ceremonia para darle un nombre a nuestra misión.

–Recordádmelo: ¿qué es lo que hacen los judíos por el duelo? –pregunta el juez.

–Se arrancan la ropa y la desgarran con rabia y desesperación. Es una cosa bíblica, no solo de los judíos –explica Kissick.

–Sea lo que sea, me ha pasado esta mañana. Se me ha enganchado el bolsillo trasero del pantalón en un colgador de madera y nadie en el Four Seasons ha sido capaz de cosérmelo a tiempo. –Se levanta la americana y enseña su voluminoso trasero–. Se me ven los calzoncillos.

–Hay una palabra para eso –dice Metzger.

–*Pornografía* –apunta el Pez Gordo.

–Para cuando todo va mal –dice Metzger.

–¿*Recuento*? –propone Bo.

–*Resistencialismo*: el comportamiento vengativo de los objetos inanimados, normalmente electrónicos, pero también se puede aplicar a cualquier otro con suficientes elementos causativos –explica Metzger.

–Creo que voy a pedir dos entrantes; estoy intentando controlar el peso –dice Kissick–. No creo que ninguno de vosotros lo sepa, pero los contables desarrollamos barriga; un dónut de grasa que no es nada saludable.

–No me enseñes tu dónut –suelta el Pez Gordo.

–No consigo librarme de él. Es por el trabajo, todo el día sentado en un despacho. Tengo la teoría de que los contables digerimos la comida de un modo diferente.

–Disculpas, disculpas –dice el doctor Frode cuando se incorpora por fin a la mesa–. El tráfico. –La barba de Frode ha crecido de forma ostensible desde la última vez que se encontraron. Es tan larga que se la divide en varias secciones recogidas con gomas para el pelo y en la punta luce una especie de moño o bulbo.

–Tal vez sea camuflaje –susurra Eisner.

–Desde luego no es higiénica –dice Kissick.

–Debe de tener algún significado especial –sugiere el Pez Gordo.

–*Skegg* –dice Frode–. Así se llama esta barba. Todos los dioses nórdicos, excepto uno, la llevan.

–¿Cuál es el que no? –pregunta Bo.

–Loki. Si leéis el *Codex Regious*, queda muy claro. Personalmente, me gusta más la saga de Njál, con sus sangrientas peleas, el honor familiar y su narración repleta de presagios, sueños y la lucha contra el destino. Cuando no estoy en el laboratorio separando átomos o rastreando zonas calientes y actividades bioterroristas, me gusta disfrutar de un poco de evasión.

–¿Y a quién no? –dice el Pez Gordo.

Bo mira el reloj, un Rolex Submariner *vintage*.

–*T-minus* quince en la Explanada. –Se coloca una auricular blanco con cable en la oreja izquierda y ajusta algo que lleva en el bolsillo interior de la americana.

–Te has perdido el debate. ¿Un plato o dos? –recapitula el juez.

–Dos platos –insiste el Pez Gordo.

–Hay mucho pato en la carta –dice el juez.

–Tienen omelet noruego –dice Kissick.

–¿Ya te has mirado los postres? –pregunta el Pez Gordo.

–Me gusta meditar mis decisiones –responde Kissick.

–Pero si acabas de decir que estabas cuidando el peso.

–¿El omelet noruego engorda?

–Lleva más azúcar que grasa –dice el doctor.

–¿Qué vino pedimos? –pregunta Kissick.

–Tienen un Gevrey-Chambertin de uva pinot –dice el Pez Gordo–. Lo he tomado otras veces: tiene cuerpo, permanece en el paladar con unos taninos suaves y firmes...

–No te estás follando el vino, te lo vas a beber –le interrumpe Bo–. No os soporto cuando empezáis a vacilar con el vino. Yo tengo viñedos. Como estadounidenses deberíamos beber un Shafer Hillside Select. Juez, ¿apoyas mi propuesta?

–No.

El Pez Gordo se inclina un poco para preguntarle a Eisner:

–¿Has hablado con Meghan últimamente?

–Sí.

–Ha sido una época movidita –dice el Pez Gordo, tanteando el terreno para descubrir si Eisner sabe lo que ha sucedido en la familia.

Eisner asiente.

–Hablamos sobre identidad liminal en Nochevieja.

–Estupendo –dice el Pez Gordo. No tiene ni idea de qué demonios es eso de la identidad liminal.

–Hablamos sobre todo a través de imágenes. –Eisner saca el móvil y le muestra al Pez Gordo una foto que él no ha visto nunca. Charlotte en su nuevo coche, con la capota bajada, saludando a la cámara sonriente.

El Pez Gordo se ríe entre dientes; es un mecanismo de autodefensa. Se alegra de que Charlotte y Meghan se mantengan en contacto, pero se siente excluido. Vuelve a mirar la imagen. Charlotte parece relajada, satisfecha. Da por hecho que la foto la ha tomado Terrie.

—¿Meghan te ha contado que cabalgó con su caballo por la Explanada?

—Sí. —Eisner le enseña al Pez Gordo otra instantánea: Meghan a lomos de Ranger, con el Capitolio al fondo, y el mensaje: «2 de enero de 2009. Empezando con buen pie».

—Ojalá siga así; 2008 ha sido tirando a horroroso. Pasamos un momento crítico después de Año Nuevo; me dijo que sentía que su identidad se había desintegrado. Cuando la acompañé de vuelta al colegio, me pidió «espacio para procesar lo sucedido». Tanto ella como Charlotte están «procesando». Pero supongo que todo eso ya lo sabes, ¿no? —El Pez Gordo clava la mirada en Eisner, que asiente dubitativo—. No pasa nada. Me alegro de poder hablar de esto con alguien.

—¿Podemos pedir ya? —dice Kissick, y llama al camarero alzando la mano—. ¿El lenguado de Dover es de temporada?

—En esta época del año, los que servimos nosotros proceden de Alaska —le aclara el camarero.

—Yo tomaré el lenguado —dice Kissick—. ¿Me lo pueden preparar sin mantequilla?

—¿Nada de mantequilla? —pregunta el camarero.

—Si fuera necesario, mejor aceite de oliva —dice Kissick.

—Para mí la bullabesa —pide el juez.

—Que sean dos —se suma el general.

—¿Alguna alergia? —pregunta el camarero.

El general saca su EpiPen del bolsillo lateral de sus pantalones militares y lo deja sobre la mesa.

—Todo bajo control —le dice al camarero.

—Yo tomaré el Chateaubriand —dice el Pez Gordo.

—Lo mismo para mí —se suma Metzger.

—Los dos últimos meses han resultado muy instructivos —le dice el Pez Gordo a Eisner—. Para mí las elecciones fueron una alerta, pero no fue solo que McCain perdiera y el fiasco del Partido Republicano. Se trató de algo más gordo; yo había entrado en una suerte de coma propio de un vejestorio y había perdido de vista la realidad. No supe ver lo mal que lo estaban pasando Charlotte y Meghan. Durante años creía que estaba cuidando de Charlotte, pero resulta que ella se sentía atrapada, que mi presencia no la dejaba respirar. Yo vivía en mi propio mundo, construido sobre una mesa de ping-pong en el sótano. No solo no era capaz de verlas a ambas tal como son, sino que les estaba destrozando la vida. El problema era yo, mi necesidad de protegerme a mí mismo. Soy un cretino.

—Ya está sucediendo —anuncia Bo, cortando la conversación—. John Paul Stevens está tomando juramento a Biden.

El doctor pide verduras hervidas.

—Si es usted vegetariano —le comenta el camarero—, el chef le puede preparar otra cosa. Con setas, puerros y otro tipo de materia prima de calidad que tenga en la cocina.

—Excelente —dice Frode—. Si no le importa, iré yo mismo a la cocina para hablar con él. —Se levanta y se dirige a la cocina. El camarero, desconcertado, dobla la servilleta del comensal y la coloca en su sitio.

Bo murmura algo que no se oye del todo, pero que vendría a ser algo así como «si el doctor subiera solo un grado más en su nivel de excentricidad, llevaría uno de esos sombreritos de papel aluminio para protegerse de las ondas magnéticas».

—De ser así, el próximo año ya se estaría forrando con la venta de sus sombreritos de papel de aluminio —le susurra Kissick a Bo.

—Están ahí todos y sus respectivas familias: Jimmy Carter, GHW, Clinton, incluso Hillary, no como la derrotada, sino como ex primera dama; esto va a doler —dice Bo.

Kissick se da cuenta de pronto de que de la oreja de Bo sale un cable blanco que se mete en el bolsillo de su americana.

—¿Estás escuchando algo?

Bo hace una mueca como diciendo: obviamente.

–Lo estoy escuchando en directo en mi Zenith Royal, la misma radio con la que llevo más de un cuarto de siglo escuchando los partidos. Me gustan los aparatos duraderos.

Kissick sonríe.

–Te odio y te adoro. ¿En qué emisora lo escuchas?

–WTOP.

–Hablé con W –le dice el juez al Pez Gordo–. Me comentó que te vio y que fuiste allí a despedirte. Entre nosotros, estoy bastante seguro de que va a ser el último Bush que viva en la Casa Blanca durante mucho tiempo; no me imagino a Jeb en la avenida Pensilvania.

–Jeb es un buen tío –dice el Pez Gordo.

–Justo por eso lo digo –apostilla el juez.

–Roberts está tomando el juramento –dice Bo–. Van con cinco minutos de retraso sobre el horario previsto.

–¿Es como una ejecución? ¿Hay un horario estipulado? –pregunta Kissick.

–Es un evento –dice Bo–. Con un horario pautado.

–Quizá el doctor ha pedido verduras porque come kosher. Quizá sea judío –le dice el juez a Kissick.

–No es judío –le corrige Kissick–. Es ásatrú. Es una religión nórdica de paz y tolerancia, como el unitarismo.

–Te sorprendería saber quién es judío –dice el juez.

–Acaba de hacer el juramento como presidente y ha utilizado su segundo nombre, Hussein –dice Bo–. Me cago en la puta.

Desde la cocina llega el ruido de unos aplausos.

–Espero que no tengan que ver con el doctor –dice Eisner.

–Barack Hussein Obama, quién lo habría imaginado. –El Pez Gordo niega con la cabeza.

Frode regresa a la mesa con un plato que parece la paleta de un pintor.

–Muestras de las salsas. –Mete el dedo en una y la prueba–. Soy un cocinero desastroso, pero me encanta probar cosas nuevas.

El Pez Gordo dirige toda su atención a Eisner.

—¿Tienes alguna noticia de lo que está haciendo hoy? ¿Lo están viendo desde el colegio?

—Está allí con Tony —le dice Eisner.

—¿Allí, dónde?

—Allí, en la jura.

—¿En serio?

Eisner le muestra una foto que ha recibido en el móvil: un selfi de Meghan en lo alto de las escaleras del Capitolio, mirando hacia el Monumento a Washington. La multitud es de decenas de miles de personas, tal vez centenares de miles.

—Dulce tierra de la libertad —dice el Pez Gordo, y niega con la cabeza con pasmo—. Nunca se sabe adónde vamos a llegar.

—«Cuando sales de una tormenta, no eres la misma persona que se adentró en ella. De eso va esta tormenta.» Es de *Kafka en la orilla*, de Murakami —dice Eisner.

—«Lánzame a los lobos y volveré liderando a la manada» —contraataca el Pez Gordo.

—Algo así —dice Eisner.

Bo está concentrado escuchando a la banda de la Marina. Se aprieta el auricular contra la oreja.

El camarero merodea alrededor de la mesa, esperando para servir el vino. Empieza con la copa de Bo. Este la levanta y la mueve para airear un poco el vino antes de probarlo.

—Está poco aireado —le dice al camarero.

—Así es como me gusta a mí —dice el juez—. Poco aireado al empezar y conforme avanza la comida va desplegando todos sus matices.

Bo se encoge de hombros.

—Adelante, puede servirlo, y abra ya otra botella, gracias.

El camarero empieza a servir el vino en todas las copas, pero el general tapa la suya con la mano.

—A mí tráigame un ginger ale. En mi mundo, hoy es un día para estar sobrio. Mucha gente considera que alguien debería pegarle un tiro. Aunque fallaran, sería un problema.

—Como quitarle el seguro a una granada —dice Bo, mirando a Eisner.

–Cada vez que sueltas una de esas cosas, me miras a mí; es inquietante –protesta Eisner.

El Pez Gordo niega con la cabeza. Su capacidad de asimilación tiene un límite.

–Enséñame otra vez esas fotos –le pide a Eisner.

Eisner le muestra la sucesión de fotos que Meghan ha tomado esa mañana.

–No quiero traicionar la confianza de Meghan, pero he considerado que debías verlas –dice Eisner.

–Has hecho bien –dice el Pez Gordo–. Te voy a contar un secreto: la historia no es estática, es fluida. Es lo que estamos viendo hoy.

–Hablando de juramentos, he oído que Robert Gates es el sobreviviente designado –dice el juez.

–Qué elección más rara –opina Kissick.

–¿Verdad que sí? –comenta el juez–. Los dos partidos tienen su lista de opciones y acaban asignando ese papel como premio, como un regalo.

–Tony me contó que Obama llama Yoda a Gates –dice el Pez Gordo.

–En estos momentos, Yoda está en las entrañas de la montaña, hablando consigo mismo –dice Eisner.

–¿Deberíamos abordar este asunto, Tony y Obama? ¿Va a convertirse en un problema? –quiere saber Kissick.

–No es un problema –dice el Pez Gordo–. Tony tiene sus cartas bien pegadas al pecho para que nadie vea su jugada.

–En el armario –dice Bo–. Esa sería una expresión más adecuada para las cartas de Tony.

–Lo conozco mejor que a nadie, incluida mi mujer, y le confiaría mi vida. Trabaja para la Oficina del Presidente, no para Obama personalmente. Contar con alguien dentro es bueno para nosotros.

Llega la comida, servida por tres camareros, bajo la atenta supervisión del maître.

–¿Alguien quiere decir una oración? –pregunta el Pez Gordo.

–Sí –dice Kissick–. Espero que salgamos vivos de esto.

—¿Puedes concretar a qué te refieres con «esto»? —pregunta el juez.

—A los próximos cuatro años.

Alzan las copas.

—¡Por la vida! —dice el Pez Gordo.

Tras unos minutos de alabar lo delicioso que está todo, de algunos «ooh» y «aah» y «pásame la sal», el doctor pide más salsas. Puede que solo coma verdura, pero lo moja todo en alguna salsa. Se ponen a hablar de medicina.

—Preguntadme lo que queráis sobre vuestras artríticas rodillas —dice Frode.

—¿Hay verdadero riesgo de que alguien pudiera atacar las reservas de alimentos? —pregunta Kissick.

—Hay un verdadero riesgo potencial —dice el doctor—. Hacemos un seguimiento constante de posibles brotes de enfermedades transmitidas por los alimentos, de la *E. coli* al estafilococo, la salmonela y la hepatitis A. También otras enfermedades: el dengue, el cólera, la meningitis, la peste bubónica y el enterovirus D68; hay que estar muy atentos a este último, que se aisló por primera vez en California en 1962. Es poco habitual, pero está en mi radar.

—Este es de mi cuerda —dice el general.

—¿Qué provoca el D68? —pregunta Kissick.

—Causa parálisis —contesta el doctor.

—Estoy comiendo —dice Bo—. ¿Es que ya no se puede comer tranquilo?

—Mi padre tuvo polio —explica el juez—. Llevaba una rodillera metálica en la pierna izquierda. Por eso acabó mi familia en Texas; se suponía que allí se curaría. Y supongo que fue así. Sobrevivió, aunque con cojera.

—El asunto del que estamos hablando es solo una parte del cuadro total —dice el doctor—. Hay lugares que llevan muchísimo tiempo congelados en los que el hielo se derretirá; y organismos que permanecían dormidos volverán a la vida. El permafrost no es tan permanente, hay en él animales que murieron de enfermedades, cuyos cuerpos congelados se reanimarán.

–¿Te refieres a los dinosaurios? –pregunta Kissick.

–Los dinosaurios no, pero tal vez sí un reno. A principios del siglo XX, más de un millón de renos murieron a causa del ántrax.

–Pensaba que los renos no existían, que eran animales fantásticos –dice Eisner.

–El ántrax es un peligro, pero los hay peores, pensad por ejemplo en 1918...

–El año en que nació mi padre –dice el juez.

–En 1918, la gripe no era siquiera una enfermedad de la que se hiciera seguimiento, pero, en octubre de 1918, en un solo mes, fallecieron en los Estados Unidos ciento noventa y cinco mil personas. Se convirtió en una pandemia mundial, detectada por primera vez en Kansas. Llegó en dos olas; la primera ola fue moderada en comparación con la segunda.

–Me estás poniendo la piel de gallina –se queja Kissick.

–Iré más lejos: esa gripe tuvo un origen aviar.

–¿Y eso qué quiere decir?

–Empezó en los pájaros y mutó para infectar a los humanos –explica el doctor–. Las aves son migratorias. Kansas está en la ruta de migración de las aves. Diría que las tres cuartas partes de las enfermedades infecciosas emergentes son de origen animal. Hace un par de años, unos científicos de la NASA revivieron una bacteria que llevaba treinta y dos mil años en una charca congelada. El vino que habéis pedido tiene, ¿cuánto?, unos quince años. Imaginad algo de treinta y dos mil años; el año pasado descubrieron una bacteria de ocho millones de años de antigüedad, y otra de cien mil años. Y esto es solo la punta del iceberg. –Se ríe de su propio chiste–. Nos guste o no, se divisa mierda en el horizonte. La pregunta es esta: ¿cuál de ellas se convertirá en arma? Tenemos congeladores repletos de microbios y toxinas extremadamente sensibles desde el punto de vista de la seguridad. –El doctor hace una pausa, por lo que está a punto de decir–. Algo que da que pensar es cómo uno se da cuenta de que un objetivo... –No termina la frase, sino que la deja en suspenso, permitiendo que la palabra *objetivo* reverbere.

–¿Qué tipo de objetivo? –pregunta Kissick.

El doctor hace una pausa dramática antes de continuar.

–Hemos conseguido mantener a las personas con vida mucho tiempo y hemos logrado dominar muchas enfermedades. Pero no podemos cuidar de todo el mundo. La sobresaturación está dejando seco el sistema.

–¿La pregunta es cuál queremos que sea el resultado? –dice Bo–. ¿Por qué no lo tenéis todos claro?

–Está muy claro –dice Metzger.

–¿En serio? –dice Kissick–. No podemos ir por ahí matando gente.

–¿Por qué no? Dime una maldita razón para no hacerlo –suelta Bo.

–Porque somos civilizados –responde Kissick.

–De acuerdo –dice Bo–. Tenía curiosidad por saber qué ibas a decir. Me parece que no te das cuenta de que a veces digo cosas para provocarte.

–Lo que dices se puede entender como reflejo de tus verdades –apunta Kissick–. No hay que dejar pasar tus reflexiones.

Kissick se vuelve hacia el doctor.

–Matar a gente, ¿no? Ese es el subtexto de lo que estás planteando. Eutanasia, asesinato o, por usar otro término, genocidio.

–Yo no he dicho eso –protesta el doctor–. La disciplina mental es un talento. A veces es necesario tomar decisiones para asegurarse los recursos o controlar la dispersión de una enfermedad.

–En una crisis hay siempre una jerarquía sobre a quién se debe atender –dice el general.

–A los que tienen más posibilidades de sobrevivir –dice Eisner.

–O a los que pueden pagar la factura, seamos realistas –dice el juez–. La gente con pasta ocupa las primeras posiciones en la cola.

Bo los interrumpe, repitiendo lo que está escuchando por el auricular:

–«Lo que se nos pide, por tanto, es una vuelta a esas verdades. Lo que se nos exige es que nos adentremos en una nueva era de responsabilidad.»

–¿Has estado escuchando todo el rato? –pregunta Kissick.

–¿A ellos o a vosotros? –pregunta Bo.

–A ellos –dice el juez.

–Sí –dice Bo–. Haríamos mal si no lo escuchamos.

–Siento que es mi obligación como hombre de... –dice el general, revelando que tiene el otro auricular de Bo en la oreja.

–¿De trapo? –sugiere el juez, todavía obsesionado con el roto de sus pantalones.

–De las fuerzas armadas –dice el general.

–¿Vas armado? –pregunta Kissick inquieto. No se le había pasado por la cabeza que el general pudiera ir armado.

–Estaría mintiendo si lo negara –responde el general–. Siempre llevo algo encima. Seguro que conocéis la Ley de Cuerpos de Seguridad, que nos permite llevar armas estando fuera de servicio.

–¿Qué es lo que haces exactamente en el ejército? –le pregunta Kissick.

–No puedo responder, pero es un trabajo muy alejado de lo que hace el ciudadano medio.

–¿Tienes poderes especiales? –pregunta Eisner.

–Más bien una percepción aguzada para detectar los peligros –dice el general.

–Un abogado amigo mío y yo hablamos de este tipo de cosas continuamente –dice el doctor.

–¿Con quién hablas? –quiere saber el juez.

–¿Y de qué habláis? Tengo la sensación de estar en el inframundo, entre el derecho a morir y el derecho a llevar armas –dice Metzger.

–Hablamos de los límites de la ley, de la autoridad y de nuestra frustración. Nos sentimos muy frustrados.

–¿Quién es tu amigo?

–Bill Barr. Él y mi esposa forman parte del grupo de estudio de la Biblia.

–¿Vives en McLean? –pregunta Bo.

–En Bethesda –responde el doctor–. Bill sí vive en McLean. A mí me gusta vivir cerca de mi despacho.

–Conozco a Barr –dice Bo–. Siempre me ha parecido un cretino.

El doctor se encoge de hombros.

–A veces, cuando uno es listo y poderoso, cuesta tener amigos.

–Algunos de los mayores cretinos que conozco son muy listos –dice Bo–. De modo que... ¿lo que nos estás diciendo es que Barr está a punto de convertir virus y bacterias en armas?

–No –responde el doctor–. Hablamos de nuestra visión del mundo. La visión desde las alturas.

–¿Me dijiste que te gustaba cazar? –pregunta Kissick.

–Sí –responde el doctor.

–Entonces no comes verdura solo porque estés en contra de comer carne.

–Correcto –dice el doctor.

–¿Cómo puedes ser médico, alguien cuyo trabajo consiste en salvar vidas, y al mismo tiempo ser cazador? –quiere saber Kissick.

El doctor mira a Kissick como si fuera idiota.

–Los animales no son seres humanos. Si los mato, me los como.

–Un día de estos deberías venir a visitarme a Texas y te llevaré a mi club, la Orden Internacional de St. Hubertus. Adoramos la caza.

El doctor hace caso omiso de la invitación del juez, y sigue hablando:

–La comida de los Estados Unidos está contaminada; no es posible que no lo hayáis oído nunca. No como ni vacuno ni cerdo, y el pollo está repleto de antibióticos y hormonas. En casa sí como carne. Tengo a mis propios proveedores, granjeros locales.

El juez insiste en su invitación.

–Dime cuándo te iría bien y lo preparo todo. No solemos aceptar visitas externas, pero tú encajas de maravilla.

El doctor mira al juez y gruñe como un jabalí salvaje.

–No quiero interrumpir vuestra interesantísima charla sobre armas bacteriológicas introducidas en la comida mientras estamos comiendo, pero en la Explanada la ceremonia se está desarrollando a buen ritmo y nosotros tenemos algunas cosas que hacer hoy –dice el Pez Gordo.

–¿Cómo puede un médico hablar de diezmar a la manada? –pregunta Kissick–. Porque esto es lo que estoy oyendo, ¿no?

–¿Es un asunto de salud pública o algo que hay que dejar en manos de los profesores de ética? –dice el doctor.

–Sugiero que no perdamos el foco –dice el Pez Gordo–. Lo que nos ha reunido hoy aquí es que ya se ha destapado la olla. Si no apretamos el botón de inicio, lo que más valoramos será irrecuperable. Adentrarse en terreno desconocido requiere valentía. Eso es lo que intentaba decirnos Tony en Palm Springs.

Bo niega con la cabeza.

–Tony estaba intentando salir del armario. Lo que trataba de contarnos es que su novio es un cirujano negro.

–¿Te lo contó él? –pregunta Eisner.

–Intentó contárnoslo a todos, pero no le dimos oportunidad –dice Bo.

–Estoy seguro de que esto es lo que está diciendo alguien en las escaleras del Capitolio en estos momentos –dice el juez.

–De hecho –dice Bo–, ese momento ya ha pasado, junto con Aretha Franklin cantando «My Country 'Tis of Thee», un poema y una bendición. Ahora, la banda de la Armada está tocando «The Star-Spangled Banner».

–Gracias por la actualización –dice el Pez Gordo.

Se oyen aplausos por el auricular de Bo.

–Dime que tienes el volumen al máximo –suelta el juez.

–No. Allí hay millones de personas y hoy están de celebración.

Martes, 20 de enero de 2009
Washington D. C.
Capitolio de Estados Unidos
11.30 h

Llevan horas al aire libre, con mucho frío.

—Esto no es para timoratos —dice Tony.

—Nada lo es —replica Meghan.

Para llegar aquí han tenido que pasar por varios controles de seguridad: detectores de metales, perros adiestrados para encontrar explosivos, escrutinio de los pases especiales plastificados que llevan colgados del cuello. Y de los diminutos broches que lucen en la solapa del abrigo.

—Cada broche lleva un chip —le explica Tony, y da un golpecito al suyo—. Saben quién lo lleva y donde está el broche en cada momento.

—¿Quiénes lo saben? —pregunta ella.

—Los del servicio secreto, el FBI y algunos más.

Las credenciales de las que dispone Tony le dan acceso a un lugar privilegiado desde el que seguir la ceremonia y, lo que es más importante, al lavabo del Capitolio, que, tal como dice él bromeando, es la representación del auténtico poder.

—La clave de todo es quién tiene derecho a mear en qué sitio concreto y qué asientos cuentan con manta y cuáles no, dado que estamos a dos bajo cero.

La emoción que se respira y la oportunidad de ser testigos de un acontecimiento histórico los mantiene firmes pese a las gélidas temperaturas. Meghan jamás habría soñado con estar ahí y, sin embargo, está ahí.

Mientras la gente se va acomodando en sus asientos, hay muchas manos que se agitan para saludar, choques de puños y gestos como de quitarse el sombrero.

—Es increíble, ¿no te parece? —dice Tony.

—¿Recuerdas que te conté que votar me pareció una experiencia cutre? Pues esto es lo opuesto.

—Desde luego que sí —dice Tony—. Pero es el poder otorgado por las urnas lo que nos trae a este momento.

—¿En cuántas tomas de posesión presidenciales has estado?

Tony suelta una carcajada.

—¿Estás tratando de hacerme sentir viejo? Esta es la sexta. A lo largo de los años, mi ubicación ha ido mejorando de forma muy ostensible.

Hace diez días, Tony llamó a Meghan y le preguntó si quería acompañarlo a la toma de posesión.

—¿Necesitas que mande una petición al colegio?

—Ya tengo dieciocho años —dice ella—. Soy una persona adulta y, además, la directora me lo debe. No habrá ningún problema.

Lo que ni siquiera debaten es si pedirles permiso a sus padres.

—¿Por qué no te ha querido acompañar William?

—Les habían programado para hoy una operación compleja, que el equipo de cirugía consideraba que no se podía posponer.

—¿Le ha dicho al paciente: «Eh, tío, tienes suerte, porque se suponía que yo hoy tenía que estar en el Capitolio»?

—La paciente es una mujer y dudo que le haya dicho nada. Mira —dice Tony, señalando hacia el escenario principal—. ¿Ves a ese tipo haciendo muecas? Ese es el señor Engreído, Rahm Emanuel, el jefe de gabinete de Obama. No me cae bien. Demasiado ego para ese trabajo.

—¿Vamos a hablar del elefante en la habitación? —pregunta Meghan.

—¿Que somos republicanos en una toma de posesión demócrata? —pregunta con ironía Tony—. ¿O de que no nos veíamos desde que conociste a Irene?

—¿Tú la llegaste a conocer?

–No. No supe de su existencia hasta que se convirtió en un problema.

–Quieres decir hasta que se quedó embarazada.

Tony asiente.

–Es todo muy raro, como si estuviera perdida en el espacio exterior, rota en pedazos. No puedo hablarlo con mamá o papá, porque ellos tienen su propia visión de lo sucedido. Es como si estuviera rota en mil pedazos. Soy como Humpty Dumpty en el suelo y tengo que reconstruirme de cero, preguntándome no solo quién soy, sino quién quiero ser.

En la distancia, una banda militar toca estridentes marchas festivas.

–¿Podemos hablar del otro elefante? –pregunta Meghan–. ¿Por qué nunca me contaste que eres gay?

–En todas las ocasiones en que imaginé cómo sería esta conversación, nunca se me pasó por la cabeza nada así –dice Tony, señalando con un movimiento de la mano lo que tienen a su alrededor.

Meghan lo mira fijamente. No va a permitirle escurrir el bulto.

–No se habla sobre sexo con los niños –dice Tony–. Fin de la historia.

–No se trata de sexo, sino de amor.

–Esta es una idea muy moderna. Verbalizada con la ingenuidad de la juventud, lo cual me parece adorable. Pero no.

–Y también de sinceridad.

–Cariño, ser gay en Washington D. C. era delito hasta 1993. A la gente la metían en la cárcel por eso: perdían a sus familias, veían sus carreras hundidas, incluso los asesinaban.

–Es de locos.

–De locos, pero cierto. En la época del Terror Lila, en los años cincuenta y sesenta, se interrogaba a hombres y mujeres a los que se les preguntaba: «¿Se identifica usted como homosexual?». Al hijo de Lester Hunt, un senador demócrata de Wyoming, lo arrestaron por proponerle sexo a otro hombre. Y los republicanos decidieron convertirlo en un gran escándalo.

Intentaron que Hunt dimitiera de su escaño en el Senado, lo cual les habría dado la mayoría a los republicanos.

–Eso no es justo –dice Meghan–. ¿Qué hay de eso de que los pecados del padre no deben pagarlos los hijos?

–En este caso se trataba del «pecado», si quieres llamarlo así, del hijo, utilizado para chantajear al padre. ¿Sabes lo que sucedió?

–Ni idea.

–El senador Lester Hunt se pegó un tiro en la cabeza en su despacho, justo en ese edificio que tenemos a nuestras espaldas, con un rifle que se trajo de casa.

–Es horrible.

–Stewart McKinney, un congresista republicano de Connecticut, falleció de sida en 1987, cuando era un político en ejercicio. También murieron Freddie Mercury, el de «We Will Rock You», y Rock Hudson y el tío que hacía el papel de padre en la serie *La tribu de los Brady*, y cientos de miles más.

–Vale, todo eso es horrible –dice Meghan–. Pero no habérmelo contado significa que, a pesar de que te conozco desde pequeña, nunca he sabido quién eras en realidad. –Se echa a llorar–. Hay una diferencia entre lo secreto y lo íntimo.

–Hay actitudes que son generacionales.

Meghan niega con la cabeza.

–Los secretos hacen daño. Mira a mi madre.

Tony no dice nada. Adora a Charlotte.

–¿Has visto esto? –Meghan le enseña a Tony una foto de Charlotte y Terrie–. Está de excursión en Zion con su nueva novia.

Tony se sorprende.

–¿Crees que son amantes?

Meghan se encoge de hombros.

–Alguna explicación debe tener la sonrisa que luce.

Le muestra a Tony el mensaje de texto que le ha mandado Charlotte: «P. S. de Año Nuevo: Algo que he aprendido en el proceso, mantén la mirada en el horizonte. No te dejes distraer por lo que crees que los demás esperan de ti, concéntrate en lo que quieres llegar a ser».

—Es muy bonito —dice Tony.

—Es bonito. Pero no suena a ella, es demasiado normal.

Los dos se ríen.

—Y hablando de algo que no encaja. —Meghan se queda un momento en silencio—. ¿Cómo se puede ser gay y republicano?

—Te garantizo que no eres la primera persona que me hace esta pregunta. No pretendo generalizar, pero todos vivimos con algún tipo de contradicción.

En la tarima empiezan los discursos.

—El hecho de que Rick Warren haya sido el elegido para dirigir la oración es una de esas contradicciones —dice Tony.

—¿Cómo conociste a William?

Tony reflexiona unos instantes.

—En un bar del centro. Hace unos diez años.

—¿Os vais a casar algún día?

Tony hace una mueca burlona.

—Lo dudo.

—¿Por qué no?

—No lo sé. Simplemente me parece poco probable.

—¿Porque tú no quieres?

—Ni siquiera sé por qué. —Hace una pausa—. Tal vez creas que el hecho de ser gay me convierte de forma automática en un radical, pero, como bien sabes, soy más bien chapado a la antigua, como una vieja dama de la época colonial.

—¿Haces punto a la luz del fuego con lana que has hilado tú mismo?

—Hago crucigramas con ayuda de una lupa. Mira ahí.

—John McCain. Ha venido.

—Todos vienen.

—Tiene que ser muy duro para él.

—Los sentimientos no son el fuerte de la mayoría de los que están en la tarima. No tienen tiempo para desarrollar la parte emocional de su vida.

Meghan pone cara triste.

—¿Y qué los motiva a seguir adelante?

—El poder —dice Tony—. La proximidad al poder. En mi primer encuentro con él, Obama me preguntó: «¿Qué quieren los tuyos?». Pensé que se refería a los republicanos. Debí de parecer desconcertado, porque se llevó la mano al corazón. Y entonces entendí que sabía que yo era gay y me estaba preguntando qué esperaban de él los gais. «Señor, los míos son los suyos», le dije, y él sonrió. «Es cierto», le dije, «somos la misma gente.»

–Eso no es muy republicano por tu parte.

–Te voy a contar una cosa que nunca le he dicho a nadie.

–De acuerdo. –Meghan espera.

–La epidemia de sida me cambió. Vi a hombres a los que conocía desde hacía años cubiertos de úlceras y consumidos. Las familias se negaban a visitarlos, se negaban a reclamar los cadáveres, se negaban a enterrarlos. Era un aspecto del comportamiento humano que, desde una perspectiva intelectual, sabía que podía darse, pero que humanamente me parecía inconcebible. Eso me destrozó. Y sé que volverá a suceder. No será por lo mismo, pero algo volverá a unos estadounidenses contra otros estadounidenses.

Meghan asiente.

–Cuando le pregunté a papá por el hombre corriente, me dijo que él jamás había querido ser un hombre corriente porque el hombre corriente era un auténtico hijo de puta.

Tony se ríe.

–¿Te dijo eso?

Meghan asiente.

–Eso y más.

–El estatus económico es una cosa, pero la lucha de las distintas comunidades por el reconocimiento y la igualdad de derechos tiene que ser una lucha compartida. El progreso no se forja de forma aislada.

–Ahora sí que estoy preocupada –dice Meghan–. Has dedicado tu vida a impulsar los valores conservadores del Partido Republicano, pero, interiormente, ¿qué eres? ¿Socialista?

–No.

–¿Por qué te has involucrado en lo que sea que está preparando mi padre?

—¿Sabes lo que está haciendo tu padre?

—No exactamente. Sé que está reuniendo dinero y creando un «fondo de reserva»; he escuchado alguna de sus conversaciones. *Preservar* y *proteger*, esas son las palabras clave.

—Comparto con tu padre su profundo amor por el país y su inquietud por el futuro.

Meghan es toda oídos.

—Tu padre y sus amigos me llaman «liberal».

—Un camaleón —dice Meghan—. Que cambia de color según la temperatura.

—¿Tú padre dice eso de mí?

—No, papá no; uno de sus amigos. No recuerdo su nombre.

—Hay quien reclama atención y quien no quiere publicidad —dice Tony—. Tal vez sea más seguro pasar desapercibido. Hace mucho tiempo que aprendí a no buscar la aprobación de los demás, esa ha sido la clave de mi éxito. Tu padre reclama su visión de los Estados Unidos, quiere volver atrás en el tiempo. Lo que no acepta es la evidencia de que no podemos detener el reloj. De modo que la gran pregunta es: dados sus valores y sus puntos de vista, ¿dónde se supone que está el futuro? Yo estoy observando, esperando a tener esa revelación.

—¿Como un superhéroe con su capa? —se mofa Meghan.

—O como un hombre con ideas propias.

—Pero, en serio, ¿tú qué haces en Washington? ¿Quién es el verdadero Tony Armstrong?

—Este es mi sitio, pero cuando era joven con lo que soñaba era con trabajar en el palacio de Buckingham.

—Qué gracioso.

—Delirios de grandeza —dice Tony—. Cuando acabé la universidad, me surgió la oportunidad de un trabajo aquí, y un mentor me dijo: «Chaval, ve donde se cuece la acción. Da igual si crees o no crees; colócate en medio de la acción; así es como se empieza, y el resto vendrá solo». Resultó ser un buen consejo. Aquí siempre he sido un forastero. Hago mi trabajo con un distanciamiento que me permite poner las luces largas. En el D. C. hay una esfera pública y otra privada, y son muy diferentes. Yo nunca he tenido la pretensión de presentarme a un cargo público. Para tener una vida pública tienes que ser encantador y estar hecho de acero. La gente lo sabe todo sobre ti, y utiliza todo lo que sabe en tu contra. Pero, si trabajas entre bambalinas y sabes ganarte la confianza de quienes ostentan el poder, atienden tu llamada. Bueno, a mí esto me parece muy gratificante. Pese a que esto sea nuevo para ti, siempre se ha sabido que yo era...

–Una mariposa –dice Meghan.

–¿Qué?

–Mi padre siempre decía que eras una mariposa.

Tony suelta una carcajada.

–Una mariposa no. Mariposón. Es como antes llamaban a los gais. Es mariposón. Adoro a tu padre. Siempre ha sido una persona muy seria. Su idea de diversión consistía en ir a visitar algún campo de batalla histórico. Pero era auténtico y tan hetero que el hecho de que yo fuera gay le importaba un pito. «No me puedo ni imaginar sentir deseos de mantener una relación sexual con otro hombre...»

Meghan alza la mano para detenerlo.

–No necesito oír más.

Se callan. La multitud guarda silencio mientras el presidente del Tribunal Supremo, John Roberts, toma el juramento de Obama sobre la Biblia de Abraham Lincoln. Si ha habido alguna vez un momento en que la atmósfera estuviera cargada de trascendencia y de sueños es sin duda este. La multitud aplaude y la banda empieza a tocar «The Star-Spangled Banner».

–Lo que es importante que tengas muy claro –dice Tony– es que el mundo evoluciona: la sociedad, la cultura, lo que se considera normal, lo que se considera correcto. En todo el mundo, la gente ha tenido que luchar por sus derechos y esas luchas no han terminado. Las experiencias personales cambian a la gente. La mayoría de los hombres blancos no son conscientes de la discriminación, porque no la han sufrido. Muchos de los hoy aquí presentes no se esperaban llegar a ver en su vida a un presidente negro. Mira a tu alrededor...

Un hombre se acerca a Tony y le estrecha la mano.

–¿Estás aquí por el inquilino saliente o por el entrante?

–Simplemente estoy –responde Tony.

–El eterno equilibrista –dice el hombre.

Meghan mira a Tony perpleja.

–¿No tienes que posicionarte? ¿Basta con estar? –Dar testimonio es también un papel importante. Trabajar para dar forma a la historia y contarla, conseguir que tú y «los tuyos» estéis incluidos en la historia, eso es relevante.

–Oh, Dios –dice Meghan–. He visto a Miley Cyrus y Demi Lovato.

–Supongo que Miley Cyrus no será la nieta de Cyrus Vance.

Meghan no pilla el chiste.

–Lo que a William le va a fastidiar muchísimo es haberse perdido a Yo-Yo Ma.

–Esto sí que es generacional –dice Meghan–. No tengo ni idea de qué estás hablando. ¿Qué es un Yo-Yo Ma?

Un poco después, Tony tira del abrigo de Meghan.

–Vámonos.

–Todavía no ha terminado –protesta ella.

–Precisamente. –Tony tira de Meghan a través de la multitud hasta el Capitolio, recorren un pasillo, después otro y bajan por unas escaleras. El edificio está caldeado en comparación con el exterior. Oyen el ruido del exterior amortiguado.

–¿Adónde vamos? –pregunta Meghan.

–Cuando termine la ceremonia, el presidente Obama escoltará al presidente saliente Bush hasta el helicóptero y nosotros estaremos allí para decirle adiós. Tenemos tiempo para una visita rápida al lavabo si la necesitas.

–Gracias –dice Meghan.

Tony y Meghan atraviesan el Capitolio por una zona que está mayormente vacía, salvo por la presencia de miembros del servicio secreto y de guardias de honor. De fondo oyen el zumbido de los rotores del helicóptero en el exterior.

–Se le llama *Marine One* cuando va a bordo el presidente, y *Executive One* cuando el que va a bordo es el presidente saliente.

Esperan en silencio. Se oyen pasos, que suenan casi como

cascos de caballos; se acerca una procesión, el matrimonio Obama y el matrimonio Bush rodeados por una falange de agentes del servicio secreto. Meghan ve como Tony y el presidente saliente se saludan con un movimiento de la cabeza. El zumbido del helicóptero que espera en el exterior se hace más estridente. Meghan rompe a llorar.

—¿Por qué lloras?

—No lo sé —dice ella—. Son muchas cosas. Los Bush, que se marchan. Me caían muy bien. Lo pasamos muy bien en la Casa Blanca.

Tony asiente.

—Te prometo que volveremos a pasar buenos momentos allí.

Unos minutos después, mientras los agentes del servicio secreto acompañan a los Obama a través del edificio, el nuevo presidente ve a Tony y se detiene.

El presidente Obama le da la mano y le palmea la espalda.

—¿Qué tal lo hemos hecho de momento?

—De maravilla —dice Tony—. Permítame que le presente a mi ahijada, Meghan.

Meghan tiende la mano.

—Felicidades, señor presidente.

—Gracias —dice Obama y le estrecha la mano—. Me alegro de tenerte aquí con nosotros.

No es donde ella esperaba estar y, sin embargo, esta experiencia cierra el círculo de los últimos dos meses: una iniciación, una inmersión y una evolución.

—Esto es de locos —dice Meghan—. Le acabo de estrechar la mano al presidente unos diez minutos después de que lo nombraran.

Tony sonríe.

—Es adictivo, eso te lo puedo asegurar.

—Obama es admirador de Lincoln y ha jurado sobre la Biblia de Lincoln —dice Meghan—. Mi padre es admirador de Washington. ¿Sabías que cuando salió elegido Washington no tenían ni idea de cómo llamarlo? Durante la guerra lo llamaban general o Su Excelencia. Un oficial sugirió Su Muy Benigna Excelencia. Un senador propuso Su Elegida Excelencia. Otro ofreció la propuesta de Su Majestad el Presidente. Y el vicepresidente Adams puso sobre la mesa Su Excelencia el Presidente de los Estados Unidos y Protector de los Derechos de los Iguales.

—Vaya trabalenguas —dice Tony.

—Después de muchos debates, la cosa se calmó y Washington se convirtió en presidente de los Estados Unidos, sin más.

—Es una buena historia.

—Otro dato interesante —dice Meghan mientras bajan por más escaleras y atraviesan los túneles de Capitolio—. Washington fue soldado del ejército británico. Luchó por los británicos en la guerra contra los franceses y los indios.

—Eso lo sabía —dice Tony.

—Se desencantó al no recibir el nombramiento oficial del rey y le quedó claro que Inglaterra tenía en menor consideración a la milicia de virginianos que a los soldados británicos. De modo que, después de ser degradado, renunció. Era lo que hoy llamaríamos un empleado descontento.

—Eso no lo sabía.

—Es como eso de lo que hablabas antes, una experiencia personal o una relación te lleva a tomar decisiones. Washington se sentía humillado por cómo lo había tratado el ejército británico, un sentimiento antibritánico que empezó a crecer durante la guerra contra los franceses y los indios. Y su decepción ante la respuesta británica a una década de peticiones de las colonias, que querían tener representación en el Parlamento y exigían el fin de los impuestos represivos, le hizo ver con creciente claridad que el problema no se podría resolver por la vía pacífica. Y llegaron la Ley del Sello, el Motín del Té de Boston, Concord...

—El disparo que resonó en todo el mundo —dice Tony.

—Exacto. Washington, el antiguo soldado británico, se convirtió en el primer comandante en jefe del Ejército Continental. La moraleja es que, en ocasiones, para convertirse en agente del cambio, una debe reaccionar, dar un giro radical, dejando atrás lo que consideraba verdades absolutas, tanto en el ámbito de la política como en el de la propia familia.

Martes, 20 de enero de 2009
L'Auberge Chez François
Great Falls, Virginia
13.30 h

El Pez Gordo tiene en la mano el móvil de Eisner y va abriendo las fotos a medida que entran.

–Vivimos en una época increíble. Es como disponer de tu reportera personal en el epicentro, mostrándotelo todo. Es espectacular. Pese a todas las tensiones por las que hemos pasado, soy optimista con Meghan, y también con Charlotte. Meghan es una jovencita lista y resiliente, que conoce la historia mejor que yo. Durante nuestro episodio, por llamarlo de algún modo, he visto en ella una nueva dimensión que nunca tuve claro que poseyera. He visto fundamento. Uno nunca sabe qué tipo de influencia ejerce sobre sus hijos y, dado que mi papel como modelo de conducta no ha sido precisamente ideal, por lo muy ensimismado que estaba yo, es impresionante adónde ha llegado. Se está construyendo su propio camino. Para ella, la historia todavía no está escrita.

Eisner asiente.

–De hecho, está solo empezando. Y debo decir que eso me hace muy feliz y al mismo tiempo me produce cierta envidia.

–No nos distraigamos –dice Kissick–. Disponemos de una oficina segura en el 1700 de la calle K. Ahora ya somos una S. L., o varias S. R. L. Somos una organización 527 llamada Forever Athletic Association. La FAA.

–¿Es ese nuestro nombre? –pregunta Bo–. Suena igual que la Federal Aviation Administration.

—Es una confusión intencionada –dice Metzger.

—De momento quería que el nombre resultara anodino –dice Kissick–. También me he encargado del tema de los bancos. Todo en orden.

—Buen trabajo –dice el Pez Gordo–. Estoy pensando que voy a buscarme un apartamento en la ciudad para estar más cerca del epicentro y de Meghan. Además, necesitamos nombres en clave. Para mí he elegido Raymond Chandler.

Bo se ríe.

—¿Y yo que soy? ¿Pinot Noir?

—Si te gusta... –dice el Pez Gordo.

—No me gusta –dice Bo–. Llamadme Zénit.

—Yo me quedo con Coronel Mostaza –dice el general.

—Frode –dice Kissick–, para ti tengo Empalmado o Reina Disco.

—No voy a preguntar de dónde han salido –dice Frode–. Yo seré Residuo Tóxico. Es como llamamos a los restos radiactivos.

—De acuerdo –dice el Pez Gordo–. Tú eres Residuo Tóxico. Tony es Myrna Loy, lo ha elegido él.

—Me hubiera gustado ser yo Myrna Loy –dice Metzger–. Al fin y al cabo, es de Chicago.

—¿Sabéis cómo llaman los del servicio secreto a Cindy McCain? Parasol. Y Reagan era Cuero Crudo –cuenta el general.

El Pez Gordo mira a Metzger.

—Para ti se me ha ocurrido Flash Jacket, Twizzler o T. Rex.

—Me quedo con el terópodo –dice Metzger–. *Rex* significa «rey» en latín. Siempre fui fan de ese grupo de rock. –Se pone a cantar «Bang a Gong» marcando el ritmo con golpes en la mesa.

—Adjudicado T. Rex –dice el Pez Gordo–. Y Eisner, el más joven de nosotros, será Crayola. Te pega. El crayón apareció en 1958 en *Captain Kangaroo*. El nombre viene de la palabra francesa para tiza.

—Encaja a la perfección –dice Bo.

—¿Me he dejado a alguien? –pregunta el Pez Gordo.

Señalan a Kissick.

—Disculpa. Tú, amigo mío, serás Payasete o El Prestamista.

—Payasete —dice Kissick—. Y ahora, si me permitís retomar lo esencial...

El general carraspea.

—Kissick, antes de que nos metamos a fondo, ¿me permitís un minuto?

—Te cedo la palabra.

—Seré breve. Como ya le comenté al Pez Gordo hace meses, quiero dejaros claro que situaciones como esta han estado bajo nuestro radar desde hace años. Sabíamos que un día llegaría el momento de tomar decisiones. No se trató nunca de «si llega», sino de «llegará». He hablado con los que están por encima de mí y apreciamos vuestra inversión en nuestra preparación. La alianza entre nosotros es real, y trabajaremos con vosotros para asegurarnos de que vamos todos en la misma dirección y hablamos el mismo idioma. Desde el final de la Segunda Guerra Mundial hemos estado colocando a oficiales de alto rango, soldados rasos, ciudadanos y delegados no muy distintos de vosotros en áreas que incluyen nuestro ejército, la banca, las comunicaciones, el transporte y otras operaciones esenciales. Tenemos historiales de quien está al mando y de quien recibe las pequeñas tarjetas blancas que permiten acceder a las profundidades de Raven Rock. Solo quiero que sepáis que nosotros tenemos acceso y estamos dispuestos a entrar allí.

El Pez Gordo está emocionado.

—Gracias, general, me ha llegado al corazón.

Bo le guiña un ojo al general.

—Sabía que cumplirías.

—Yo no soy más que un delegado —dice el general—. Soy un correo, un mero transmisor de estas directivas. Esto es lo que debemos recordar siempre: todos somos soldados ciudadanos de uno u otro tipo.

—Estupendo —dice el juez—. Por favor, diles a los tuyos que estamos muy agradecidos y podéis contar con nosotros para un apoyo continuado.

—Sobre esas pequeñas tarjetas blancas, ¿son reales? —pregunta Kissick.

—Desde luego que sí —dice el general, y saca la suya y se la muestra de forma muy rápida a Kissick. Es blanca, sin ningún logo, gruesa y con algo que parece un bulto en el centro.

—Parece lo que se usa para recoger las migas de la mesa —dice Kissick.

El general se encoge de hombros.

—Es «el salvoconducto para sobrevivir a una guerra nuclear sin perder el culo». Hay cinco mil de estas en la Costa Este y la misma cantidad en la Costa Oeste.

—¿A quién se la dan? —quiere saber Kissick.

—A los que son considerados esenciales.

—Añadid mi nombre a la lista —dice el Pez Gordo.

El general suelta una carcajada.

—Veré qué puedo hacer. Los miembros del Tribunal Supremo las tienen, pero solo para ellos, no para sus esposas.

—Ningún problema por mi parte en lo de ir sin la mujer —dice el juez.

Bo vuelve a la retransmisión en directo de lo que oye por el auricular.

—Ahora es la repetición. «Esperanza frente a la adversidad, unidad de propósito frente al conflicto.»

El juez dice:

—No anda equivocado cuando dice que «a partir de hoy, debemos ponernos en marcha, sacudirnos el polvo y empezar de nuevo a reconstruir los Estados Unidos». Estamos mirando las dos caras de la misma moneda. Quizá sea en cierto modo consolador comprobar que detectamos los mismos problemas. Estamos más despiertos que nunca.

—Pero, cuando se hace la gran pregunta, ¿cuál es nuestro sueño?, puedes estar seguro de que las respuestas serán distintas —dice Kissick—. Podemos estar viviendo en el mismo país, pero no tenemos el mismo sueño.

—¿Utilizas la palabra *sueño* a propósito? —quiere saber Metzger—. ¿Te refieres a sueño en el sentido de Martin Luther King?

—Este es el tipo de pregunta que mi mujer sabría responder —comenta el juez—. Es una dama texana de pies a cabeza, que dice lo que piensa al modo sureño tradicional. Parece que te dice algo amable, pero en realidad te deja noqueado. Es un talento natural. Después de las seis de la tarde, es preferible no hablar con ella porque te hará picadillo; puede convertir a un hombre en supremas más rápido que un pescadero.

—Lo preguntaba por intentar entenderte un poco mejor —dice Metzger.

—Está allí en una maldita silla de ruedas —informa Bo.

—¿Quién? —pregunta Kissick.

—Dick Cheney, el hombre que despierta pasiones en el Pez Gordo. Ni siquiera Franklin Roosevelt se dejó ver en público en silla de ruedas. Por lo visto, Dick se lastimó la espalda moviendo cajas el otro día.

—Le puede pasar a cualquiera; no hay nada deshonroso en eso —dice el juez.

—¿Cómo de agresivos vamos a ser? —pregunta el doctor—. En cuanto esto se ponga en marcha, ¿sabremos que estamos en guerra?

—Oh, por el amor de Dios, ¿lo llamas guerra? —pregunta Kissick.

—¿Cómo lo llamas tú, golpe de Estado? —pregunta Bo.

—Algunos lo llamarán traición —dice el juez.

—Algunos pueden estar equivocados —dice el Pez Gordo—. Medidas extraordinarias. Si no mantenemos a los Estados Unidos de América en el rumbo correcto, seremos un país menos seguro, menos próspero y con menos capacidad de influencia en el mundo. Debemos seguir siendo una superpotencia económica y política. Tenemos que ser muy claros: estamos protegiendo la democracia. Mentiríamos como bellacos si dijéramos que jamás nos hemos impuesto por la fuerza en defensa de la democracia y también si dijéramos que la vida es justa. La vida es intrínsecamente injusta. La democracia no es justa. En las fábricas no se les pregunta a los obreros a qué hora les gustaría empezar el turno, los bancos no les preguntan a los clientes qué interés quieren. No todas las opiniones valen lo mismo. Todo esto no debería sorprendernos.

—«El nacimiento de una nueva libertad», esto es del discurso de Gettysburg –informa Bo–. La buena noticia para nosotros es que este país ha visto ya cosas muy raras. Cuando vean alguna más, les va a parecer del todo normal. Este es el truco: hacer que lo que queremos llevar a cabo se convierta en la nueva normalidad.

–Esta es la fase sigilosa de una campaña que devolverá a los Estados Unidos a sus raíces y reavivará el sueño de nuestros ancestros de construir un país en el que el trabajo duro tiene su recompensa, y el hogar y la familia son considerados valiosos –dice Kissick.

–Muy bonito –dice Metzger–. Yo te contrataría.

–¿Qué posibilidades hay de que Obama salga reelegido? –quiere saber el juez.

–Si estas elecciones han probado algo es que no tenemos el control que creíamos tener –dice el Pez Gordo–. Siempre hay algo que aprender si se echa la vista atrás. Pero, para mirar hacia delante, hay que tener fe en la propia capacidad de conceptualizar el futuro.

–«Yo también os quiero.» Es lo que Obama no para de decir. –Bo se calla un momento y clava el cuchillo en su comida–. Creedme, hay gente que ya sabe si Obama va a tener dos mandatos.

–Es con esa gente con la que quiero estar en tratos, con los que lo saben –dice el juez.

–En parte va a depender de cómo se desarrollen los acontecimientos –replica el Pez Gordo–. No estoy tan convencido de que Obama consiga apoyos sólidos en el Congreso y el Senado.

–La semana pasada cené con el Tortuga, entre otros, y puedo confirmar que van a intentar machacarlo a la menor oportunidad –dice el juez–. El pobre hombre parece un búho; ya sabéis que tuvo polio cuando tenía dos años. Carece de encanto y es más aburrido que un lavaplatos, pero sabe mandar. Si lo vierais en cualquier otro lugar del mundo, os parecería un abuelete cascarrabias. Pero, en el D.C., McConnell es un hombre peligroso, quizá el hombre más peligroso porque solo le importa una cosa: el poder.

–¿Vamos a contarle a la gente que el presidente no es de aquí? –quiere saber Metzger.

–¿Qué quieres decir? –pregunta Kissick.

433

–Que es de África –dice el juez.

–Limitémonos a decir que no nació en los Estados Unidos. Hawái no siempre ha formado parte de los Estados Unidos; se incorporó tarde –dice Metzger–. Y es musulmán.

–¿En serio? –pregunta Kissick.

–Se define como cristiano –dice el doctor.

–Su segundo nombre es Hussein y la gente se empeña en creer que no es de los nuestros. No quieren admitir que son racistas. Y eso les proporciona una salida. No es estadounidense. Es una amenaza para nuestro modo de vida –dice Metzger, mientras se sirve otra copa de vino.

–¿Por qué? –pregunta Kissick.

–Porque es socialista –dice el juez–. En Texas no nos gustan los socialistas.

–Ya sabéis que todo eso son mentiras fabricadas –dice Metzger–. Los tipos como yo nos sentamos en nuestro sótano y nos inventamos mierdas que nos parece que suenan plausibles. Obama no es ni más ni menos estadounidense que nosotros. Ah, sí, y Hillary Clinton es lesbiana.

–Todo el mundo sabe que eso es verdad –dice Bo.

–¿En serio? –pregunta Kissick.

Bo interrumpe para informar:

–Ted Kennedy ha sufrido algún problema de salud y se lo han tenido que llevar. Estaban comiendo un guiso de marisco y algo que llaman «dúo de pajaritos», que suena asqueroso. Caballeros, esto es demasiado. Hasta para el más fuerte de nosotros, es demasiado. –Bo mira a los demás–. Desde ahora hasta que llegue nuestro momento se producirán múltiples sucesos, surgirán fuerzas que no podemos prever porque no asoman todavía por el horizonte. Por eso estamos manteniendo esta conversación, por eso tenemos que prepararnos. Tenemos que prepararnos para lo que conocemos por la historia, para lo que nos transmite el tiempo en que vivimos y para lo que nuestros más sombríos augurios del futuro nos hacen temer.

–¿Eso lo estás escuchando por el auricular o es un discurso tuyo? –pregunta Kissick.

–Es de mi cosecha –dice Bo–. Os estoy hablando con mi voz, no la del auricular. –Cierra los ojos y retoma su perorata–. Aquellos que nos desean el fracaso son malvados; sus mentes son más sombrías de lo que la mayoría de vosotros imagináis, de modo que, si pensáis que hay algo que es imposible que llegue a suceder, os diré que no solo puede suceder, sino que es probable que ya haya sucedido y se haya manejado para mantenerlo alejado de la luz pública...

–¿Y debo alegrarme de eso? ¿Son cosas que pasan? ¿Me conviene seguir en la inopia? –pregunta Kissick.

–El noventa y nueve coma nueve de las personas son incapaces de asumir la verdad. Entran en pánico. Se ponen hechos una fiera. No hay sutileza alguna en eso –dice Bo.

–Un buen motivo más para mantener a ese noventa y nueve coma nueve por ciento de personas desinformadas –dice el doctor.

–Permitidme que os siga explicando lo que he preparado –dice Kissick–. Este es un plan a largo plazo para devolver a los Estados Unidos a su verdadera esencia. Y necesitamos temas de discusión claros y concisos. –Kissick aparta los ojos de Bo y mira a Metzger.

–Yo soy un vendedor, no un novelista; trabajo con propuestas concisas –dice Metzger–. Frases con gancho, haikus. «McCain, en horas bajas, elige a la mami Palin. ¡Puedes apostar a que estamos bien jodidos!» Esta es una frase real, de una mujer llamada Chaunce Windle, de South Bend, Indiana. La leí y la memoricé.

–Nuestro equipo de comunicación armará un portafolio de contactos de internet, radio, prensa y televisión –dice Kissick–. Uno puede seguir coqueteando con Rupert y su Fox, pero las verdaderas noticias van a estar en plataformas que todavía no han nacido.

–Exacto –dice Metzger–. Lo que veinte años atrás parecía ciencia ficción es hoy una realidad.

–Lo que quiero saber es qué esperamos ver. ¿Cómo vamos a evaluar nuestra eficiencia, cuáles van a ser nuestras guías, los indicadores de nuestro éxito? –dice el juez.

–Gracias por la pregunta –dice Kissick–. Retomando el asunto donde lo he dejado antes, el despliegue del plan implica un periodo de incertidumbre económica, social y política, además de la desestabilización y los fallos constantes debidos al escaso mantenimiento de los sistemas de transportes y comunicaciones. Enmascarado con promesas de una mayor protección de los ciudadanos, veremos el ascenso de políticos populistas y la erosión de las libertades civiles.

–No conocía para nada esta faceta tuya –le dice Bo a Kissick–. Me gusta. Me gusta mucho.

–Un par de notas a pie de página –interviene Metzger–. Tal vez recordéis el rápido ascenso de la Nueva Derecha en los años setenta, ahora convertida en una exhausta Vieja Derecha. Vamos a tener que revigorizarlos, además de sacar provecho del creciente resistencialismo: survivalistas, iconoclastas, gente que vive desconectada, teóricos de la conspiración y otros que no pertenecen a ningún grupo. Los vamos a sumar a la causa para utilizarlos.

–Seremos el lugar de reunión, el abrevadero para los lobos solitarios. –Kissick echa la cabeza hacia atrás y aúlla–. Disculpad, estoy un poco borracho. No suelo beber.

–Cuanto más invisibles nos mantengamos, más fuertes seremos. No conectemos los diversos puntos hasta el momento de darle al interruptor, y entonces el mundo quedará pasmado ante nuestro poderío –dice el juez.

–Invisibles para todos excepto entre nosotros –dice Bo–. La seguridad es importante.

–Escuchadme, os voy a dar una pista importante –dice Metzger–. No es puro humo. Prestad atención. Dos palabras que cambian las reglas del juego.

–¿Qué reglas del juego? –pregunta Bo.

Metzger vuelve a empezar, como si estuviera jugando a las adivinanzas. Levanta dos dedos.

–Dos palabras –dice, y hace una pausa dramática–. *Big data.*

–Ah –dice Kissick–. Exacto.

–Big data –repite Metzger–. Hay todo un mundo en marcha que pasa por completo desapercibido, una especie de control mental moderno. No lo veis ni lo percibís, pero ya está dividiendo el país por finísimas capas patológicas. *Big data* –vuelve a decir Metzger–. Ahí fuera tenéis un perfecto ejemplo. Estamos al borde de la extinción, a punto de ser invisibles. En este «nuevo» mundo hay modos de comunicar mucho más eficaces que los anuncios de televisión y las revistas con el olor a papel recién impreso. El ordenador desarrolla una experiencia tan personalizada que sabrá qué tipo de zapatos os vais a comprar incluso antes de que sepáis que necesitáis unos zapatos nuevos. Sabrá lo que vais a desayunar mañana antes de que os hayáis terminado la comida de hoy. Los supercomputadores van a recolectar, analizar y vender informaciones perversamente específicas sobre vosotros. Recibiréis noticias, información y propuestas de comida, ropa y sexo basadas en esos datos recopilados. El manejo de esos datos funcionará de forma cada vez más inteligente y no tardaréis en recibir solo aquello que habéis ido dejando claro que os gusta. Y no notaréis la diferencia. Veréis solo lo que deseáis ver, creyendo que es la totalidad del cuadro. Nada os indicará que hay otra cara de la moneda, opiniones contrarias. Creeréis que lo que leéis es la verdad absoluta. Creeréis que os sentís mejor, que las cosas van bien, que todo está en orden, porque no veis nada más allá de vuestro propio reflejo. –Hace una pausa y se termina el vino–. Lo más importante, y el motivo por el que os estoy explicando todo esto, es que haréis un esfuerzo para conseguir estar mejor informados. Creeréis que estáis tomando una decisión, que cambiáis de canal de televisión por vuestro libre albedrío, pero no existe el libre albedrío. Creeréis que tenéis el control, pero vayáis a donde vayáis, el *Big data* ya estará allí antes de que vosotros lleguéis. Va a suceder; ya está sucediendo, y no tenéis ni idea de la magnitud y la escala, ni vosotros ni nadie, salvo unos pocos cerebritos de Silicon Valley. Para cuando la gente entienda lo que está pasando, el mundo estará ya tan atiborrado de propaganda que el día que os manden una tarjeta de cumpleaños desde China a vuestra casa creeréis que os la ha en-

viado mamá. Y cuando llaméis a mamá para darle las gracias, ella os dirá: «De nada, hijo», y se quedará convencida de que, en efecto, la ha mandado ella.

–Me acabo de cagar en los pantalones –dice Bo.

–Te has tirado un pedo –dice Kissick–. Lo huelo desde aquí.

–Bueno, me he quedado a gusto –replica Bo.

Eisner le enseña al Pez Gordo una nueva foto que le ha enviado Meghan. Varios pares de pies, con zapatos relucientes, sobre un suelo de mármol.

–Está intentando ser discreta.

Bo gruñe y se hunde más el auricular en la oreja.

–Ahora están desfilando por la avenida Pensilvania, doscientos cincuenta caballos, una banda de mariachis y todo lo demás.

–Todo esto es escalofriante –dice el Pez Gordo.

–Voy a añadir el glaseado a la tarta –dice el médico–. La memoria. Ya nadie es capaz de retener un pensamiento en su cabeza. No tenemos ni memoria ni contexto, y por lo tanto no tenemos historia; ¿y queréis saber por qué?

–Yo sí –dice el Pez Gordo.

–Por los antidepresivos. El diez por ciento de la población los toma, la mayoría de quienes los consumen son mujeres; y uno de los efectos secundarios es que afecta a la memoria. Otros millones de personas están enganchados a los opioides; los tíos que fabrican esas pastillas están ganando miles de millones. Y el mercado negro es tan grande como el legal. Es una epidemia para la sanidad pública. El rebaño se está sacrificando a sí mismo.

–Mientras tú estás ocupado pegando gritos en vaqueros, ellos están en la Casa Blanca, instalando su buzón de voz y pidiendo material de oficina. Caballeros, tenemos que ponernos en marcha ya –dice el juez–. Nos lo hemos pasado muy bien, pero no puedo seguir sentado. Tengo que moverme.

–Lo que veréis serán disturbios, caos y una sensación de inseguridad –dice Kissick.

–El término *inseguridad* no es correcto –le corrige Metzger.

–De peligro inminente. –El general frunce el ceño mirando a Metzger.

–Se producirán estallidos violentos, que al principio parecerán lejanos, pero que, al aparecer en las noticias y circular por internet, provocarán que otros tomen también las calles. Los antiguos peregrinos sometían a severos castigos a los díscolos; pero, en esta ocasión, la reprimenda se parecerá más a un golpe en la cabeza, a un estrangulamiento que te deja sin respiración. Lo llamarán «asesinato» y llegará a las calles. Habrá saqueos. La violencia llegará cada vez más cerca de casa. Generará miedo. El miedo es un buen mecanismo de control: hace que la gente se sienta vulnerable y deja al descubierto puntos flacos. Lo que estalle en algún lugar de la Costa Oeste prenderá y se extenderá por el centro del país: Phoenix, Chicago, Minneapolis. Después se irá acercando a casa y aumentará el miedo. Habrá un recorte de las libertades, un debilitamiento de los cuerpos de policía locales, y la violencia se convertirá en espectáculo, dejando de lado los derechos constitucionales. Cuando empiece el despliegue, no sabremos que eso es lo que habíamos soñado. Parecerá el puro caos, algo que puede quedar por completo fuera de control; pero, para conseguir lo que pretendemos, tendremos que llevarlo hasta el límite. En el caos se producirá una grieta, una oportunidad –dice Kissick–. Parecerá algo natural, la necesidad de seguridad, de regresar a nuestros valores esenciales. Ese será nuestro momento. Lo que estamos lanzando es una ola de movimiento lento que barrerá todo el país sin ser percibida hasta que los estadounidenses hayan sido diezmados económica, física y espiritualmente. Se ordenará a la gente que se quede en casa, se prohibirán las reuniones en grupo. Resultará difícil llegar a un consenso sobre cualquier cosa; nadie sabrá qué es real y qué es mentira.

–Entre la plaga y los desechos tóxicos, y la descentralización del gobierno, los Estados Unidos serán una zona muerta. La gente empezará a cultivar su propia comida debido a la escasez y la contaminación, y regresaremos a un sistema de trueques. Habrá mucha gente sin trabajo y sin dinero –pronostica Frode.

–Debido al pésimo mantenimiento de las carreteras, estas

serán intransitables y no podrás cruzar el puente para ir a visitar a la abuela –dice Bo.

–Parecerá que el mundo se va al infierno –dice el general–. Como si estuviéramos a las puertas de la llegada de Behemot, un monstruo que es a un tiempo físico y psicológico. Zumbarán los oídos de los americanos: acúfenos, una alarma que no se puede apagar, una campana que no se puede silenciar, un tintineo que resonará por todo el país.

–Nuestro sistema económico quedará dividido entre los que tienen mucho y los que no tiene nada. En el escenario mundial, la imagen de los Estados Unidos perderá fuelle. Nuestros aliados buscarán esa resplandeciente ciudad sobre la colina y se encontrarán con la desolación causada por los incendios, las catastróficas riadas, las enfermedades y la muerte. Les parecerá aterrador, pero no del todo desconocido, ya que lo que suceda no se limitará en exclusiva a los Estados Unidos. Nuestro plan cuenta con que se producirá una interacción global de este malestar –dice Kissick.

–¿Cómo vas a provocar todas esas cosas que yo llamaría «actos divinos»? –quiere saber el juez.

–Esa es la parte fácil; ya vamos bien encaminados debido al cambio climático –dice Bo.

–La gente en todo el mundo se va a hacer más tribal; las fronteras se abrirán y cerrarán como acordeones tocados por malos músicos, y el resultado será una confusión masiva. Las clases medias desaparecerán y las sociedades se dividirán por el dinero, la raza, la religión y la orientación sexual. La fractura social forma parte del plan –explica Kissick–. Del caos surge la oportunidad, y la nostalgia por los Estados Unidos que conocieron y amaron en el pasado.

–El gran experimento americano, hecho pedazos en el suelo –dice Metzger.

–¿Qué fue aquello que dijo Will Rogers sobre la democracia...? –Bo se queda pensando–. «No ha habido ni una que no se haya suicidado.»

–No estamos aquí para autodestruirnos –dice el Pez Gordo–. De hecho, estamos para lo contrario. Estamos aquí para proteger y preservar.

–Como decimos en mi campo, en ocasiones hay que volver a romper un hueso para poder recolocarlo correctamente. Esto es lo que estamos haciendo –dice Frode–. Le estamos rompiendo la espalda a los Estados Unidos para ponérsela recta.

–Estoy orgulloso de estar aquí con vosotros –dice el juez.

–Pero no permitamos que lo llamen «el último desafío del hombre blanco» –dice Bo.

–Que Dios nos ayude si se trata de eso, pero es un título resultón; deberías utilizarlo para tus memorias –dice el juez.

–El ducentésimo quincuagésimo centenario de Estados Unidos es en 2026 –dice el Pez Gordo.

–¿El qué? –pregunta Bo.

–El doscientos cincuenta aniversario de la firma de la Declaración de Independencia –aclara Kissick.

–Convirtamos esa fecha en nuestra piedra de toque –dice el Pez Gordo.

–Estamos hablando de dentro de dieciocho años. Dijiste que el despliegue se desarrollaría en doce o quince años –refunfuña Eisner–. Para entonces yo ya seré viejo.

–Crayola, todos envejecemos; es inevitable.

–Para entones algunos de nosotros ya estaremos muertos –protesta el juez.

–Todo lleva más tiempo del que nos imaginamos –dice el Pez Gordo–. El plan necesita tiempo para madurar.

–No se me había pasado por la cabeza que sería tan mayor –dice Eisner–. Para entonces ya seré miembro de la Asociación Americana de Jubilados.

–Mi hija pequeña se graduará en la universidad ese año –dice Kissick.

–Meghan tendrá treinta y seis años en 2026 –comenta el Pez Gordo.

–Es encantador ver que tenéis toda vuestra vida planificada –dice Bo–. Por desgracia, a veces la vida no es tan previsible y hay que cambiar de planes.

–El 4 de julio de 2026 –dice el general–. Apuntad esa fecha.

–Del caos surge la oportunidad. Cuando llegue el momento, parecerá esencial, urgente. Estará claro que los Estados Unidos deberán reclamar su identidad –dice Bo.

El camarero trae un espectacular y gigantesco omelet noruego con una enorme vela de bengala centelleante y lo coloca delante del general. Después lo rocía con coñac y procede al flambeado.

–Cuando he entrado en la cocina, les he dicho que era tu cumpleaños –le susurra Frode al general.

Entre las chispas de la vela de bengala y las llamas sobre el merengue, parece una guerra revolucionaria sobre un plato.

Los rostros de los comensales resplandecen por las llamaradas y por una suerte de atolondrado entusiasmo.

–A todos los muchachos les gusta una vela bien grande –dice el maître acercándose a la mesa–. Quería hacer algo especial. Estoy encantado de tenerlos a todos ustedes aquí.

–*Merci beaucoup* –dice el general.

Mientras saltan chispas por todos lados, uno de los camareros se acerca a toda prisa con un plato de helado de vainilla y lo echa sobre la vela de bengala, que se apaga. Todo el mundo ríe.

–No tiene gracia –dice el camarero–. Se podría haber incendiado el restaurante.

–Sí que tiene gracia –dice el general, que empieza a servir el omelet noruego–. Tiene muchísima gracia.

–Una última cosa para esta reunión de hoy –dice el Pez Gordo–. Caballeros, abrid vuestra cajita. –Todos se ponen manos a la obra con las cajitas de terciopelo negro. Se oyen exclamaciones. Kissick se pincha el dedo con su broche.

–Ahora, princesita, te vas a quedar profundamente dormido –le dice Bo.

–Ya lo estás volviendo a hacer –protesta Kissick–. Me estás asustando. ¿Por qué? ¿Por qué tienes que hacerlo?

–Porque me lo pones muy fácil –dice Bo.

–Son broches que reflejan lo que somos y dónde están nuestros corazones.

–¿Por qué sobran dos? –pregunta Kissick.

–Buen chico, siempre contándolo todo –dice el Pez Gordo–. Los dos sobrantes son para Tony y para un miembro todavía por desvelar.

Todos asienten.

–Hay algo más –dice el Pez Gordo.

–Por supuesto que sí, algo como un encaje de manos secreto –dice el juez. Ahora se ha colocado detrás de la silla y está estirando las pantorrillas.

–Tengo que deciros un par de cosas.

–Te escucho.

–Llega un momento en que ya no hay posible vuelta atrás. Después de esta comida no podemos retroceder. Nos reconoceremos al cruzarnos por la calle, pero no vamos a celebrar Acción de Gracias juntos. No nos llamaremos por teléfono de madrugada, no haremos búsquedas por internet; no vamos a dejar huellas. Dispondremos de un modo de contactarnos, que pondremos en marcha en las próximas semanas, una forma de contactar que no dejará rastro –dice el Pez Gordo.

–Quiero que me deis vuestras direcciones, la permanente y las de las casas de vacaciones, el número de bastidor del coche, todo –dice Bo.

–¿Para qué? –pregunta el juez.

–Para mí –responde Bo–. Mi regalo de Navidad atrasado para todos vosotros serán unas comunicaciones seguras y formación para manejarlas.

–Con esto daremos por concluida la reunión. No sé cuándo volveré a veros. Doy por hecho que esta noche no vais a salir a celebrar nada –dice el Pez Gordo.

–Yo me voy a quedar en casa –dice Bo–. Pero el 4 de febrero sí que acudiré al Desayuno de Oración Nacional.

–Yo también –dice el juez.

–No me lo perdería por nada del mundo –añade el general.

–¿Pulsamos el botón de ignición? –pregunta el juez–. ¿Es este el despegue?

–Afirmativo –dice Bo.

–Listos para el despegue –anuncia el general.

–Adelante –dice Metzger–. Pongamos el mecanismo en marcha.

–¿Listos? –pregunta Eisner–. Iniciamos la cuenta atrás: adelante la ignición.

–Listos –dice el general.

–Luz verde –confirma Kissick.

–Sello de aprobación –dice el general.

–Autorización concedida –añade el doctor.

–Nos vemos en Filadelfia en 2026 –dice el Pez Gordo. Pase lo que pase, él siempre tiene que tener la última palabra.

–Ya hemos despegado –dice Eisner, mientras todos alzan sus copas.

–Los Hombres Eternos.

El Pez Gordo y Kissick son los últimos en salir.

–Ha ido muy bien. Ya está pulsado el botón. La luz verde está encendida –dice Kissick, mientras los dos discuten por la propina.

–Hay ocasiones en que no tiene ningún sentido ser agarrado –le dice el Pez Gordo a Kissick.

–Y hay ocasiones en que dejar más de lo debido llama innecesariamente la atención –replica Kissick, retirando un billete de cincuenta de la mesa.

–Eres un estrecho de miras –le dice el Pez Gordo–. Aunque te sonría la fortuna, sigues recluido en tu caparazón.

Kissick se encoge de hombros.

–Soy como soy. Y bien, en el mejor de los casos, ¿cómo crees que va a terminar todo esto? –le pregunta Kissick al Pez Gordo al salir del restaurante.

–Mi hija será presidenta de los Estados Unidos. Yo soy el creador y ella es la bomba.

–No me imaginaba para nada esa respuesta.

–Si fuera predecible, sería muy aburrido.